カルデロンの劇芸術
聖と俗の諸相

佐竹謙一

国書刊行会

南山大学学術叢書

目次

4　〈マントと剣〉の喜劇

序章

畢生《ひっせい》の大書『ドン・キホーテ』を五〇代後半になって発表したミゲル・デ・セルバンテス（一五四七―一六一六）は、当初劇作家をめざしていたが、当時国民的人気を誇っていたロペ・デ・ベーガ（一五六二―一六三五）の「新しい演劇《コメディア・ヌエバ》」という壁を破れず、旗を巻かざるをえなかった。ロペが活躍していた時代は、たがいに演劇レベルでの交流はなかったものの英国ではシェイクスピア（一五六四―一六一六）が『ハムレット』、『オセロ』、『マクベス』、『リア王』の四大悲劇を舞台にかけていた時代とほぼ重なる。

そのロペの芝居にさらに磨きをかけたのが、のちにドン・ファン伝説を産むことになる『セビーリャの色事師』の作者ティルソ・デ・モリーナ（一五八一？―一六四八）や、不朽の名作『人生は夢』を書いたペドロ・カルデロン・デ・ラ・バルカ（一六〇〇―八一）である。ロペが感情豊かな台詞を登場人物たちに与え、情緒ある芝居に仕上げたのとは対照的に、カルデロンは極端に言えば理詰めで責め立てる勢いで、次々と異なるジャンルの芝居を書き上げた。聖と俗の劇世界を洗練された筆致で描き、シェイクスピアと比肩しても決して引けをとらず、場合によっては凌駕するほどの技法を披露し、十七世紀のバロック演劇に華《はな》をそえたのである。

生前カルデロンの人気は絶大だったにもかかわらず、一七〇〇年にハプスブルク朝からブルボン朝にかわると、フランスの洗練された文化がスペインに入り込み、演劇事情は徐々に変化を見せ始めた。十八世紀前半はまだバロック演劇を踏襲する劇作家たちがそれぞれの作品を上演していたが、後半にもなるとレアンドロ・フェルナンデス・デ・モラティン（一七六〇―一八二八）などを中心に新古典主義演劇が流行したため、カルデロンの劇芸術は蔑《ないがし》ろにされ、批判の対象ともなった。特に新古典主義に関心を寄せた啓蒙主義者たちからは、度を超えたバロック的美観やスコラ哲学への傾向にある芝居は敬遠された。時代が下っても、スペインの碩学《せきがく》といわれたマルセリーノ・メネンデス・イ・ペラーヨ（一八五六―一九一二）や「九八年世代」の人々もこの考えにおおよそ同調した。こうした時代をとおしてカルデロン批判は次の二点から行われた。一つは啓蒙主義者や新古典主義者からのもので、行きすぎたバロック的装飾や三一致《トレス・ウニダーデス》の法則を無視したことに批判の矛先が向けられた。もう一つは過激なメタファーやアレゴリー、極端な時代錯誤、聖と俗との混交に満ちた聖体劇に対するカトリック教会側によるものであった。この傾向はカルデロンに対してだけではなく、聖体劇そのものを禁止すべきだという動きにも発展し、中には芝居そのものがなくなればよいという発言も幅を利かせた。

スペインで啓蒙主義の発端となったイグナシオ・デ・ルサン（一七〇二―五四）の『詩論』（一七三七）によれば、真実味を帯びた写実的な芝居が推奨され、古い叙事詩や伝説のように民衆的かつ芸術的であり、さらには信憑性のあるものが理想とされた。反面、作家の勝手な空想や冒険は排除すべきであるとされ、神話劇、聖人劇、英雄を扱った劇のほとんどや、超自然現象や驚嘆すべき出来事を扱った劇は、非難の的となったのである。カルデロン劇については、ルサンの中では多少矛盾めいているとはいえ、彼の劇空間に見る道徳性は咎められることはあっても、独創性と魅力に関しては感服していることから、全面的に非難の矛先を向ける人たちとは一線を画していた。[1]いずれにせよ、このようなカルデロン批判は十八世紀末まで続いた。

カルロス三世（在位、一七五九―八八）が即位すると、運よく新古典主義が公《おおやけ》に支持されるようになり、フランスの啓蒙思想家ヴォルテール（一六九四―一七七八）や大著『博物誌』を発表し自然科学の発展に貢献したビュフォン（一七〇七―八八）と交情を深め、フランス語の書籍を多く出版したホセ・クラビーホ・イ・ファハルド（一七二六―一八〇六）が中心となり、バロック演劇に反旗を翻《ひるがえ》した。記事は『エル・ペンサドール』という雑誌に連載された。その理由として、当時は今とはちがい文化的情報源がほとんど芝居に集中していたこともあり、人々の生活にふさわしくない事象が舞台上で展開されれば、社会を改革しようとする人たちにとってはマイナスとなり、それなりの検閲と人心の掌握が必要だったからである。そのため理想的な芝居とは人々の教育を助長し、モラルと芸術の質を高めるものをさすと考える啓蒙主義者たちは、一連の演劇改革は政府お抱えの知識人たちの協力のもとで行われるべきだと考えたのである。むろん、これに反駁した人たちもいたが、一七六五年にこれは新古典主義者の考えが政府を動かし、抽象的な表現がずらりと並ぶような聖体劇の上演が禁止となった。これに満足したのが新古典主義を標榜する改革派はもちろんのこと、カトリック教会の保守派であった。[2]

反対派の一人ニコラス・フェルナンデス・デ・モラティン（一七三七―一八〇）は、『スペイン演劇に対する失望』（一七六二―六三）の中で、サイネーテや幕間劇の作家たちを非難するかと思えば、ロペ・デ・ベーガやカルデロンなどの作品についても、道徳に悖《もと》り、筋展開の錯綜から真実味に欠けるとして論難を浴びせ、さらに聖体劇についてもアレゴリーの真意が理解できておらず、作りがでたらめであると決めつけ上演の禁止を求めている。彼に言わせれば、スペイン演劇は悪の学校、慎みを欠いた肖像画、厚かましさのアカデミーであり、不服従、侮辱、いたずらの手本であった。[3]

カルデロンが名声を挽回するのはスペインではなく、ロマン主義の発祥地であるドイツにおいてである。その理由は二つあり、一つは劇作品が部分的にドイツ文化の琴線に触れていたこと、もう一つはフランス発祥の新古典主義に反発してのことであった。[4] しかしながら、そのドイツでも十七世紀から十八世紀前半にかけてカルデロンの影響はほとんど見られず、たとえカルデロン劇のことが知識人たちの耳に入っても、新古典主義の概念と偏見でとらえていたため、彼の劇芸術が正しく解釈されることはなかった。なぜなら、彼らにとって新古典主義の動きは過去のバロックの時代に見られた軋轢《あつれき》に対する反動に由来するもので、理性の啓発によって人々の生活を改善しようという世界主義的な考えだったからである。そしてその背後には、宗教にまつわる争いや、分別のない狂信、迫害、宗派間の暴力などに終止符を打ちたいという強い願いがあった。いわば、新古典主義は一種の甦った無宗教の組織体であったため、これまでキリスト教の分裂がもたらしてきた各種悲劇から芽生えた詩的なドラマとなると、ましてやキリスト教護教論者であったカルデロンのキリスト教的色合いの濃い悲劇や聖体劇ともなると――世俗的な要素を含む喜劇はよしとしても――、十七世紀末および十八世紀のドイツでは受け入れがたかったのである。[5]

ところが、一人のロマン派の目にとまったことにより、徐々にその評価が高まっていった。劇作家・小説家・評論家であったティーク（一七七三―一八五三）はカルデロン劇に深い感銘を受け、そのすばらしさを周知し続けた。小説家・詩人ノヴァーリス（一七七二―一八〇一）、観念論哲学者シェリング（一七七五―一八五四）などのロマン派も、神秘主義、超自然現象、驚異的な出来事などに関心を寄せていたこともあり、写実性と自然性に満ちたロペ・デ・ベーガの芝居よりも、カルデロンの芝居には未知の世界、神秘的世界、驚異的事象、来世のことなどが詰め込まれていることに気づき、技術的な師匠というこれまでのイメージが払拭されて、彼の劇作品にのめり込むようになった。[6]

一方、学術的・衒学的・規則的なことを嫌い、美と芸術を礼讃することに依拠するロマン派の詩人・評論家アウグスト・W・シュレーゲル（一七六七―一八四五）は、セルバンテスの『ヌマンシア包囲』やカルデロンの劇作品の翻訳を手がけ、一八〇一年から四年にかけてあちこちで公演を行い、ロペやカルデロンを高く評価し喧伝《けんでん》した。特に一八〇三年に『ヨーロッパ』という雑誌に発表したエッセイの中で、ロペの表現以上にカルデロンを賞讃したことから後者の評価が広まるきっかけとなった。そこでは詳細な作品分析の結果、作品の意味が持つ奥深さやロマンティシズムを発見し、すべてが芸術的洞察力にもとづき、理論的かつ完璧に計算された構造になっていることを指摘したのである。[7] また、弟フリードリッヒ・シュレーゲル（一七七二―一八二九）もカルデロンを支持する一人であった。この弟の考えによれば、劇作品は次の三種類に分けられるという。一つは、傑作とはほど遠く、人生の表面的な輝かしさしか提示しないもの。もう一つは、個人だけでなく全体の特徴を描き出すもので、人生とはわれわれを当惑させるほどの矛盾をはらみ変化に富むものであること、人の世が謎に包まれていて複雑であることを提示してくれるもの。もしこれが演劇の目指す終着点であれば、シェイクスピアは明らかにどの時代においても最高にすぐれた劇作家であろう。しかし三つ目がある。それは道義的に悲惨な状況からいかに永遠性が形成されるかを見せてくれる芝居であり、そこでは問題提起にとどまらず、人生の謎を解決してくれることでも価値がある。これができるのは劇芸術を至高の域にまで達することを可能にしたカルデロン以外にいないと豪語する。[8]

　このシュレーゲルのカルデロン絶賛の声は、その後、ドイツの文豪ゲーテ（一七四九―一八三二）、英国のロマン派の詩人シェリー（一七九二―一八二二）、オーストリアの劇作家グリルパルツァ（一七九一―一八七二）、フランスの小説家・詩人・劇作家ユゴー（一八〇二―八五）などに届いた。偉大な詩人・作家ゲーテは、イタリアやフランスの文化に魅せられたが、セルバンテスやカルデロンにも敬意を評した。ただ、ゲーテは啓蒙主義の時代に生まれたこともあって、カルデロンの奇蹟や不条理、イデオロギーが交ざったバロック的カトリシズムには感心しなかった。それでもフランスの古典悲劇に登場する動きの少ない登場人物たちの長ったらしい言説に比べると、カルデロン劇はより生き生きとして躍動的であることや、シェイクスピア劇よりも叙情的にも劇的にも技法上すぐれているという点に強い関心を寄せた。その証拠に、友人である翻訳者に『偉大なセノビア』（一八一五）を翻訳させ、ワイマールのゲーテ劇場で上演させたほか、『不屈の王子』（一八一一）、『人生は夢』（一八一二）も同劇場で上演させるほどカルデロンを絶賛したのである。

　ロペ・デ・ベーガやカルデロンから詩的影響を受けたグリルパルツァはカルデロンの『世界の三大驚異』をもとに、一八二一年にギリシア伝説に題材を借りた『金羊皮』を上演し、『人生は夢』をもとに『夢は人生』（一八三四）を書いた。彼は自伝でも記しているように、シュレーゲル訳をとおして、特に『十字架への献身』に関心を寄せたと述べており、また『人生は夢』の断片を自分で翻訳し舞台にかけている。[9] 同じくオーストリア出身で新ロマン主義の代表的作家ホフマンスタール（一八七四―一九二九）もカルデロンの影響を受けた人である。『人生は夢』や『風の娘』の改作を試み、『塔』（一九二五）は前者に想を得たものである。この作品は受難劇でもあり、社会革命の悲劇へと高められている。[10] 一方、詩人シェリーはカルデロンから影響を受けた一人であるが、喜劇ではなく、悪魔が登場する『驚異の魔術師』のような宗教劇や聖体劇に魅せられた。特に自然に関しては、カルデロンの風景描写には魅力的なシーンが数多く見受けられ、その中でも岩山、洞窟、断崖などの荒涼とした風景、押し寄せる波などの野生的で幻想的風景、星の動きを好んだ。[11]

当のスペインでも、ファン・エウヘニオ・アルセンブスク（一八〇六―八〇）などが刺激を受け、これまで埋もれかかっていたカルデロン劇の再評価が試みられるようになった。しかし、反カルデロンの動きがあった最初の時期がすぎても、メネンデス・イ・ペラーヨは――彼については後に言及する――、シュレーゲルのプロパガンダ的な評価について賛成できる部分とそうでない部分があるとして、彼の讃辞にためらいを隠さなかった。いずれにせよ、賛否両論や付和雷同がある中、シュレーゲル兄弟の評価のおかげでカルデロンの名が全ヨーロッパに知れ亘《わた》る起爆剤となったのは確かである。

隣国フランスに目を向けてみると、フランスの文芸批評は概して古典主義に傾倒し、バロックを否定する傾向にあり、この文学様式を持つ外国文学は受け入れがたかった。フランス文学はアリストテレスの詩学、理性と秩序、三一致の法則を重んじるものであったし、自然を模倣しつつ道徳規範を示すものであったため、カルデロンなどのスペイン・バロック演劇は古典主義の作法に反するものであった。むしろ彼ら独自の発想によるものであり、劇芸術とは見なされなかった。それにもかかわらずフランス演劇界では、カルデロンの影響と名声は絶大であった。特に〈マントと剣〉の喜劇は彼の真骨頂《しんこっちょう》ともいえ、観客の人気を集めていた。それもそのはず、縺《もつ》れた筋立てや複数の事件の絶妙な組み合わせは独特の技法をもたらし、こうした場面で錯綜するエピソードを巧みに披露するテクニックのほうが、『人生は夢』などのシリアスな劇が提示する重要な問題よりも、はるかに観客を喜ばせたのである。その点では、同時代における他のスペイン人劇作家でカルデロンを凌駕する者はいなかった。その反面、古典主義を遵守《じゅんしゅ》するフランス演劇界では、カルデロンの地位が低く見られる傾向にあった。劇詩を創作する作家というよりは、むしろ通俗的な喜劇ヴォードヴィルの技法に長《た》けた作家と見なされたのである。[12]

こうした状況下、カルデロンの作品を模倣するフランス人劇作家たちは原作に込められた詩情を解《かい》することなく、入り組んだ筋立てを採り入れれば原作の妙味を出せるものと安易に思い込んだため、カルデロン劇に対する人気は落ちなかった一方で、模倣者たちのほとんどは劇芸術の点から成功したとは言えなかった。自作をよりよくしようとしたり、より完璧なかたちに仕上げようとしたりはしたものの、三一致の法則を無理矢理持ち込んだことによって筋運びが制約され、気持ちとは裏腹にカルデロン劇の詩的空間が台なしとなり、「真実味」からも遠ざかる結果となった。それでも月並みな芝居に拍手を送る観客が絶えなかったのは、そこに洗練された味つけやプロットの展開に彼らなりの工夫が凝らされていたからである。実際、一六四〇年から四八年にかけてフランスで書かれ上演された芝居の約半数は、スペインの劇作品を模倣したもので、その中の五〇%はカルデロン劇のプロットにもとづいて作劇されていた。モリエール（一六二二―七三）以前の劇作家は誰もが彼の成功にあやかっていたのである。また、ドゥーヴィル（一五八九頃―一六五五頃）、ボワロベール（一五九二―一六六二）、スカロン（一六一〇―六〇）、トマ・コルネイユ（一六二五―一七〇九）、キノー（一六三五―八八）などもカルデロンから一部着想を得ていたことを考えると、一六四〇年から六〇年にかけてのフランスでは、カルデロン劇がかなり人気を博したことがわかる。[13] こうしたカルデロン劇の模倣者たちの存在は、その翻訳や翻案がたとえ俗悪でありふれたレベルのものであったとしても、それを模倣する他のヨーロッパ諸国の劇作家たちがいたことを考えると、カルデロンの名声を世界に周知するうえで大いに貢献したことになる。[14]

　時代が下って十八世紀になると、カルデロンは批評家や啓蒙主義者たちによって批判の対象となったが、現実的にはマリヴォー（一六八八―一七六三）やボーマルシェ（一七三二―九九）は彼の作品から作劇上のヒントを得ていた。ドルノワ夫人がスペイン旅行記として『スペイン宮廷覚書』（一六九一）を著し、その中でスペイン人のネガティヴな側面に触れたこともあって、それがモンテスキュー（一六八九―一七五五）やヴォルテールなどの啓蒙主義者たちに火をつけた。特に後者は、スペインに衰退をもたらしたのは異端審問や新大陸征服と並んで彼ら自身の怠惰、無知、虚栄心、高慢さであるとして、スペインに対する好印象は持っていなかったし、スペイン文学に対してもさほど興味を示さず、スペイン演劇についてはフランス古典主義のよき趣向を害するものとして非難した。ヴォルテールにとっての最高の劇作家はラシーヌ（一六三九―九九）であり、カルデロン、ロペ・デ・ベーガ、シェイクスピアはそれ以下であった。端的にいえば、この時代の啓蒙主義者たちのカルデロンに対する偏見は二十世紀に至るまで尾を引くこととなったのである。[15]

　しかし十九世紀になると、フランスのロマン主義者たちがふたたびカルデロンに注目し始めたことで、翻案などが舞台にかけられ始めた。彼らが関心を寄せたのは、むしろ『名誉の医師』、『サラメアの司法官』、『十字架への献身』など悲劇的要素を含んだドラマであるが、カルデロン劇の真髄まで理解することはなかった。喜劇において好んで採り入れたのは相変わらず筋展開の縺れや各種策略であった。カルデロン劇の真価が問われ始めるのは、十九世紀後半になってからのことである。[16]余談ではあるが、メリメ（一八〇三―七〇）やデュマ（父）（一八〇二―七〇）は、地方色やロマン主義的な風物を求めてスペインを旅しており、中でもメリメはカルデロンの作品を読んでいた可能性は高い。もっとも、全体的に十九世紀の作家たちは、カルデロンの作品にはバロックの偉大な詩人ルイス・デ・ゴンゴラ（一五六一―一六二七）を彷彿させる文飾主義《クルテラニスモ》――誇飾主義、ゴンゴリスモともいう――があまりにも色濃く反映され、文体が懲りすぎていたことから、むしろロペよりも評価は低かったようである。[17]

スペインとは政治的にも文化的にも深い関係にあった十七世紀のイタリアでは、スペイン演劇の模倣が当たり前であった。カルデロン劇を積極的に模倣したのは、チコニーニ（一六〇六―六〇）で、『人生は夢』や『嫉妬という名の凄まじき怪物』を翻案し、またオペラの形式として『アブサロムの頭髪』、『愛と憎悪の感情』、『驚異の魔術師』、『声高《こわだか》の秘密』をアレンジし舞台にかけている。[18]

十八世紀になると、スペイン演劇を擁護する傾向と、フランスから入ってきた文化的趣《おもむき》もあってロペ・デ・ベーガやカルデロンなどの作品を誹謗する傾向の二手に分かれた。前者にはスペインから追放されたイエズス会士やイタリア人がいて、当時のイタリアに見られたスペイン文化に対する偏見や反感と戦いながらスペイン演劇の活気をとり戻そうとした。イエズス会士ではフランシスコ・ハビエル・ランピーリャス（一七三一―一八一〇）、アントニオ・エクシメーノ（一七二九―一八〇九）、エステーバン・デ・アルテアーガ（一七四七―九九）などが代表的な支持者であった。一方、後者はカルデロンの功績は認めるものの、諸手を挙げて賛成というわけにはいかなかった。劇作家・劇評論家のピエトロ・ナポリ・シニョレッリ（一七三一―一八一五）はスペイン文学に造詣が深く、フェルナンデス・デ・モラティン親子〔ニコラス〈父〉とレアンドロ〈息子〉〕とも親しかった。彼の見解としては、フランス演劇には反発するも、スペイン演劇よりもイタリア演劇のほうに価値があるというものであった。カルデロン劇は熟知しており、その技法や集客力を認め、賞讃さえ辞さない反面――とりわけ想像力豊かな劇空間と多彩な筋立てを持つ〈マントと剣〉の喜劇に対して――、その欠点に関してはかなりの非難を浴びせている。それ以上にカルデロン劇に対して否定的だったのが、ベッティネッリ（一七一八―一八〇八）である。彼に言わせれば、コルネイユやモリエールに見受けられる欠点は、ロペ・デ・ベーガやカルデロンの影響を受けたことによるものであるとし、十七世紀のイタリア演劇の悪趣味をスペイン人のせいにまでしている。しかしそうは言うものの、十八世紀のイタリアでは複数の翻訳や翻案あるいはモティーフを採り入れた作品をとおしてカルデロン劇が流布したことは事実である。『すべてを与えるも何も与えず』、『愛と憎悪の感情』、

『バルタサール王の晩餐《ばんさん》』、『声高の秘密』などをヒントにした多くのメロドラマや喜劇の上演がイタリアの地方の町でくり返されたのである。[19] 十八世紀イタリアの主要劇作家に及ぼしたカルデロンの影響力にはそれなりの理由があった。それは台本そのものや、複雑で巧妙に編まれた語呂から、彼らが感じとることのできる言葉と音楽との完璧な共生である。また、シンボルや作品の展開に込められた現実逃避なども、バレッティ（一七一九―一八九）、ゴッツィ（一七二〇―一八〇六）、メタスタジオ（一六九八―一七八二）など、主要作家たちの関心を惹いたのである。[20] ゴッツィは啓蒙主義の風潮に対して自国の文化を擁護した人で、神話劇を創作するのに理性に対抗し空想を優先するうえでスペイン演劇を手本にした。メタスタジオも、スペイン黄金世紀の劇作家たちに敬意を表し、とりわけカルデロンの劇的要素や練られたプロットを数々の自作に採り入れた。

十九世紀になると、教会に背を向け自由を希求する動きと、信仰心を目覚めさせようとする動きとがロマン主義に見られ、方向性が二つに分かれた。イタリア北部に多かった保守派や中道派はカルデロンを評価する傾向にあったが、それでもイタリアではダンテ（一二六五―一三二一）の右に出る作家はいなかった。しかし二十世紀最初の数十年間には、カルデロン劇の翻案や上演が増え、バロック演劇の真価が問われるようになり、また多少の偏《かたよ》った見方はあったものの、カルデロンのすぐれた点を指摘する批評家たちも現れた。

ロシアでは、セルバンテス、ロペ・デ・ベーガ、カルデロンなど黄金世紀の文学作品に対する関心は一部の知識人に限られていたが、根強いものがあった。プーシキン（一七九九―一八三七）は四巻からなるライプツィヒ版でカルデロンの劇作品を所有し、カルデロンの中に普遍的価値と自由の文化が融合したロマン主義の先駆けを見出した。また、『ドン・キホーテとハムレット』を書いたツルゲーネフ（一八一八―八三）も、スペインのことに関心を寄せ、一八四七年一二月一九日にスペインの愛人に宛てた手紙には、カルデロンを原文で読んでいることや、最も人間的で最も反キリスト教的であったシェイクスピアと同様に、カトリックの劇詩人であるカルデロンを迫力のある非凡な劇作家であると認めている。要するに、カルデロンはロシアでも一定の影響を及ぼし、一九一七年のロシア革命が勃発する前の一五年ほどの間に、『人生は夢』、『十字架への献身』、『不屈の王子』、『聖パトリックの煉獄』などがロシア語に翻訳されたほどである。[21]

では、肝腎のスペインでは十九世紀以降カルデロンの評価はどうだったかと言えば、『テルエルの恋人たち』でスペイン・ロマン主義の勝利に貢献した劇作家アルセンブスクの功績により、カルデロン劇が広く世に伝わることとなった。彼は読者の便宜をはかり、元のテクストに手を加えたが――特にト書きで場所の説明を書き加えた――、一八二七年以来、『スペイン人作家叢書』シリーズの一環としてカルデロンの劇作品を収録したおかげで、普及するようになった。一八八一年、詩人の没後二〇〇周年を記念して、講演会が開かれたり、新聞・雑誌にカルデロンを絶讃する記事が掲載されたりしたが、前述のメネンデス・イ・ペラーヨはこうしたイベントに物議を醸し出すような発言もしている。この評論家は『カルデロンとその演劇』の中で、ルサンの『詩論』を引き合いに出し、特に歴史劇については、時代錯誤と歴史的・地理的欠如から非常識の塊《かたまり》であると非難し、風俗喜劇については伊達男、貴婦人、父親、兄弟は皆同じような鋳型に流し込まれて創られたようで紛らわしく、人間性に欠けていることや、自然な表現とは裏腹に誇大表現やメタファーに満ちていると批判している。いわば、カルデロン劇を十九世紀の写実主義と理性的視点に縁どられた新古典主義の規範に従って解釈したわけだが、その一方で多くの価値ある鋭い指摘もしている。特に聖体劇の解釈については初めての試みであり、とても有意義な批評も残している。[22] 一八八一年には、欧米で各種イベントが開催され、カルデロンにまつわる出版物が何冊も刊行されたが、それらは外国人からカルデロンを自分たちの手でとり戻すためのお祭り騒ぎに似たようなもので長続きはしなかった。カルデロン劇の真の評価がなされるのは、スローマン、ウイルソン、パーカー、ワードロッパー、プリング・ミルなど英国の研究者たちの功績によるところが大きく、これが基盤となって次第にカルデロン研究が欧米で進められるようになり、この劇作家に関する書籍や論文の数も急激に増え始めた。

最後に、二十世紀におけるスペインでの状況を見てみると、内戦が終わった一九三九年から現在に至るまで、カルデロンはロペ・デ・ベーガ、シェイクスピア、モリエールなどと並んで、古典演劇を代表する劇作家の一人として揺るぎない名声を築いてきた。内戦後のスペイン演劇界は、フランコ政権の厳しい検閲もあって、イデオロギーや芸術性の観点から縛りがきつく、自由な作劇という環境にはなかった。そのため荒廃した社会や歴史に言及するような作品は御法度となり、芸能として大衆の前で披露されるのは、独裁政権に都合のよい作品、伝統的なスペインの音楽・舞踏、十七世紀の古典演劇ぐらいであった。

古典演劇の中でも特にカルデロンの作品の上演は数が多く、戦後の荒廃から抜けきらない人たちの慰みとなった。『人生は夢』、『淑女「ドゥエンデ」』、『名誉の医師』、『サラメアの司法官』、『十字架への献身』のような世俗劇はもちろんのこと、『バルタサール王の晩餐』、『世界大劇場』、『人生は夢』のような聖体劇も舞台にかけられた。ロペ・デ・ベーガはカルデロンと同様に当時の演劇界では重要な役割を果たしていたが、彼の叙情的で祭り気分を醸し出してくれる劇よりも、むしろ重々しく峻厳を極めるカルデロンの劇のほうが重宝された[23]。やがて五〇年代に入ると、カルデロン劇の上演はさらにその数を増し、これまで以上に舞台装置や劇芸術が重視されるようになり、ほぼ定期的に興行案内の看板に掲載された[24]。しかし、次の一〇年間は古典演劇の見方に変化が生じた。文化の振興をはかる当局のプロパガンダとして「政府の演劇」と見なされたことで、上演する側は舞台仕かけとは別に、古典演劇が歴史的・社会的に重要な意味を持っていることや、現代劇と同じように問題解決の糸口を提供するものであることを強調する必要があった。その結果、言語的な問題などが生じ、模範とされていたスペイン古典演劇は本来の価値を失った。もちろんカルデロン劇とて例外ではなくなり、上演の数も減る傾向となった[25]。この問題は七〇年代に入るとさらに厳しくなり、演劇自体の衰退もあって、スペイン古典演劇はもはや社会に寄与しないという位置づけから上演の機運が低下していき、それにともないカルデロン劇の上演数もさらに減少した。

ところが、民主化の流れもあって七〇年代末あたりから、ふたたびスペイン古典演劇を盛り上げようという動きが見え始めた。フランコ没後に検閲がなくなったこともあり、演目には政治的なものからエロティックなものまであったが、その一方で文学的な要素を含んだ劇作品を求める人たちも現れ始めた。カルデロンの作品からは『戸口の二つある家は不用心』、『淑女「ドゥエンデ」』、『十字架への献身』、『森の女と稲妻と石像』などが上演された。こうした演劇に対する順風はカルデロン没後三〇〇周年を迎えた八一年以降も吹き続けた。その大きな理由の一つとして七八年にアルマグロで開催された「ホルナーダス・デ・テアトロ・クラシコ」――のちに「フェスティバル・デ・テアトロ・クラシコ」となる――の存在があげられる。こうした催しがさらなる演劇の発展へとつながり、さまざまな劇作家の作品が舞台にかけられるようになった。その中でもロペ・デ・ベーガと並んでカルデロンの劇は大きな役割を担った。外国の作品ではシェイクスピア劇が突出していた。八六年に創設された「コンパニーア・ナシオナール・デ・テアトロ・クラシコ」という国立劇団の存在も、演劇の発展に大きく貢献し、カルデロンの『淑女「ドゥエンデ」』、『サラメアの司法官』、『名誉の医師』、『人生は夢』、『愛に愚弄は禁物』、『世界大劇場』などを舞台にかけ、観客および評論家から好評価を得たのである[26]。

このような文化的流れから孤立した日本でのカルデロンの存在はどうかといえば、近年少しずつ翻訳は出始めてはいるが、一般的には今もってほとんど知られざる世界に近いといっても過言ではない。『ドン・キホーテ』の全編をまともに読む大学生すら滅多にいないのが現状であることを思えば、一般的にカルデロンを読む人など極端な少数派であろう。スペイン語を専門とする大学生ですら、授業で繙《ひもと》かない限りカルデロンの世界に触れることなく卒業していくのが現状である。だが、そうはいうものの中身を読んでみると、三〇〇年以上も経っているというのにこれが意外とおもしろい。特に喜劇作品には、当時の風俗描写や人間の性《さが》が描かれていて、現代に生きるわれわれが読んでも新鮮に映る。これまでシェイクスピアが日本では声高に語られてきたが、明治以来のスペイン文学翻訳の遅れが祟《たた》ったのか、残念ながらこの両者の知名度の格差は歴然としており、いまだに是正されないままである。

そこで本書では、カルデロンの劇芸術の魅力が少しでも伝わることを願いつつ——そういう意味では啓蒙的な意味合いも含んでいることをお断りしておく——、今いちどジャンル別にその技法を検証することによって、新たな視点からカルデロン独特の劇芸術、いわば現代でいう大がかりな舞台装置や演出を組み入れた劇世界を、広大無辺な想像のキャンヴァスに描出した彼の芸術的意匠に迫ってみたいと考える。そのためには、どのジャンルの作品にも組み込まれている詩的要素を考慮したうえで、各ジャンルを代表する作品に焦点を当てながら、十七世紀の演劇環境やカルデロンの作劇方針、劇世界の窓をとおして見える当時の社会事情にも触れつつ、バロック演劇特有の光と影、聖と俗、善と悪など、鮮やかなコントラストがなす百花繚乱の劇空間に注目することにしたい。なぜなら同じジャンルの作品であっても、各構成要素が主要テーマに見合った割合で配合されるため、表面的には似たような体を成す劇構造が、細部に至るとそれぞれ特有の光沢を放つという技法を見せるからである。また、物語を構成する善と悪の対比にしても、カルデロンの場合、従来のように主役の感情・思考をクローズアップする役割や、観客に可能な限り感激や感動を与える役割などに加えて、これがさらに明確に表現されることで、人々の心に観劇の余韻を深く漂わせようとした苦心の跡が感じとれるからである。

注

1 Manuel Durán y Roberto González Echevarría, “La crítica calderoniana hasta 1881”, *Calderón y la crítica: Historia y antología*, I, eds. M. Durán y R. González Echevarría, Madrid: Gredos, 1976, 17-19.

2 Ibid., 23-24. この点に関する詳しい経緯については以下の論文を参照されたい。Mario Hernández, “La polémica de los autos sacramentales en el siglo XVIII: La Ilustración frente al Barroco”, *Revista de Literatura* 42 (1980), 185-220; Víctor García Ruiz,

“Los autos sacramentales en el siglo XVIII: Un panorama documental y otras cuestiones”, *Revista Canadiense de Estudios Hispánicos* 19 (1994), 61-82.

3 Durán y González Echevarría, 24.

4 なぜカルデロンがスペインよりもドイツで受け入れられるようになったかについては、以下の研究書の結論で端的にまとめられている。Henry W. Sullivan, *Calderón in the German Lands and the Low Countries: His Reception and Influence 1654-1980*, Cambridge: Cambridge Univ. Press, 1983, 409-415.

5 Ibid., 124.

6 Durán y González Echevarría, 41.

7 Ibid., 41-42.

8 Ibid., 46-49.

9 グリルパルツァ『グリルパルツァ自伝　付—一八四八年・革命の思い出』、佐藤自郎訳、名古屋大学出版会、一九九一年、七一頁。

10 E・R・クルチウス『ヨーロッパ文学批評』、松浦憲作ほか訳、紀伊國屋書店、一九六九年、七五頁。

11 Durán y González Echevarría, 57-58.

12 Alejandro Cioranescu, “Calderón y el teatro clásico francés”, *La comedia española y el teatro europeo del siglo XVII*, eds. Henry W. Sullivan, Raúl A. Galoppe y Mahlon L. Stoutz, London: Tamesis, 1999, 49, 74.

13 Ibid., 51. 当時はスペイン演劇を翻案した出し物が多く上演され、カルデロン劇とて例外ではなかった。スカロン、モリエール、ドゥーヴィルとボワロベールの兄弟、オートロシュ（一六一七—一七〇七）、トマ・コルネイユなどによって模倣され翻案されたのである。たとえば、コルネイユは大々的にスペインの芝居を手本に脚本を書いた人で、彼の『偶然の約束』はカルデロンの『戸口の二つある家は不用心』と『偶然の約束』を、『偽占い師』も同じくカルデロンの『偽占い師』を、『姿の見えない貴婦人』は『淑女「ドゥエンデ」』をモデルとしている（Luis Cortés Vázquez, “Influencia del teatro clásico español sobre el francés: Calderón de la Barca y Thomas Corneille”, *Estudios sobre Calderón*, ed. Alberto Navarro González, Salamanca: Univ. de Salamanca, 1988, 19-20, 22-23）。なお、ドゥーヴィルの『偽りの真実』とボワロベールの『見知らぬ女』も、カルデロンの『戸口の二つある家は不用心』にもとづいて書かれている（冨田高嗣「トマ・コルネイユ作『偶然の約束』」、『長崎外大論叢』、一六

（二〇一二年）、一〇五―一〇八頁）。スカロンの『自分自身の番人』は同じくカルデロンの『自分自身の司法官』を粉本とし、また遺作と思われる『偽りの見た目』（一六六三）は『時には禍も幸いの端となる』を焼き直したものである（冨田高嗣「ポール・スカロン――スペイン・コメディアにこだわり続けた劇作家」、『フランス十七世紀の劇作家たち』、中央大学人文科学研究所編、中央大学出版部、二〇一一年、三三五―三四八頁）。なお、スペイン語の作品名を拙訳としたのは論旨に合わせてのことである。

14 Cioranescu, 74-75.

15 Chirstoph Strosetzki, “La concepción de Calderón en la Francia de los siglos XVII y XVIII”, *Pedro Calderón de la Barca. El teatro como representación y fusion de las artes*, (*Anthropos*, Extra 1), 1997, 150-151.

16 Ana María Martín, “Ensayo bibliográfico sobre las ediciones, traducciones y estudios de Caldrón de la Barca en Francia”, *Revista de Literatura* 17 (1960), 53-54, 57.

17 Durán y González Echevarría, 63.

18 Vicente González Martín, “Presencia de Calderón de la Barca en el siglo XVIII italiano”, *Estudios sobre Calderón*, 43.

19 Ibid., 43-46.

20 Ibid., 47-48.

21 Durán y González Echevarría, 72-73.

22 Ibid., 89-93.

23 Luciano García Lorenzo y Manuel Muñoz Carabantes, “El teatro de Calderón en la escena española (1939-1999)”, *Estado actual de los estudios calderonianos*, ed. Luciano García Lorenzo, Kassel: Reichenberger, 2000, 354.

24 Ibid., 355-357.

25 Ibid., 357-358.

26 Ibid., 359-368.

1 十七世紀のスペイン演劇

1－1　ロペ・デ・ベーガ以前の演劇

十七世紀全体を俯瞰すると、インフレが激化し、通貨危機、新大陸からの物資の目減り、何度かの破産宣言など、国家の経済は危機に陥り、スペイン帝国の弱体化が顕著になった時代であった。牧畜業は手厚く保護されたものの、産業は放棄され、恩恵を被るのは大貴族だけであった。富の分配にも大きな偏《かたよ》りが生じ、王族に後押しされた少数の特権階級だけが甘い汁を吸っていた。一部の特権階級の人々と大部分を占める庶民とのあいだにみられる貧富の差があまりにも大きかったが、彼らにはこうした問題を解決しようとする意志すらなかった。日々貧困にあえぐ多くの人々を尻目に、自己の威厳を保つことを最優先に考え、権力を誇示せんがために贅沢な暮らしを送っていた。肝心の投資を怠り、たとえ下級貴族であっても高貴な血筋を引く人間が手仕事に従事するのは不名誉なことだと考え、基本的な経済活動を軽蔑したために社会の貧困および治安の悪化を招いたのである。

特に十七世紀の文学に表れるテーマやモティーフには、こうした時代の様相が反映され、孤独、虚無、無常、幻滅、死などの悲観的なイメージがくり返される。また同時に、衒《てら》い、名誉、寛容、貞操、聖性、恩寵、誘惑、罪、贖罪、情念、危険をはらんだ愛などの要素も加わる。そしてこれらを最大限に活かすために、仰々しい儀礼や見せかけの態度と誠実な言動、運命と自由意志などの両義性、さまざまなコントラスト、豊富なシンボルやメタファー、光と影の対蹠法なども文学的技法として多用されるようになる。剽軽さや滑稽さと背中あわせに、迷いや錯覚が引き起こすサスペンスも導入され、壮大で華麗な詩的世界が誕生するのである。[1] 基本的にはルネサンス文学の技法を下地にしているが、時代が下るとともに独自の斬新な手法によって、人々を大いに驚嘆させようと、人間の知性と感覚が生み出す奇抜さを求める方向へと進んでいく。

　十六世紀初期のスペインには、まだ大衆用の芝居小屋は存在せず、演劇を生業《なりわい》とする人たちもいなかった。上演されるとなると、宮廷または貴族の城館で個人的に演じられる芝居か、教会の内部またはその周辺、あるいは祝祭日に公共の広場で演じられる宗教劇であった。ほかには大学や神学校で、学生たちによってラテン語や雄弁術の習得を目的とした劇が盛んに演じられた。アルカラ、サラマンカ、バレンシアの各大学では、キリストの降誕祭、謝肉祭、復活祭、聖体の祝日などになると、ラテン語を流暢に話すためのプログラムの一環としてだけでなく、キリスト教の教義を強化するために演劇が有効な手段として導入された。芝居の脚本としては、主にローマの劇作家プラウトゥス（前二五四頃―前一八四）やテレンティウス（前一九五頃―前一五九頃）などのラテン語で書かれたテクストが使用された。イエズス会の経営する各地の神学校でも、退屈な教義や説教を動きのある対話形式のものに置きかえ、神学生たちの興味を惹こうと、神父たちが聖・俗を問わず傑作を書き綴った。[2]

　十五世紀後半から十六世紀前半にかけて、スペインではフアン・デル・エンシーナ（一四六八?―一五二九?）、ルカス・フェルナンデス（一四七四―一五四二）、ジル・ビセンテ（一四五三?―一五三六?）、バルトロメ・デ・トーレス・ナアーロ（一四八五?―一五二〇?）といった人たちが演劇活動をしていたが、彼らの作品がどのような状況下で上演されたかについては、ほとんどわかっていない。宗教劇に限っていえば、おそらく慣例となっていた儀式の際に、教会か寺院の敷地にて上演されたであろうとの推察はつくが、世俗の演劇についてはおそらく自分たちが仕えていた主人の城館にて、宮廷貴族を対象に上演されたのではないかと考えられる。[3]

やがて十六世紀後半になると、徐々にスペイン各地に劇場が建設され始め、演劇はめざましい発展を遂げるようになった。特にロペ・デ・ルエーダ（一五一〇?–一五六五）、ファン・デ・ラ・クエバ（一五五〇?–一六一〇）などが大衆の好みに見合った芝居作りを始めるようになってからは、これまで教会や貴族の城館を中心に演じられてきた演劇が大衆の面前でも演じられるようになった。大衆演劇の基礎を築いたロペ・デ・ルエーダは、劇作家、役者、座長として活躍した人で、一五四〇年あたりから一座を率いて、バリャドリード、セゴビア、セビーリャ、トレド、マドリード、コルドバなど各地を渡り歩き、貴族の城館のみならず、一般市民を相手に宿屋の中庭《パティオ》、町の広場、袋小路などに簡素な即席の舞台を設置し、観る者を楽しませていた。このロペ・デ・ルエーダの芝居を子供の頃に見物したのが、長編小説『ドン・キホーテ』の作者セルバンテスであった。セルバンテスも若い頃から劇作に手を染め、本人に言わせれば数十篇の戯曲を舞台にかけ、それなりの成功をおさめたようだが、十六世紀後半から十七世紀初頭にかけて、伝統的な演劇様式にとってかわるロペ・デ・ベーガの「新しい演劇《コメディア・ヌエバ》」に人々の関心が移ると、時代の変化を感じずにはいられなかった。セルバンテスの苛立ちの気持ち、髀肉《ひにく》の嘆《たん》は『ドン・キホーテ』前編、『パルナソ山への旅』、『新作コメディア八篇と幕間劇八篇』の「読者への序文」などの一部ににじみ出ている。[4]

全体的にこの時代の演劇作品といえば、筋運びが単調であり躍動性にも欠けていた。エンシーナからロペ・デ・ルエーダに至るまで、各作家にはそれぞれの作風はあるにしろ、のちのロペ・デ・ベーガなどの劇と比べるとおおむね登場人物たちの対話を中心とした単調な筋立てで構成されていた。ただ、クエバの『侮辱者』になると、情念の象徴ともいえる夜の場面が設けられていたり、水流の音や穏やかな自然の描写、愛・名誉・侮辱・復讐などの要素も加わったりして、筋立てそのものは比較的単調であるが、他の劇作家たちの劇構造とは異なっているのが確認できる。

1－2　ロペ・デ・ベーガの大衆演劇

ロペ・デ・ベーガが劇壇に登場するのは、大衆演劇がまさにこれから開花しようとしていた時期であり、各都市に劇場が建設される時期とも重なる。ロペは、セルバンテスやルペルシオ・レオナルド・デ・アルヘンソーラ（一五五九―一六一三）などによる古典派演劇にこだわらず、入場料を支払って観に来てくれる大勢の観客に受け入れられるような芝居作りをめざし、国民的作家と言われるほどの人気を博した。いわゆる、ギリシア・ローマの演劇に見られた一定の規則に則《のっと》ったものとは異なるタイプの芝居を確立したのである。ティルソ・デ・モリーナはこれを「新しい演劇《コメディア・ヌエバ》」と呼んだ。[5] とはいうものの、これは序章でも触れたようにロペ以前の何人かの劇作家たちの遺産の上に実現したものであった。もともと古いタイプの芝居に背を向け、悲喜劇を推進したのはクエバであり、ロペはこのセビーリャ出身の劇作家から少なからず影響を受けたものと推察される。[6]

では、ロペの「新しい演劇」とは何かというと、時流に呼応し、気まぐれな大勢の観客の好みに合わせて書かれた劇のことをさす。『当世コメディア新作法』（一六〇九）[7]には、具体的にどういう劇様式や表現が観客を大いに喜ばせるものであるかが具体的に記されている。手短に言えば、古めかしい古典の規則を尊重するよりも大衆の好みにあった芝居を舞台にかけるほうが有益であると訴えている。これを上梓した時点でロペはすでに自己の演劇スタイルを確立しており、それを正当化する意味でもこの短い演劇論をぶっているのだが、それは同時に博学の士たる古典演劇擁護派の攻撃から自分のスタイルを守るためでもあり、そこはきちんと彼らにも敬意を表している。「このわたしほど粗野な劇作家はいないでしょう。大胆にも古い作劇法に対抗して新たな規則を作り上げ、大衆の好尚を追い時流に迎合したわけですから。（……）わたしは今週書き終えたばかりの一篇を加え、これまでに四百八十三篇ものコメディアを書いてきたのですから、今さらどうしようもありません。なぜなら六篇

ロペ・デ・ベーガ

をのぞけば、残りの全作品はいずれも古い作劇法から大幅に逸脱してしまっているのですから。要するに、わたしは自分の流儀にしたがって書き上げたものを支持したいと思うのです。たとえ古代の規則にしたがって書かれたコメディアの方がよい戯曲であるとしても、われわれのコメディアのような喜びを観客に与えることはできないでしょう。そのわけは、古代の由緒正しい規則に反することが、しばしば観客を喜ばせるからです」[8]。

このように用意周到な前置きをしてから、独自の理論を展開する。基本的な事柄は、以前の四幕または五幕物を三幕（問題提起、山場、大団円）にしたうえで、コメディアは人生の写しであるから人々の行動を模倣し、かつ時代の風習を描くのが大事であること、喜劇的要素と悲劇的要素を混ぜ合わせることによって自然なかたちに仕上げること、三一致の法則については劇のプロットを一つに絞るよう心がけるべきだが、時や場所の概念については必ずしも物語を一日のうちに終わらせたり、同一の場所で事件が終始するように仕組んだりする必要はないこと、気の短い観客が途中で帰ったり騒いだりしないように最後まで結末を明かすべきではないこと、各登場人物に見合った品のある自然な言葉遣いが望ましいこと、すなわち王の威厳のある言葉と身分の低い者の言葉とは区別すること、女優は観客を喜ばせる意味で品位を損なわない程度に男装するのがよいこと、韻律についてはとり扱う題材や各場面に見合った詩型を選び[9]、その効果が充分に出るようにすべきであること、そして何よりも重要なのが「真実を語りながら欺《あざむ》く」という技巧を用いて「名誉」を題材に選べば、観客を大いに喜ばせることができるという点である。そしてこれに「徳行」を加えれば完璧だという[10]。

この技法は、のちにロペの劇形式を踏襲したアントニオ・ミラ・デ・アメスクア（一五七四？―一六四四）、ファン・ルイス・デ・アラルコン（一五八〇？―一六三九）、ティルソ・デ・モリーナ、カルデロンの劇作品にも当てはまる。作劇するに当たって重要なことは、社会のあらゆる階層の人々を楽しませるには、たとえ八方美人的であろうと、かぎられた劇空間にできるだけ多くの事象を盛り込むことであった。そのため筋立《プロット》てが優先され、登場人物の性格描写が作品によっては多少希薄になることもあった。たとえばモリエールの描いた偽善者タルチュフや守銭奴アルパゴンなどのように強烈な個性の描写に欠ける嫌いはあった。[11] クルチウスもこの点を的確に指摘している。イギリス、フランス、ドイツの演劇は構成上の差異は大きいが「人間がこの劇の中心点である。人間は悲劇の主人公として最高の品位に高められる。（……）彼は《性格》である、一人だけしかいない人物である」と。これに対してカルデロンは、心理的な葛藤は知っているとしても、それが劇の中心になることはない。「彼の劇は人間を中心としておらず、人間はいつも宇宙的な、そして宗教的な結びつきのなかで動いているからである。人間を規定するものは星辰の飛翔であり、より高い面から見るならば、神の恩寵と人間の自由の神秘的な絡み合いである。（……）カルデロンの人間は独立した性格ではなくて型である。このような型が賢者、兵士、おどけた召使、王、乞食、農夫……その他大勢である」[12]。それというのも劇作家がめざしたのは詳細な心理描写ではなく、完璧なプロットの構築だったからである。そのうえで、勧善懲悪の劇世界として詩的正義《フスティシア・ポエティカ》（物語上の裁き）が正しく機能していれば、劇作家にとって申し分なかったのである。[13]

基本的にバロック演劇[14]ではダブルプロットになっているケースが多い。二つの事件の相関関係が明確であり、一つの方向性をきちんと保っていれば、メインプロットとサブプロットを平行して導入することによって、劇をよりいっそうおもしろく魅力的なものにすることができた。ロペとしては文字通り単一のプロットに執着していたわけではなく、二重構造であっても、単にエピソードが多すぎて話の本筋がぼやけてしまわないようにとの警告にすぎなかった。こうした劇構造は、前述したエンシーナなどのルネサンス演劇の単調さに比べると筋の錯綜が際立っており、最後まで話の結末がわからないようになっている。これは時代とともに演劇が円熟味を増すにつれて、ちょうどカルデロンの作品に見られるように、より複雑で入り組んだものとなり、この独特の妙趣が完成の域にまで達するようになった。名作『人生は夢』を例に出すまでもなく、ロペの『フエンテ・オベフーナ』など、この時代を代表する劇作家の作品群にも、メインプロットとサブプロットの見事な組み合わせが散見される。

当時として画期的だったのは、一作品のなかに悲劇的要素と喜劇的要素が混在したことである。これはこの時代の新しい試みの一つであり、こうなるともはやギリシア・ローマ演劇のような悲劇と喜劇のあいだの歴然とした区別は意味をなさなくなる。たとえ悲劇であっても、洗練された文体で書かれていたり、観客の同情を一身に集めたり、模範となったりする必要はなかった。主人公が王侯貴族であったり、その威厳ある行動が常に不運に導かれたりする必要もなかった。逆に喜劇にしたところで、登場人物を下層階級の人々に限定する必要もなく、芝居の出だしが不幸な境遇で始まり、途中で何度かどんでん返しがあったあと、幸福な結婚で終わるという筋書きでもかまわなかった。むしろそのほうが観客に喜ばれたのである。ロペは『当世コメディア新作法』でこの点にも言及している。

> 悲劇的なものと喜劇的なものを混ぜ合わせ、テレンティウスとセネカを融合することにより、よしんばそれがパーシパエーの子ミーノータウロスのような怪物であったとしても、その出来栄えとしては荘重であると同時に滑稽なものに仕上がることでしょう。まさにこのとり合わせが人々を存分に楽しませることになるのです。[15]

むろんロペだけでなく『スペイン・コメディア擁護論』を著したリカルド・デ・トゥリア（一五七八？―一六

四〇？）も、ロペの見解を次のように支持している。

わが国で上演される数々のコメディアはどれもみな喜劇とはいえず、悲喜劇の範疇にはいる。それは悲劇的な要素と喜劇的な要素を混ぜ合わせたもので、前者には威厳のある人々、崇高な筋立て、恐怖、憐憫がつきものであって、後者には独自のテーマ、笑い、機知がつきものである。同一の物語のなかに威厳のある人物と下賤の者がいっしょに登場するというこの種の混在は、自然や詩芸術に矛盾しないことを考えると、これを不適切だとは誰も思うまい。[16]

ロペの大衆演劇に始まり、それを踏襲した当時の多くの劇作家が書いたバロック演劇が意味するものは、まさにこの種の「コメディア」だったのである。要するに芝居の成功・不成功の鍵を握る観客の顔色をうかがいながら、事件をできるだけ縺れさせ、格言や優美な詩句やしゃれで適度に味つけし、全体の組み立て方法を練る必要があった。これこそが演劇界で生き続ける秘訣であった。脚本を書くにあたって、いかにプロットを入り組ませ、大団円では筋の縺れをほぐしながら、観客を満足させるかが劇作家の腕の見せどころであったことを、歴史家であり詩人でもあったホセ・ペリィセール・イ・トバール（一六〇二—七九）はのちに『カスティーリャの演劇概念』（一六三五）の中で以下のように指摘している。

第一幕では作者の狙いをあますことなく提示し、第二幕では奇抜な着想を巧みに採り入れ、それが解決不可能と思わせるくらいまで問題を錯綜させる、また三幕に入っても転変きわまりない筋立てとなるように仕上げ、その三幕も三分の二あたりまでは観客をどっちつかずの宙ぶらりんの状態にしておいて、三分の二まできたところでようやく筋の縺れをほぐし、観客に満足してもらえるようなかたちで終わらせるべきである。[17]

1－3　マドリードの芝居事情[18]

　初期の劇場は、四方を棟《むね》続きの建物に囲まれた中庭に舞台を設置して演じるという非常に簡素なものだったが、これがのちに芝居小屋《コラール》へと発展した。十六世紀最後の四半世紀、マドリードにはイサベル・デ・パチェーコ所有の劇場など数軒があったが、一五七九年にクルス劇場が、一五八二年（一五八三年、柿落《こけらお》とし）にプリンシペ劇場が完成すると、やがてこれらは二大劇場として他を寄せつけない存在となった。両劇場の構造は、全体の床面積およびその形状に関して多少の違いはあったものの、劇場全体の造りには大きなちがいはなかった。もっとも、時の流れとともに何度も内部に増改築が施され、少しずつ形を変えていった。どちらも異なる階級の人々が一堂に観劇できるような構造になっていた。劇場に足を運ぶ観客は王侯貴族、聖職者、学識者、上級貴族・下級貴族、兵士、商人、従僕、馬丁、女性客などで身分を問わなかった。客席も異なる階級の観客を想定した造りになっていた。客席の品等もあって、めったに身分の異なる観客同士が席を並べることはなかった。観客はそれぞれの身分や地位や経済力に見合った席を確保し、芝居を存分に楽しんだのである。

　内部構造は、両劇場ともに、中庭（平土間）――中庭の広さは奥行きが一二・三メートル、幅が八メートルほどあった――を中心にひときわ高いステージが正面に設置されていた。ステージの高さは一・六八メートル、幅は中庭と同じく八メートル、奥行きは四～五メートルほどあった。平土間には口うるさい立ち見客、別名モスケテーロと呼ばれる人たちが陣どった。左右両側の建物に設けられた各部屋のバルコニーや格子の入った窓の部分は、客席（貴賓席）として使用された。最上階にはデスバン（またはアポセンティーリョ）とよばれる屋根裏の席があり、そのすぐ下にはアポセントと称する桟敷があった。前者は識者たちによって占められ、ここではしばしば作品の価値がとり沙汰されたことから、別名テルトゥリアとも呼ばれていた。後者には身分の高い貴族やブ

フアン・コンバのスケッチ（1660年のマドリード・プリンシペ劇場の様子、1888年）

ルジョア階級の人々が陣どった。舞台の両袖あたりから客席後方にいたるまで、左右ともに段状になった男性用の階段席が設けられていた。そしてステージの最前列付近には三人がけの長椅子が一、二列置かれていた。これらの席は主に商人や職人たちが利用した。そのすぐ後方の料金が一番安い平土間の立ち見席とは一線を画する意味で、首までとどく高さの木柵が設けられていた。さらに舞台から見た正面、つまり客席後方の二階には、初期の頃にはなかったカスエラ（またはコレドール）とよばれる女性専用の席が設けられていた。ここは身分の相違による座席の区別はなかったが、ここに集まる女性たちの身分はさほど高くなかった。高貴な女性ともなればアポセントのような貴賓席で観劇するのが慣わしだったからである。

芝居の興行は、初期の頃は主に祝祭日に上演されていたのが、芝居の人気が高まるにつれて毎週火曜日と木曜日、また四旬節前の三日間の祝祭日にも上演されるようになった。ただし、四旬節第一日目から復活祭までの期間は上演中止となった。芝居の上演時間は平均二時間前後であったが、長いものになると二時間半を超える場合もあった。観客と舞台を遮る緞帳《どんちょう》はこの時代の常設劇場にはなく、上演前になると前口上《ロア》が述べられた。場合によってはギター、ビウエラ、ハープ、トランペット、太鼓などの伴奏による歌や音楽が先行することもあった。そのあと一幕が始まり、それが終わると今度は一幕物の短い幕間劇《エントレメス》が演じられた。それから二幕へと続き、三幕が始まる前にも踊り《バイレ》または音楽を伴った陽気なハカラが挿入された。芝居終了後にも、場合によっては一幕物の風俗喜劇であるサイネーテまたはモヒガンガといった短い出し物がそえられることもあった。これら一連の催し物はそのときの状況によって、また時代が進むにつれて構成に変化はあったものの、全体が一つの興行体系を成していた。

常設劇場に足を運ぶ観客の想像力はとても豊かであった。舞台装置や舞台装飾が簡素であったせいか、登場人物の台詞や服装から物語の状況や主人公の立場をいち早く理解する能力に長けていた。たとえ時代錯誤が平気でまかり通っていたとしても、全体の筋立てを損なわないかぎり彼らにとって大した問題ではなかった。観客は舞台仕かけや凝った装飾を見て楽しむというより、むしろ筋展開および役者の思いを、台詞をとおして聞くことにより芝居を楽しんだのである。現代の劇場とはちがい、場内は不衛生であり、おまけに人々の芝居を見るマナーも悪かった。身分の低い人たちが占める席は、時には役者の台詞が聞こえないくらい騒々しかった。とりわけ一番うるさかったのが、平土間の立ち見席に陣どるモスケテーロと呼ばれた連中で、作品が気に入らない場合には、舞台に物を投げ入れたり役者に野次を飛ばしたりして場内が騒然となることや、上演が中止になることさえあった。

あの激怒したモスケテーロたちにかかるとそれこそ大変なことになる。彼らにかかっては、神聖な出し物であれ世俗的な演目であれ、気に入らなければもうおしまいだ。なぜなら、あの手の庶民ときたら長椅子の連中であろうと階段席の連中であろうと危険きわまりない。コメディアを妨害しようと、舞台に投げつける物をいろいろ持ち込んで待ち構えているのだ。そしてまたそれが連中の楽しみときている。出し物が彼らの犠牲にでもなろうものなら、からから音を出すカラーカ、家畜の首につるす鈴、木琴、口笛、呼び鈴、動物の去勢を知らせるときの笛、お布施を求めるときの拍子木で嵐のような喝采を浴びせるだろうし、ヤジや口笛はやまないだろう。ついこのあいだも、ある芝居がこうした地獄の音楽でやじられたことがあった。そのときには名前を呼ばれた詩人〔劇作家〕が舞台で踊らされるという醜態を晒《さら》すことになった。[19]

それでも彼らの評価は劇作家や座長の威信をも脅かすほど絶大だったため、劇作家たちは観客の期待を裏切らないよう、どの階級の人たちにも喜んでもらえる出し物を舞台にかけようと努めた。

ここでは拍手喝采とともに主導権を握るのは、高貴な市民でも高尚な芸術の師匠でもなく、仕立屋であり、靴屋であり、御者であり、学識ぶった連中またはその類《たぐい》の人間である。彼らは知識すらないくせに作品に判定を下すのだ。[20]

この時代の劇作品には、メインテーマを中心にいろいろな構成要素が挿入されているのはそのためである。日々の生活に密着した事柄を舞台に反映させようと、観客が興味を抱きそうな事柄（愛、名誉、信仰、ユーモア、滑稽な場面）が積極的に採り入れられた。また歴史的事実を自由に歪曲し、自分たちと同時代の社会通念でそれを物語化するという風に時代錯誤も厭《いと》わなかった。主人公が古代ギリシア・ローマの偉人や英雄であろうと、観る人に親近感をもたせるためには平気で当世風の衣裳を着用させ、同時代の因襲になずむように仕組んだのである。こうして見ると、当時の劇場はスペイン社会の雛形といっても過言ではないくらい、さまざまなタイプの人間が集まる一種の社交の場のようであった。

フェリペ三世（在位、一五九八―一六二一）や、芝居が大好きだったフェリペ四世（在位、一六二一―一六六五）の時代、政治・経済の衰退とは裏腹に演劇は盛況を呈し、数多くの劇作家が誕生したが、芝居の人気もカルロス二世の時代（在位、一六六五―一七〇〇）になると徐々に下火となり、一六八一年のカルデロンの死をもってかつての勢いは失せ、それ以降はこれといった大作家も現れず、一部で細々と創作活動が続けられるにとどまった。

1－4　宮廷芝居

町中で人気を博した芝居は、十七世紀になると宮廷貴族にとって最大の娯楽の一つとなった。[21] しかし、黒い服を身にまとい、ほとんど宮廷にて国政を掌《つかさど》ったフェリペ二世（在位、一五五六―九八）は芸術活動に対しては慎重な人であった。十六世紀の旧王宮《アルカサル・ビエホ》には、夜会、仮面舞踏会、その他の行事を開催するための広間があり、特例として役者がそこで芝居を演じることを許されたと考えられる。[22] 次のフェリペ三世の時代になると、神話や牧人のエピソードおよび騎士道精神を採り入れた劇がマドリードの王宮や庭園に限らず、一六〇一年から六年まで遷都されていたバリャドリードの王宮や、レルマ、ベントシーリャなど小さな町の貴族の城館、そしてもちろん戸外でも王侯貴族を対象として演じられた。この時代には宮廷演劇や夜会が各地で頻繁に催されるようになっていた。[23] 王宮や貴族の館で手の込んだ舞台技術を駆使して上演される、このような宮廷芝居が絶頂期を迎えるのは、フェリペ四世の時代に入ってからである。

1－4－1　旧王宮

王家の人々の生活は、旧王宮、アランフエス宮、エル・エスコリアール宮、やがて完成することになるブエン・レティーロ宮などで営まれていた。中でも古風で優美さに欠ける旧王宮は、もともとイスラーム教徒が築いた城塞であったのを、十四世紀に歴代の国王が修復し拡張したもので、のちにカルロス一世（在位、一五一六―五六）がこれを拡張し、フェリペ二世が一五六一年に首都をマドリードに移して、定住した宮殿と言われている。この建物はマドリード市街の西端に位置し、その西側を下ったところにマンサナーレス川が流れていた。

フェリペ三世は父のフェリペ二世とはちがい、祝祭やそれに伴い執り行われる各種行事を好み、特に王妃マルガリータの芝居好きは有名であった。彼女は市井の劇場に足を運べなかったこともあり、バリャドリード、マドリード、アランフエスの王宮へ役者を呼び寄せ、私的なかたちで彼らの興行を楽しんだ。一六一四年一一月には、王に信任され寵臣を務めたレルマ公爵のための祝賀会で、ロペ・デ・ベーガの『美の褒美』が上演された。このときはマンサナーレス川の岸辺に舞台が設置され、舞台装飾にかなりの工夫が凝らされた。さらに一七年一〇月には、レルマ公爵はルイス・ベレス・デ・ゲバーラ（一五七九―一六四四）の『太陽の騎士』を上演するのに以前よりも凝った舞台技術を導入させた。ステージと観客の位置は、川をはさんで、一方の岸辺を観客席とし、もう一方をステージとなるように設計された。嵐、稲妻、霧、霰、雨などの舞台効果のほかにも、川を航行する船や開閉可能な洞穴や神殿まで導入され、充分に観客の目を楽しませたのである。[24]

フェリペ四世の代になると、建物全体の改修・改装が行われ、ティツィアーノ（一四九〇頃―一五七六）、ルーベンス（一五七七―一六四〇）、ディエゴ・ベラスケス（一五九九―一六六〇）、バルトロメ・エステーバン・ムリーリョ（一六一七―八二）など当時の有名画家の絵が飾られ、豪壮な構えの王宮に変貌したのだが、内部は陰気で薄暗かった。フェリペ四世はしばしばマンサナーレス川を超えてカサ・デ・カンポなど、郊外の別荘へと出かけた。[25]

フェリペ四世は子供の頃から芝居好きで、王妃イサベルもおなじように芝居には目がなかった。祝祭日のほかにも、毎週何回か有名どころの劇団を複数招き入れては芝居を演じさせたほどであった。王宮内には芝居の間《サロン・デ・コメディアス》が王の寝室のすぐそばにあった。ここは芝居だけでなく、祝宴、夜会、仮面舞踏会にも使われた。芝居を鑑賞するときの作法は厳格であり、ステージに向かって中央後方には国王専用の椅子が置かれていた。その背後には屏風が立てられ、周囲には絨毯が敷かれていた。王のすぐ左側のクッションには王妃がすわり、王子や王女が同席する場合には王のそばに椅子を寄せ、女官たちは王妃の側に席を与えられた。王妃つき女官長の席は王妃の左側一歩さがったところにあった。国王、王子、王女につき添う養育係は、それぞれ自分が仕えている主人の背後に席をとった。貴婦人たちは国王からいくぶん距離をおき、広間の左右両側にクッションを敷き、その上にすわって劇を楽しんだ。彼女たちの背後の壁とのあいだに一定のスペースが空けられ、タペストリーで被われた長椅子が置かれた。舞台を正面にして左手の壁際、つまり鏡の間の扉に通じる出入り口付近には、大公、諮問官、廷臣、執事、大公の長子、宮廷に仕える人たちが立ち、彼らの前には跪《ひざまず》いたままの小姓たちが陣どった。また礼拝堂のある側の壁際には、つまり貴婦人たちの長椅子の後方だが、王室つき司祭や献金責任者である総大司教が席を占めた[26]。

　芝居の間のほかにも、芝居の上演はいくつもある広間や、国王夫妻が私的に使用するいくつかの部屋、そして宮廷の祝賀会が催されるときに使用される複数の大広間などで執り行われた。

　宮廷演劇に画期的な技術をもたらしたのは、イタリアからやってきた建築技師たちであった。彼らが加わったことで、舞台技術は飛躍的に進歩し、常設劇場のそれとの差が歴然となった。一六二二年にナポリ王国の建築技師ジュリオ・チェザーレ・フォンターナが王宮に招聘され、斬新な舞台仕かけや人工照明を導入した。この年の春にはアランフエス宮の木々が生い茂る庭園に木製の移動舞台を設置し、そこに開閉可能な山、王宮、噴水、彫像などのセットを組んで、ビリャメディアーナ伯爵フアン・デ・タシス・イ・ペラルタ（一五八二―一六二二）がフェリシアーノ・デ・シルバ（一四九一？―一五五四）の騎士道小説『アマディス・デ・グレシア』からヒントを得て書いた『ニケアの栄光』を上演した。この作品は、主人公のアマディスが魔法にかけられた王女ニケアを解放する話であるが、この作品の上演には何人もの鍛冶屋、大工、彫刻家、左官、仕立屋、画家が動員され、山が開いて中から魅惑的な王宮が姿を現したり、魔力で何本もの柱が破壊されたり、ニンフたちの踊りが入ったりと、当時としては目を見張るような舞台セットが用意された。観客は宮廷人だけでなく市民も含まれていて、見物客はかなりの数に上った。このとき照明用として贅沢な大ロウソクが六〇本も使用された。ロウソクを使った人工照明はそれ以前にも貴族の城館などで夜間に上演される際に使われていたが、宮廷の舞台照明に欠かせない重要な小道具となったのはこのときが初めてであった。これによりますます常設劇場の設備との差が大きく開くことになった。[27] こうした豪勢な舞台は王侯貴族たちを喜ばせ、同年五月にはロペ・デ・ベーガの『金羊皮』、七月には王妃の誕生日を祝ってオリバーレス伯公爵お気に入りの劇作家アントニオ・ウルタード・デ・メンドーサ（一五〇三—七五）の『ひたすら愛するために愛せよ』が同じくアランフエス宮で上演された。

一六二六年になると、フィレンツェ出身の建築家・画家コジモ・ロッティがマドリードを訪れ、旧王宮の庭園や噴水や劇場の整備を手がけた。ここでもイタリアの最新の舞台技術が採り入れられた。二七年、ロペ・デ・ベーガの『愛なき森林』というスペイン最初の歌劇を芝居の間で演じ、ロッティは舞台装飾や舞台仕かけを、王宮にふさわしくきらびやかで、かなり凝ったものにした。国王夫妻はもとより、これまで機械仕かけの舞台演出にある程度なれていた観客も、このときのライトアップのテクニックや魚が波間に顔を出したり隠れたりする海の仕かけを見て大いに興奮したようである。[28]

1-4-2　ブエン・レティーロ宮

一六二九年、フェリペ四世の寵臣オリバーレス伯公爵は国王のためにブエン・レティーロ宮の建設に着手することを思いついた。場所はマドリードの東のはずれに位置するところで、現在のレティーロ公園があるあたりに豪勢な王宮を造ることにした。ここはもともとサン・ヘロニモ修道院の宿泊所があった場所である。工事は一六三〇年に始まり、三三年暮れから三四年初頭にかけてほぼ完成した。すべてが完成するのは四〇年であるが、その間に次々と増築され、オリバーレスの指揮下、ベラスケスも内部を飾る絵画の買いつけに一役買っている。完成時には建物の数が二〇にも及んだ。各種催し物のための大きな広場も二か所あった。保養および気晴らしのための場所という意味で、池や噴水が設けられ、彫像を飾った庭園が重要な役割を果たした。落成以来、オリバーレスは建造物に多額の資金を投入したこともさることながら、多くの時間と税金を使って頻繁に盛大な祝祭やさまざまな行事を行ったため、手厳しい非難の声も上がった。

一六三五年には、ブエン・レティーロ宮の池を利用して、オデュッセウスとキルケを題材にしたカルデロンの神話劇『こよなき魔力、愛』がロッティ主導による舞台技術により上演された。まさに宮廷劇にふさわしく、大がかりで意匠を凝らした舞台仕かけが見物であった。また翌年の聖ヨハネの夜には、今度は宮殿の中庭にて同じくカルデロンの神話劇『世界の三大驚異』が上演された。この劇は三つの異なるエピソードから成り、各場面もアジア、ヨーロッパ、アフリカにまたがるため、舞台がそれぞれ三か所用意された。劇団も三グループ集まり、それぞれが各幕を担当し、それに見合った舞台技術を披露した。一幕を右手の舞台でトマス・フェルナンデスが、二幕を左手の舞台でペドロ・デ・ラ・ロサが、そして三幕は中央の舞台にてアントニオ・デ・プラドがそれぞれ引き受けた。最後の大団円では役者全員が舞台に上がり喝采を博した。このときもロッティが舞台技術を担当した。[29]

宮廷演劇が次第に人気を博するようになると、今度は王宮内に独自の劇場を造る計画が持ち上がった。大広場《プラサ・グランデ》の南東に建設されることになった大劇場《コリセオ》は一六三八年に着工され、一六四〇年二月四日に完成した。もちろん、それまでも王宮内ではいくつかの大広間（国王の広間、王妃の広間、王子の広間など）、あちこちの僧院、あるいは広間に設置された移動舞台、庭園や池などの戸外に設置されたステージで芝居がたびたび上演されていた。国王をはじめとする宮廷人たちは気晴らしのために、しばしば旧王宮を出てブエン・レティーロ宮に赴き、仮面舞踏会、芝居、華麗な行列、踊り、闘牛、槍の一騎打ち、文学の集い、饗宴など、さまざまな催し物を楽しんだのである。

コリセオは三階建てであった。両側には大貴族や王室関係者が利用する貴賓席が設けられ、一般客用には階段席、椅子席が用意された。内部構造はおおむね常設劇場のそれと類似していた。しかし、異なる点がいくつかあった。常設劇場にはなかった設備として、客席と舞台を隔てる緞帳がとりつけられていたこと、ステージのちょうど真向かいにあたる後方の席は国王およびその家族の貴賓席になっていたこと、また庭や森の背景をセットするかわりに舞台奥の壁をとりはずし、外の森や庭の自然をそのまま利用できたことである。[30] コリセオは観客にとって快適な劇場であり、音響効果や機械仕かけの舞台セットを考えると常設劇場のそれとは比べものにならなかった。音楽、歌、踊りを存分に採り入れた作品を上演する場合にはもってこいの劇場であった。客席の広さは常設劇場にくらべると、やや狭くてこぢんまりしていたが、舞台は複雑な仕かけや舞台装飾を組み込めるように設計されており、心もち広めに造られていた。観劇するには料金さえ支払えば市民も市井の劇場へ通うのと同じ感覚で芝居を楽しむことができた。

一六四〇年二月四日の柿落としには、ロメオとジュリエットの物語をコメディー風に仕上げた作品、フランシスコ・デ・ローハス・ソリーリャ（一六〇七―四八）の『ヴェローナの憎しみあう両家』が上演された。このときはあえて大がかりな舞台仕かけを使わず、常設劇場での簡素な上演形態が用いられた。ペリィセール・イ・トバールの記録によれば、このように演出されたのは、コリセオで観劇する王家の人々を常設劇場の雰囲気でより楽しませるためのもので、特に王妃が、役者たちを嘲笑し囃《はや》し立てる観客の様子を見るのが楽しみだったからである。女性用の席でも騒がしい女たちが髪を引っ張りあったり、罵声を浴びせたり、お互いの顔を引っ掻きあう光景や、それを見た平戸間の客がからかうという常設劇場ではよく見られる光景も故意に演出されたものであった。[31]

しかし、一六四〇年といえばスペイン帝国が不穏な情勢に包まれ、それにともない賑わいをみせていた芝居にも暗雲の兆しがみえ始める頃であった。六月にはカタルーニャの反乱、一二月にはポルトガルの反乱が続き、王室の大々的な祝祭は四七年一二月までとりやめになったが、コリセオでの上演は時折派手さをおさえたかたちで継続された。ところが、スペインの舞台技術の進歩に大いに貢献してきたコジモ・ロッティが四三年にこの世を去り、翌年一〇月にはイサベル王妃が逝去すると、喪に服する意味で劇場の閉鎖が命じられた。そのうえ、四六年にバルタサール・カルロス王子が夭折したため、劇場閉鎖の期間がさらに延長されることになった。上演が再開されたのは三年後の四九年のことであった。ただし、王宮での上演や聖体劇の上演には支障はなかった。また劇場閉鎖にしても、マドリードと地方とでは閉鎖期間が異なっていた。

一六五一年、ロッティの穴を埋めるためにイタリアからもう一人の舞台技師ルイジ・バッチオ・デル・ビアンコがスペインを訪れ、五七年に亡くなるまで宮廷での舞台活動に貢献した[32]。彼はロッティと同じくフィレンツェ出身であった。ビアンコの舞台監督により最初にスペイン宮廷で上演されたのがカルデロンの神話劇『森の女と稲妻と石像』である。この作品は一六五二年五月にコリセオにて上演された。以降、フェリペ四世が亡くなる六五年までに、コリセオでは芝居が断続的に上演された。五三年六月にはオウィディウスの『変身物語』（四巻、五巻）から着想を得た神話劇『アンドロメダとペルセウスの運命』、五八年には二幕物の歌劇『アポロンの栄冠』、六一年七月には同じく『変身物語』（三巻）からヒントを得た神話劇『エコーとナルキッソス』と、カルデロンの作品が上演された。

宮廷芝居の上演はコリセオだけでなく、旧王宮の大広間などでも続けられた。カルデロンの作品では、『人生はすべて真実、すべて偽り』（一六五九）、『太陽神の息子ファエトン』（一六六一）、『アポロンとクリメネ』（一六六一）、『ケパルスとポクリス』（一六六二）、『プロメテウスの像』（一六六九）などが舞台にかけられた。カルデロンが亡くなる一年前の祝祭では、よりいっそう手の込んだ豪華な舞台装飾を用いた『レオニードとマルフィーサの宿命と表象』（一六八〇）が上演されている。スペインではフランスのように「王弟劇団」や「国王劇団」と称する劇団[33]は存在しなかったが、王宮やブエン・レティーロ宮で芝居が上演される場合、常設劇場で演じる役者たちに声がかかった。これは名誉ある仕事であり報酬もよかったので、たとえ彼らの出演が決まっていたとしても、国王のための上演ともなれば芝居小屋を閉めてまでも出向いて行った。フェリペ四世は特に芝居好きで、しばしばクルス劇場の桟敷席に通い、お気に入りの役者の演技を楽しんだのである。[34]

注

1　Helmut Hatzfeld, *Estudios sobre el Barroco*, 3.ª ed., Madrid: Gredos, 1973, 497-500.

2　E. M. Wilson y D. Moir, *Historia de la literatura española 3: Siglo de Oro: Teatro*, tr. Carlos Pujol, 2.ª ed. Barcelona: Ariel, 1974, 57-59.

3　María Grazia Profeti, "El teatro", *Historia de la literatura española*, I, Madrid: Cátedra, 1990, 437.

4　ロペ・デ・ベーガとセルバンテスの確執については拙著『スペイン黄金世紀の大衆演劇』（三省堂、二〇〇一年、六〇―七八頁）で詳しく述べたので参照されたい。

5　Tirso de Molina, *Cigarrales de Toledo*, ed. Victor Said Armesto, Madrid: Biblioteca «Renacimiento», 1913, 128.

6　Fernando Lázaro Carreter, *Lope de Vega*, Madrid: Anaya, 1966, 165-169.

7　以下、十七世紀のスペイン大衆演劇でいう「コメディア」とは、喜劇のみならず、悲喜劇（純粋な悲劇は数が少ない）も合わせて戯曲として広義に扱う。

8　『当世コメディア新作法』（拙訳）（『バロック演劇名作集』所収、岩根圀和・佐竹謙一訳、国書刊行会、一九九四年）、二八二頁。以下、引用はこの版による。

9　邦訳するとまったく反映されないが、もともとこの時代の演劇は韻文で構成されており、音節の数や行数そして韻の踏み方から、何種類もの詩型が存在する。

10　『当世コメディア新作法』、二八一頁。

11 Alexander A. Parker, *The Approach of the Spanish Drama of the Golden Age*, London: The Hispanic & Luso-Brazilian Councils, repr., 1971, 9; Ludwig Pfandl, *Cultura y costumbres del pueblo español en los siglos XVI y XVII: Introducción al estudio del Siglo de Oro*, tr. P. Félix García, 2.ª ed., Barcelona: Araluce, 1942, 421-422.

12 クルチウス『ヨーロッパ文学批評』、七二―七三頁。

13 Parker, 9.

14 ロペ・デ・ベーガ以前の演劇をルネサンス演劇と呼ぶならば、それ以降の作品――もっとも初期の作品は必ずしもバロック演劇とは言えないが――をバロック演劇とみなす。すなわち、単純明快な筋展開であったルネサンス演劇の遺産を受け継ぎつつ、大衆の好みに合った国民性の強い芝居に仕立てられ、劇空間にはその時代の社会やそこに生きる人々が主体的に描かれている戯曲をさす。バロック演劇には随所に知的・道徳的要素が挿入され、人々を教え諭すといった意味合いに加えて、詩的要素がふんだんに盛り込まれた斬新で奇抜な技法が、人々を驚嘆させるのに一役買っていた。一方、劇場はある程度社会の情報を提供する場ともなっていた。その時代の社会とは、国王を頂点とし大貴族や教会によって支えられた階級意識の強いピラミッド型の構造をさし、常に何ごとも支配階級や特権階級の人々に有利に働き、いたるところで権力と華々しさが称揚されたのである。

15 『当世コメディア新作法』、二七七頁。

16 Ricardo de Turia, *Apologético; Preceptiva dramática española*, eds. Federico Sánchez Escribano y Alberto Porqueras Mayo, 2.ª ed. muy ampliada, Madrid: Gredos, 1972, 177.

17 José Pellicer de Tovar, *Idea de la comedia de Castilla; Preceptiva dramática española*, 268.

18 当時の劇場の作り、入場料金、観客などについては『スペイン黄金世紀の大衆演劇』第三章で詳説したので、ここでは基本的なことのみに言及する。

19 Cristóbal Suárez de Figueroa, *El pasajero*, ed. Justo García Morales, Madrid: Aguilar, 1945, 172.

20 P. José Alcázar, *Ortografía castellana* (Madrid, 1650); José Hesse, *Vida teatral en el Siglo de Oro*. Madrid: Taurus, 1965, 47.

21 N. D. Shergold y J. E. Varey, *Representaciones palaciegas: 1603-1699. Estudios y documentos*, London: Tamesis, 1982, 14.

22 Othón Arróniz, *Teatros y escenarios del Siglo de Oro*, Madrid: Gredos, 1977, 194-195.

23 Teresa Ferrer Valls, *La práctica escénica cortesana: De la época del Emperador a la de Felipe III*, London: Tamesis, 1991,

114-142.

24 M. Mckendrick, *Theatre in Spain 1490-1700*, Cambridge: Cambridge Univ. Press, 1989, 211-212.

25 Jonathan Brown and J. H. Elliott, *A Palace for a King: The Buen Retiro and the Court of Philip IV*, 2nd Printing, New Haven & London: Yale Univ. Press, 1986, 33-35.

26 Juan Vélez de Guevara, *Los celos hacen estrellas*, eds. J. E. Varey y N. D. Shergold, London: Tamesis, 1970, "Introducción", lxviii-lxix.

27 Arróniz, 202-203.

28 『スペイン黄金世紀の大衆演劇』、一五四頁。

29 Hugo Albert Rennert, *The Spanish Stage in the Time of Lope de Vega*, New York: The Hispanic Society of America, 1909, 242-243; N. D. Shergold, *A History of the Spanish Stage from Medieval Times until the End of the Seventeenth Century*, Oxford: The Clarendon Press, 1967, 284-287.

30 Emilio Cotarelo y Mori, *Ensayo sobre la vida y obras de D. Pedro Calderón de la Barca*, Madrid: Tip. de la "Rev. de Arch., Bibl. y Museos", 1924, 201-202.

31 Shergold, *A History of the Spanish Stage*, 298-299.

32 彼のあとは、一六五六年二月二七日にアントニオ・デ・ソリース・リバデネイラ（一六一〇―八六）の『愛と幸運の勝利』を上演し、前代未聞の舞台仕かけを駆使して人々を驚かせたアントニオ・マリーア・アントノッツィそしてディオニシオ・マントゥアーノなどが引き継いだ。なお、スペイン人の後継者にはフランシスコ・デ・エレーラ、アントニオ・ペロミーナ、ホセ・カウディーなどがいた。

33 フランスの場合、一六五八年一〇月にモリエールのデュフレーヌ劇団は、ルイ十四世の弟オルレアン大公フィリップ殿下の庇護を受けることに成功し「王弟劇団」の肩書きを得て、同月二四日には王の御前でコルネイユの悲劇『ニコメード』を上演した。そのあと王の支援をとりつけるために笑劇を披露したことから王のお気に入りとなり、劇団はプティ・ブルボン劇場での上演許可を与えられた。また六一年からはパレ・ロワイヤル劇場が提供され、モリエールの傑作の大部分が上演された。さらに六五年には、国王から「国王劇団」の称号も与えられ、年金などの資金援助も提供された、『モリエール全集2』、ロジェ・ギュメール・廣田昌義・秋山伸子編、臨川書店、二〇〇〇年、三三九―三四三頁。パトリック・ドゥヴォー『コメディ゠フランセーズ』、白水社（文庫クセジュ）、一九九五年、九―一二頁。

34 フェリペ四世の芝居好きと、有名女優カルデローナに産ませたという庶子ドン・ファン・デ・アウストリアスのエピソードについては、拙著『浮気な国王フェリペ四世の宮廷生活』（岩波書店、二〇〇三年）で詳しく述べたので参照されたい。

2 カルデロンの劇芸術

2－1 カルデロンの技法

カルデロンが初めて芝居を披露したのは一六二三年六月のことで、このときの演目は『愛、名誉、権力』であった。続いて同年七月に『入り組んだ繋み』が舞台にかけられた。いずれもファン・アカシオ・ベルナール一座によってマドリードの王宮で上演された。すでにロペ・デ・ベーガが大衆演劇への道筋をつけてくれたあとのことである。ロペの芝居は前述のとおり基本的に三幕からなり、ダブルプロットで構成された作品も数多い。登場人物が比較的多い中で、主人公たる者がその行動によって浮き立つよう仕組まれている。ロペの中では、特に国王の存在、名誉観念、信仰は重要なテーマであった。これはカルデロンにも当てはまることで、当時のスペイン社会を象徴しているわけだが、カルデロンの場合にはこうした要素を写実的なかたちではなく、図式化し、知性に則《のっと》って展開させ、宗教的事象に及ぶと思考力が機能するようになっている。[1] ロペの「新しい演劇《コメディア・ヌエバ》」にカルデロンは想像力と奥深い味わいを加え、体系化し成熟させたことになる。[2]

詩的要素はロペの作品でも度々採り入れられていたが、それは単に本筋の飾りとして付属しているか、あるいは別物であるケースが多かったが、カルデロンが紡《つむ》ぐ詩的世界はプロットの流れにしっかりと絡み合い、相互作用によって劇的効果が表れるようになっている。それもすべてが綿密に計算された構造である。ロペやロペ派の劇作家たちが使った話題の中から、有益だと判断した部分だけを採り入れ、登場人物の数も最低限必要な人数に絞る。詩的・象徴的概念を軽快なタッチで導入し、全体の筋運びの強化に役立てるのである。カルデロンはロペの劇世界に広がる親しみのある国民的イメージを観念的要素に変えることによって、バロック演劇の完成度をより高めたと言えよう。英国のシェイクスピアと同様、ロペもカルデロンも偉大な劇詩人にちがいないが、後者の音楽性はジャンルによっては舞台になくてはならない要素となっている。ロペの劇作品に表れている詩的表現は叙事詩的で雄々しく、田園風景や庶民の生活を自然なかたちで描き出し、まさに絵画的であり外観を飾るかのようであり、音楽はフルートや小太鼓、作物の刈り入れやブドウの収穫のときの歌、ハシバミの実を落とすときの合唱などで満ちている。ところが、カルデロンの詩や音楽はロペのような描写もあるが、より複雑であり、絵画と音楽と詩の三要素は総合的な美を生み出すという点においては、十九世紀ドイツの作曲家ワグナー（一八一三―八三）の先駆者とも言える。[3] このイメージについてドイツの文学史家コメレルも次のように的を射た見解を示している。「風景や現象が描き出されるとき、自然のままのものは、生い茂る植物も、息をする動物も必ず宝石や人造物質、記号や文字に置き換えられる。さまざまな道具をふるって工芸品がつくりあげられるのである。彫り込み、彩色を施し、研磨して仕上げた宝石の自然、詩人の精神が生み出した美術工芸品である。ここにいうポエジ

ペドロ・カルデロン・デ・ラ・バルカ

ーとは、自然のものを最後の残滓にいたるまで人工のものに置き換えることにほかならない」[4]。

カルデロン劇で注目に値するのは、至るところに鏤《ちりば》められた詩的表現である。これは劇空間を飾るとともに、劇の進行を強調し、登場人物の性格づけにも寄与している。たとえば、『不屈の王子』では花々や数々の星をうたったソネット、『驚異の魔術師』ではフスティーナを誘惑する鍵となるナイチンゲール、ブドウの木、ヒマワリなど、プロットと密接につながっている。ちょうど画家が絵筆でキャンヴァスに絵を描くように、カルデロンは言葉でイメージのキャンヴァスに自然美や女性美を描き出すのである。

2-2　文学と絵画

カルデロンが絵画に造詣が深かったのも、その背景にはこの時代の絵画と文学との深いかかわりがあったからである。当時の都市住民の中でもとりわけ作家や聖職者など教養のある人々のあいだでは、絵画への関心が高まり、手工芸家とは一線を画したかたちで画家たちは敬意を表される立場にあった。そのため黄金世紀の文学では、ロペ・デ・ベーガ、フランシスコ・デ・ケベード（一五八〇―一六四五）、カルデロンなど、アプローチの方法こそ異なるものの、芸術や芸術家（画家、彫刻家、建築家）に言及するケースが多い[5]。目で見て楽しむ演劇ともなればなおさらのこと、劇作家たちは劇空間を創造するためのインスピレーションを身近に目で触れることのできる絵画や版画に見出した。それに加えて、この時代は芸術、特に絵画は政治的な力を誇示するのに一役買っていた。王家の人々や国家の偉業を讃えるのに絵画や頌詩《しょうし》がもてはやされたのである[6]。もちろん一般家庭でも、二流以下の画家たちが描いた宗教的テーマを扱った絵画や肖像画などが飾られていて、単に装飾の目的だけではなく、信仰心の高揚にも役立てられた[7]。

文学者にとって、特に絵画は詩や小説や戯曲を創作するのに不可欠な造形美術の一つであった。『ドン・キホーテ』や『模範小説集』を書いた文豪セルバンテスも絵画に明るかった。『ペルシーレスとシヒスムンダの苦難』では、「物語と詩歌と絵画、これら三様のものはたがいに象徴し合い、またそれゆえに似通うところがある。されればこそ、たとえば物語をかいているのにそれがじつは絵にもなっていることがあったり、同様に、絵をかいているのに実は詩にもなっているというようなことがある」（第三巻、第一四章）[8]と互いの類似性を指摘している。イタリアで美術の規範を習得したセルバンテスにとって、歴史は真実を語ることであるが、詩は自然（現実）を模倣することであった。詩は最も崇高であるがゆえに、そこにはこの上ない大切な宝が秘められている。それゆえ庶民のみならず、たとえ高貴な身分であろうとも、その知識がない者にはそのことが理解できないのである。事実、セルバンテスの描く登場人物たちの中でも人生を模倣するかのように活き活きと描かれているのが、ピカロ（悪事を働く者）、兵士、下級貴族、宿屋で働く人たちなどである。なぜなら、小説や英雄的な詩には「真実味」が要求されるべきで、これによって極力真実に近づけるからである。[9]『ドン・キホーテ』前編四七章でも述べているように、作品の良し悪しや完成度というのはまさにこの真実味と模倣にかかっていて、これを避ける者は読者の気持ちを惹きつけたり、感動させたり、楽しませたりすることはできないと自説を固持している。そういう意味では物語を綴るための重要なモティーフとして絵画が介入してくる。すなわち当時の絵画に用いられたテーマや技法はいくつかの点で叙述の方法と同じであることから、セルバンテスにとって、絵を描くことと文章を書くことは実用的には同意語であった。[10]

セルバンテスとは犬猿の仲にあったロペ・デ・ベーガも、絵画は戯曲の装飾的役割を果たすものだったとしても、絵画こそが神の創造物の模倣、自然のライバルであるとみなしていた。[11]実際にロペは自分の周囲に芸術好きの作家や主だった画家たちを呼び寄せたり、宮廷で働く主要な画家たちとも友好関係を持ったりしていた。おまけに個人的には数十点の美術品コレクションもあった。[12]一方、カルデロンも絵画に魅了された人で、誰よりも劇芸術には敏感であった。そのことは聖体劇の『不名誉の画家』や、世俗劇の『不名誉の画家』、『すべてを与えるも何も与えず』、『黙るに如《し》くはなし』、『愛、名誉、権力』、『二代目スキピオ』などを見れば明らかで、絵画に関しての思い入れがうかがえる。[13]

2-3　カルデロンとベラスケス[14]

十六世紀後半から十七世紀をとおしてスペインが政治的・経済的に凋落の一途を辿りつつあったのとは対照的に、文芸や科学や建築が絶頂期を迎えていた時代、作家では先のセルバンテス、ロペ・デ・ベーガ、カルデロンのほかにも、ルイス・デ・ゴンゴラ（一五六一―一六二七）、ケベード、ティルソ・デ・モリーナなどが頭角を現し、絵画彫刻の分野ではベラスケス以外にも、エル・グレコ（一五四一―一六一四）、アロンソ・カノ（一六〇一―六七）、ファン・カレーニョ・デ・ミランダ（一六一四―八五）、ムリーリョ、フランシスコ・リッシ・デ・ゲバーラ（一六一四―八五）、クラウディオ・コエーリョ（一六三五？―九三）など、多くの人たちが文化的隆盛に貢献した。

このような環境の中、文学と絵画との密接なかかわりを考慮し、芸術面でカルデロンと関係があったと考えられる画家ベラスケスを引き合いに出し、二人の関係に迫ってみることにしたい。両者ともに二〇歳代前半にはフェリペ四世の寵臣オリバーレス伯公爵の仲介によりマドリードに生活の拠点を置いた。カルデロンはマドリードに生まれ、処女作『愛、名誉、権力』の上演を皮切りに、二〇年代後半から三〇年代をとおして次々と傑作を世に送った。三〇年代半ばには宮廷劇作家となり、イタリア人舞台技師コジモ・ロッティの協力を得て、新しく建設されたブエン・レティーロ宮で大がかりな舞台仕かけを用いた『こよなき魔力、愛』や『世界の三大驚異』などを上演した。五一年に司祭に叙任されてからは、一幕物の聖体劇および複雑な舞台技術を要する神話劇を中心に作劇を続けた。一方、ベラスケスはセビーリャに生まれ育ち、地元で画家フランシスコ・パチェーコ（一五六四―一六四四）の工房で研鑽を積んだあと、二二年に初めてマドリードの宮廷に赴いた。ひとたび絵画に造詣が深かったフェリペ四世の寵愛を受けると、のちに首席宮廷画家《ピントール・デ・カマラ》などの重要な地位を与えられ、終生宮廷で国王に仕え、陰鬱で無気力な国王の肖像のみならず、王族や寵臣オリバーレス伯公爵、道化師・矮人《わいじん》などをモデルに、宮廷に仕える人たちの肖像を次々と描いた。

二人の共通点としては、マドリードの宮廷でフェリペ四世に仕え、ともにサンティアーゴ騎士修道会への入会を果たしたこと――カルデロンは一六三七年、ベラスケスは五九年――、カトリック信仰が篤《あつ》く、宗教的・歴史的・神話的テーマを題材として各自が傑作を世に送り出したことである。どちらも宮廷内でたびたび催された祝祭関連の行事の折には、何度か顔を合わせていたものと思われるが、不思議なことに両者のあいだに交流があったという記録のようなものは何一つ残されていない。ベラスケスの手による、バロックの大詩人ゴンゴラの肖像画はあるが、カルデロンの肖像画はなく、また二人の関係を綴った手記のようなものすら存在しない。そのため両者の交流については今もって謎のままである。哲学者オルテガ・イ・ガセー（一八八三―一九五五）に言わせれば、ベラスケスは「アロンソ・カーノ、〔フランシスコ・デ・〕スルバラン〔一五九八―一六六四〕とあと一人程度のきわめて数少ない職業上の友人を持っていたに過ぎない。（……）そうした友人関係も青年時代からのものであったということであり、それ以後新しい友人関係はベラスケスの生涯には生まれていないのである」。またカルデロンとの関係については、この劇作家は「ベラスケスの一年後に生まれたが、両者の生は平行線をたどる、つまりけっして交差することがなかったのである」と述べている。[15]

実際、両者の交流がどの程度のものであったのか、あるいはオルテガの言うようにほとんど接点らしきものがなかったのか、決定的証拠となる記録は残されていないので想像の域を出ないが、一つだけ言えることは、宮廷の祝祭用にカルデロンが書いた戯曲の舞台美術制作に、ベラスケスは何らかのかたちで直接または間接的に力を貸したであろうということだ。一六三七年二月一五日から二四日にかけて、オリバーレスの主導により、スペイン帝国の富と威厳を誇示すると同時に、寵臣自身の地位安泰を確保するために、マドリード市の東のはずれにあったブエン・レティーロ宮で盛大な祝祭が執り行われた。その際に歌や楽器の演奏、踊り、文芸コンクールのほか、芝居や闘牛の興行が打たれることになり、その準備のために多くの人たちが駆り出された。その中には大がかりな舞台装置を任されたイタリア人の技師ロッティや、宮廷劇作家カルデロン、主席宮廷画家ベラスケスなどもいて、それぞれの任に当たっている。カルデロンはこのとき『ドン・キホーテ・デ・ラ・マンチャ』という芝居を書き、ペドロ・デ・ラ・ローサ一座がそれを上演したようだが、作品は紛失してしまったのか存在しない。ちなみに、この一〇日間続いた祝祭に要した費用は五〇万ドゥカードという膨大な額で、この散財によって帝国の財政がますます逼迫する結果となった。[16]

一六五二年に王室配室長《アポセンタドール・マヨール・デ・パラシオ》に選ばれると、ベラスケスは宮廷内の部屋割りや、王が所有する絵画や王の私室の管理をはじめ、その他いろいろな雑用もこなさなければならなくなった。その中には当然、宮廷の祝祭の折に盛大に催されるさまざまな行事の段どりも含まれていた。となると立場上、他の画家とはもちろんのこと、劇作家たちや舞台関係者とも交渉せざるをえなかっただろうし、場合によっては画家自身が一六三八年の謝肉祭の折に両陛下の前で上演された短い芝居で詩を吟唱したように、他の宮廷人と同じように即興劇の舞台に上がった可能性も充分に考えられる。

しかしながら、こうした両者のつながり以外にも、この時代の絵画と文学との芸術的交流から察すると、ベラスケスとカルデロンはたがいに何らかの影響を及ぼし合っていたことは想像に難くない。ただ、画家の側からは何も手がかりが見つからないため二人の関係を知る由《よし》もないが――芸術論のようなものは何も残していない――、カルデロンの数々の劇作品および『ドン・ペドロ・カルデロン・デ・ラ・バルカの陳述書《デポシシオン》』（一六七七年七月八日）には絵画への強い関心が仄《ほの》めかされていることから、少なくともカルデロンは絵画に強い関心を持っていたことや、画家にはそれなりの敬意を表していたことがわかる。フェリペ四世の治下では、ハプスブルク体制の堅守とカトリック防衛の精神がみなぎり、十七世紀初頭の絵画や彫刻は依然として信仰心を起こさせる敬虔なものであった。彫刻では宗教的テーマを扱ったものが大半を占めたが、絵画ではイタリアやフランドルの影響、とりわけティツィアーノ、ルーベンス、ヴァン・ダイク（一五九九―一六四一）の影響は大きく、画壇ではスルバラン、ベラスケス、カノなどの優れた画家が名を馳せ、演劇と同様に絵画の分野にも新たな時代が到来した。

　この時代の画壇と文壇とのつながりも決して希薄なものではなかった。たとえば、ベラスケスの師匠にあたるフランシスコ・パチェーコ――のちに娘ファナがベラスケスに嫁いだことで若い画家の義父となる――の本業は画家だが、詩人でもあり、他の作家の詩集を出版したり、またみずからの絵画論を出版したりもしている。セルバンテスの肖像画として『ドン・キホーテ』の本などにしばしば掲載される絵は、ファン・デ・ハウレギ（一五八三―一六四一）が描いたとされているが、この画家も歴《れっき》とした詩人の肩書きを持つ人であった。彼はゴンゴラやケベードとは互いに反目していたが、セルバンテスやロペ・デ・ベーガとは馬が合ったようである。ゴンゴラと敵対関係にあったのは、ハウレギがこの文飾主義《クルテラニスモ》[17]の詩人が著した長編詩『孤独』に対して、文学批評という立場から『悪臭を放つ〈孤独〉という詩に対する解毒剤』を書き、詩の難解さや暗さ、内容の無意味さを皮肉たっぷりに、そしてなおかつ辛辣に非難したからである。[18]ベラスケスとて若い頃に初めてマドリードを訪れたとき、詩人ゴンゴラの肖像画を描いているし、それ以前にも師匠パチェーコの肖像画も描いている。

　このような芸術環境のもと、カルデロンの絵画に寄せる熱い思いは劇作品の台詞にも込められているが――劇空間の背景に絵画を意識した自然の描写、高貴な女性の美しさを称える表現、絵画の技法を暗示する言葉など――、散文で書かれた『ドン・ペドロ・カルデロン・デ・ラ・バルカの陳述書』からも伝わってくる。これは収税庁に対して訴訟中であったマドリードの画家たちを擁護するための法廷陳述で、人の手によって速記されたものである。彼らは職人ではなく芸術家であるがゆえ、税金は免除されるべきだというのがその理由である。その冒頭には、彼の絵画への自然な愛着が語られ、「絵画は神のわざの模倣であり、自然のよきライバルでもある」

と記されている。[19] また絵画の高貴さを証明するため、カルデロンは宇宙のみならず人間を独自のイメージで創造した神すなわち創造主を画家にたとえている。すなわち絵画はすべての学芸（文法、理論、修辞、算術、幾何、音楽、天文など）を必要とするため、すべての学芸を支配するという考えにもとづくものである。世俗劇『すべてを与えるも何も与えず』や『不名誉の画家』、一幕物の聖体劇『不名誉の画家』などには、こうした絵画に対する強い思い入れが顕著である。

すでに述べたように、ベラスケスとカルデロンが互いの存在をどう見ていたかという点は謎に包まれたままだが、絵画に対する劇作家の思いは容易に察しがつく。芝居と絵画を好み、双方のパトロンでもあったフェリペ四世が気に入ったと思われる『不名誉の画家』の一場面をみると、ベラスケスに敬意を表したと思われるような描写が盛り込まれている。むろん仮説にすぎないが、ウルビーノ王子を芸術のパトロン（フェリペ四世？）とし、アペーレス（アレクサンドロス大王の宮廷画家を務め、大王の肖像を何枚も描いたとされている紀元前四世紀のギリシアの画家）を画家の中の画家（ベラスケス？）としているところが問題のシーンである。ウルビーノ王子は恋人のポルシアに自分の不在の理由を次のように説明する際に、アペーレスに匹敵するほどのスペイン人画家がいたことを彼女に話して聞かせる、「実際、何日ものあいだナポリにいなかったのは事実だよ。そのわけは深い悲しみにうちひしがれ、人中を避けて近隣の別荘に引きこもり、きみの不在を嘆いていたからだ。独り快適に時を過ごすことができたので、何日も別荘の外に出ることはなかった。イタリア全土やさらにスペインの名高い画家たちが回廊に飾るために描いてくれる、いくつもの絵を眺めるのが楽しくてね。そのなかにはアペーレスと妙技を競えるほどの画家がいたものだから、満足気に一日中、彼らがカンバスに向かっている姿をじっと眺めていたのさ」（三幕）。[20]

この名誉劇が刊行されたのは一六五〇年である。まさにベラスケスが二度目のイタリア旅行（一六四九—五一）で、教皇インノケンティウス十世やファン・デ・パレーハ（画家の従僕）の肖像画を描き、一躍ローマの画壇で名声を博した頃のことである。興味深いことに、『すべてを与えるも何も与えず』でも、このアペーレスがふたたび引き合いに出されることになる。この作品では、中心テーマとは別に絵画の技法が重要なモティーフとして用いられている。アレクサンドロス大王は自分の肖像をティマンテス、セウクシス、アペーレスという三人の画家に描かせると、彼らはそれぞれに異なる三枚の肖像画を完成させる。大王の顔の片方にはあざがあったため、ティマンテスはその欠点を描かなかったが、セウクシスはそれを正直に描いた。つまり前者は自然を偽ったことで、また後者は王の威厳に背いたことで、二人はともに退けられることになる。しかしアペーレスだけは欠点のない方の横顔を描いたことで君寵を受ける。この技法を用いると顔の半分だけが隠れるかたちとなり、欠点を隠したことにはならないからである。そう考えると、一六三五年頃に描かれた馬上のオリバーレス伯公爵の後ろ姿は馬ともども凜々《りり》しいが、いかんせんこちらを振り返ったオリバーレスの顔の左半分と少々しか描かれていない。フェリペ四世の寵臣として仕えていた前半の頃に描かれた全体像に比べ、華麗な衣装とは対照的にあごに贅肉がつき鉤鼻《かぎばな》で太り気味のグロテスクなオリバーレスの姿を見ていると、大半のフェリペ四世の肖像画も含めて――国王はやや左向きにポーズをとっているため、顔の右半分はきちんと描かれている反面、左半分の一部は隠れて見えないようになっている――、ひょっとしてこうした作為的な操作があったのではなかろうかと勘ぐりたくもなってくる。

　ベラスケスがカルデロンの戯曲から何らかの影響を受けたと思われる作品に『ブレダの包囲戦《シティオ》』がある。画家は国王から新しい王宮にある国王の大広間《サロン・デ・レイエス》に飾るための絵を何枚か描くよう求められ、そのうちの一枚が〈ブレダ開城〉（別名〈槍〉）であった。これはオランダをめぐる長期戦において、アンブロシオ・デ・スピノラの指揮のもと、一六二五年六月五日にブレダ（ブラバンド州）を陥落させ、スペインが勝利をおさめた戦いである。このときオランダの総督ナッソーは寛大な扱いを受け、屈辱を受けることなく味方の軍隊とともに町から退去することを許された。この勝利を盛大に祝うために国王の依頼により同年一一月にカルデロンの『ブレダの包囲戦』

が上演された。そして、その劇空間の中でスピノラは「私が町の鍵を受け取るとしよう。そなたが勇敢な御仁であるのはわかっている。勝者の名声は敗者の価値で決まるものだからな」（三幕）という名台詞を残している。[21]ベラスケスが実際にこの芝居を観劇したかどうかは不明だが、これまでの勝者が敗者に対して圧倒的優位に立ち、屈辱的な降伏の場面を描いたものとは根本的に異なることや――スペインの軍事的勝利というよりは君主の栄光を象徴するスペインの道徳的優位性を表したものである[22]――、画面左側で驚きの表情でわれわれを見ている鉄砲を担いだ兵士は、芝居の中で事件の経緯などを観客に語りかけるカルデロン劇の脇役と同じ役割を果たしていることから、[23]ベラスケスは一六二九年の一回目のイタリア旅行のときに随行したスピノラから劇の情報を得ていた可能性は充分に考えられる。

以上、この時代を代表する画家と劇作家の足どりについて述べてきたが、二人の関係については謎に包まれたままである。しかし、唯一はっきりしていることは、スペインの絵画と文学（特に演劇）との融合が英国やフランスの劇作品には見られないスペイン独特の味を醸していることと、異なる二つのジャンルが組み合わされることによって、双方がより豊かなかたちとなったことである。

2－4　劇空間に見る絵画的技法

カルデロンが劇作家として活躍したフェリペ四世およびカルロス二世の時代、スペインでは文芸が開花したことはすでに述べた。カルデロンの戯曲にも、絵画を意識した背景描写、高貴な女性の美しさを称える表現、絵画の技法を暗示する言葉が散見される。彼はおそらく人生のどこかでエル・グレコの神秘的な縦長の画風を目にし、一歳年上のベラスケスの絵に少なからず感化され、スルバランの峻厳で禁欲的な画風や、若いムリーリョのマリア像などに触発されたと考えても不思議ではない。

絵画の技法に言及する劇作品として、上述した『すべてを与えるも何も与えず』、『不名誉の画家』（世俗劇）、同じ題名の『不名誉の画家』（聖体劇）があげられるが、その他の作品でもあたかもキャンヴァスに絵を描くように荒々しい自然や女性美を写した作品は数多い。こうした明暗などコントラストを強調するバロックの筆致による一例として、『驚異の魔術師』では嵐と稲妻をともなった雷鳴が轟くなか、荒れる海に船が沈没する様子を言葉の絵筆で描き出すシーンは見事である。

雷鳴、稲妻、閃光により、昼間の光が失神し、もはや天空におさまりきらない驚くべき現象がそのなかから飛び出してくる。恐怖につつまれた空はいちめん雲で覆われ、木々の生い茂った山嶺をも巻きこんでしまう。あたりいちめんがエトナ山の焼けつくような熱い絵筆で塗りたくられ、太陽が霧に、大気が煙に、天空が炎につつまれる。（……）海さえもみずからを雲上の絶望的廃墟と見紛うほどだ。風がふんわりとした細波を立て、海の飛沫《しぶき》を火の粉に変える。一隻の難破船が海全体からはじき出された。慈悲深い港を離れたほうがむしろ安全を確保できよう。人々の叫び声、恐怖、泣き声は、待ちかまえた死の不吉な前兆。（……）今や船は陸地に突進しようとしている。こうなると戦いの相手はもはや海だけではなく、すぐ目の前にある断崖も敵と化す。ぶつかれば波しぶきが血潮に染まりそうだ。（二幕）[24]

一方、カルデロンにとって肖像画《レトラート》、それも持ち運べるサイズの似顔絵も重要なモティーフの一つであった。これは写真のなかった時代に結婚相手の容貌を知るにはもってこいの方法で、普通は手のひらに収まる大きさであった。大半が高貴な美しい女性を対象とし、彼女たちの美貌を際立たせるだけでなく、これが原因で男女間に混乱を引き起こし劇展開に少なからず緊張をもたらす役割をも果たした。世俗劇である『すべてを与えるも何も与えず』や『不名誉の画家』には、こうした肖像画に対する強い思い入れが表れている。また、非の打ちどころがない佳人《かじん》を描くというむずかしさもあったようである。『不名誉の画家』では、「画家というのは（……）偉大な自然の模倣者にすぎない。それで自然が巧みにすこぶるつきの美人を創造すれば、その姿を描くのは至難の業ということになる」（二幕）と苦渋の色を浮かべる。これについてはベラスケスの師匠であったパチェーコも『絵画芸術論』（一六四九）のなかで言及している、「経験が示すように、人の美しい顔を描くのはよりむずかしい[25]」。すなわち、絵画というのは宇宙のあらゆるものの外観を似せて描くことに甘んずるものではなく、その内に秘める魂を描き出すものであると考えれば、美しい妻を目の前にして肖像を描けずに匙を投げる主人公ドン・ファンの心境もなるほどと頷ける。このように劇空間に肖像画を含めた絵画的要素を導入する試みは以前からもあったが、十七世紀のバロック演劇でブームとなったのである。

前述の法廷陳述はカルデロンが七七歳のときで、その数年前からすでにトレドに移り住んでいたが、それまではマドリードの宮廷や貴族の城館などで数多くの名画やタピストリーに触れ、当時名を馳せた画家やイタリア人の舞台技師とも知己を得ていたことは事実である。当時の国王フェリペ四世からして絵画と芝居の愛好家というだけでなく、みずから筆をとりキャンヴァスに向かうほど絵を愛した人であった。このような芸術環境のもとで、絵画に精通していたカルデロンは国内外の偉大な画家たちと親睦を深めただけでなく、『陳述書』や数々の劇作品に込められた絵画的要素から察すると、絵画の技法や理論にもかなり詳しかったことがうかがえる。

一六八一年五月二五日、亡くなる五日前に彼は遺言書を作成しているが、それを見ると絵画および他の美術作品の寄贈についての言及が確認でき、さらに八月九日付の財産目録からはかなりの数の絵を所有していたことが分かっている。そのなかで同時代の画家コエーリョによると、銅版画も含めた一一九点の絵を査定した結果、なんと査定総額は一万六八三三レアルにも達したそうである。時代を象徴してか、絵画のなかでも宗教画が大半を占めていたようで、そうなると単なる蒐集をとおり越し、むしろ信仰と美への憧憬によるものと考えられる。この財産目録だけでも、カルデロンの絵画に対する思い入れが伝わってくる[26]。

2－5　詩的世界——イメージ、シンボル、メタファー

この時代の劇作品は韻文で書かれたため、劇作家《ドラマトゥルゴ》は詩人《ポエタ》と呼ばれていた。カルデロンの劇作品に見られる文体やイメージ、シンボル、メタファーの用法は、ロペや他の劇作家の筆致に比べるとより豊富で洗練されており、前述のように明暗のコントラストや詩的イメージも豊かである。彼は宇宙、自然、動植物、魚類、被造物、神話の世界から着想を得ることで、人間の抑えがたい情念や非運を際立たせようとした。人間の感情的要求には闇のイメージ、理性や真実には光のイメージをあてがった。神話の世界からは神々や架空の動物を登場させ、普遍性や人間の持つさまざまな性質を表現した。こうしたイメージの多くは、人間の心理的動揺、喜怒哀楽の感情、政治体制の揺らぎ、避けられない運勢などを描くのに使われている。

彼の劇世界では、太陽、星、庭、山、洞窟、泉、バラ、馬などのイメージが言語表現を豊かにし、おまけにそれぞれの言葉が場面に応じて何らかの含みを持っている。とりわけ太陽には装飾的役割のみならず、女性美や生きるエネルギー、権力、名誉、神の栄光など、さまざまな象徴的意味合いが込められている。自然現象を表現するのに、単に日が沈むにしても、朝日が昇り一日が始まるにしても、当時の芝居上演が昼日中に行われ、朝や夜の到来は観客の想像力に頼っていたにもかかわらず、あえて装飾的表現が使われる。『不屈の王子』の結末近くで、タルダンテ率いるイスラーム軍に向こう見ずな夜襲をかけようとするアルフォンソ王に対して、エンリーケ王子は日没と夜の到来の関係を次のような巧言で説明する、「ご覧ください、影をまとった夜が、輝く太陽の車を夕闇のなかに隠してしまったようです」（三幕）[27]。また『驚異の魔術師』では、シプリアーノが昼から夜への移行を次のように彩《いろど》る、「太陽が地平線の波間に沈む頃、その偉大なる黄金の亡骸《なきがら》が灰褐色の雲間に姿を消し、銀の墓標と化す頃に、ここへもどって来てくれ」（一幕）。

女性の描写ともなれば、一般的に太陽のごとく光り輝く存在として扱われ、女性美を強調するにあたっては、自然の太陽すら色褪せてしまうほど、彼女という太陽が光を照射する。[28]『四月と五月の朝』ではドン・イポリトがヴェール（雲）で顔を覆ったドニャ・アナを太陽になぞらえている、「美しい春が粋を集めて装飾を施した、花咲く麗しい隠れ家で、あなたの思いを聞かせてください（……）お召しの無礼な雲によって美しい光を辱めることのないように願います。もう太陽が顔を見せ始めたので、あなたの太陽も昇らせてください」（三幕[29]）。『淑女「ドゥエンデ」』では、漆黒の夜から明け方の曙光をへて陽光を迎えるに至るまでの様子が言葉の絵筆でキャンヴァスに丹念に描かれる。

この上なく輝かしい朝やけであるあなたが光彩を放つのに、夜の影や黒光がその妨げとなることはありません。なぜなら、あなた自身が太陽の光なくして昼をもたらす光なのですから。夜がすぎ去り、朝ぼらけとともに鳥たちの甘いさえずりが聞こえはじめ、光が差し込み始めても、まだ黄金色に輝くことはありません。朝ぼらけに続いて弱々しい光を放ちながら曙光が天空を黄金色に染めはしても、まだ強く照りつけるには至りません。曙光のつぎに訪れるのが朝やけで、太陽が姿をあらわすのはそのあとのこと。この太陽こそが天空を黄金色に染め、光を放ち、強く照りつけるのです。朝ぼらけはその明るさを増そうと夜を追いかけたがり、白々と明ける曙光は光彩を放とうと朝ぼらけをまねたがる。神聖さを誇る太陽が曙光に挑みかかれば、あなたは太陽に挑みかける。（三幕[30]）

太陽のイメージが権力を象徴する例もこれまた少なくない。『人生は夢』でアストルフォはセヒスムンドを「ポロニアの太陽であらせられる王子」（二幕[31]）とよび、『イングランド国教会分裂』では王妃キャサリンに仕えようとするアン・ブリンが両陛下を太陽にたとえている、「一日のうちに二つの太陽を拝見できるなんて、身に余る光栄でございます！」（一幕）。王妃もまた自分に背を向け立ち去ろうとする国王を太陽にたとえ、「太陽が沈んでしまうと、私は暗闇のなかにとり残されてしまいます」（二幕）と嘆く。一方、太陽の輝きが名誉の輝きに匹敵する場合もある。[32]『名誉の医師』では、妻の貞節に疑念を抱いたドン・グティエーレが、太陽と雲との関係を名誉の汚点に結びつけ、次のように説明する、「あれほどの美しさと清らかさの輝きを曇らせることのできる人なんていないのだ。いや、そうではない、ぼくは間違っているぞ。太陽なら黒い雲が、汚しはせずともその光を乱し、食ですっかり姿を覆わずとも熱を奪うものだ」（二幕）[33]。他方、太陽やその光は、神の恩寵や言葉、キリスト教信仰をあらわす神聖なエンブレムでもある。『コパカバーナの黎明《れいめい》』では、インディオにとって太陽は宗教信仰の対象であり、コパカバーナは太陽の神殿であるが、寓意人物である「偶像崇拝」はこうした真の太陽を知らない土着の人々について、「私を崇拝するあの野蛮な人々は、別の太陽や曙光を知らず、光を崇拝しようとして影を崇拝している」（一幕）[34]と述べ、暗にキリスト教信仰を匂わせている。『不屈の王子』では、フェズの王に決して屈することのないドン・フェルナンドは、キリスト教の精神を太陽、光、月桂樹にたとえ、「どれだけ責め苦を味わおうと、いかなる苦境に追いやられようと、（……）私の信念を曲げることはありません。なぜなら、それは私を照らす太陽であり、私を導く光であり、私に名を揚げさせてくれる月桂樹なのですから」（三幕）と信心の篤さを語る。

さらにカルデロンは太陽や光を一つの物事にたとえるだけでは飽き足りず、太陽のように美しい女性をバラや宝石や星などにもなぞらえ、美に対して最大限の讃辞を送ることもある。『人生は夢』のなかでセヒスムンドがエストレーリャを星に、わけあってアストレーアという偽名で彼女に仕えるロサウラを太陽に見立てる場面がそうである。まずはロサウラの美しさに出会う前は、エストレーリャのことを最大限に讃美する、「そなたは夜明けを告げ、喜びをもたらす朝ぼらけ、夜明けとともに姿をあらわしては、太陽の立つ瀬がないではないか？」（二幕）。ところが、ロサウラの美貌を目にすると、たちまちその虜《とりこ》となる。

おれは、いろいろな花が咲き誇る芳香の王国で、神々しい姿のバラが君臨しているのを見たことがある。バラは美しいゆえに女王の座に着いていた。博識をひけらかす鉱脈の学校では、素晴らしい宝石のなかでもダイヤモンドがすべてに抜きん出ていた。光輝燦爛たるがゆえに王座を占めていた。綺羅星の美しい宮廷では、金星が星の王として君臨していたのを覚えている。完璧な宇宙では太陽が惑星をその宮廷に招集し、一日の神託を一手に引き受け、指揮するのを見たことがある。となれば、花、星、宝石、天体、惑星のなかでもっとも美しいものが上に立つというのに、誰よりも美しく、太陽、金星、ダイヤモンド、星、バラであるおまえがなぜ自分よりも劣る者に仕えているのか？（二幕）

『四月と五月の朝』でも、ドン・イポリトは朝の公園を散歩しているときにヴェールで顔を隠した美しい女性に出会い、自分の恋人であることに気づかず、彼女を花咲娘のように持ち上げる、「おれはこれまで花咲くバラを摘みにくる女を見たことはあるが、バラをまき散らす女は見たことがない。だが今日、彼女が誇らしげに闊歩すると、あたりにはバラの花が咲き、ジャスミンの花は青ざめ、ユリの花は色褪せてしまったんだ」（一幕）。さらに物語が進展してもこの男の女性に対する讃辞は、相手の正体をつかめなくてもやむことはない、「一面に広がる緑の牧場をかける美しい女神のお供ともなれば、いかなる場所も花園《ラ・フロリーダ》となりましょう。あなたの炎のような瞳や雪のような御足には、緑や紫の草花も、水晶のように澄み切った泉の水や真珠のような水滴も叶わないでしょう」（三幕）、そして前述の「花咲く麗しい隠れ家で（……）お召しの無礼な雲（ヴェール）によって美しい光（彼女の美貌）を辱めることのないように願います」（三幕）が台詞に彩りを添える。

『驚異の魔術師』のシプリアーノともなると、懸想するフスティーナは自然の生き物や自然そのものを凌駕するとまで豪語する。

純白の雪と緋で着飾り、夜明けとともに夜露をぬぐう幼い曙光の美しい揺りかご。四月がすでにバラ園を闊歩していることを告げる、緑色をしたバラの高慢な蕾《つぼみ》。夜明けのやわらかな霜のなか、天空の雨の涙を笑いと化してしまう野原。冷たい氷に阻まれて、歯をくいしばった氷のあいだをさらさら音を立てながら流れることのない小川。カーネーションは小さな空のサンゴの星。思いのままに派手な色合いを身にまとった鳥は、水晶のオルガンにあわせて調律する軽快な羽毛のツィター。太陽をも錯覚させる切り立った岩山、太陽がむきになって溶かそうとするが、雪は溶かせても岩山は溶かせない。雪を踏みつけ足を突き立てる月桂樹、まるで雪に咲く緑色のナルキッソスのように、気絶を恐れずこちらで陽光をもてあそびあちらで氷をもてあそぶ。いうなれば、揺りかご、曙光、緋、雪、野原、太陽、小川、バラ、愛らしく歌う鳥、くず真珠をふらせる笑い、水晶の流れを飲むカーネーション、溶けることのない岩山、自分に冠を授けてくれそうな陽光が降りそそぎはしないかと身をのりだす月桂樹。いいかい、あの神々しい人はこれらすべてを兼ね備えているんだ。（二幕）

地水火風の四元素も重要なカルデロン劇の構成要素である。『密かな恥辱には密かな復讐を』では、最後の場面で妻を殺害しようというドン・ロペが、おのれの名誉を堅守してくれる要素がこの四元素であることを以下のように説明する。

今おれが下駄を預けられるのは、沈黙を守ってくれる地水火風の四元素のみ。水と風には復讐の半分を委ね、土と火には心の痛みの半分を委ねよう。怖じ恐れることなく今夜にもわが家を火の海にしてやる。まず寝室に火を放ち、燃え盛るすきに理性を捨て一気に妻の命を奪うのだ。（……）こうすればおれの並外れた不幸を海が洗い流し、風が人知れぬ場所まで運び去り、かの土地がそれを見ないようにと顔をそむけ、最後に火がそれを灰にしてくれよう。大胆不敵にも太陽を曇らせてしまうような生き恥は、水、風、土地、火によって、洗い流され、運び去られ、顔をそむけられ、灰にされてしまうがいい。（三幕[35]）

『人生は夢』では、道化にしては知的で気の利いた描写であるが、クラリンが馬を四元素に見立てている。ここでは馬のスピードを強調するための早馬のなかに、四つの隠喩的要素を凝縮させている、「走り来る早馬を──せっかくの機会ですので馬を描いてごらんに入れましょう──事細かに馬になぞらえてみますと、胴体は大地、胸に秘められた魂は火、口から吹く泡は海、荒い息は風となり、それらが交ざりあい、びっくりするほど混沌たる様相を呈しております」（三幕）。ここで注意したいのはこの早馬と、一幕の出だしでロサウラの落馬[36]にかかわったイッポグリーフォ（「風と競いあい疾走する悍馬《かんば》イッポグリーフォよ、炎のない稲妻、翼のない鳥、鱗《うろこ》のない魚、本能を持たない獣のごとく、この荒涼とした岩山の迷宮を暴走し、崖をどこまで転げ落ちて行くつもりなの？」）とでは、それぞれ意味合いが異なる点である。出だしのロサウラの落馬はこの男装の麗人の複雑な個人的事情からくる心の動揺を象徴しているのに対し、三幕の早馬はセヒスムンドに名誉回復のための支援を嘆願するロサウラの固い意志、言い換えれば逆境をバネにして幸せを摑みとろうとする彼女の気概の表象である。[37]

ほかにも興味深い表現として、地上のものと海や空のものを結びつけるか、本来とは逆に配置することによって──「カーネーションは小さな空のサンゴの星」（『驚異の魔術師』）など──、混沌とした場を表現したり、反対に充実感を表したりすることもある。たとえば、船が海の馬、航行する岩礁、鳥などに見立てられたり、野原に咲くはずの花が空に咲き、夜空の星が野原で輝いたりする。ウィルソンはいくつもの例を引用しているが[38]、ここではすでに邦訳されている作品から例を引いてみることにしよう。『驚異の魔術師』では、悪魔が山を移動させる光景を見てシプリアーノは山を鳥や船にたとえている、「木々の枝葉を羽にかえ、風を切って飛ぶ鳥よ、岩山を索具にかえ、風を切って走行する船よ、どうかもとの位置にもどり、驚きと恐怖を終わらせてくれ」(二幕)。『四月と五月の朝』では、ドン・イポリトがお目当ての女性をドン・ペドロの家で迎えるのに、家を天体に見立てている、「お嬢様、控えめではありますが、この花咲く五月と太陽の天蓋、新緑と朝焼けの大体へようこそ」(二幕)。『淑女「ドゥエンデ」』のドニャ・ベアトリスは、苦しみが癒されるドニャ・アンヘラの家を天空と称する、「なにしろ、ここは太陽が羨むほどの美しいダイヤモンドの天空であり、まさに天使の天盖なのですもの」(二幕)。

これらの装飾的表現と合わせて、メタファーもカルデロン劇に欠かせない要素である。不朽の名作『人生は夢』は「人生の儚《はかな》さ」を象徴し、ゴンゴラなどのバロック詩にもあるように、この世の栄華は生きているものの思い上がりであって、すぐに消え去る儚い代物であることが強調される。なぜなら、この世はすべてが夢であり、真の幸福と名声は来世において得られるものだからである。一方、『名誉の医師』は作品そのものがメタファーである。ワードロッパーによれば、妻が名誉を穢《けが》したと思い込むドン・グティエーレが病んだ名誉を治療する医師、名誉の保管者である妻ドニャ・メンシーアが患者、そして不名誉が病気を象徴しており、医師である夫は瀉血という方法によって妻の病を治すのである[39]。『不名誉の画家』の主人公ドン・フアンは画家を生業とするものであるが、愛する妻セラフィーナの肖像を描こうとしていたときには妻が美しすぎて描けなかったのに、自分に不名誉をもたらした妻のあとを追って、彼女と昔の恋人ドン・アルバロをピストルで殺害し復讐を果たす段になると、今度は愛でなく嫉妬によって、それも二人の血で肖像を描くという皮肉な結末を迎える。パーカーはこの作品において火と海と絵の三つのシンボルをあげ、火と海はともに自己中心的な愛の情念とそこから派生する身勝手な嫉妬の念を象徴し、絵は自己崇拝的な想像を象徴すると述べている。すなわち作品の題名は、拐《かどわ》かされた妻の肖像を描くよう命じられた画家、および想像上の不名誉を描いた画家を意味するのである[40]。

ここまでカルデロンの得意技といっても過言ではない詩的要素について見てきたが、注目すべき点は、これらが単に言葉の飾りではなく、筋立てと密接にかかわりながら緻密かつ豪快なバロック・スタイルの劇が生み出されていることと、たとえ構成素材が似通っていたとしても、作品ごとに微妙に異なる色彩や文様が表出されていることである。

注

1 Ángel Valbuena Prat, *Calderón. Su personalidad, su arte dramático, su estilo y sus obras*, Barcelona: Juventud, 1941, 17.

2 Ibid., 18.

3 Ibid., 20-21.

4 マックス・コメレル『カルデロンの芸術』、岡部仁訳、法政大学出版局、一九八九年、一九頁。

5 Javier Portús, *Pintura y pensamiento en la España de Lope de Vega*, Hondarribia (Guipzcoa): Nerea, 1999, 112-113.

6 Matías Díaz Padrón, “La pintura en la época de Calderón”, *El arte en la época de Calderón*, Madrid: Ministerio de Cultura, 1981, 30-31.

7 José Calvo, *Así vivían en el Siglo de Oro*, Madrid: Anaya, 1989, 22-23.

8 セルバンテス『ペルシーレス』、荻内勝之訳、ちくま文庫、一九九四年。

9 Ricardo del Arco y Garay, *La sociedad española en las obras de Cervantes*, Madrid: Patronato del IV Centenario del Nacimiento de Cervantes, 1951, 523-524.

10 Margarita Levisi, “La pintura en la literature de Cervantes”, *Boletín de la Biblioteca de Menéndez y Pelayo* 48 (1972), 298, 325.

11 Simón A. Vosters, “Intercambios entre teatro y pintura en el Siglo de Oro”, *Historia 16*, 8 (89), 1983, 114.

12 ロペと当時の画家たちとの友好関係については、以下の研究書に具体例が掲載されている。Cf. Portús, 133-161.

13 María Asunción Gómez, “Mirando de cerca ‘mujer, comedia y pintura’ en las obras dramáticas de Lope de Vega y Calderón

de la Barca", *Bulletin of the Comediantes* 49 (1997), 273.

14 この項目は、「十七世紀スペインの絵画と文学」(『図書』、二〇〇七年一〇月号) および『カルデロン演劇集』(名古屋大学出版会、二〇〇八年) の「解説」の一部をもとに、加筆したものである。

15 『オルテガ著作集』、第三巻、神吉敬三訳、白水社、一九七〇年、二四二頁。

16 J. E. Varey, "Calderón, Cosme Lotti, Velázquez, and the Madrid Festivities of 1636-1637", *Renaissance Drama* 1 (1968), 263-266.

17 文飾主義《クルテラニスモ》とは、一言でいえば、神話的要素に加えて、さまざまな隠喩やラテン語風の文章、新語、倒置法、あらゆる類のレトリックをとり入れることにより、独創的で美的な世界を創造する技法である。

18 佐竹謙一『概説スペイン文学史』、研究社、二〇〇九年、一二九―一三〇頁。

19 E・R・クルツィウス『ヨーロッパ文学とラテン世界』、南大路振一・中村善也訳、みすず書房、一九八五年 (第六刷)、八一五―八六一頁。

20 引用は以下の版から行う、『カルデロン演劇集』、佐竹謙一訳、名古屋大学出版会、二〇〇八年。

21 Pedro Calderón de la Barca, *El sitio de Breda*, (*Obras completas, I, Dramas*, ed. Ángel Valbuena Briones, 1.ª reimpr., Madrid: Aguilar, 1969).

22 Brown and Elliott, *A Palace for a King: The Buen Retiro and the Court of Philip IV*, 118-119.

23 Emilio Orozco Días, *El teatro y la teatralidad del Barroco*, Barcelona: Planeta, 1969, 46-47.

24 『カルデロン演劇集』より引用。

25 Eunice Joiner Gates, "Calderón's Interest in Art", *Philological Quarterly* 40 (1961), 55.

26 Enrique Rull, "Calderón y la pintura", *El arte en la época de Calderón*, Madrid: Ministerio de Cultura, 1981, 20.

27 Pedro Calderón de la Barca, *El príncipe constante*, ed. Alberto Porqueras Mayo, Madrid: Espasa-Caple, 1975.

28 Cf. Ángel Valbuena Briones, *Calderón y la comedia nueva*, Madrid: Espasa-Calpe, 1977, 106-118.

29 『カルデロン演劇集』より引用。

30 前掲書。

31　前掲書。
32　前掲書。
33　『名誉の医師』（古屋雄一郎訳）（『スペイン黄金世紀演劇集』所収、牛島信明編、名古屋大学出版会、二〇〇三年）。
34　Pedro Calderón de la Barca, *La aurora en Copacabana*, (*Obras completas, I, Dramas*).
35　『カルデロン演劇集』より引用。
36　カルデロンが落馬あるいは転びのモティーフを用いるのは珍しいことではなく、これは将来の不幸または悲劇を象徴する。このモティーフは中世の騎士道物語『騎士シファールの書』にも記されているが、ロペ・デ・ベーガも『オルメードの騎士』や『ペリバーニェスとオカーニャの騎士修道会領主』などで使用しているほか、カルデロンとて例外ではなく一六二三年に上演された処女作『愛、名誉、権力』を皮切りに何作もの作品で言及し、最後の作品『レオニードとマルフィーサの宿命と表象』（一六八〇）でもこれに触れている。馬は、人間の思考、肉欲、思い上がりを扇動する情念を象徴するため、落馬は不幸の象徴なのである、Ángel Valbuena Briones, "El simbolismo en el teatro de Calderón", *Calderón y la crítica: Historia y antología*, 694-713.
37　Ángel L. Cilveti, "La función de la metáfora en *La vida es sueño*", *Nueva Revista de Filología Hispánica* 22 (1973), 22-31.
38　Edward M. Wilson, "Los cuatro elementos en la imaginería de Calderón", *Calderón y la crítica: Historia y antología*, 1976, I, 287-293.
39　Bruce W. Wardropper, "Poesía y drama en *El médico de su honra*", *Calderón y la crítica: Historia y antología*, II, eds. Manuel Durán y Roberto González Echevarría, Madrid: Gredos, 1976, 585.
40　Alexander A. Parker, "Hacia una definición de la tragedia calderoniana", *Calderón y la crítica: Historia y antología*, II, 380-383.

3　名誉劇——名誉・嫉妬・復讐

3－1　悲劇のかたち

ロペ・デ・ベーガの作品には『復讐なき罰』、『名誉による勝利』、『オルメードの騎士』などのように、人々の最大の関心事の一つであった名誉問題に起因する人間感情の縺れから、あるいは避けられない運命的な力から、どうしても悲劇へと突き進まざるを得ないケースがある。たとえば、悲劇の概念をとことん具象化した『復讐なき罰』では、若くて美しい新妻カサンドラが、夫であるフェラーラ公爵の私生児フェデリーコ伯爵と不倫関係に陥ったことが原因で名誉の犠牲となる。そもそも慎ましやかなカサンドラがこうした大胆な過ちを犯すのも、夫が放蕩生活を繰り返し、おまけに教皇軍のローマ遠征に加わり長期間家を留守にしたせいだが、彼らの姦通にも当然のことながら非はある。結末ではこの姦通に対して公爵は息子の手でまず妻を殺害させ、そのあと別の人物の手を借りて、息子を殺害させる。ロペはこの処罰を名目上復讐行為とはせずに、天罰あるいは父親の懲罰としているが、いずれにせよ姦通罪に対する公爵の復讐の動機は明確に示されている。

カルデロンも同様に悲劇的要素を採り入れた歴史劇・名誉劇・風俗劇などを書いており、大衆演劇という点ではロペとは基本的に同じ考えだが、技法的には劇構造から何からすべてが様変わりする。

ただスペイン演劇の場合、『当世コメディア新作法』にも記されているとおり、喜劇的要素と悲劇的要素とが混ざり合うことで真の悲劇は生まれにくい。また、カトリック教会の教えとも絡んでくるため、この世の苦しみや煩《わずら》いも慰みと化すこともある。技巧面では詩的正義が機能することにより、絶えがたい難局が続いたあと秩序が回復され、罪深い者は罰せられ、犠牲者は報われるという勧善懲悪の世界が誕生する。[1]

3-2　名誉の悲劇三部作

シェイクスピアの四大悲劇の一つに『オセロ』（一六〇四）がある。ここではヴェニス公国に仕える高貴なオセロが、腹黒い旗手イアーゴーの奸計《かんけい》に陥り、貞淑な妻デスデモーナと副官キャシオとの仲を疑い、嫉妬に駆られて妻を殺害したあと、真相を知らされて自害する。野心的なイアーゴーの陰謀が徐々にオセロを出口のない隘《あい》路《ろ》へと追い詰めた結果であり、運命論的なものや偶発性は存在しない。この作品には劇作家の明確な指針が示されている。濡れ衣を着せられたキャシオは重傷を負わされるものの命に別状はないが、邪悪な心で悲劇を煽ったイアーゴーの最期は死を以て罪を償うように仕組まれている。夫の妄想の犠牲になったデスデモーナについては、最終的には悪巧みが白日の下にさらされ、彼女の潔白が証明されると同時に、オセロの思い込みが間違いであったことが明らかになる。そして主人公はおのれの愚かさに恥じ入り、絶望のすえ自殺を遂げるのである。この悲劇をとおしてシェイクスピアは劇空間の中で詩的正義を機能させ、観客を納得させたうえで閉幕していることが分かる。

これに対してカルデロンの名誉劇では、罪のない妻を夫が殺害するという点では共通しているが、その内実には明らかなちがいが見てとれる。名誉の悲劇三部作といわれる『名誉の医師』、『密かな恥辱には密かな復讐を』、『不名誉の画家』は、名誉のためなら実際に妻の姦通がなくても、夫が妻殺しを実行するという凄まじい解決方法が適用され、カルデロン特有の名誉の掟が劇空間で幅を利かせる作品である。いずれも夫婦間に問題が生じても、隔意《かくい》なく話し合い、事の真偽を確かめ合うという気持ちは見られず、夫婦であっても各自の思いはそれぞれ別というように、相手の気持ちよりは自分自身の立場や世間体を過度に気にする仮面夫婦である。妻は自分に落ち度がなくても汚名につながるようなことは極力避けようとし、夫のほうは妻を愛する気持ちはあるものの、それは相手の美しさを愛《め》でる意味での愛であり真の愛とは異なるため、名誉を失う前に世間体を保とうという意識が働く。実際には何もかもが名誉の掟に縛られた夫の想像上の名誉・不名誉の感情だが、とにもかくにも事が世間に知れ亘《わた》れば露骨に復讐し、逆にそうでない場合には密かに意趣返しをたくらむのである。そして劇の大詰めでは三作ともに、その度合いは異なるにしても、すんなり得心できない部分が残る。特に『名誉の医師』の結末には不可解な点が残されたまま、いまだに研究者のあいだで意見が一致していない。確かにロペ・デ・ベーガが『当世コメディア新作法』で「コメディアの題材としては名誉が最高でしょう」[2]と述べているように、この時代の観客にとっては名誉を主要テーマまたはモティーフにした芝居であれば客受けがよかったわけで、どの作家もジャンルを問わず名誉は欠かせない構成要素として採り入れたことを考えると、カルデロンとて例外ではなかったのである。

3－3　名誉のかたち

では、劇世界においてこれほど名誉に拘泥する登場人物たちがいるとなると、実際の社会生活において人々はどのように名誉と絡んできたのか気になるところである。そこで、当時の人々にとっていかに名誉が大事であったかについてまず考えてみることにしよう。[3] 特に十六世紀、十七世紀のスペイン人貴族にとって名誉とは社会通念としてとても重要なものであり、「名誉・恥は個人を社会に組み入れる価値観」であることを考えると、必然的にそれは社会秩序の維持に大きく貢献するところとなる。[4]

先祖代々の有徳を受け継ぎ、権力、財産、社会的地位を享受できる貴族は、もっとも輝かしい名誉に浴する身分の高い人たちであった。これは家柄の立派な個人に与えられるもので、この名誉に与《あずか》るということは周囲の者から評価を受ける一方で、社会的に分相応の義務を果たさなければならない責任ある立場に置かれることを意味した。別の見方をすれば、ピラミッド型の階級社会において名誉は貴族階級に属する人々の名をより高め、平民と一線を画することによって、特権階級を保護するのに一役買っていた。権力、特権、財力を有することで名誉ある人物と見なされれば、それは同時に社会的義務を負うということでもあった。特に高貴な地位にある者に対しては、その要求は一段と厳しかった。サラス・バルバディーリョは「貴族とは生まれながらにして義務を負うことである」と述べ、エンリーケス・デ・グスマンも言葉こそ異なるものの「血筋のよい者は徳のある人間になる必要がある」と述べている。[5] いわば、名誉は名声や威厳を意味し、家柄や社会的地位に応じた個人の言動と深く結びついていた。そのため文学作品にもしばしば見られるが、貴族が自分の地位や名誉にかけて断固たる態度で臨まなければならないときは、「私は人望のある身だ《ソイ・キエン・ソイ》」と宣言し、必要とあらばその勇気と美徳を試すこともあった。この台詞は男性のみならず女性にも使われ、名誉にかかわる窮地に立たされると、高貴な女性も男性と同じように上記の文言を口にし、決断の必要に迫られたのである。要するに、名誉ある人というのは、家柄もさることながら、威厳ある行動を示しおのれの感情を律することのできる人、紳士あるいは善良な人間として振る舞い他人から尊敬されるにふさわしい人、そして神、国王、友人、女性を前にして忠義を尽くせる人のことをさした。さらに善行をなし、徳を積むことも重要であった。女性の場合は、慎み深く誠実で純潔であることがその人の名声および良き評価につながった。[6]

こういう人たちの先祖には、戦いで偉業を成し遂げたか国王に忠義を尽くしたことにより、その報酬として土地、名誉、貴族の称号を与えられた者がいたことを意味した。つまり中世に戦士であった一人の先祖にはじまり、世代をとおして誠実さと美徳を失わなかった家系の末裔たちが持ち続けた資質なのである。だが、やっかいなのは名誉に対して非常に敏感であった「イダルゴ」と呼ばれる下級貴族の存在であった。一部の例外を除けば、彼らは大貴族のように広大な領土を所有し従僕を多く抱えているわけではなく、また宮廷で重要な任務を任されているわけでもなかったが、先祖に何らかの偉業を成し遂げた人がいたことで、名誉という遺産を受け取った人たちであった。彼らが最も気を遣った点といえば、自分たちの身分にふさわしい身繕《みづくろ》いをして、農民、職人、商人などの平民よりも優位に立つことであった。だが内実は、地方によって状況は異なるにしろ、彼らの大半は貧しく糊口《ここう》を凌ぐ者も少なくなかった。むろん一部には、さほど広くはないが自分たちの土地を所有し、小作人を使って農業を営んだり、みずから土地を耕したりしながら――耕作は身分を貶《おとし》めるものではなかった――快適な生活を送る者もいた。実際には、ドン・キホーテのようにこうした優雅な田舎生活を送る下級貴族は少数派で、現実は厳しかったようである。多くの下級貴族は町に流れていき、自分たちの身分を穢《けが》すことのないような生活手段を模索した。身分の高い貴族にとり入って仕え、もしそれができなければ空腹に堪えながら惨めな生活を覚悟しなければならなかった。たとえば、レオンの司教がフェリペ三世に宛てた書簡の中で、次のような人たちが町へ流れてきたことを報告している、「アストゥリアスやガリシアの山間の出で、高貴な家柄に生まれ、純粋な血統の人たちの多くが、餓死しないようにあちこちの在俗司祭や修道司祭の家、修道院に宿を割り当てられました。彼らは日々の糧に事欠くような状況の中、あてどなく、裸足で、着るものもなくさまよい歩き、通りの厳しい寒さの中で眠るために、健康と命が危険にさらされていたのです」[7]。彼らは知人のいない都会へ出ることによって、こうした生活手段を選ばざるをえなかったのである。

それにしても生活する上で必要なのはやはりお金である。その意味でも、富は社会的地位において優位を保証するもので、名誉を維持するためには不可欠なものであった。この点についてウアルテ・デ・サン・フアンは「人間の価値についで二番目に名誉をもたらしてくれるものは財産である。これがなくてはこの国では人々の尊敬は得られない」と述べ、モレーノ・デ・バルガスも「財産の伴わない名誉なんて死も同然である。貧乏につきまとわれると、卑しい行為に走り、本来の自分の資質とは相容れないことをしでかすようになる。いかに立派な人物であろうとも、貧乏であれば人々は敬おうとはせず、いかに慎み深い人物であろうとも人々はその人に耳を貸そうとはしない」と述べている。[8]

しかし、そうかといって裕福であればよいというわけではなかった。卑しい身分のものが名誉を享受することのないように、所有する財産の内容が検討され、本当に名誉に値するかどうかが問われた。というのも、時代とともに徐々に社会的評価を求める気運が高まり、一六〇〇年頃にもなると、高い身分への憧れがカスティーリャ社会に広がった。ただ、はっきりとした判断基準はなかったものの、大規模な商業、貿易、産業に従事する人の場合——大農場主もこれに含まれていた——、直接労働に加担したり、店を構えている場合には本人が商売に携わったりしないかぎり、貴族の身分を貶めることはなかった。農業については、土地所有者であり、小作人でなければ貴族性と農業は矛盾しないと主張する人たちも中にはいた。しかし基本的には、職人や商人などは卑しい職業に従事しているとみなされ、彼らが得た富は名誉に値しないとされた。中産階級の人々は、手に入れた富は次の富を得るための手段であると考えていたのに対し、貴族は世襲財産を衣服や饗宴に費やした。彼等は物惜しみしない寛大な心で客や友人をもてなしたり、豪華な贈物をしたりして大盤振る舞いをし、自己の財力を大いに誇示したのである。[9]

一方、人間の内面性にかかわる美徳や資質となると、貴族は寛大であるべきで、嘘をついたり約束を反古《ほご》にしたりすべきではないとされ、卑しい身分の人々の言動とは明確に区別された。またこれと並んで勇ましさも要求された。名誉ある者にとって臆病は最大の不名誉であった。この名誉と勇気とのつながりは、高貴さを決定する中世の戦いの精神に由来するものであり、セルバンテスの時代には卑しい身分の人間が数多く歩兵連隊に志願し戦争に参加した。こうして得た輝かしい名誉は出世にもつながると考えられていた。だがその反面、最大の栄誉に与《あずか》ることは、先述したようにそれ相応の社会的貢献に尽力する義務を負わされることでもあった。身分の低い者に対しては、権力や特権を享受する者は彼らの身の安全に留意する義務も担ったのである。

貴族は平民と異なり騎士の度胸や優位性を具現する剣を常に携帯しており、それが貴族の証《あかし》ともなっていたが、その一方で高貴さを見せびらかすことに生き甲斐を感じる者もいた。イタリアの外交官・文筆家バルタッサーレ・カスティリオーネは『宮廷人』（一五二八）の中で、彼らは剣を平和なときにも身につけており、祝祭になると宮廷婦人や王子たちのいるまえで自己の名誉を誇示しようとする、と述べている[10]。だが、もともと剣は宝石や服装のように社会的地位をアピールするためのものではなく、護身のためであったり名誉を回復したりするための道具であった。そのため恥辱を受けたときには、汚名をすすごうと間髪を入れず剣を抜いたのである[11]。他人の行為によって不名誉をこうむった場合――無礼な態度であしらわれたり、罵倒されたり、嘘つき呼ばわりされたり、平手打ちを食らったりしたときなど――、あるいは妻の不祥事や不義などによって家名を傷つけられた場合には、当然のことながら当人のみならず一家の名誉が毀損されることを意味した。このような場合、ただちに名誉回復が先決問題となり、もし不幸にも妻が不義を働けば、彼女の命を奪うと同時に、相手の男に対しても挑みかかり、それなりの復讐に迫られたのである。

事実、妻の不義密通はめずらしくはなく、奪われた名誉の挽回はあったようで[12]、ベナベンテとサナブリアで判事をしていたアントニオ・デ・ラ・ペーニャが書いた手稿本『判事必携の書』（一五七一、マドリード国立図書館蔵）には次のような一節がある、「妻と姦通者は通り慣れた公道を引きまわされたあと、指定の処刑場に連行され、その場で財産と一緒に夫に引き渡される。子供がいない場合には、すべて夫の裁量に任される。もし子供がいれば、子供たちがその財産を受け継ぐこととなる」。ほかにも、『トロの法令』や『新法典』などにも姦通者たちは夫の手に委ねられることや、名誉を毀損された夫の手で処罰してよいとのことが書かれている[13]。

この名誉に対する復讐、いわゆる社会の共通の掟《おきて》を守ることは、個人的な事柄以上に優先されなければならなかった。このような復讐の権利は、文学の世界でもそうだが、現実社会においては貴族に認められた行為であり、本能的に支配的身分を堅守しようとする気持ちの表れでもあった。恥辱が名誉の否定であるからには、恥辱を受けた者は社会の伝統的遺産を共有する資格を剝奪されることになり、なおかつ生きる価値を失うことにもなるので、名誉を重んじる人間同士がひしめく社会では、礼儀や相手に対する対応には充分な注意を払う必要があった。もし相手に対して表敬を怠ればその人の地位を無視することになり、また相手を軽蔑したり不適当なあしらいをしたりすれば重大な恥辱になったため、当然の成り行きとして決闘にまで発展した。しかし実際には、決闘は多くの支持者の賛同を得てはいたものの、名誉問題をめぐっての決闘は法律上およびトレントの公会議の条項において禁止されており、聖書の教えにも反するとしてこの野蛮な行為に反対する声もあがった。アグスティン・デ・エレーラ神父や、ディエゴ・ドゥケ・デ・エストラーダ公爵などは、こうした人間性を損なうような血なまぐさい行為をのっけから非難している。[14]

3－4　セルバンテスの小説空間に見る名誉の扱い[15]

ここでは後述するカルデロンの血も涙もない名誉挽回の方法を見る前に、まずは現代のわれわれにも納得のいくセルバンテスの名誉感情の扱い方について見てみることにしよう。両者の主張にはかなりの隔たりが見受けられるからである。

アメリコ・カストロによれば、セルバンテスの名誉観は名声や世論など外部の影響を受けるものではなく、個人の美徳に裏づけられるもので、美徳そのものは他人の評価に関係なくその価値を有する。名誉や称讃が個人の美徳に対する褒賞であるとすれば、外部評価にもとづく名誉の価値はあってないようなものである。そうなれば名誉も侮辱も個人の美徳に影響を及ぼすことはなくなる。セルバンテスの名誉観は人文主義の道徳観にもとづくもので、社会的名声、血筋、階級などとは無縁のものである。それゆえにおのれの運命は各自が作り出すものなのである。[16] 言い換えれば、ルネサンス的な新しい人間観にもとづいた考えである。[17]『ペルシーレスとシヒスムンダの苦難』では、ペリアンドロ（ペルシーレス）をとおして、「卑俗の者も徳を励めば誉れに浴すが、富貴の者でも悪徳に流れれば汚名を受ける」（第二巻、一四章）と戒めている。

そこでまずは登場人物たちが既婚者である場合の名誉に目を向けてみると、『模範小説集』所収の『愚かな物好きの話』――この話は『ドン・キホーテ』の前編三三―三五章にも収録されている――と『やきもちやきのエストレマドゥーラ人』にセルバンテスの意図が明確に示されている。

『愚かな物好きの話』の主人公アンセルモの行為は、貞淑な妻カミーラの誠意をとことん試そうと、友人ロタリオの心ある忠告にもかかわらず、それを無視してまでこの友人をおのれの無謀さに巻き込み、あげくの果てに美しく貞淑な妻を友人に奪いとられてしまうという不幸な結果を招く。現実離れした小説の構想とはいえ、まさに自業自得の手本である。[18] 三人の行く末についてだが、先のアンセルモの場合、名誉を失ったあと、まもなく知人の家で息を引きとることになるが、その前におのれの愚かさを認識し、不義を犯した妻を赦《ゆる》している。カミーラは愛人と別れて修道院に入るが、ナポリ王国での対フランス戦線に赴き戦死したロタリオのことを聞き知るや、誓願を立てはするものの、悲しみにうち拉《ひし》がれ他界するという運命をたどる。すなわち彼ら二人だけでなく、不実な者がいれば、自分たちの犯した過ちの度合いによってそれなりの償いをすることになっている。

一方、『やきもちやきのエストレマドゥーラ人』の主人公フェリーポ・デ・カリサーレスは、六八歳という高齢にもかかわらず、一五歳にもならない少女との結婚を決意する。カリサーレスは貴族の生まれで、若い頃はさんざん放蕩生活をしたあげく、四八歳でインディアスに赴き、そこで二〇年かけて身上をこしらえたあと、スペインに戻って五〇歳以上も離れた若いドニャ・レオノールと結婚する。彼女の家は金に窮してはいるものの、由緒ある家柄で、両親はこの金持ちの老人との結婚に同意し、娘も親の裁量にゆだねたのである。ところが問題は夫が極度に嫉妬深いことである。外部から家のなかが見えないよう周囲に高い塀をめぐらし、何人かの召使いの女たちを雇い入れ、去勢された老黒人ルイス以外は男を屋敷内に入れないという徹底ぶりである。彼女の外出も、朝の曙光が差し込む前にミサに出かける程度である。あるとき、ロアイサという粋な若者がこれに目をつけ、この家に仕える老黒人を丸め込み召使いの女たちをも巻き込んで、美しいレオノーラ獲得作戦に乗り出す。そしてひとたび屋敷内に潜入し、彼女たちを虜《とりこ》にすると、女中頭の悪知恵にも助けられてレオノールと二人きりになる機会を得るが、若妻の操は堅く、征服することはできない。そうこうするうちに二人とも疲れ果て、たがいに身を寄せ寝入ってしまったところで——ここでは姦通はない——[19]、嫉妬深いカリサーレスに目撃されることになる。

このとき老人がまず考えたのは、二人に意趣晴らしをして、汚辱をすすぐことであった。これは社会通念としての名誉失墜を意識してのことだが、そこはセルバンテスのこと、彼が短剣で復讐を企てようとしたまさにその瞬間、老人は発作で気絶し倒れ込むようになっている。セルバンテスがこうした方法で復讐を避けた理由として、カリサーレスの自業自得をあげ、次のように言わせている。

人間の知恵と力をもってしては、おのれの願望をすべて神意にゆだねる謙虚さを持たない者に対して神が下したもう厳罰をまぬかれることは所詮できない相談ですから、わたしが自分自身の願望にあざむかれたとしても不思議はないし、のみならず、いまわたしの命を奪わんとしているこの毒も、もとはと言えばわたし自身が盛ったものだといっても、あながち見当違いではないのです。[20]

この事件に相当のショックを受けた老人は、死の間際におのれの常軌を逸した生きざまがいかにこの不幸な事態を招いたかを自覚し、その罪滅ぼしとして妻の遺産を倍にして、彼女がロアイサと結婚することを許し、なおかつ両親にも余生を送れるだけのものを与え、残りを慈善事業に寄付するという、寛大な措置を講ずる。そして遺言を公証人の前で後述した一週間後に息を引きとることになる。妻のほうは夫婦の絆を断ち切ることはせず——もちろん彼女の名誉は穢れていない——、修道院で余生を送る道を選ぶ。[21] 要するに、老人の身勝手で行きすぎた欲望は、「暇をもてあました不埒な若造の狡知と、不忠な女中頭の邪心、それに、唆されてその気になった小娘の無知」の前に、脆《もろ》くも崩れ去ったのである。

カストロによれば、「セルバンテスは自由な形で結ばれた愛の教理を、一時として忘れることはない。彼は女たちに力ずくでみずからの意志を押しつけようとする男たちに対して、ペンの許す最も手厳しい叱責を与えて彼女たちを弁護する。しつこい男は欲望を充たすことなく破滅する。また父の威光をかさにきて、不釣り合いな結婚をするに至った者にも同じ運命が待ちかまえている」のである。[22]『ドン・キホーテ』でも主人公が強調するように、人の道にもとづいた小説構想なのである。

不当な復讐をすることは、というのも本来的に正当なる復讐などありえぬからでござるが、われらの信奉する神聖なる掟にまっこうから対立することになりますぞ。ご存じのように、その掟はわれわれの敵に対して善をなし、われわれを憎悪する者をさえ愛するようにと、われわれに命じているからでござる。（後編、二七章）[23]

3－5　カルデロンの冷酷非道な名誉療法——名誉は命よりも大事[24]

こうしたセルバンテスの名誉観を見たあとでカルデロンの名誉劇に触れると、現代の読者は明らかに首を傾げざるを得ない理不尽さを感じることになる。セルバンテスとは相容れない視点に立って劇空間を血なまぐさく塗りたくっているかのような印象を受けるのである。

3-5-1　『密かな恥辱には密かな復讐を』

この作品は『ペドロ・カルデロン・デ・ラ・バルカ戯曲集 第二部』（一六三七）に収録されている。終幕近くに「これは実話である」と記されているが、それを裏づける証拠は見つかっていない。似たようなテーマは、イタリアの作家チンティオ（ジョバンニ・バティスタ・ジラルディ、一五〇四―七三）の作品や、ロペ・デ・ベーガの『最も用心深い復讐』、ティルソ・デ・モリーナの『用心深く嫉妬深い男』でも扱われている。[25]

作品の出だしは、カスティーリャの貴婦人ドニャ・レオノールを娶《めと》ったポルトガルの貴族ドン・ロペが、結婚式当日に妻を迎えにアルデア・ガリェーガへ向かう途中、旧友ドン・フアンと出会い、友人を手厚くわが家に迎え入れる場面から始まる。新妻ドニャ・レオノールにはもともと恋人ドン・ルイスがいたが、フランドルで戦死したという誤報を聞き、父権による愛情のない結婚を強いられたのである。ところがそこへ忽然《こつぜん》と当人が現れ、彼女が人妻となったことを知らされるが、どうしても彼女のことが忘れられない。彼女の内心も同様で、夫には愛情などもてず、婚約してからは抜け殻同然であった。二幕に入るとドン・ルイスの求愛に急き立てられたドニャ・レオノールが一度だけ会って話をしようと、夫の留守を見計らいドン・ルイスを家に招き入れる。二人がそれぞれの言い分を主張している最中に、突如ドン・フアンが友人の家を訪れ、暗闇でドン・ルイスと鉢合わせになる。ドン・ルイスは隣の部屋に身を隠すが、そのあとすぐに帰宅した主人ドン・ロペに発見される。このとき元・恋人は咄嗟の理由をつけるも、ドン・ロペはこの時点で事が公《おおやけ》にならねば名誉にかかわることはないと判断し、侵入者を逃す。むろん内心穏やかであるはずがなく、復讐の機が熟するまで黙って堪えようというのである。ここではカルデロン特有の隠匿行為や夜の場面が挿入され、「新しい演劇《コメディア・ヌエバ》」の技法の一つであるが、緊張が最高潮に達する策が講じられている。三幕に移るとドン・ロペの疑念はさらに膨らむ。ドン・フアンとしては友人の名誉が危殆《きたい》に瀕していることを当人に伝えたいのだが、なかなか功を奏さない。そうこうするうちにドン・ロペ

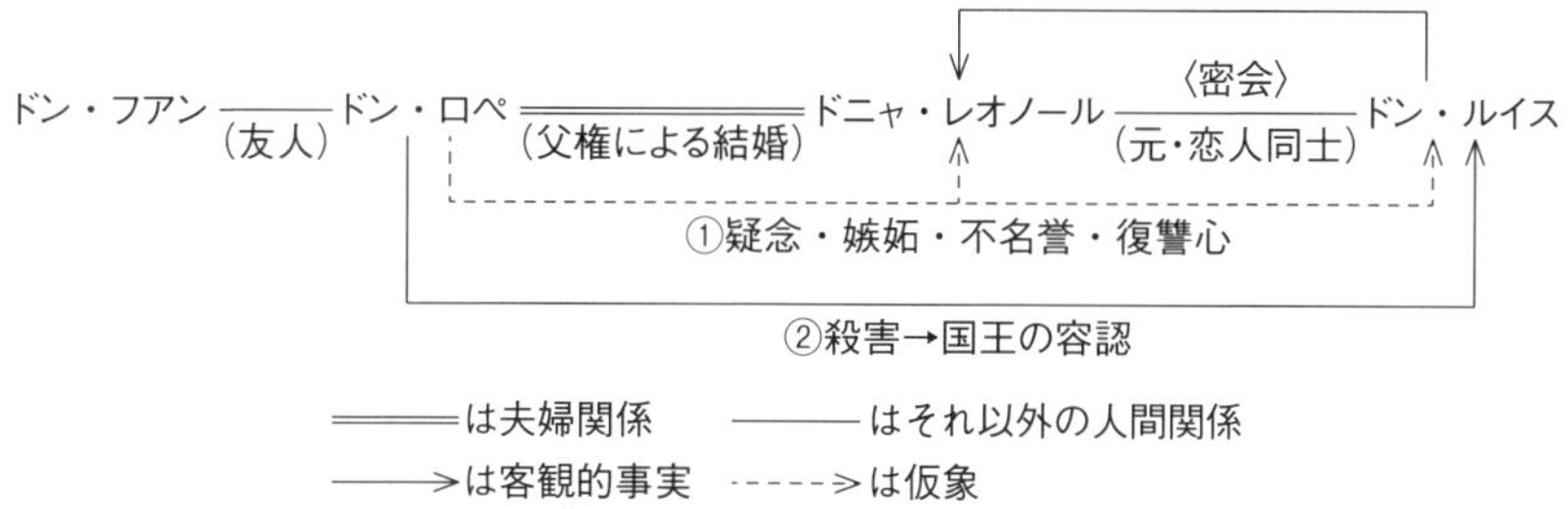

（図1）『密かな恥辱には密かな復讐を』

は自分の恥辱が国王の耳にまで届いているのではないかという疑心を抱き、本格的に復讐を決意する。当初は世間を驚嘆させるほどの復讐を考えるが、友人から教訓を得たこともあり急きょ密かな復讐へと切り替える。そこでまずドン・ルイスを小舟に乗せ、沖に出てから殺害し、そのあと別荘にもどって火を放ち、妻を亡き者にするという計画である。というのも、周囲から疑いをかけられないよう妻が焼死したように見せかけるためである。こうして二件の殺人はいずれも秘密裡に行われ、晴れて復讐が叶うこととなる（図1）。

　この作品で名誉の掟と葛藤するドン・ロペはおのれの心中を次のように吐露《とろ》する。

> レオノールには人望があるし、このおれにだって人望はある。不動の名声や輝かしい評判ともなれば他人に穢されることはまずない。いや、（なんということだ！）一片の雲が光り輝く太陽の光線を遮らないまでも、少なくともそう願おうとし、汚点を残さないまでも濁らせたあげく、とどのつまりが光を覆い隠してしまうことだってありうる。名誉よ、かつてこれほど微に入り細を穿つようなことがあっただろうか？　これ以上の千辛万苦《せんしんばんく》、やりきれない心痛、命にかかわる疑心暗鬼、切迫する恐怖、窒息しそうな侮辱、恥さらしな嫉妬がほかにあろうか？　いや、断じてない。名誉よ、おまえに強力な力がないとなれば、おれを殺せはしまい。生死をわけるそのときがくるまで、こっちはそれなりの手だてを講じねばならん、密かに、早まらず、慎重に、ぬかりなく、用心深く、相手を気遣い、へつらいながらな。そして時機到来となれば、あとは天に望み

を託すのみだ。（二幕[26]）

夫としておれに手落ちがあったとでもいうのか、失態を演じたとでもいうのか？　由緒ある家柄の高貴な血筋の娘を嫁にしたのではなかったのか？　今現在、妻を愛していないとでもいうのか、敬っていないとでもいうのか？　わが身に落ち度がまったくないというのに、またおのが名誉を危険に晒すような悪癖がまったくないというのに、名誉よ、悪気がないのかそれとも悪意によるものなのか、なぜおれを侮辱しようとする？　どこかの法廷で無辜《むこ》の民が罰せられたことがかつてあっただろうか？　罪がないのに判決が出るとでもいうのか？　告発されてもいないのになぜ審問されなければならんのだ？　なんの咎もないのに罰を受けよとでもいうのか？　なんと常軌を逸した掟なのか！（……）誰が名誉を割れやすい容器に入れたのだ？　誰がガラスで試しもせずに直接フラスコで試そうとしたのだ？　もう愚痴をこぼすのはよそう。侮辱された者が馬鹿げた習慣を非難したところではじまるまい。（三幕[27]）

言うまでもなく、主人公が執着する名誉はあくまでも世間体としての名誉である。そして一旦疑念が生じると、「名誉よ、あとは行動に訴えるのみだ。いったん疑念を抱いてしまえば、真偽を確かめたり、悪い結果になるのを手ぐすね引いて待ったりすることもなかろう」として、水面下で起こった問題に対処するには、事が公にならぬよう秘密裡に復讐を遂げるのである。こういう名誉は決まって臆病な性質を持っている（「名誉とはなんと臆病なのか！」）。その結果、名誉の掟に抗《あらが》えず、嫉妬と妄想に駆られた夫が名誉毀損の張本人を殺害したあと、レオノールの命を奪う段になり、さらに身勝手な思いが先行する。

名誉の掟に従えば、先に若者を殺《あや》めたので、つぎはレオノールの番ということになろう。（……）今夜にもわが身の恥辱に終止符を打たねばならん。それも抜け目なく、慎重に事を起こさねば。（……）ああレオノール、たいそう美しいが身持ちの悪さも甚だしい、美しいぶんだけ薄倖も大きい。おまけにわが名誉に致命的な打撃を与えてくれた。レオノールよ、きみは心の痛みに堪えかね、命の手中で死を愚弄するかのように意識を失っているが、この先死んでもらうしか手立てはないのだ。（三幕）

結末では、こうした行動に打って出たドン・ロペの行為をセバスティアン王は驚嘆しながら容認する。作品の解釈としては、ドン・ロペにとって最愛の人がいなくなったことで晴れて自由の身となり、国王に随行しアフリカ戦線へ赴くことで、彼のこれまでの思いや行為に見合った運命の道が待ち受けるかたちとなる。そうなれば歴史が物語るように、アルカサル・キビールにてイスラーム教徒の軍勢と戦い、大敗を喫し、国王や多くの貴族とともに戦死することになるわけだから、実質的にはドン・ロペに有罪の判決が下されたことになる。[28] 確かに納得のいく解釈ではあるが、テクスト上ではカルデロンは殺人という罪に対して黙したままであり、その意味では道義的には釈然としないかたちで閉幕となる。セルバンテスが示したような仁道がまったく見えてこず、どうしても創作意図が不可解なまま残るのである。

3－5－2　『不名誉の画家』

そこで今度は同じく夫婦間の名誉を扱った『不名誉の画家』に目を向けてみよう。これは一六四五年から五〇年のあいだに書かれた作品で、一六五〇年九月二九日にブエン・レティーロ宮の女王の間で上演された。『異なる劇作家の戯曲集　第四二部』（一六五〇）および『新戯曲集　第九部』（一六五〇）に収録されている。

この作品にはカルデロンの絵画への強い関心が見え隠れするのと、彼の劇芸術にさらに磨きがかかったこともあって文体はかなり洗練されている。

物語はイタリア（ガエタ、ナポリ）とスペイン（バルセロナ）で展開する。主人公ドン・フアン・ロカは、新妻セラフィーナとともにスペインに向かう途中、友人ドン・ルイスのいるイタリアの港町ガエタに立ち寄る。セラフィーナは愛する恋人ドン・アルバロ（ポルシアの兄）が海で溺死したと思い込み、父親の意向でドン・ファンに嫁ぐことになったのである。ところが、死んだと思っていた恋人がフェデリーコ・デ・ウルシーノ王子とともに突然彼女の前に姿を現したことから、悲劇の兆候が見え始める。ただ、セラフィーナは『密かな恥辱には密かな復讐を』のドニャ・レオノールや後述する『名誉の医師』のドニャ・メンシーアとちがい、かつての恋人に一切弁解の余地を与えることはない。彼が他界したものと思って結婚に踏み切った以上、未練がましさで言い寄られても、まったく隙をみせようとはしない、「夫のある身で、不帰の客としてあなたに涙するのはまだしも、生身のあなたに涙するのは狂気の沙汰といえましょう」、「ドン・アルバロ、私はかつてあなたを愛し、あなたのものになることを夢見ました。でも、その希望も消えてなくなりましたので、嫁ぐことに決めたのです。今の私は人望のある身、もしお嘆きになるのならそのことをお忘れなく」[29]。それにもかかわらず新婚夫婦がスペインへ向けて出港すると、ドン・アルバロは二人の後を追いかける。

二幕では舞台がバルセロナにあるドン・フアン・ロカの家へと移る。ここでも『密かな恥辱には密かな復讐を』と同じように、カルデロンは劇展開を最大限に盛り上げるために隠匿行為のほか、絵画の要素を組み込むことによって文体に彩《いろど》りを添える。ドン・フアンは妻の肖像画を描こうとするが、あまりにも美しすぎて思うように絵筆を揮《ふる》うことができず、仕事を中断して散歩に出かける。その隙にドン・アルバロはセラフィーナの前に姿をあらわし変わらぬ愛情を示すが、あっけなく一蹴される、「私の気骨を試そうとおっしゃるのなら、すぐにも高潔な私をなびかすことのむずかしさを思い知るでしょう」。そこへ夫が帰宅するというので、見つからないよう機転を利かせてドン・アルバロを一室に匿《かくま》う。ところが、ドン・フアンの下男ファネーテが暗闇で侵入者と鉢合わせになり、これが原因で主人の心に疑念が生じることになる。このようにカルデロンの得意技である隠匿と暗闇が、人間心理に揺さぶりをかけるのである。

さらにバルセロナの謝肉祭の場面では、仮面をつけた男女のなかにドン・アルバロがまぎれこみ、セラフィーナに会おうと待ちかまえているところへ彼ら夫婦が現れたので、さっそく彼女を踊りの輪に誘うが、ここでもとりつく島もない、「心変わりは今の私の性分にあわないのと、あなたのお望みにお応えするわけにはいかないからです」、「私の生命にかかわることゆえ、今すぐにもここを立ち去ることです」。この時点で、ドン・アルバロの希望が絶たれ、彼も断念するのだが、カルデロンはここで緊張の糸を切らないためにも、夫妻の滞在している別荘に火の手が上がるように仕かける。つまり、運命に翻弄されるかたちをこしらえるのである。ドン・フアンは気を失った妻を抱きかかえ、偶然にもその場に居合わせたドン・アルバロの腕に妻を託し、残された人たちを救済しようと引き返したため、渡りに船とばかりにドン・アルバロは小船にセラフィーナを乗せて連れ去る。他の二作とは異なり、ここでは被害者の意志に反したかたちで誘惑行為が事実として浮上する。だからこそドン・フアンは激しい復讐の念に燃えるのである、「これは災難だ、憤怒の怒りがこみ上げてくる。恥辱だ、前代未聞のとてつもない不名誉だ。なんということだ！　この件については復讐を果たすまでは世間に知られてなるものか」。

最終幕では、セラフィーナが不本意ながらナポリの田舎にあるドン・アルバロの父ドン・ルイスの屋敷内に匿われている。彼女は昔の恋人に対して一歩も譲らず、起こってしまったことは運命の定めゆえ、むしろ解決方法を提示する余裕さえみせる。

私から慰めを得ようと自暴自棄になったあなたの愛が、今度はその苦悶から一気に私を解放してくださるだけでよいのです。そうすれば修道院が私の墓場となり、誰にも知られないまま私の人生を……

興味深いのは、こうしたシリアスなテーマを扱うかたわらで、フェデリーコ王子と誘拐者の妹ポルシアの愛情関係や誘惑されたセラフィーナの存在などが重なり合い、危機的状況に陥ったときには誰彼なしに隠匿行為が適用され、三幕半ばあたりまでプロットが《マントと剣》の喜劇風に入り組むようになっている点である。そのためフェデリーコ王子が美しいセラフィーナに恋心を抱くことも主筋を引き立てる上で重要な役割を果たすことになる。次に場面がナポリにある王子の城館に移ると、そこへ名誉毀損の張本人を探し求めて、財産も祖国も捨て画家に扮したドン・ファンがみずぼらしい姿で登場する。彼の独白には名誉の掟に対する恨みが込められていて、先のドン・ロペと同じように理不尽な思いが描出される。

人はみな手抜かりのない名誉の本性を知っている以上、信じないはずがない！　残酷極まりない掟を最初に定めた人間なんて呪われるがいい！　おのが名誉を自分自身の手ではなく他人の手に委ねたその横暴な立法者は、どうやら名誉に疎《うと》かったようだ。自分の名誉が他人に依存し──不当で性の悪い掟だ！──、侮辱を加えた者ではなく、被害を受けた者が恥辱に苦しまねばならないなんて、とんでもない話だ！（……）残酷極まりない掟を最初に定めた人間なんぞ呪われるがいい！　自分の中に生まれた名誉が他人の奴隷だとでもいうのか？　そんなことがあってなるものか。他人の意志のせいでおのれを断罪せよとでも？　なぜ世間は大胆不敵にもこの忌まわしい習慣に承服するのか？　罪のないところに罰があるとでもいうのか？

ドン・ファンが、王子に依頼されていた神話を題材として描いた絵を引き渡すと、今度はとある美しい女性を描くよう求められ、王子といっしょに山中にあるドン・ルイスの屋敷を訪れる。このとき初めてモデルとなる女性が自分の妻であることを知り愕然《がくぜん》とする。そこへドン・アルバロが登場したことで、自分を辱めた相手の正体を確信し、復讐を自分に誓い（「名誉に端を発する復讐は確実に果たさねば」）、ドン・アルバロと妻をピストル

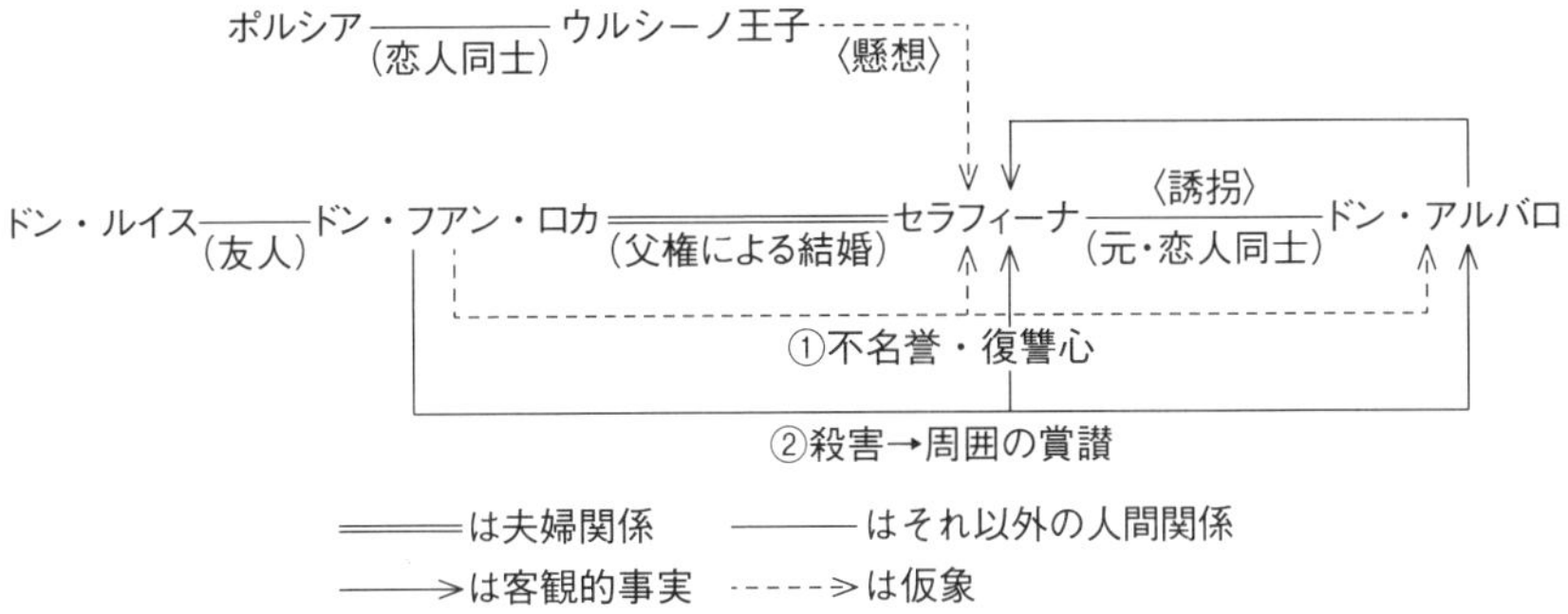

（図２）『不名誉の画家』

で殺害する。結末では、このドン・フアンの復讐行為に対して、フェデリーコ王子も、息子を殺された父ドン・ルイスも、娘を殺された父ドン・ペドロも、賞讃を浴びせ閉幕となる（図２）。

　この作品でも、セラフィーナの貞潔は明らかで、彼女の不名誉につながる誘惑は不運としか言いようがない。一方、ドン・アルバロの行動は道義的にも社会通念から見ても常軌を逸している。この点は明白である。したがって、社会通念を重んじる父親ドン・ルイスもドン・ペドロも道義心とは別に、ドン・フアンの復讐を名誉の掟に則《のっと》った結果として容認する。ただし、ドン・ペドロが娘を失ったことについては何ら言及がないため曖昧さは残るのも事実である。他方、王子の立場からすれば、自分が懸想する佳人《かじん》の絵を描くよう画家に依頼し、彼の庇護を約束した以上、殺害もやむなしと判断するが、復讐を終えて社会的義務を果たしたドン・フアンは、閉幕寸前で一同を前に自分の罪を仄めかす台詞を吐いている。言い換えれば、社会的通念と良心的立場が使い分けられているのである。

> 不名誉の画家が、血で描いた一枚の絵とでも申しましょうか。私はドン・フアン・ロカという者です。さあみなさん、私の命を奪いなさるがよろしい。皆さん方に対して侮辱となる行為を働いたのですから。ドン・ペドロ、あなたにはちょうだいした美しい花嫁を、痛ましく血にまみれた亡骸としてお返しします。ドン・ルイス、あなたのご子息は私の

手元で死に絶えてしまいました。殿下にはご依頼のあった肖像画を深紅に塗りたくって差し上げました。さあ、何をぐずぐずしておられるのです？　みなさんご一緒に今すぐ私の息の根を止めてください。

一説によれば、当時の有名画家・彫刻家アロンソ・カノに起こった事件を題材にして書かれたと言われているが、これといって確たる証拠はない[30]。それよりもカルデロンにとって重要なことは、不名誉・復讐・名誉回復といった流れもさることながら、絵画の妙をことさら強調することであった。この点が『密かな恥辱には密かな復讐を』や『名誉の医師』と異なる点である。同時に喜劇的要素が意図的に含まれる劇構造になっていることをも考えると、スーンが主張するように、これは純粋に美的要素にもとづいた劇芸術として鑑賞するのが妥当ではなかろうか[31]。ルイス・ラゴスは、絵画に造詣の深かったカルデロンのことを考え、ドラマの真のプロットは名誉のテーマだけに依存しているのではなく、むしろ絵画の概念こそが正真正銘の主人公であるとまで述べている[32]。劇構造全体からすれば、肖像画のモティーフは構成要素の一つにすぎないが、主人公を即席の画家に仕立てているだけに、登場人物の作戦や筋運びなどに絵画が深くかかわり、他の名誉劇にはない詩趣に富んだ味わいが出ていると言えよう[33]。それにしても、ドン・アルバロがおのれの非を認め、一連の行為に対する黒白《こくびゃく》はつけられたかのようだが、ここでも前作と同様に仁道がまったく見えてこない。

3-5-3　『名誉の医師』

『名誉の医師』についても、上記の二作と同じく夫婦間の名誉感情が主要テーマであることに変わりないが、ここではカルデロンの意図が厳しく理不尽な名誉の処方箋の背後に隠れてしまい、その真意を見極めるのは一筋縄ではいかない作品である。主人公のドン・グティエーレが妻ドニャ・メンシーアの不貞らしき行為に対して、証拠がないのに持ち前の名誉観だけで無実の妻を、瀉血師を脅迫して殺害させるからである。いくら自己の名誉の堅守とはいえ、夫の吐露する独白には、貴族社会に深く根づき、自己中心的な性格をもつ名誉意識の冷酷さが読みとれる。

名誉よ、おまえの身は危ないぞ、いついかなるときも油断はできない。おまえは、自分の墓で暮らしているのだ。というのも、おまえの命を支えているのは女であり、おまえの安全はひとえに女に依存しているからだ。だが名誉よ、ぼくはなんとしても、おまえを治療しなくてはならない。初めての問題でいきなりこれほどの重傷になったのだから、それに対する応急処置は、まず怪我の傷口をふさぐこと、そして病魔の進行をくいとめることだ。そこで、名誉の医師としては、まずは沈黙という処方箋をおまえに渡そう。（……）妻のいる男が嫉妬を覚えた以上、ほかに手立てはあるまい。名誉の医師であるからには究極の治療を施すとしよう。（二幕[34]）

夫は妻が不義を犯したのではないかという疑念を抱き始めた時点から、嫉妬に苛まれつつ危殆に瀕した名誉を守ろうと、恥辱が世間に知れ亘らないよう秘密裏に妻を殺害するのである。そのうえ結末では、国王の赦しをとりつけ、かつての恋人ドニャ・レオノールと縁を結ぶという一向に合点がいかない悲劇である。

物語に見られる悲劇の発端は、ドン・グティエーレの別荘の近くで狩りの途中、王子が落馬[35]して気を失い、この別荘に運び込まれたことによってドニャ・メンシーアとの再会が実現したことにある。一見偶発的な出来事のようではあるが、カルデロンの絵筆は想像力をかき立てるような動きをする。いわば、別荘の塔から落馬の様子を見ていたドニャ・メンシーアの台詞を借りて、単なる一事件で片づけることなく、すかさず彼女の目に焼きついた落馬の光景に詩的色彩を施すことによって、絵心を含ませた豊かなイメージが観客の想像力に届くようになっている。

凜々しい殿方が馬上豊かにやってきて、その足取りの軽やかさときたらまるで風を切って飛ぶ鳥のよう。（……）だって帽子の羽根飾りが風に色合いを添えていたんですもの。その羽根飾りでは日差しと野原の輝きが競い合っていたわ。野原は花を、太陽は星を差し出したのだから。色合いの変幻自在ぶり、その輝きの見事なことといったら、どうみても太陽そのもの、春そのものよ。殿方は馬を走らせて、そして馬が躓《つまず》いた、だからそれまで鳥だったものが、地に堕ちて一輪の薔薇になった。こうしてあの馬の輝きは太陽にとっての星、空にとっての鳥、大地にとっての花、風にとっての獣そっくりになったのよ。（一幕）

この落馬のあと、かつての恋人がすでに人妻であることを聞かされるや、王子の脳裏には偶然の出来事ではなく、「死の前触れ」というイメージが閃《ひらめ》く。これは過去の愛の終焉を意味するもので、それ以上夫婦の関係に立ち入れば、死を招くであろうことを示唆したものである。

もともと王子とドニャ・メンシーアは相思相愛の仲にあったが、王子が姿を見せなくなってからは彼女の父がドン・グティエーレの求婚を受け入れたことで、娘の自由が踏みにじられたのである。一方、ドン・グティエーレにもドニャ・レオノールという許嫁《いいなずけ》がいたが、ある晩のこと、彼女の家で男の人影を目撃したという理由から結婚を踏みとどまったという過去がある。そのときの彼の言い分というのが、「愛と名誉はどちらも心に宿る情念なのですから。わたしが思うに、愛を汚した者は名誉に泥を塗ったも同然だからです」（一幕）と、相手の正体も、家宅侵入の理由も確認しないまま、いとも簡単に結婚の約束を反故にしたのである。実は、この人影というのがエンリーケ王子の側近ドン・アリアスのことで、その晩彼は愛する女性のあとを追って他人の家に入り込んだだけである。その結果、ドニャ・レオノールは許嫁に捨てられ名誉を穢され、この件で起こした訴訟で敗訴を喫したことを理由に、やむなく国王に名誉回復を願い出る。いずれも結婚前の話であり、喜劇作品に見られるように名誉にかかわる重大事といえども、名誉の掟に縛られることなく、何らかの細工が施されればそれですむ話である。

ところが、夫婦物ともなれば話は別である。おまけにこの作品の夫婦には愛情が芽生えていないところに社会の掟が拍車をかけるため、事が深刻化するばかりである。王子の落馬が事の発端となり、かつての恋人への愛が再燃したことから、事態は一歩ずつ悲劇へと突き進む。彼女の心変わりを問い質《ただ》そうと、ある晩、夜陰（理性が曇り情念が闊歩する場を象徴）に乗じて夫の留守を見計らい彼女の家に忍び込むが、ドニャ・メンシーアの貞操は固く、王子に対して隙を見せることはない。そうこうするうちに運悪く夫が帰宅するというので、妻は咄嗟《とっさ》の判断で王子を自室に匿《かくま》うという行動に出る。そのうえ覆面をした男が自宅に侵入したとうそぶく。その間、王子は逃走し急場を凌ぐものの、王家の紋章が入った王子の短剣が彼女の部屋で夫によって発見される。ここで事実をありのまま夫に伝えればよさそうなものだが、社会の掟が仁王立ちとなり、そうは問屋が卸《おろ》さない。それもこれも、怪しい男が夫婦の屋敷内に入り込んだだけでも、妻に非はなくとも夫にとっては名誉にかかわる一大事だからである、「もし黙っていてグティエーレに見つかってしまったら、どう思われるかは火を見るより明らか、私が一枚噛んでいると見破られるに決まっている。こういうせっぱ詰まったときにはね、真実で欺いて泥棒をでっちあげるくらい、分けないわ」[36]。こうした隠匿行為は名誉劇にかぎらず、〈マントと剣〉の喜劇でもしばしば用いられるカルデロンの得意技の一つである。喜劇ではいかに危機的状況に陥ろうとも、劇作家の筆先によって穏便な解決の道が敷かれる一方で、名誉の悲劇ともなるとこのジャンルにふさわしい結末が用意されるのである。

仮象にとり憑かれた夫は次第に疑心暗鬼に陥り、上述した二幕後半での長い独白を生むことになる。むろん、表面上の穏やかな素振りとは裏腹に、心の葛藤は確実に妻にも伝わり、妻は妻で自己保身に走るため、ただでさえ愛情が希薄なところに、不穏な空気さえ漂う事態となる。名誉の容態が何よりも気がかりなドン・グティエーレにとっては、唯一信頼できるのは名誉の重圧に堪える自分自身との対話だけである。名誉の重圧とは、世間体を意識し、おのれの恥辱が周囲に知れ亘ることを極度に恐れる気持ちのことで、セルバンテスに見られるように美徳にもとづく名誉とは無縁のものである。おのれの名声を無傷で守ることだけに固執し、妻との気持ちのやりとりも途絶え、自身の誤謬《ごびゅう》を正す気持ちなど微塵も感じられない。こうした感情は独白や傍白によって観客に伝えられ、[37]互いに不信感が募るにつれ、それらが多くなる。当然のことながら名誉にかかわる事象となれば妻も同様である。他人には絶対に言えない苦悩を思い切りこの空間に投げかけることになる、「もうひとりきりだ、いくら喋ってもかまわない」。この空間というのがまさに名誉の掟に四方を囲まれ、侮辱またはそれらしきものを確実に消滅させる出口しかない空間であり、それは悲劇に通じる道でもある。観る側にとっては、双方の思いの行きちがいがはっきりと読みとれるかたちとなっている。

　ドン・グティエーレの復讐が決定的となるのは二幕後半の場面においてである。ドニャ・レオノールをめぐるドン・アリアスとの件で、二人のあいだがこじれ国王の前で剣を抜いたことで牢獄に捕らえられていたドン・グティエーレが釈放され、内緒でわが家に戻り、不名誉の真偽を徹底的に調べ上げようとするシーンである。彼は夜の闇を利用して屋敷の塀を乗り越え、庭で眠っている妻に近づき声音を変えて話しかけるが、夫の帰宅など夢にも思わない妻は夫を陛下と勘違いする。この時点で夫の復讐心が最高潮に達し、これ以降は妻に対して平静を装いながら復讐の機会を狙う方向へと進む。このような言動の愚かさは本人が一番よく分かっていて、以下の独白でも明らかである、「侮辱という苦しみは情け容赦がない。だが嫉妬に苦しんだ男は誰一人賢かったためしはないのだ」（二幕）。それにもかかわらず「自称わが名誉の医師なのだから、わが身の不名誉には土をかけて埋めてしまうのだ」（二幕）と意気込む根拠は、「自分の名誉を誇りにしている人間にとっては、そうした恐れを想像するだけで十分」（三幕）だからである。

　一方、エンリーケ王子の不祥事について、ドン・グティエーレからの訴えで事情を知った国王は王子を追放することにするが、この事実を知ったドニャ・メンシーアが、もし自分のことで王子が当地を去れば、世間の人た

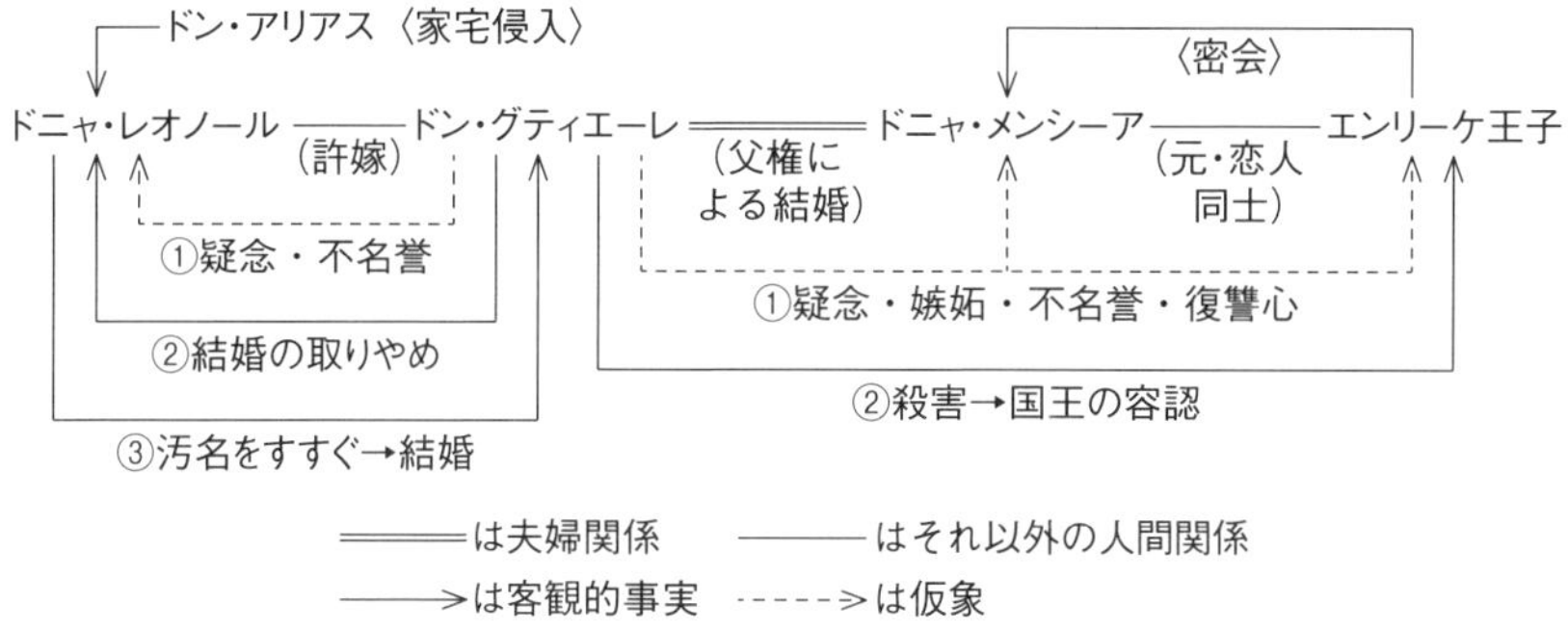

（図3）『名誉の医師』

ちの噂となり、自分の面目が丸つぶれということもあって、王子に当地にとどまるよう手紙を認《したた》める場面がある、「名誉を守るためには危険な試練が必要なのね」。しかし、ここでも彼女の策戦が裏目に出て、夫の目にとまる結果となる。こうなるとドン・グティエーレは、事が公にならぬよう夜陰に乗じて目的を遂行するだけである。妻を殺害する前に、愛と名誉、魂と命を区別する内容の手紙（「愛は君を崇め、名誉は君を憎悪する。名誉は君を殺し、愛は君に忠告する。きみの命は二時間だ。さあキリスト教徒として魂を救うがよい、命は叶わぬのだから」〔三幕〕）を妻に書き残したあと、瀉血師ルドビーコを脅迫して、眠っている妻の血を抜かせ、あの世に送るのである。名誉対策といえば聞こえはいいが、彼の胸中を覗いてみれば卑劣きわまりない自己愛がほくそ笑んでいるのが読みとれる。まさに殺意をむき出しにした人非人と化したことになる。

　不名誉をもみ消すにはこれが最適の治療法なのだ、毒を使えばすぐにばれるし、剣をふるえば傷跡が残る。しかし死の影が迫り、瀉血もやむをえなかったといえば、誰も文句はいえまいし、包帯がとれることもあろう。（三幕）

この作品の終幕近くでは、当時のどの作品にもほぼ共通することだが、一同が舞台に集い、国王はドン・グティエーレから嘘の証言を聞かされ、彼の行為を咎めることなく、ドニャ・レオノールとの結婚さえ認めているため、腑に落ちない裁きが下されたという印象を受けてしまう（図3）。

しかしながら、最後の国王の裁きにはそれなりの理由がある。まず妻殺しの男とドニャ・レオノールとの結婚について、これは彼女が許嫁であったドン・グティエーレに捨てられたことで国王に直訴しているので——そのとき国王は穏便にとり計らうことを約束している——、相手が独り身となった今こそ、もとの鞘に収めれば彼女の名誉が回復され、約束を果たせたことになる。肝腎のドン・グティエーレに対する国王の態度については、以下の二様の解釈が可能である。一つは題名が象徴しているとおり、社会通念にしたがっての容認であり、もう一つは国王の事件に対する心情と、道義的責任を示す態度である。後者の場合、セビーリャの町中を夜中に家臣とともに偵察中、役目を終えて解放されたばかりのルドビーコと出会し、初めて事件の一部終始を聞かされる場面では驚きを隠せない。

国王　前代未聞の出来事だ。
ドン・ディエゴ　お顔の色がすぐれませんが。
国王　あの話を聞いて肝をつぶすなと言うほうが無理だ。

そしてドン・グティエーレの家の戸口についた血痕を前にしたときの国王の独白には、この二様の態度が鮮明に表れている。

国王　ドアに手で押された血の跡があるではないか！
ドン・ディエゴ　動かぬ証拠ですね。

国王　〔昨夜かくも無慈悲な行いをした残酷な男は間違いなくグティエーレだ。さてどうしたものか。それにしても見事に恥辱を晴らしたものだ。〕（以下、傍点は筆者による）

またドン・グティエーレの虚偽の報告に続いて、寝室に横たわるドニャ・メンシーアの姿を見たときの独白にも同様の思いが込められている。

国王　なんたることだ！　〔ここは慎重にせねばならぬ。なんとしても平静を保つのだ。それにしても見事な復讐劇をやりおおせたものだ。〕

申し開きしようとするドン・グティエーレに意見する場面では、国王の道義心が顔を覗かせる。

ドン・グティエーレ　もしまた、夜中に、エンリーケ親王殿下が顔を覆い隠してわが家に出入りするのを目撃するような惨めな思いをすることになったら……？
国王　疑わしきことには真を置くな。
ドン・グティエーレ　そして、もしわたしの寝台の背後に、親王殿下の短剣があったら？
国王　世の中には媚薬を嗅がされる召使いが大勢いると思え、そして分別を忘れぬことだ。
ドン・グティエーレ　陛下、それだけでは充分ではない場合があるのでございます。昼夜を問わず家のまわりをうろうろするようなものを見かけたときは……？
国王　余に不平を鳴らせ。
ドン・グティエーレ　いざ不平を鳴らす段には、さらなる災禍が待ち受けているのでしょうか？

国王　親王は余に疑いを晴らした、ならばそれでよかろう？　メンシーアは風から護られた難攻不落の砦だったのではないのか？
ドン・グティエーレ　それでは家に戻ったところ、親王殿下に町を出て行かないでほしいと懇願する手紙を発見したとしたら？
国王　いいかなることにも打つ手はあるものだ。（三幕）

このように『名誉の医師』では、名誉観と嫉妬に苛まれた主人公の思いと、偽りの報告もあって、国王の判断基準が揺らぐことになる。

それにしても、名誉の掟もさることながら、嫉妬の恐ろしさは『嫉妬という名の凄まじき怪物』でも明らかなように、この作品でもドン・グティエーレの台詞をとおしてカルデロンは訴えている。

一体全体、嫉妬とはなんだ？　小さな粒子、まぼろし、不安だ……たとえ奴隷や召使いの女によるものであろうと、空想されただけの幻のようなものであろうと、ぼくは人非人よろしく、この手で女の心臓をえぐりだしてずたずたにしてやる。そして、憤怒の炎を燃やし、それを血まみれのままがつがつと食ってやる、その血を飲んでやる、女から魂を引っこ抜いて、そして、魂が苦痛に耐えられればの話だが、その魂を、ああ誓うとも！　八つ裂きにしてやるさ。（二幕）

もちろん本人は「侮辱という苦しみは情け容赦がない。だが嫉妬に苦しんだ男はだれひとり賢かった試しはないのだ」（二幕）と自分でも自覚してはいるのだが。

作品全体を通してみると、不信を招く行為はすべて「夜」と結びついている。カルデロンは理性の欠如を意味する夜のモティーフをどの作品でも用い、人物間に混乱を来すよう配慮した。というのも、暗闇は秘密裡に行動をするには最適な環境であり、劇世界では自己の利益のために奸策を練るにはもってこいだからである。したがって、『名誉の医師』では暗闇でなされた恥辱を晴らすには夜の帳《とばり》が下りてからということになる。実際の上演時間帯は日差しの強い昼間だが、この作品では夜のシーンが全体の約三〇％を占め、その割合は比較的多い。また夜の象徴的な意味合いも明確であり、主人公の秘密裡の行動とうまく合致していると言える。[38] 重要な選択を迫られる分かれ道では、夫婦は互いに相手の腹を探り合い、自分だけの都合のよい解決方法を探ることに終始し、本音はそれぞれが独白または傍白というかたちで示される。当然のことながら、この作品でもセルバンテスが投げかけてくれた仁道はかけらもない。

以上、名誉の悲劇三部作を採り上げてきたが、登場する三人の人妻は、いずれも親のすすめる縁談にしたがって愛のない結婚に踏み切った点では共通している。そのため社会通念が夫婦愛にとってかわり、深刻な事態が発生しても互いに信を置くことができない。夫婦愛を確認する余裕はなく、それぞれがわが身を守ることに躍起となり、夫婦関係の形骸化は避けられなくなる。そうなるとセルバンテスが力説するような真の愛は存在せず、他人の評価を基盤とした名誉に左右させるため、ガラスのように壊れやすい状態となる。いわば、社会生活を営むうえで、世間あっての名声・誉れが第一ともなれば、三作ともにそれ以外に選択肢のない隘路から脱出するのは困難である。名誉劇とはまさにこの点を突いた作品群であると言えよう。

これらの名誉劇をめぐっては様々な意見が飛び交ってきたが、[39] 筆者には『名誉の医師』にまつわる以下のノイシェーファーの見解が妥当だと思われる。

このように害をもたらす名誉は、まったく逃げ場のない影の偶像として、いたるところに遍在し絶対的な力を有していた。この意味からすれば、実際『名誉の医師』における名誉崇拝はある種の倒錯的宗教のようであるといえよう。カルデロンは、人間の一つの価値が崇拝され神格化される世界というのは堕落した世界に等しいと、おそらく故意に示したのであろう。いずれにせよ『名誉の医師』では、一度も神や正義ましてや恩寵にすら言及していないという事実も重要である。この沈黙は、神の恩寵が非常に重要な役割を果たす作品を書いてきたカルデロンのような作家においては、雄弁以上のもののように思われる。（……）カルデロンが当時の厳格な名誉の規則を受け入れたか否かの問題に戻ると、『名誉の医師』の分析は充分に彼の批判的立場を表明しているものと思われる。（……）明らかにカルデロンは、当時の名誉の掟に導かれ着想を得た。（……）だからといって、『名誉の医師』は現実の模倣ということではない。（……）この作品の世界は現実と異なる「別の」世界であり、いくつかの時代の趨勢《すうせい》を選択し誇張して特異な世界に作りかえられた世界なのである。これにより、たとえば観客にすぐにも退廃に気づいてもらえるよう、まさに新たな批判的な目で現実社会を見据えてもらえるようにしたのである。[40]

その一方で、カルデロンの名誉に対する考えだけにとらわれると劇全体が変色し、劇芸術の妙がその背後に隠れてしまうことになりかねない。基本的にはロペ・デ・ベーガの作劇法をベースに、名誉のテーマとてその路線に則ったもので、そこには詩的要素もちりばめられていることを考えると、確かにワードロッパーが主張するように劇詩《ポエシーア・ドラマティカ》として鑑賞するのが理にかなっているが、そうなると逆に名誉に対する劇作家自身のスタンスがその背後に隠れてしまう。興味深いのは、バルブエナ・ブリオーネスが当時のニュースから似たような事件の例を引き、現実の写しであると見て（「これらの劇作品は現実の一側面から焦点を外したわけでも現実を誇張したわけでもなく、むしろ厳格なまでに現実に沿っている」[41]）、宗教的視点からこのような復讐は当然のことながら非難されるべきであり、相手を赦すべきだとする解釈である。その証拠にカルデロンは、聖体劇『不名誉の画家』では夫が妻を赦すことになっているからである。[42]

いずれにしても、はっきりしていることは、カルデロンは観客を意識しながら「新しい演劇」の技法にもとづき、当時の社会通念であった名誉感情を中心テーマとして起用し、なおかつ実際の事件をもヒントにして、舞台空間に現実に起こりうる事件を盛り込んだことである。ただ、その真意となると、テクスト上では厳しい名誉の掟に対する批判めいた台詞から劇作家の思いが見えないでもないが、それ以上の確たる証拠が見いだせないため、研究者のあいだで意見が分かれるのである。それでも各主人公の口から発せられる名誉批判から、カルデロンは反面教師としての役割を持たせているようにも解釈できる。

そこで今一度、同時代における他の作家たちの戯曲に関する見解に沿って、芝居の世界は現実の社会の鏡であり、善悪をきちんと認識できる場でもあるという点に注目してみることにしよう。[43]

芝居は人生の写しであり、賢者にとっては、励まし、頭脳を明晰にする女王、五感の饗宴、数々の喜びの花束、思考の球体、恥辱を忘れさせてくれる場所。それに愚か者の空腹を満たし、博雅の士をも満足させるという、ピンからキリまで出そろったご馳走といったところ。[44]

スペイン演劇には、歴史と同様に人生のあらゆる事例が満ちあふれている。むしろ歴史よりもすぐれていよう。[45]

芝居は、あらゆる人々が最高の品位を保てるような生き方を示してくれる美徳の道標と言えるでしょう。芝居の世界では良き習慣に反することは決して容認されることはなく、また聞き手を悪習や自堕落な生き方に誘うようなことは何もない。[46]

劇作家やその作品によって人間の限界が示され、なおかつわれわれを待ち受ける善事や悪事についても告げ知らせてくれる芝居が有益ではないと誰が断言できようか？[47]

ホセ・ペリィセール・デ・トバールは、道徳的意味合いを含んだ劇芸術という点にこだわり、『カスティーリャの演劇概念』（一六三五）において、何よりもまず劇作家たる者は教育的配慮を怠ってはならないと主張する。裏切り、姦通、殺人、虚言、背信行為などの悪事は極力おおげさに描き、それをみて万人が過ちを犯さないようなかたちに、逆に善行や徳行はできるだけ誇大にかつ積極的に褒め称えることによって、よき模範を観客に知らしめることができるようなかたちに仕上げるべきであると助言する。[48] いわば、こうした観客の反応を重視する考え方は、カルデロンとて例外ではなかったであろう。

さらに重要なのは、本来名誉は世評を一義に置くことではなく、魂の領域に属するものであるという点である。『名誉の医師』で国王が発する一言「名誉というものは、魂が憩う隠れ家だ。そして余といえども、臣下の魂をつかさどる王ではない」（三幕）は非常に重要な意味を持っている。これは『サラメアの司法官』でクレスポが語る「名誉となると魂にかかわる重大事。その魂は神だけのものでございます」（一幕）[49] という神聖な領域にあることと連動するものである。これは『名誉の医師』の道化役コキンが国王に報告する際の台詞を見ても明らかなように、人間の嫉妬や復讐の念に結びつく事象とは次元の異なるものなのである、「グティエーレの旦那が、状況証拠の見かけに騙されて邪悪な名誉の嫉妬に駆られたのでございます」（三幕）。

そう考えると三作の中でも、不名誉を被りかねない危機的状況にさらされたと想像するだけで名誉の掟に異常なまでに拘泥《こうでい》し、名誉批判をするどころか名誉を支持する発言ばかりが目立つ『名誉の医師』ですら、カルデロンの明確な意思表示はないにしても、テクストの行間に隠されたメッセージから、少なくとも社会通念としての名誉と魂に通じる神聖な名誉とを使い分ける技法が読みとれることになる。

そう考えると、名誉の三部作では、いずれも当時の社会生活を営むうえでの規範ともいえる名誉感情が劇空間で幅を利かせ、それが登場人物を窮地に追い込むという冷酷さをカルデロンは示してくれたことになる。これは作劇方法からすればセルバンテスの道義的処方とはまったく相容れないものである。すなわち、夫婦には互いに相手を思いやる優しさがないのである。そのため、疑念の萌芽の時点からカルデロンは夫婦の悲劇的行くすえに向けて、人間の仮象の恐ろしさを増大させ、それを「真実味」を念頭に置きながら最大限に描き出し、観る者をとことん驚嘆させるような筋立てを試みたのではなかろうか。

さらに技法的な側面から見ると、不名誉を被ると思った時点から復讐をやり遂げる時点までのプロセスには多少の類似点はあるにしろ、各作品の筋展開、登場人物の感情や思い、そして結末の描写には微妙な温度差が生じていることが分かる。詩的観点からすると、特に『不名誉の画家』は他の二作とは詩趣を異にし、カルデロンの絵画に対する憧憬が強く印象づけられる作品に仕上がっているのが特徴である。

注

1 Felipe B. Pedraza Jiménez, *Calderón. Vida y teatro*, Madrid: Alianza, 2000, 102-103.

2 『当世コメディア新作法』(『バロック演劇名作集』所収)。

3 名誉観については、拙著「セルバンテスとカルデロンの作品にみられる名誉感情と文学的技法」(『「ドン・キホーテ」事典』、樋口正義ほか編、行路社、二〇〇五年)の一部を引用した(三二〇―三二四頁)。

4 芝紘子『地中海世界の《名誉》観念　スペイン文化の一断章』、岩波書店、二〇一〇年、一二八―一三〇頁。

5 Javier Salazar Rincón, *El mundo social del «Quijote»*, Madrid: Gredos, 1986, 231.

6 Calderón de la Barca, *A secreto agravio, secreta venganza*, ed. A. Valbuena Briones, 3.ª ed., Madrid: Espasa-Calpe, 1976,

"Prólogo", XVIII-XIX.

7 Marcellin Defourneaux, *La vida cotidiana en la España del Siglo de Oro*, tr. R. Cano Gavina y A. Gel Gaya, Barcelona: Argos Bergara, 1983, 41-42.

8 Salazar Rincón, 235.

9 V. Vázquez de Prada, *Historia económica y social de España. Vol. III: Siglos XVI y XVII*, Madrid: Confederación Española de Cajas de Ahorros, 1978, 143-146.

10 Salazar Rincón, 244-245.

11 Ibid., 245-246. 身分の低い人たちは剣を持てなかったので、棍棒などで身を守った。

12 当時マドリードで宮廷画家として活躍したグラナダ出身のアロンソ・カノの妻殺しの件は有名である、*A secreto agravio secreta venganza*, ed. Á. Valbuena Briones, "Prólogo", XXXIX-XL.

13 Galo Sánchez, "Datos jurídicos acerca de la venganza del honor", *Revista de Filología Española* 4 (1917), 295.

14 Salazar Rincón, 256.

15 この項目については拙著「セルバンテスとカルデロンの作品にみられる名誉感情と文学的技法」の一部に準拠した（三三〇―三四三頁）。本書ではカルデロンの対処法と比較しうる例のみを挙げるが、セルバンテスがこの問題に込めた思いはどの作品にも散見されるので、論文では複数の例を示しておいた。

16 Américo Castro, "Algunas observaciones acerca del concepto del honor en los siglos XVI y XVII", *Semblanzas y estudios españoles*, Princeton, 1956, 363. アメリコ・カストロ『セルバンテスの思想』、本田誠二訳、法政大学出版局、二〇〇四年、五九五―五九九頁。

17 カストロ、六〇三―六一七頁。

18 Robert V. Piluso, *Amor, matrimonio y honra en Cervantes*, New York: Las Americas, 1967, 32.

19 セルバンテスがこの作品を刊行する以前に、ニーニョ・デ・ゲバーラ大司教の気晴らし用にと、ポーラス・デ・ラ・カマラが書き写した手稿本には姦通を匂わせる描写があるという、Miguel de Cervantes, *Novelas ejemplares. II: Novela del zeloso estremeño*, ed. Juan Bautista Avalle-Arce, Madrid: Castalia, 1987, 255-256.

20　『模範小説集』、牛島信明訳、国書刊行会、一九九三年。ノーサップは、セルバンテスは復讐を容認せず、名誉とカトリックの教えとの和解を求めた人であると主張する。G. T. Northup, "Cervantes's Attitude Toward Honor", *Modern Philology* 21 (1924), 401-406. ほかにもこうした人道的立場を指摘する研究者は複数いる。Cf. Domingo Ricart, "El concepto de la honra en el teatro del Siglo de Oro y las ideas de Juan de Valdés", *Segismundo* 1, No. 1 (1965), 52-53; Alban K. Forcione, *Cervantes and the Humanist Vision: A Study of Four «Exemplary Novels»*, New Jersey: Princeton Univ. Press, 1982, 27-28.

21　同じように老人と若妻のテーマを扱ったセルバンテスの『嫉妬深い老人』という短い幕間劇があるが、ここでの不義行為は笑劇というジャンルからして老人が愚弄されるようになっている。

22　カストロ、二〇六頁。

23　セルバンテス『ドン・キホーテ』、後編（二）、牛島信明訳、岩波文庫、二〇〇九年（第七刷）。

24　名誉の悲劇三作品については、『スペイン黄金世紀の大衆演劇』でも触れたので参照されたい。

25　José M. de Cossío, "La 'secreta venganza' en Lope, Tirso y Calderón", *Fénix* 1 (1935), 1-15.

26　以下、『カルデロン演劇集』より引用。

27　こうした名誉批判めいた台詞は次に扱う『不名誉の画家』や「6　宗教劇――カトリック信仰の強化」で触れる『十字架への献身』にも見られる。

28　Edward M. Wilson, "The Discretion of Don Lope de Almeida", *The Comedias of Calderón, Vol. XIX, Critical Studies of Calderón's Comedias*, ed. J. E. Varey, Farnborough: Gregg International/ London: Tamesis, 1973, 27-28.

29　以下、『カルデロン演劇集』より引用。

30　Gates, 65. カストロ・イ・ロッシは、実際にあった姦通の例をいくつか挙げながら、カルデロンの名誉劇にみられる血なまぐさい結末は当時の習慣の反映であると述べている。Adolfo de Castro y Rossi, *Discurso acerca de las costumbres públicas y privadas de los españoles en el siglo XVII fundado en el estudio de las comtumbres de Calderón*, Madrid: Tip. Guttenberg, 1881, 147-165.

31　C. A. Soon, "El problema de los juicios estéticos en Calderón. *El pintor de su deshonra*", *Romanische Forschungen* 76 (1964), 155-162.

32　Calderón de la Barca, *El pintor de su deshonra*, ed. Manuel Ruiz Lagos, Madrid: Alcalá, 1969; "Estudio", 16-17.

33　Gates, 60, 65.

34　『名誉の医師』（古屋雄一郎訳）（『スペイン黄金世紀演劇集』所収）。以下、古屋訳を使用する。

35　「2　カルデロンの劇芸術」、注36参照。

36　妻の名誉を堅守する気持ちは、少し前の夫との会話の際に、傍白として吐かれる台詞にも表れている、「安全策をとらなくちゃ。治療は健康なうちに施しておくもの。さあ名誉よ、目に物見せてあげるわよ、荒治療で解決するしかないんだから」。

37　オロスコ・ディアスによれば、独白は凝縮された思いが吐露されるため比較的長いが、傍白は窮地に立たされたときに障害を前にしての迷いに対する咄嗟の所見で、抑えきれない何らかの感情を表に出したり、観客に知ってもらいたい何かを伝えたりするときに用いられる。Emilio Orozco Díaz, "Sentido de continuidad espacial y desbordamiento expresivo en el teatro de Calderón. El soliloquio y el aparte", *Calderón. Actas del «Congreso Internacional sobre Calderón y el teatro español del Siglo de Oro» (Madrid, 8-13 de junio de 1981)*, I, ed. Luciano García Lorenzo, Madrid: CSIC, 1983, 157.

38　「夜」のモティーフが躍動感あふれる劇空間を生み出す作品といえば、次章で触れる〈マントと剣〉の喜劇に属する『淑女「ドゥエンデ」』などが有名である。これらは喜劇という性質上、大概慌ただしい動きの筋展開が特徴である。

39　これに関しては拙著でおもな研究者の意見を要約しておいた（『スペイン黄金世紀の大衆演劇』、三四五—三四六頁／「セルバンテスとカルデロンの作品にみられる名誉感情と文学的技法」、三三八—三三九頁）。

40　Hans-Jörg Neuschäfer, "El triste drama del honor: Formas de crítica ideological en el teatro de honor de Calderón", *Hacia Calderón. Segundo Coloquio Anglogermano. Hamburgo 1970*, ed. Hans Flasche, Berlin: Walter de Gruyter, 1973, 100-102.

41　注12、注30参照。

42　Valbuena Briones, "Prólogo", XLIII.

43　芝居を称讃する一方で、道徳的な点から芝居は悪の学校とまで言う人たちがいたことも事実である、『スペイン黄金世紀の大衆演劇』、一八〇—一九二頁。

44　Tirso de Molina, *El vergonzaso en palacio*（1621）, *Preceptiva dramática española*, 216.

45　Francisco Antonio de Bances Candamo, *Teatro de los teatros*（1690?）, Ibid., 341.

46　P. José Alcázar, *Ortografía castellana*（1690?）, Ibid., 331.

47　Anónimo, *Discurso apologético en aprobación de la comedia*（1649）, Ibid., 280.

48　José Pellicer de Tovar, *Idea de la comedia de Castilla*, Ibid., 263-272.

49　Pedro Calderón de la Barca, *El alcalde de Zalamea*, ed. J. M.ª Díez Borque, Madrid: Castalia, 1987. 邦訳はあるが便宜上拙訳とする。『人の世は夢／サラメアの村長』、高橋正武訳、岩波文庫、一九七八年参照。

4 〈マントと剣〉の喜劇

4-1 喜劇のかたち

基本的にカルデロンはロペ・デ・ベーガの戯曲構造に則《のっと》って作劇していることは前述したとおりだが、どのジャンルにおいても成熟するにつれロペにはない技法を採り入れるようになった。まさにコメレルが主張するように、他に比類なき手法によって観客を圧倒したのである。

> ほとんどがすでに加工済みの主題か、でなければある特定の解釈法に則って自家薬籠中のものとした主題に彼は触発されるのであって、そのような主題にうながされながら宝庫に蓄えられた劇の構成素材や部品を徹底的に掘り起こし、そしてこれらの素材や部品を新たな方法でその主題に組み込んだり、あるいは古い図式を主題にそって舞台化したりするのである。[1]

一六二〇年代、三〇年代に書かれた喜劇では、気を揉ませるような筋展開のあとで、最後の最後にめでたく事態が収束するようになっている。これを〈マントと剣〉《コメディア・デ・カパ・イ・エスパーダ》の喜劇と呼んだ。中心人物がおおむね貴族の男女で、男性はマントを羽織り、腰には長剣《エスパーダ》と短剣《ダガ》を佩《は》いて登場することに由来する。この手の出し物の目的は観客を楽しませ、かつ笑わせることであった。登場人物たちはおのれの欲望のためにあの手この手で作戦を練り、大半が愛の成就をもくろむのが特徴である。そこには愛のほか、嫉妬、名誉、復讐などが主要テーマとして扱われ、ロペ以上にプロットの入り組んだ作品に仕上げられている。そう言えば、ティルソ・デ・モリーナの喜劇『緑色のズボンをはいたドン・ヒル』もかなり込み入った筋運びであり、最後まではらはらさせられるが、[2]カルデロンも負けてはいない。誤解を招くような局面がこれでもかこれでもかというほど用意され、最後まで飽きることはない。本来、筋展開が重視されるため性格描写は希薄になるが、これも口うるさい観客――中でも教養のない庶民は「ブルゴ」と呼ばれた――をいかに満足させるかに重点が置かれたためで、[3]劇作家がとった苦肉の策であった。

　どの作品にも共通している点は、主人公が若い未婚の男女（寡婦《かふ》も含む）であり、愛・名誉・友情・嫉妬をめぐって終始奮闘することにある。誤解が嫉妬を招き、人物間に不和・不信・仲たがいが生じ、それが昂じて決闘へと発展する場合もあるが、たとえ悲劇的兆候が濃厚だとしても、だからといって悲劇が起こることはない。また各主人公が愛に悩み苦しむことはあっても、人生を深思することはない。

　劇空間には客受けのために、若い男女のあり方、結婚観、親と子の関係、名誉感情など、社会の一風変わった生活風習も写し出されるので、[4]物語そのものは空想の産物であるにしろ、断片的には歴史書には記されることのない当時の人々の日常風景の貴重な歴史的資料となり得ることもある。ただ、事件はすべて劇空間でのことゆえ、ときにはそれが大仰になりすぎて笑いや愚弄の対象となることもある。劇構造全体からすれば、一幕の後半あるいは二幕あたりから筋が縺れ、閉幕寸前に至るまで絡まった糸が解《ほぐ》されず、結末でようやく種が明かされ、主人公の若い男女あるいは下男・下女同士の即席の結婚によって、事件が意図的に解決するようになっている。[5]

　どの作品でも貴族出身の若い男女であれば、それぞれが常に下男・下女を引き連れている。男性は護身用として大小の剣を腰に差し、いざ決闘となるとすかさずそれを抜く。女性はファッションを問題にしない限り、一般的には質素な服装を身にまとっている。主人公またはそれに準ずる者が若い娘であれば、名誉毀損を過度に恐れる父親、父親が不在のときは兄が彼女の名誉の番人となり、家門に傷がつかないよう監視する。基本的には父親が家長として一切をとり仕切るというかたちで話が進められる。父親の権力は絶大であり、結婚話ともなると父権を無視して若い男女だけで恋愛を語ることは許されない。そのため若い娘が恋の駆け引きを行うときには、下女を仲介役として使い、秘密裏に事を運ばざるを得ない。これが筋運びをややこしくし、観る側を最後まではらはらさせる刺激剤となっている。生娘と同じく若い寡婦であっても、家名を穢《けが》すような行為をしでかさないようにと、世間体を過度に気にする男たちは気が気ではない。そうした状況下では、愛のほうもすんなりと成就することはない。必ずいくつかの困難が立ちはだかり、若いカップルはもちろんのこと周囲の者たちも彼らの思惑に翻弄されることになる。

　このタイプの劇構造は、黄金世紀の劇作品ではおおむね大同小異だが、劇作家によって異なる場合もある。カルデロンの喜劇に至っては各作品にそれ相応の工夫が凝《こら》されている。若い男女の狙いは相手の愛を勝ちとることだが、それまでは心の中に疑心暗鬼や嫉妬などが生じ、たがいに相手の腹を探り合う。そのため自己の名誉は常に堅守しつつも、必要となれば相手を傷つけない程度の嘘や、切羽詰まったときには人目を盗んで恋人を自宅の一室に隠匿《いんとく》する行為に訴えることも厭《いと》わない。とりわけ女性が積極的に男性に迫ろうとする場合は、正体がばれないように顔をヴェールで覆い、相手の出方を見ながらときには相手を翻弄することも珍しくない。この種の喜劇が「策略の喜劇《コメディア・デ・イントリーガ》」または「縺れの喜劇《コメディア・デ・エンレード》」とも呼ばれるゆえんである。バルブエナ・ブリオネスが言うように、「感覚は騙されやすく、知覚表象と事実とのあいだにずれが生じる。聴覚と視覚は混乱と動揺をもたらし、登場人物たちの理性は混乱に直面する。そのちがいの見極めを許さない光と影の遊びのなかで、ルネサンスの頃には揺るぎなかった、現実を把握する自信と楽観にひび割れが生じるようになった」[6]というのも頷《うなず》ける。そこでは好奇心または一目惚れによる愛を追い求める男女が――もちろん中には誠実な愛もある――、あの手この手を使って愛を成就させようとするも、必死になればなるほど思い込みが先行して、たがいに歯車がかみ合わない。

大半の喜劇作品には、名誉劇ほどではないにしろ、名誉感情や嫉妬が絡んだ決闘が描かれているが、喜劇というジャンルからして、間一髪のところで当事者たちは死神の手から逃れられるように仕組まれている。悲劇につながりかねない名誉問題を挿入するのは、決闘で黒白《こくびゃく》をつけるという退《の》っ引《ぴ》きならない場面を用意することで、これが入り組んだ筋展開をさらに盛り上げ、緊迫した場面につながるからである。確かに喜劇には、名誉劇に見られる冷酷非道な名誉意識の陰湿さはないとしても、一つ歯車に狂いが生じれば生命をも脅かす大問題に発展しかねないため、両者のちがいは紙一重であるといっても過言ではない。

では、こうした悲劇性を緩和し、観客の緊張感を和らげるのは何かというと、常に主人公と行動をともにする下男・下女である。彼らの中には賢い人物もいるが、大半は場に笑いを吹き込む道化役として登場する。むろん滑稽さを醸し出す以外にも、悲劇性を宥和し、緊張をほぐす役割をも担っている。彼らは、どこか間が抜けていて滑稽なのだが、物質欲も人一倍強い。グロテスクな側面を持っているかと思えば、ユーモア感覚も持ち合わせている。[7]概してカルデロンの描く道化たちは常に溌剌としていて剽軽《ひょうきん》である。まれに主人顔負けの理性と知性を発揮する者もいるが、喜劇ではあくまでも観客の笑いを誘うのが狙いであり、主人との絶妙な言葉のかけ合いに重きが置かれている。

スペイン黄金世紀の世俗劇では母親が舞台に登場することは、全体の劇作品の数からするとさほど多くはない。[8]『三件の裁きを一度に』や『エコーとナルキッソス』など数例を除けば、カルデロンもこの伝統をそのまま受け継いでいる。母親不在の中、父親が娘の結婚をとり仕切り、家名を穢されないように神経を尖らせるのがお決まりのパターンである。というのも、結婚を前提に父親の承諾を得たうえで男女が健全なつき合いをするのが当時の習わしであり、人目を盗んでの逢い引きともなれば不名誉な行為とみなされるからである。そういうわけで、父親（または兄）が娘の監視役を引き受け、娘の名誉ひいては家の名誉の番人と化す。家名に傷がつかないように年頃の娘の一挙手一投足に注目し全神経を使うのである。こうなると恋する者にとっては目の上の瘤《こぶ》となり、逢瀬を重ねるには人目につかない夜に頼らざるを得なくなる。

劇世界では、夜のイメージは情念を象徴し、しばしば勘ちがいや誤解を生む。ロペやティルソなども好んで夜のモティーフを用いたが[9]、特にカルデロンは暗闇をとおして、誤解、相手のとりちがえ、嘘、変装――特に女性の男装が観客に喜ばれた[10]――、家の階段や庭やバルコニーそれに特殊な隠し扉などによる攪乱戦法を得意とした。劇中、若い男女がこのような行動に出るのも、倫理観や名誉観に縛られて本音が言えないからである。親族には自分たちの本音を言えないため、彼らの思いの丈《たけ》は「独白《ソリロキオ》」または「傍白《アパルテ》」によって観客に伝わるかたちになっている（「3　名誉劇――名誉・嫉妬・復讐」、注37参照）。観客にとっては便利な情報源だが[11]、独白や傍白が続けばどうしても人物間に不信が募り、場の混乱は避けられなくなる。これこそが劇作家の望むところであり、観る者に緊張感をもたらし、ここぞというときに哄笑《こうしょう》を誘う源なのである。

観客の注意を惹くといえば、舞台背景に描かれる社会的要素や、当時の一風変わった人物像は注目に値する。それでも、モリエールの偽信者タルチュフ、人間嫌いアルセスト、守銭奴アルパゴンのように個性的で強烈な性格描写はない。ここには、ある特定の社会階級に属する人間の一タイプが描かれているにすぎない。名前もファン、ペドロ、ディエゴ、イサベル、アナ、ベアトリスなど、ありふれたものが多い。要するに似たようなタイプの人物であっても、あの手この手で機略をめぐらし、インパクトのある筋立てになっていればよかったのである。劇作家にしてみれば観客を興ざめさせないように、常に彼らの要求や嗜好を察知し、歴史的・社会的事件あるいは日常の出来事をヒントにそれらを真実らしく加工することが先決で、細かい性格描写に拘泥する余裕がなかったのである。劇中に社会風刺や社会批判が顔を覗かせても、それは決して社会問題を真剣に提起したり直接社会を批判したりするわけではなかった[12]。

このように各作品に見られる構成要素や劇構造、笑いやユーモアのセンスなどのちがいはあるにせよ、似たようなパターンで筋が展開し、部分的な共通項もいくつか存在する。そして構成要素のどれも欠かせないほど緻密な細工が施され、全体が連結しているのである。[13]どの喜劇にも、明暗の工夫、ユーモアと笑い、極度の緊張、その緊張の唐突な弛《し》緩《かん》など、独特の劇的手法はつきものだが、とりわけカルデロンのお家芸は恋人を隠匿する行為である。『愛に愚弄は禁物』では劇作家本人がドン・アロンソの口を借りて得意気に、「これじゃまるで恋人を隠匿したり、ヴェールで顔を覆った女性が登場したりするドン・ペドロ・カルデロンの芝居ではないか」（二幕[14]）と自負するほどである。

メネンデス・イ・ペラーヨによれば、カルデロンの喜劇はつぎの二種類に分けられる。一つは〈マントと剣〉の喜劇または都会の喜劇《コメディア・ウルバーナ》、もう一つは宮廷の喜劇《コメディア・パラティーナ》または捏造の喜劇《コメディア・デ・ファブリカ》である。前者は都会（マドリード、バレンシア、オカーニャ、セビーリャ、トレドなど）に住む貴族いわば由緒ある家筋の男女を中心に、彼らの愛をめぐる攻防が家やその周辺を舞台に繰り広げられる。代表的な作品には、『淑女「ドゥエンデ」』、『戸口の二つある家は不用心』、『愛に愚弄は禁物』、『四月と五月の朝』、『隠れ男と覆面女』、『黙るに如《し》くはなし』、『時には禍も幸いの端《はし》となる』などがある。これに対して後者は、国王、王子、公爵などの位の高い人物を中心に、愛の駆け引き、放浪の旅、運命のいたずら、不慮の出来事、偉業達成のための争いなどが、バルセロナやサラゴサのようなスペインの都市だけでなく、パルマ、フィレンツェ、ナポリ、ミラノなどイタリアの都市や、イングランド、ザクセン、ロシアなどヨーロッパ各地を舞台にして描かれる。代表作には、『愛、名誉、権力』、『愛と憎悪の感情』、『伊達男の亡霊』、『声高の秘密』、『穏やかな水流にご用心』などがある。[15]しかし、登場人物の地位や異国という背景に拘《こだわ》らなければ、どちらに属してもおかしくない作品もあり、明確に分類するのは容易ではない。

そこで、本稿ではこのような分類にこだわらず、カルデロンの代表的な喜劇作品をいくつか採り上げ、使用されているさまざまな構成素材の異なる組み合わせによって、常に人を惹きつける魅力を提供し、観客の笑いを誘おうと模索していた痕跡を追ってみることにしたい。

4-2 夜の暗闇と秘密の隠れ場所

喜劇では観客の笑いと拍手喝采を念頭に置きながら、おもしろさやユーモアを優先させるため、作品ごとに筋立てや各人物の台詞にそれなりの工夫が凝らされ、またいろいろな舞台道具を導入して速いテンポで筋を展開させ、複雑に事件を絡ませながら観客を惹きつける手法が用いられる。[16] 登場人物の出入りを頻繁にしたり、都合の悪いときには隠れてもらったり、庭、バルコニー、家の各扉、各部屋に仕組まれた絡繰《からく》り、地下道、寝室を利用して秘密裏に行動したり、昼と夜の効果を最大限に利用し、ヴェールで顔を覆い最後まで正体を明かさない高貴な女性を登場させたりして、主役・脇役を問わず登場人物が翻弄され続けるといった方法である。頻繁な登場人物の出入りや秘密の戸棚を利用した著しい局面変化から見て、一見偶発的な出来事の連鎖を思わせるようだが、この偶然性こそがカルデロンの得意技なのである。[17] 実際の質素な造りの常設劇場では、こうした手の込んだ仕かけはむずかしく、舞台上では特殊な家の造りや仕かけのある棚など、本物そっくりに設置されたわけではなく、シェイクスピア劇のように役者の説明による舞台状況や舞台背景の説明で事足りた。スペイン演劇では観客の想像力を拝借すれば充分であった。午後の太陽がかんかんと照っている中、夜の場面が青天井のもとで演じられても何ら問題はなかったのである。

このタイプの典型的な例が、『淑女「ドゥエンデ」』、『戸口の二つある家は不用心』、『隠れ男と覆面女』、『伊達男の亡霊』、『時には禍も幸いの端となる』などである。いずれの作品にも大なり小なり人の判断を狂わせる夜の効果と、相手を攪乱するための舞台設定や道具が導入され、滑稽さも混ざった危機的状況という山場を凌ぐことで幸せな大団円を迎える構造になっている。

4－2－1　『淑女「ドゥエンデ」』

作品の冒頭にある下男コスメの台詞に、一六二九年一一月四日、バルタサール・カルロス王子（フェリペ四世とイサベル王妃とのあいだに生まれた子）の洗礼に敬意を表して執り行われた祝祭のことが記されていることから、この作品はそれ以降に書かれたものであることがわかる。劇構造からしておそらく町の常設劇場で上演された可能性が高いと考えられるが、実際どの劇団によってどこで上演されたのかは不明である。

『淑女「ドゥエンデ」』は、数多いカルデロンの〈マントと剣〉の喜劇とよばれる作品の中でも、特に夜の場面が多く、テンポの速い筋展開を呈する作品である。二幕、三幕ではそれが顕著であり、この下男と主人ドン・マヌエルの混乱が最高潮に達し、緊張の糸が張りつめたまま結末で一気に問題解決にいたるという慌ただしさである。

幕開けとともに、主人公ドン・マヌエルと下男コスメはマドリードに到着した早々、ヴェールで顔を隠した貴婦人から、とある者に追われているので追手の行方を阻んでくれるよう懇願される。この偶然の出会いで発せられる下男コスメの台詞、「今のは淑女か、つむじ風か？」という台詞が、まさにこれから先のめまぐるしい筋展開を暗示する。実は、謎の貴婦人というのがドニャ・アンヘラで、追いかけるほうは兄ドン・ルイスなのだが、彼女は顔を覆い正体を見破られないようにしているので、兄から好奇の目を向けられたのである。寡婦の身であるドニャ・アンヘラにはもう一人兄ドン・ファンがいて、三人兄妹の末っ子である。この兄がドン・マヌエルをマドリードの自宅に招いたことから、偶然も重なって、これ以降筋が錯綜するようになっている。ドン・マヌエルやコスメがよそ者でありドン・ファン以外とは面識がないことや、彼女が最後まで正体を明かそうとしないこと、夜の帳《とばり》の助けを借りた彼女の好奇心と大胆さが尋常でないことが、最後まで収拾のつかない緊迫した状況を維持するのである。また、そこにはユーモアや詩的要素を含めた言語表現も入り交ざり、視覚（明暗）・聴覚（音）の効果が大いに功を奏する。幻想的な存在に映るドニャ・アンヘラが扮する謎の「ドゥエンデ」によって、二人の兄たちはもちろんのこと主従も終始翻弄され、迷信と理性の狭間で心の葛藤を繰り返す。そもそも「ドゥエンデ」というのは、スペイン語で小悪魔または悪魔のことをさし、普通は幻想的な姿で家々にあらわれては屋敷内を荒らしたり、山中にあらわれては人々を驚かせたりしたと伝えられている。[18]

女主人公ドニャ・アンヘラは女性だからという理由で家に閉じ込められることに反発し、自由を謳歌しようと、[19]正体を隠して好き勝手に外出し男たちの好奇心をそそったのだが、こういう不謹慎な行動を家族に知られては自身の沽券《こけん》と家名にかかわる一大事とあって、兄ドン・ルイスに正体がばれないようドン・マヌエルに助けを求めたのである。ともあれ無事兄を煙に巻いたあとは、もう一人の兄ドン・ファンがドン・マヌエルを客人として自宅へ招いていたことが彼女にとって幸いし、これ以降は三人の兄妹の家中を舞台に劇のおもしろさが倍増する。むろん彼らだけでなく、ドン・ファンの恋人ドニャ・ベアトリスも、父との不和が原因で従姉妹のドニャ・アンヘラの家に滞在することや、ドン・ルイスがドニャ・ベアトリスに横恋慕するうえに、妹の名誉に異常なほど関心を示し常につきまとうことも相まって家の中は大混乱となり、最後まで女性陣（ドニャ・アンヘラ、下女イサベル、ドニャ・ベアトリス）以外は「ドゥエンデ」の正体に気づかないという劇構造である。「ドゥエンデ」をめぐりドニャ・アンヘラと下女イサベルがドン・マヌエルと下男コスメを弄《もてあそ》び、そのやりとりのおもしろさを醸し出す要因となっているのが、ガラスの器が収納された「秘密の棚」と「夜の暗闇」である。この二つがなければ滑稽なシーンを何度も設けるのは不可能である。秘密の扉の造りは、一幕で下男ロドリーゴが以下のように説明する。

ドン・ファン様は細心の注意を払って、お客様がご滞在になる部屋から別の通りへ出られるようにと扉を一つ設けられたのです。また、家の内部に通じるもう一つの扉のほうも、その存在が疑われないよう用心深く締め切られています。しかしながら後々の使用を見越してか、その扉のまえにはガラスの器の入った棚が置

『淑女「ドゥエンデ」』（3幕構成　合計3114行　全体の比率66.1%）
　1幕（1102行）夜のシーン（450行　40.8%）
　2幕（1140行）夜のシーン（736行　64.6%）
　3幕（872行）　夜のシーン（872行　100%）
『隠れ男と覆面女』（3幕構成　合計3121行　全体の比率28.7%）
　1幕（1024行）夜のシーン（500行　48.8%）
　2幕（1086行）夜のシーン（342行　31.5%）
　3幕（1011行）夜のシーン（54行　5.3%）
『戸口の二つある家は不用心』（3幕構成　合計3210行　全体の比率26.3%）
　1幕（1016行）夜のシーン（0行　0%）
　2幕（1117行）夜のシーン（313行　28.0%）
　3幕（1077行）夜のシーン（531行　49.3%）

（図1）夜のシーンの比率

かれ、まるで扉の存在など匂わせないように仕組まれているのです。[20]

まさにこの秘密の棚の存在が分からないようになっている点が味噌である。全体の半分以上を占める夜のシーンも、秘密の棚の在りかを隠すと同時に、人を惑わす妖しい雰囲気を劇空間に漂わせ、人の情念と無知を露呈する役割を担っている。そのため「ドゥエンデ」にまつわる迷信が下男の脳裏に焼きつき、普通ならば毅然とした態度で臨むはずの高貴なドン・マヌエルまでもが心の動揺を隠せず、他の喜劇作品には見られない独特の滑稽さを露呈する羽目になる。

ここで夜のシーンを他の代表的な喜劇二作と比較してみると、これら二作も筋展開の錯綜・混乱に夜が大なり小なりかかわっているが、その割合の多さは図1のとおり一目瞭然である。[21]

話を戻すと、三人の兄妹の家ではドニャ・アンヘラがイサベルの協力を得て、危機一髪のところを救ってくれた若者にお礼をしようと、客人たちの留守を見計らい秘密の棚をくぐってドン・マヌエルの部屋に忍び込むが、それ以来男性陣は自室での一連の不可解な現象に振りまわされるようになる。初めは、女主人はお礼と身体の安否を気遣う手紙を書き残し、下女はコスメの荷物の中身を部屋中に散らかし、彼の持ち金を木炭とすりかえ意気揚々と引き上げる。これが彼らを驚嘆させ、特に下男には「ドゥエンデ」の存在を強く印象づける。二幕以降も彼女たちは秘密の扉を通ってドン・マヌエルの部屋に侵入し、見つかりそうになる寸前に夜の暗闇に助けられ、運よく難を逃れる。二幕の終わりまでに三度も彼女たちは彼らの部屋に忍び込み、滑稽な場面を作り出すのである。その一場面で、ドン・マヌエル主従が外出しているあいだに、イサベルが清潔な衣類の入った平籠と女主人の手紙を携えて真っ暗な部屋に姿を現すところがある。このときちょうど明かりを持ったコスメが部屋に戻ってきたので、見つからないように彼の背後にまわり込み、頭部に一発拳固を食らわしてから明かりを消す。このタイミングでドン・マヌエルが戻って来たために、暗闇の中で下女と鉢合わせになり、下女は手に抱えていた平籠の一端をドン・マヌエルに摑まれる。

イサベル 〔こりゃ最悪だわ、どうやらこの部屋の主人と鉢合わせになったらしい。〕
ドン・マヌエル おい、コスメ、やつを引っ捕らえたから明かりを持って来い。
コスメ 逃がさないでくださいよ。
ドン・マヌエル 逃がすものか。早く明かりをとりに行くんだ。

下男が明かりをとりに行っている間に彼女は平籠を手放し、こっそり同じ戸棚をとおって姿を消す。ドン・マヌエルのほうは明かりが持参されるまで平籠を抱えたままじっと待つ姿は滑稽そのものであり、ましてや昼日中の上演であるとすれば、当時の観客を大いに笑わせたことは容易に想像できよう。

ドン・マヌエル どこのどいつか知らんが、明かりを運んでくるまではじっとおとなしくしてるんだ。さもなくば、よいか、めった刺しにしてくれるぞ！ だが待てよ、おれが腕に抱えているのは、なんの抵抗もない軽い衣類の籠じゃないか。いったいこれはどういうことなんだ？ ますます頭のなかが混乱してきたぞ！

（コスメが明かりを持って登場）

コスメ　やい、ドゥエンデのやつめ、明かりのまえにその姿を見せてみろ。あれっ、ドゥエンデのやつは？　引っ捕らえたんじゃなかったんですか？　どうなってるんです？　どこへ消えちまったんですか、どういうことです、旦那？

ドン・マヌエル　どう答えてよいものやらおれにもさっぱりわからん。手許に残されたのはこの衣類だけで、当人はどこかへ遁走しやがった。

女主人公の三回目の侵入は、ドン・マヌエルが用事でエスコリアルへ出発したあとのことで、このときは初回の侵入時に発見した一人の女性の肖像画が気になり、それを手に入れることが目的である。ところが運悪く下男が大切な書類を部屋に置き忘れたというので、旅に出た主従が途中で引き返す。一方、ドン・マヌエルの部屋では暗闇の中、ドニャ・アンヘラがこれから探し物をしようという頃合いである。二人が戻って来ると、コスメが冗談半分に明かりがあればよいのにと独り言を発した瞬間、彼らの存在に気づかない彼女が偶然明かりを灯したので、二人は驚きのあまり息を殺しながら、ロウソクの薄明かりに輝く妖艶なドニャ・アンヘラの姿に見とれる。だが、ドン・マヌエルはすぐにも「ドゥエンデ」かどうかを見極めようと剣を抜き、正体を明かすよう迫る。絶体絶命の危機に立たされた彼女は、世間にこのことを知られてはまずいので、二か所にある扉を閉めてくれるよう嘆願する。彼らはそれぞれ明かりを持って指示された扉を閉めに行くが、タイミングよく途方に暮れていた女主人のところへイサベルが現れ、物怪《もっけ》の幸いと秘密の戸棚から姿を消す。その後の主従の会話が狐につままれたように展開される。

ドン・マヌエル　それなら、おれが部屋の中を虱潰《しらみつぶ》しに調べ上げてやる。さあ、明かりをよこせ。（明かりをとり上げる）
コスメ　どうぞ、どうぞ。
ドン・マヌエル　どうやら運に見放されたらしい！
コスメ　ただ言えることは、部屋の出入り口からは出られやしねぇってことです。
ドン・マヌエル　それなら、どこから姿を消したというのだ？
コスメ　それが理解できねぇところでしてね。だから、おいらが旦那に口癖のように言ったでしょう？　やつは女じゃなくてドゥエンデなんだって。

下男はともあれ、場の雰囲気に翻弄される主人までもがおもしろおかしく描き出され、本来の誇り高い貴族の姿とはほど遠い。

ドン・マヌエル　事実、あれは影のような存在だったし、あの輝きようは現実ばなれがした。だがしかし、人間の肉体を見たりそれに触れたりするのと同じ感触だった。人間同様に死を恐れたし、女のごとくおどしやがった。そうかといえば、幻影のように姿を消し、お化けのようにあっという間にいなくなった。なんてことだ、考えれば考えるほど、何を疑い、何を信じてよいのかさっぱりわからん。
コスメ　おいらははっきりしてますがね。
ドン・マヌエル　何がだ？
コスメ　やつは女でもあり悪魔でもあるってこと。よくある話ですがね、年がら年中女ってやつは悪魔なんだから、今度だけは女たちが何度も悪魔のように振る舞うかわりに、悪魔のほうが女になりかわっただ

けのことですよ。（二幕）

このように迷信を頭から信じないドン・マヌエルまでもがその存在を怪しむようになる。そして三幕では、ドン・マヌエルが女性たちの詭計《きけい》にふりまわされ、貴族らしからぬ態度で、まるで『ドン・キホーテ』後編で公爵夫妻の城にて壮麗な歓迎を受けるドン・キホーテよろしく、きらびやかに飾りたてられた幻想的な雰囲気が漂う彼女の部屋で歓待されるのである。だがそれも束の間、ドン・ファンが不意にあらわれるや、あとは大団円に至るまで速いテンポでプロットが展開され、その流れに翻弄され続ける。元来、高貴な身分の者は臆病であってはならず、まごつかないものだが、この作品では話が進むにつれてコスメと同レベルにまで貶《おとし》められ、観客の笑いの対象となっている。特に一幕の終わりで示した迷信に対するドン・マヌエルの断固とした態度とは大違いであり、二幕の終盤では腰が砕けたような状態に陥る。

コスメ　ドゥエンデなんていないんですかね？
ドン・マヌエル　だれも見た者はいないよ。
コスメ　背後霊は？
ドン・マヌエル　妄想にすぎん。
（……）
コスメ　女の姿で情欲をそそる悪魔は？
ドン・マヌエル　いないね。
（……）
コスメ　悪魔に憑かれた人間は？

ドン・マヌエル　気ちがい沙汰だ！（一幕）

この作品では男性中心の閉鎖的社会が舞台となり、そこに二人の兄たちの監視下におかれ自由を束縛されたドニャ・アンヘラの思惑と、ドン・ルイスの特異な行動とがこの作品の糸を絡ませ、観客を笑わせるようになっている。前者は、すでに述べたように自由を希求するあまり、自身の名誉が危険にさらされるのを承知のうえで行動する。もしこれが一家の大黒柱である父または兄たちの耳に入ろうものなら、家名を穢したとしてそれ相応の仕打ちを覚悟しなければならない。この名誉問題はたとえ喜劇であっても避けて通れないようになっている。その意味では悲劇と喜劇は紙一重と言えよう。他方、ドン・ルイスは兄の恋人ドニャ・ベアトリスと、自分の妹に異常なくらいつきまとうことで、喜劇の構造上重要な役割を担っている。すなわち、出だしのドン・マヌエルとの決闘をはじめ、無意識のうちに妹の秘密の計画を攪乱したり、家中を騒然とさせたりすることで、劇的緊張を生み出す原動力の一つなのである。

このようにカルデロンは『淑女「ドゥエンデ」』を完成させるにあたって、ロペやティルソが築き上げた《マントと剣》の喜劇の妙技を継承しながらも、夜の暗闇、ほのかに照らす妖しげなロウソクの火影、頻繁な登場人物の出入り、著しい局面変化、道化の滑稽さ、バロック絵画を思わせるような自然描写など、さまざまな要素を導入し、他に比類のない躍動的な作品に仕上げたと言える。フルートスは、「この種の喜劇における数々の事件は、（……）本当らしいことではあっても、その場凌《しの》ぎのありそうもないことで、まちがいなく人間の本質を欠いている。ここでは人間の本質や詩的意味合いよりも独創力に軍配が上がる」と述べている。[22] その独創力の一つとして、他のどの喜劇よりも夜のシーンを多用し、自由を希求する貴族の寡婦を舞台空間でわがもの顔に闊歩させ、時代が要求するおもしろい舞台を作り上げようとしたカルデロンの才能は見事である。

こうした技法的な事柄と関連して、作品には迷信深いコスメをとおして時代の風潮がある程度反映されている。

事実、カトリック教会の教えに反して誤った信心を持つ人々や迷信を信じる人々が当時少なからずいたことを考えると、「真実味」をうたい文句に、社会の風潮を皮肉っていると言えよう。[23]

刊本としては、一六三六年にマドリード、バレンシア、サラゴサの三都市で同時に出版されたものが残されている。バレンシア版（『異なる劇作家の一二篇からなる戯曲集　第二九部』）とサラゴサ版（『異なる劇作家の好評戯曲集　第三〇部』）はかなり似通っているが、これら二つの版は、弟ホセ・カルデロンによって編まれたマドリード版『ペドロ・カルデロン・デ・ラ・バルカ戯曲集　第一部』――バルブエナ・ブリオネスはこの版にもとづいてテクストを編集――とはやや異なる。一幕と二幕に関しては三つの版には大きなちがいは見られないが、三幕だけはテクストの出だしから筋運びが若干異なる。たとえば、マドリード版ではイサベルがドニャ・アンヘラの部屋に連れてくるのはドン・マヌエルだけであるが、バレンシア版・サラゴサ版ではコスメも連れて来られ、二人の対話がドン・マヌエルのモノローグにとって代わる。また、この幻想的な場面を現実に戻すのはマドリード版ではドン・ファンであるが、バレンシア版・サラゴサ版では嫉妬に苦しむドン・ルイスである。そのため、イサベルはドン・マヌエルだけでなくコスメまでも隠匿することになる。主従二人が一緒に自室へ連れもどされるので、マドリード版に見られるように、イサベルによって自室に置き去りにされたドン・マヌエルが、偶然外から帰ってきたコスメと暗闇のなかで鉢合わせになり、滑稽なやりとりをする場面に欠けている。またそのあとに続く、イサベルがドン・マヌエルを下男ととりちがえ後者のほうを連れ去るという場面もない。逆に、マドリード版にないのは、ドン・マヌエルとドン・ルイスとの決闘のときに後者の剣が損傷をうけ、別の剣をとりに行ったあとのシーンである。つまり、ドン・ファンが夜道で妹のアンヘラをドニャ・ベアトリスと勘違いする件《くだり》であるが、この場面は多少くどさが感じられ、その分だけマドリード版にくらべると迫力と面白味に欠ける。いずれにしても、どちらがオリジナルでどちらが改作かという謎は残るものの、今のところマドリード版がカルデロンのオリジナルで、他の二つの版はどこかの劇団の都合によって特に三幕が焼き直しされた可能性が高いという

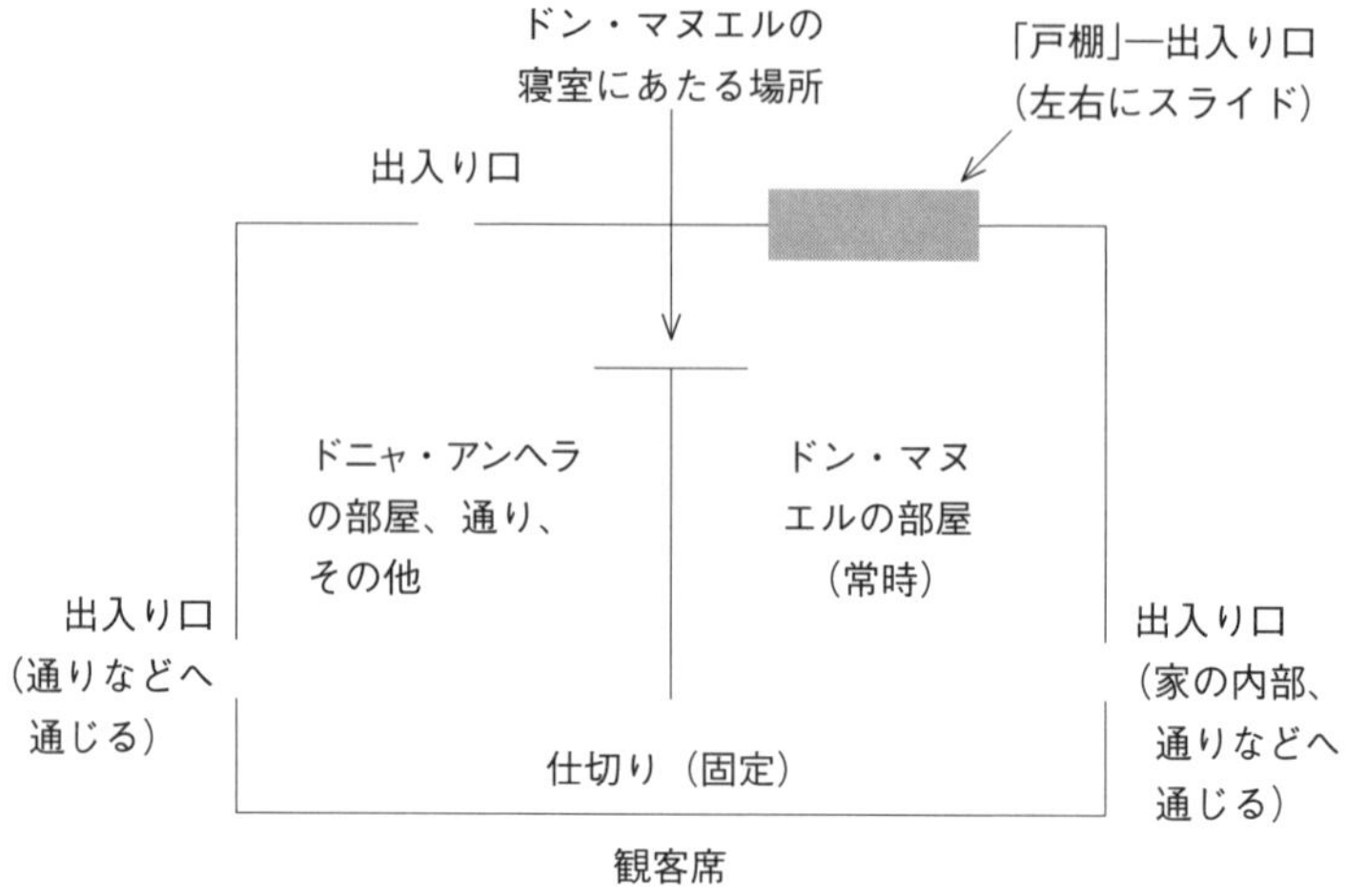

（図2）『淑女「ドゥエンデ」』の舞台設定（1979年）

（この図はかつてウエストフィールド・カレッジ（ロンドン大学）で教鞭を執られ、1999年に逝去された屈指のスペイン文学者 J・E・ヴァーリー氏が生前、実際に舞台を観ていない筆者にそのときの舞台設定をわざわざ描いて下さったものである）

見方が濃厚である。[24]

最後に、現代版の上演形態の一例として、一九七九年にエスタブレ座によってマドリードおよびアルマグロで上演された『淑女「ドゥエンデ」』の舞台設定を見てみることにする。[25]図2のように、舞台を左右に分割するかたちで中央に壁が固定され、観客席から見て左側が「ドニャ・アンヘラの部屋」かつ「通り」の役目を果たし、右側が「ドン・マヌエルの部屋」となっており、秘密の「戸棚」はドン・マヌエルの部屋の奥で左右にスライドするように設置されていた。むろんこれは現代版の舞台設定の一例であり、おそらく当時は正面奥の内舞台を覆うように垂らされたカーテンの後ろに「可動式の戸棚」が置かれ、必要に応じてカーテンが開閉されたと考えられる。[26]この説に対して別の研究者は、ト書きや台詞から判断すると、「戸棚」はかなり扉のかたちに近く容易に開閉できることと、内舞台には書斎机やテーブルや椅子が置かれていたことから、むしろ舞台左右に設けられていた出入り口のいずれかが「戸棚」の役割を果たしていたのではないかと推測する。[27]

4－3　隠匿の妙味

次に『時には禍も幸いの端となる』、『戸口の二つある家は不用心』、『隠れ男と覆面女』などのように、夜の帳や特殊な舞台設定よりも隠匿の妙味が持ち味といってもよい喜劇に焦点をあて、その技法を見てみよう。この種の芝居では『淑女「ドゥエンデ」』のように隠れ場所や身を隠すための絡繰りはさほど重要ではなく、むしろ主人公が身を隠すことによって相手の出方や真相が見極められる点に重点が置かれている。残念ながら今のところこれら三作品の邦訳がないのと、紙幅の関係もあって、ここでは『時には禍も幸いの端となる』に焦点をあて、カルデロンの「隠匿の妙味」を確認することにしよう。[28]

4－3－1　『時には禍も幸いの端となる』

この作品が縺れる原因といえば、ドン・カルロスが恋人レオノールの言い分にまったく耳を貸そうとしないことにあり、これによって次々と混乱が生じ始める。

場面はバレンシアのとある宿である。彼は恋人の言い分に耳を傾けるよりは、自分の目で見たことのほうが確実だとして、彼女の身の潔白をまったく信じようとしない。実際にドン・カルロスが目撃した光景というのは、マドリードでレオノールと逢い引きしようとした際に、彼女の部屋に隣接する下男の部屋に入ったところ、彼女の部屋から物音が聞こえ、そこから覆面をした男が逃げ去る姿であった。この様子はすでに起こった出来事として台詞によって語られるが、これがまさに事の発端である。その場は相手の男に瀕死の重傷を負わせ、追っ手を逃れるためにレオノールを連れてバレンシアへやって来たものの、ドン・カルロスの彼女に対する不信は募るばかりである。この一連の出来事をちょうど自分を訪ねてきていた、従兄弟であり無二の親友ドン・ファンに打ち明けると、当初は奥で身を隠し二人の話を聞いていたレオノール〈隠匿①〉も会話に加わり、友人の提案を受け入れる。提案というのは、レオノールがドン・ファンの妹ベアトリスの下女として、イサベルという名前で仕えるというものである。このときの恋人同士の会話には、悲観的なドン・カルロスに対する彼女の台詞、すなわち作品の題名でもある「時には禍も幸いの端となる」という前向きな姿勢が表れている。

この作品には恋愛感情、友情というモティーフのほかにも、人間関係がややこしくなる要素が組み込まれている。一つは主人公たちの恋愛関係に横やりを入れるドン・ディエゴであり、もう一つは娘が侮辱され家名が穢されたと考える、レオノールの父ドン・ペドロの存在である。

実は、ドン・ディエゴこそが覆面をしてレオノールの部屋に忍び込んだ張本人であり、ドン・カルロスの恋敵でもある。そのためレオノールの親族の復讐を恐れて、一時滞在していたマドリードを去り、バレンシアへ戻って来たのである。この土地にはベアトリスという恋人がいるのだが、彼の行状の悪さはすでに彼女の耳に入っていて、兄ドン・ファンの留守のあいだに再会するも冷たくあしらわれる。ところが、このとき兄が帰宅するというので、ドン・ディエゴと下男ヒネスに別室に隠れてもらい〈隠匿②〉、ベアトリスと兄が場を立ち去ったあとで、下女イネスにバルコニーから外へ出してもらうのだが、不審に思ったドン・ファンが翌朝ドン・カルロスの宿を訪ね、昨晩バルコニーから覆面をした男が下りていくのを目撃したことを伝え、彼の助けを借りたいと願い出る。そこへ、ドン・ディエゴという男と、娘を連れ去った男に名誉を穢されたと息巻くレオノールの父親が宿を訪ねて来るというので、安全を期してドン・ファンの家へ移動する。家に着くとドン・カルロスに家の別室に隠れてもらい〈隠匿③〉、レオノールには友人はすでに出発したと嘘をつく。彼女が立ち去ったあとドン・カルロスは一旦姿を現すが、今度は父ドン・ペドロがやって来るというので、ふたたび姿を隠し様子をうかがう〈隠匿④〉。ドン・ペドロが言うには、自分を侮辱した者がバレンシアに来ているらしく、名誉回復の手助けをして欲しいとのこと。そこで、まずは相手がはっきりしているほう、すなわちドン・ディエゴから復讐しようということになる。このやりとりを息を潜めて聞いていたドン・カルロスは、ようやく自分の恋敵の正体をつかむに至る。

二幕も三分の二を超えたあたりから、隠匿だけでなく夜の場面も加わり、話がややこしくなる。ここでは下女イネスの案内でベアトリスとドン・ディエゴとの逢い引きが実現するも、二人の会話はぎくしゃくして歯車がかみ合わない。そうこうするうちに兄ドン・ファンが戻ってくるというので、ドン・ディエゴは慌てて寝室に隠れる〈隠匿⑤〉。兄は男が家に入るのを目撃したので戻ったという。ドン・カルロスもいっしょである。ドン・ファンは剣を抜きドン・ディエゴが隠れている寝室へ行くが、その前にドン・ディエゴは姿を消す。全員退場したあとで、明かりを持ったレオノールとドン・ディエゴが登場。そこへドン・ファンが戻って来たので、ドン・ディエゴはドン・ファンに、マドリードでレオノールを愛し、彼女の家で不幸な事件を起こしたことや、その後バレンシアに戻り、彼女がこの家にいることを知ったのだと話す。すると、レオノールは彼の話に同調し、目下ベアトリスの下女として仕えていることを明かす。当初ドン・カルロスは舞台の袖から様子をじっとうかがっていたが、レオノールとドン・ディエゴの名前を耳にするや、姿を現しドン・ディエゴと決闘を始める。ベアトリスの命令でイネスが明かりを消すと、ドン・ディエゴは首尾よくその場を逃れる。

ドン・カルロスの本心はレオノールを愛しているのだが、一度おのれの沽券にかかわる疑わしい行為を目撃したからにはそれが赦せないのである。「レオノールよ、おれの命を奪うお前だが、愛情は失っちゃいない。だが、お前の裏切りとお前の不幸は別物だ」（二幕）[29]。そこで悲しむレオノールをドン・ディエゴと結婚させ、彼女の名誉を回復しようと考え、ドン・ファンにこの縁談をまとめてくれるようにと頼み込む。友人は様子を見るために、ドン・カルロスに隠れてもらい〈隠匿⑥〉、妹ベアトリスにも協力を願う。彼女は気乗りがしないまま恋のクピド役を引き受け、ドン・ディエゴとレオノールの本心を確認しようと動き始める。レオノールのほうは、ドン・ディエゴと結婚するくらいなら死んだほうがましだと言う。ところがこのやりとりを隠れて聞いていたドン・カルロスは、彼女は自分が隠れていることを知ったうえでの言い草だとして、彼女の思いも涙も端から信じようとはしない。そこへ父親のドン・ペドロが現れたので、レオノールは一旦ドン・カルロスの隠れている場所に身を隠すが〈隠匿⑦〉、すぐにその姿を見られてしまう。そこでドン・フアンはその場で口実を考えて難を逃れる。続いて、レオノールとドン・カルロスの対話が入り、レオノールはドン・ディエゴと結婚させられようとしていることを嘆くが、彼はそれこそが自分の望むところだという。

レオノール （……）じゃ、私は信じてもらえないって言うのね？
カルロス そうだ、格言にもあるとおり、「何事においても禍は確実に起こるもの」だからな。
レオノール だったら、私はそれを変えてこう言うわ、「時には禍も幸いの端となる」ってね。（三幕）

その後、ドン・ディエゴとベアトリスの会話が続き、これを脇でこっそり聞いていたドン・カルロスは、彼ら二人の愛情関係を知ることになる。この間、ドン・ディエゴはベアトリスにマドリードでのレオノールとの一件を話し、これほど嫌われている女性とは結婚するはずがないと断言する。この期に及んでようやくドン・カルロスは迷いから覚めることになる（「なんてことだ！ 驚いた！ 本当におれはまちがっていた！ ああ、愛しい人よ！ きみの言ったとおりだった」（三幕））。そこへ、ドン・ペドロとドン・フアンが戻るというので、ドン・ディエゴは身を隠そうとするが、これに対してヒネスは「毎日その繰り返しですかね？」と皮肉る。ただ、喜劇も終盤に近づいたこともあって、隠れずにすみ、とんとん拍子で縺れた感情が解《ほぐ》されていく。最後は登場人物全員が舞台に集合し、ドン・カルロスとレオノール、ドン・ディエゴとベアトリスの結婚が決定し、めでたしめでたしで閉幕となる。
『時には禍も幸いの端となる』では、隠匿の回数はそれなりに多いが、隠匿そのものが原因で登場人物の心理的動揺を招くようなことはない。それよりもドン・カルロスが身を隠し、周囲の人たちの話を聞くことにより、頑固な思い込みや疑念が晴れるという点が明白になる芝居なのである。確かにドン・ディエゴの横恋慕から、ベアトリスとの関係が悪化し、このカップルはたがいに相手の胸の内を探ろうとあの手この手で策を練るが、同時にドン・カルロスとレオノールのカップルにも不和を引き起こし、特に二幕以降は筋運びが錯綜するようになっている。『淑女「ドゥエンデ」』の技法からすると、隠れたり姿を消したりする意味が異なっている点が注目に値する。前者では、夜の暗闇や秘密の戸棚を利用して姿を消すことで、その絡繰りがまるで奇術のようであり、またそこに驚嘆や謎めいた印象を植えつけるのに対し、後者では隠れることによって真実を引き出そうという魂胆が見え隠れする。隠匿そのものや夜の場面そのものは、多少の誤解は生じることはあっても、妖艶なイメージや相手の心情をかき乱すというようなことにならないのがこの作品の特徴である。

4－4　性格の異なる姉妹

この項目では上記とはまた異なるタイプの喜劇を採り上げてみよう。もちろん劇中で身を隠したり夜の暗闇の場面は多少あったりしても、それ自体が芝居の見所ではなく、別のテーマが主体となり物語が展開するタイプの喜劇である。ここで扱う『穏やかな水流にご用心』や『愛に愚弄は禁物』では性格の異なる姉妹が登場するが、このような組み合わせは何もカルデロンが初めてではない。たとえば、シェイクスピアの喜劇『じゃじゃ馬ならし』では、キャサリンとビアンカという「性格の異なる姉妹」が登場し、カルデロン劇とはちがったかたちで場を混乱に陥れるのに少なからず貢献している。ここでは夫となる変わり者のペトルーチオーがじゃじゃ馬である姉キャサリンをいかに手なずけ従順な妻に仕立て上げるか、つまり貞淑の美徳が焦点となっている。

4-4-1 『穏やかな水流にご用心』——従順な姉と自由奔放な妹

作品中には周囲の者たち、特に男性陣を翻弄する姉妹が登場する。ドン・アロンソはインディアス帰りの金持ちで、性格の異なる二人の娘の父親である。妻はすでに亡くなり寡夫《かふ》の身である。姉ドニャ・クララは慎み深く従順な女性で、口数は少なく、折り目正しい生活を送る女性だが、妹ドニャ・エウヘニアは高慢ちきで、読書が大好きで詩も作るという自由奔放でおしゃべりな女性である。彼女たちは父がメキシコに滞在しているあいだ、アルカラ・デ・エナーレスの修道院にあずけられていたが、父がマドリードの自宅へ戻ったので、二人の娘も呼び戻されたのである。特に妹の言動を心配する父は、「青春時代の華でもある傲慢さを治療する最良の医師は、夫と家庭を持たせることだ」[30]として、姉から先に嫁がせるという考えを捨て、アストゥリアス出身の貧しいドン・トリビオという甥と結婚させ、財産を相続させせようともくろむ。ところが、この人物は風変わりな服装をし、古風な言いまわし、がさつさ、不作法、無学といった鎧を身にまとったような田舎出身の下級貴族であるため、劇中、結婚よりもむしろ笑いをもたらす人物として功を奏することになる。父親としては家系を存続させるための策略だが、彼のぞんざいな口の利き方や粗雑な振る舞いを目の当たりにすると、希望とは裏腹に願いも砕け散ってしまう。このようにカルデロンは当初から、おかしな性格の人物を配置することによって、錯綜した筋立てと滑稽さの二重のおもしろさを抽出しようとしていることが分かる。

一方、ドン・アロンソの隣人ドン・フェリックスは自由な生き方を志向する若者で、煩《わずら》わしい恋愛にはかかわりたくないタイプである、「知ってのとおりマドリードじゃ貴婦人たちときたら忘れっぽいのが当たり前で、彼女たちの愛情表現や冷淡な態度なんて信用できやしない。幸いおれは愛の煩わしさは避けてきたけどね」（一幕）。しかし自宅に二人の友人が訪ねてきた時点から、少しずつ筋運びに混乱が生じ始める。そのうちの一人、ドン・ペドロにはイタリアで恋敵を殺害した過去があり、もう一人のアルカラ・デ・エナーレス大学の学生ドン・ペドロには愛する女性がいて、彼女のあとを追いマドリードまでやって来たのである。実は、二人ともドニャ・エウヘニアに懸想しているのだが、たがいの胸の内は明かさないまま、ドン・フェリックスに恋の成就に向けて仲介役を願い出る。

娘たちの父親は、どちらかをドン・トリビオに嫁がせたいと躍起になるが、なかなかそうは問屋が卸さない。このとぼけた若者は妹のほうを妻に迎えたいと願うが、彼の愚かさにあきれ果てた彼女は父の前では従順な態度をとるものの、当の本人には結婚の意志はないことを告げる。

ドン・フェリックスが友人たちのお目当ての女性が誰かを確かめようとする場面では、ドニャ・クララがハンカチを忘れて妹のハンカチを借りる設定になっているため、彼は最後まで姉のほうを妹ドニャ・エウヘニアだと思い込み、もしも友人の二人に言い寄られれば名誉の危険に陥りかねないという忠告の手紙を妹宛に書くが、姉妹をとり違えているため姉に手紙が届くことになる。そしてこの手紙こそが、ドニャ・クララの嫉妬の引き金となるのである。姉から上記の内容を伝えられた妹は素直に忠告に従い、二人の若者にそれぞれ別れを告げる。ハンカチと手紙[31]のモティーフは、この作品では躍動感をもたらす重要な要因の一つとなっている。

大きな事件は三幕に入ってから発生する。フェリペ四世の結婚相手マリアーナ・デ・アウストリアがマドリードに到着するというので、姉妹が祝賀の様子を見に出かけている隙に、ドニャ・クララに命じられた下女が、ドニャ・エウヘニアからだと名前を偽り、家の格子窓からドン・フェリックスに手紙を投げ渡すが、ちょうどその場に居合わせたドン・フアンの目にとまり、これによって二人の友情にひびが入り、決闘寸前のところまでいく。そこへちょうどドン・ペドロが現れ、話をするうちに三人ともドニャ・エウヘニアに懸想している――ドン・フェリックスは相手を取り違えているだけである――ことが分かり三つ巴《みどもえ》の決闘に発展する。しかし、ここは喜劇の体質上、タイミングよく父親のドン・アロンソが現れたので三人は別々に退室する。そのあとはドン・アロンソとドン・トリビオのコミカルなシーンが続き、これによって父親は結婚相手の無知と愚かさに辟易《へきえき》する。ここから場がさらに混乱状態に陥るのは、ドン・アロンソが就寝したあとの彼女たちの部屋においてである。

ドニャ・クララは主導的な役割を担い、妹に別の男がいるのではないかと疑うドン・トリビオを騙してバルコニーへ追いやってから、次に妹をうまく丸め込み寝室に閉じ込める。こうして、先に下女の部屋に隠れて待機していたドン・フェリックスと話をするのだが、二人の会話中に物音を立てながら庭の塀を乗り越えてドン・ファンが家の中に侵入する。この音で父親は寝室から飛び出し、娘たちのところへ馳せる。ドン・フェリックスがバルコニーから外へ出ようとすると、そこでドン・トリビオと鉢合わせになる。このとき、ふたたび物音を立てながら庭の塀を乗り越え、今度は嫉妬に駆られたドン・ペドロが侵入してくる。その直後にドン・アロンソが姿を現すと、ドン・フェリックスは復讐の機会を待つ友人たちに、自分は彼らの恋敵ではないことを説明し、ドン・アロンソにも名誉を堅守するのに剣ではなく分別を持って対処するようにと促す。ドン・フェリックスがそれまでずっと姉妹をとり違えていたことがここで明らかとなり、最後はこの種の喜劇の典型的なパターンとして、すべての緊張の糸が解され、ドン・フェリックスとドニャ・クララ、ドニャ・エウヘニアとドン・ファンの結婚が成立し、誰も不名誉を被らないよう万事うまくおさまるのである。ただしドン・トリビオについては、結婚がかなわず故郷へ帰ることになる。

全体的に登場人物の頻繁な出入りは、他の喜劇と大差はないものの、夜のシーンや隠れ場所にまつわるドタバタ的な印象は薄い。三幕後半での三つ巴の決闘のシーンあたりからは多少それなりの混乱はあるが、カルデロンはさらに、ドン・フェリックスの好奇心、愛、友情、名誉感情に起因する画策に、美しい貴婦人としての威厳を傷つけられたドニャ・クララの表向きの性格とは異なる大胆な行動を結びつけることによって話をややこしくし、そのうえ二人姉妹の存在感が薄められてしまうのではないかとさえ思われる、ドン・トリビオという田舎貴族の滑稽な言い草も加えて、観客を別の角度からも楽しませようとしているのである。

作品の題名「穏やかな水流にご用心」は、慎重さに欠ける妹を激流にたとえるなら、淑《しと》やかで思慮深い姉は緩やかな水流にたとえられるが、実際には姉のほうがドン・フェリックスの愛を射止めるのに躊躇せず大胆に事を運ぶため、より危険であることを仄《ほの》めかすものである。

背景にはマリアーナ・デ・アウストリアのマドリード到着のことや、フェリペ四世との婚礼にまつわる盛大な祝賀の模様、スペイン大帝国の威厳のことが、作品の事件展開とはほとんど関連のないまま、登場人物がその様子を見たというかたちで、各幕にそれぞれ一か所ずつ盛り込まれている。合計すると約六〇〇行にも及ぶ長さであり、カルデロンが実際にその場に居合わせて見た可能性は高いといっても過言ではあるまい。

もともと作品のタイトルは『穏やかな水流』であった。詳細はアレリャーノとガルシア・ルイスによる当該作品の共編著に記されているが、これはカルデロンの自筆原稿（バルセロナ演劇協会所蔵）のタイトルで、全体で二九二三行からなる。おそらく一六四二年から四四年のあいだ、それもマドリードの劇場が閉鎖される少し前（四四年）に書かれたものであろう。フェリペ四世とマリアーナ・デ・アウストリアとの挙式が執り行われるのは一六四九年のことなので、この自筆原稿には当然のことながら王家の祝賀の描写はない。この模様が挿入されるのは、一六五七年にマドリードで刊行された『スペインの最も優れた才人たちの手による戯曲選集 第八部』に収録された『穏やかな水流にご用心』（三五〇八行）においてであるが、いかんせんこの版には誤植が多い。また、自筆原稿に見られるドン・トリビオの古風な言いまわし、田舎風の滑稽さ、馬鹿さ加減、見栄っ張りな点などが、ここではいくらか削除されている。[32]

のちにカルデロンの友人と名乗るフアン・デ・ベラ・タシス・イ・ビリャロエールが劇作家の死後に『真作ペドロ・カルデロン戯曲集 第八部』（一六八四）を刊行したが、その中に『穏やかな水流にご用心』という題名で収録されている。ここには王家の婚礼の模様が含まれ、細かな修正はあるものの、大部分がカルデロン自身の手によるものである。カルデロンは印刷前に自作の内容を見直し修正することがしばしばあったことから、一六四九年の王家の祝賀に際して、すでに書き上げていた『穏やかな水流』を脚色し、このときのために本筋とは無関係の報告をつけ加えたと考えても何ら不思議ではない。

4-4-2 『愛に愚弄は禁物』――才女と愚女

ここでも性格のまったく異なる姉妹が登場するが、こちらは才女と愚女の組み合わせがテーマとなり、これが直接作品の妙味につながっている。テーマそのものはカルデロンが編み出したものではないが、その類似性からロペ・デ・ベーガの『愚かなお嬢様』を念頭に置いて作劇されたのではないかと考える研究者もいる。[33]『穏やかな水流にご用心』に比べれば、『愛に愚弄は禁物』では二人の性格のちがいによって生じる人間の愚かさや滑稽さが、笑いの対象としてより鮮明に映し出されることになる。

作品の中心テーマは愛であり、そこに名誉、嫉妬といった人間感情が絡まる。他の喜劇と同様に、名誉が絡めばかならず家名を極度に重んじる家長ないしは娘の兄が介入し、彼女の貞潔を堅守しようとして家中に騒動が巻き起こる。夜の暗闇、バルコニーでの逢瀬、ロウソクの明かり、隠匿、秘密の手紙、相手を欺いたり一芝居打ったりという劇的モティーフが、次第に人物間に心理的混乱を引き起こし、恋人同士のあいだに不協和音を生じさせ、よりいっそう事件を錯綜させるのである。こうしたドタバタ的な要素に加え、詩的かつ美的要素も顔をのぞかせ、バロック演劇の世界が浮き彫りとなる。そして結末では、誠実な愛を貫き通した若い男女のカップルが勝利をおさめるというお決まりのパターンが成立する。

筋運びの中心となるのは、異性にまったく興味を示さず、博識をひけらかすことに執心する姉ベアトリスの言動である。時代の風潮ともいえるこの賢女の鼻持ちならない言い草が、皮肉っぽく描き出されることになる。彼女については妹レオノールの恋人であるドン・ファンが次のように語っている。

あのレオノールの姉ベアトリスという女は、マドリード中どこを探してもいないという変わり者なんだ。絶世の美人で、才女ときているが、極度に風変わりな性格がわざわいして、せっかくの美貌や才能も台なしさ。

ベアトリスは自分の容姿に対して自惚れが強すぎるせいか、これまで男の顔をまともに見たことがないらしい。直視しただけで相手の男が絶命しかねないからだそうだ。おのれの才能の虜《とりこ》にでもなったのか、人前で賢才をひけらかそうとラテン語を習得し、カスティーリャ語で詩も書くという才女ときている。その上、服装にも凝っていて、新しいファッションならなんでも身につけたがり、結局どれも手放そうとはしない。少なくとも毎日二、三回は髪の毛をカールするらしいが、どれも気に入らないとのことだ。（一幕）[34]

女主人公は、ルネサンスの詩人フライ・ルイス・デ・レオン（一五二七―九一）が『完璧な妻』で描いたような慎ましやかな女性とはほど遠い。当時の道徳家たちにしてみれば、従順であり謙虚であること、分別を備え羞恥心があること、気ままな振る舞いを慎むこと、誠実であること、口を慎むこと、が理想的な女性の心得とされた。[35]『愚かなお嬢様』でも、姉妹の父オタビオが慎み深い女性について次のように述べている、「既婚女性の心得と言えば、夫を愛し、仕えることだ。家の中で節度ある生活をし、服装を慎み、話を控えめにすること。家族から敬われるようにし、好奇の目を向けたり耳をそばだてたりしないこと。注意深く子供たちを教育し、美貌よりも清潔を評価されるべきだ」（一幕）。同じように伝統的な女性のあり方は『愛に愚弄は禁物』でも知ることができる、「女にとって現代語で書かれた祈禱書があればそれで充分だ。編物、刺繡、裁縫だけ学べばそれで充分だ。学問などは男にまかせておけばよい。それに驚いちゃいかんが、もしこの先、物事を言い表すのに妙な表現をした暁には、生かしちゃおかんからな」（一幕）。そうは言うものの、十六世紀末から十七世紀初頭にかけて、言動を控えてきた女性たちが徐々に自己主張するようになり、友人を訪ねたり祝祭に出かけたりして、以前のように終日家に閉じこもるようなことはなくなった。フェリペ四世の時代になると、監禁生活にも似た閉鎖的な日常生活に反発するかのように、自由を享受しようと町を闊歩する女性たちも現れた。むろんすべての女性にあてはまったわけではなく、社会的地位や家庭環境によっても事情は異なった。[36]一般的には、劇世界でも描かれているように、大半の女性は両親の監視下に置かれ、不用意に外出しないように心がけ、道徳家が述べているように、慎ましやかな生活を強いられていたのである。

女性の学問については賛否両論があった。男性のご都合主義にかこつけて女子教育不要論を説く者もいれば、女性の学問を擁護し、推進する者もいた。人文主義者ファン・ルイス・ビーベス（一四九二―一五四〇）などは、信仰の篤い人が書いた良書を読むのであれば人生の良き道標となりうるので、条件つきではあるが賛成する一方で、[37]一般的には読書する女性は煙たがられる傾向にあり、ときには辛辣な批判を浴びせられることもあった。とりわけ辛辣な風刺で定評のあったケベードの作品にはそれが顕著に表れている。[38]しかしカルデロンは、女子教育の是非、男尊女卑的な考えの糾弾、女性解放について声を荒げたいわけではなく、あくまでも物語の背景に変わり種の賢女を描くことによって「真実味」を主張し、観客を楽しませるのが目的であった。同時に、社会の雛形といわれた芝居小屋に陣どる一部の保守的な道徳観念を持った観客の要望に応えるためでもあった。

『愛に愚弄は禁物』の筋運びでは、愛の力がとてつもない威力を発揮するように、理想の愛を信じるドン・ファンとは対照的に、愛を欲望の対象としか考えないドン・アロンソという若者が主人公として登場する。二人とも貴族の身分であるが、主人公のほうは愛や女性を信じようとはせず、後半はともかく、まるで風刺喜劇《コメディア・デ・フィグロン》の主役のようである。むしろ逆に下男のほうが、あたかも高貴な人物のように恋心を抱くという設定になっている。もちろん、これはカルデロンの仕組んだ嗜好の一つである。モスカテルがこのことを主人のドン・アロンソに語っている、「従来の芝居ですと、主人が恋をする役、下男が自由で気楽な役と相場が決まってましたからね。（……）ただおいらが旦那の役を演じ、旦那が自由の身になって、一風変わったものを皆さんにお見せするだけのことです」（一幕）。

一方のドン・ファンは、妹レオノールのほうと恋仲にあり、彼らの縁談については財産や血筋からして何ら問題はないのだが、姉をさしおいて妹との結婚を彼女の父親に申し出るのは筋が通らないと考え、二人は秘密裏に逢瀬を重ねている。いわば、名誉を重んじる父親や姉の目を盗んでの行動ということになる。話が絡み始めるのは、ある晩、彼女の家のバルコニーあたりで密会している現場を、仲の悪い姉に目撃された時点からである。この密会が父ドン・ペドロの耳に入らないよう、レオノールは下女イネスの力を借りながら、姉を丸め込もうとするなど、あの手この手で作戦を練る。また話が単調にならないように、このカップルの愛の行方と平行して、『愚かなお嬢様』と同様、賢い姉に恋する高貴な若者を登場させることで、姉妹や恋人の名誉感情を刺激し嫉妬を煽ろうとする。その人物がドン・ルイスであり、姉の美貌と才知と財産に魅せられ、友人のドン・ディエゴとともに、彼女の家の近くを徘徊し、彼らに疑念を抱かせるのである。

ドン・フアンとレオノールは愛の障壁を乗り越えようと、たがいの意思疎通を手紙によって行おうとするが、これがドン・ペドロ家に騒動の種を植えつけ、この家族にかかわる者たちを翻弄すると同時に、観客をはらはらさせ、笑いを誘うことになる。この作品でも手紙の効果は絶大である。

しかし何と言っても、主題は愛を信じようとしないドン・アロンソの心にいかに愛を植えつけるかである。カルデロンはこれを実現するために、レオノールの発案として、ベアトリスを愚弄する役割をドン・アロンソに担わせる。彼は友人の誼《よし》みもあってこの役を引き受けたのはいいが、姉妹の家では名誉感情をめぐって何度か危険な場面に遭遇する。それでも愛をもてあそぶうちに、いつしか気むずかしい姉に惹かれていき、最後はミイラとりがミイラとなるのである。自己の体験により、愛は愚弄すべきではないということを、レトリックを駆使しながら戒めている。

危険が待ち受けているということを知る由もなく、海を波しぶきの庭園と思い、海を雪におおわれた森と思って、遊びのつもりで向こう見ずにも海へ出かけていく。やがてすぐにも、その庭園と森が人を溺れさせ、ぞっとするような光景に変化する。愛とはまさにそういうもの。（……）海に愚弄は禁物であると同様に、愛に愚弄は禁物だ。花火師が冗談のつもりか実践のつもりか、人工の花火を打ち上げる。そしてそれが自分に降りかかるや、その地獄の熱に苛《さいな》まれ、ついに命を落とすことになる。（……）花火に愚弄は禁物であると同時に、愛に愚弄は禁物だ。若者が友人と剣術をしようと鞘から剣を抜き、まるで敵であるかのように相手を傷つける。（……）愛とはまさに剣のこと。剣を鞘から抜いたときから、剣に愚弄は禁物であると同様、愛に愚弄は禁物だ。遊びのつもりで飼い主がおとなしい猛獣を見ながら一緒に戯れている。だがそのペットをかわいがり甘やかすほど、猛獣は牙をむくものだ。（……）猛獣に愚弄は禁物であるのと同様、愛に愚弄は禁物だ。おれは遊びのつもりで海に身を投げ、冗談のつもりで閃光を燃え立たせ、白刃を鞘から抜き、猛獣と戯れた。そのため海で溺れ、熱い花火を浴び、剣と猛獣の怖さを味わったのだ。（三幕）

結末では、ドン・ファアンとレオノールの誠実な愛の成就に加えて、才女ベアトリスとドン・アロンソの結婚で締めくくられ、〈マントと剣〉の喜劇に見られるお決まりの型におさまるようになっている。いわば、女性陣の策略に周囲が振りまわされたあげく、結婚を前提とした誠実な愛に軍配が上がる仕組みである。

作品は一六三五年に書かれ、おそらくその年にアントニオ・デ・プラド一座によって上演された可能性が高い。最初の刊本としては、一六五〇年にサラゴサで出版された『異なる劇作家の戯曲集 第四二部』に、他の一一篇とともに収録されている。

4-5 『四月と五月の朝』――捻くれた女と身勝手な男

『四月と五月の朝』の題名は、「四月の朝は眠りに最適、五月の朝はさらに寝心地満点、恋さえ目を覚まさなければ」という当時人々に親しまれた諺《ことわざ》と、これまた当時よく知られた歌とに由来し、作品の一幕でも、「花咲き乱れる／四月と五月の朝／私のあの子を起こしておくれ／そんなに眠っちゃ困るもの」[39]としてうたわれている。この作品は一六三二―三三年頃に書かれたもので、初版は『ペドロ・カルデロン・デ・ラ・バルカ戯曲集　第三部』（一六六四）に収録されている。

ここでも恋の駆け引きの主導権を握るのは女性である。ドニャ・クララは一癖も二癖もある貴婦人で、忍従を強いられるような型どおりの男女関係を望まず、自由奔放に生き、浮気性の恋人ドン・イポリトを煙に巻こうとする。愛が引き起こす煩わしさや労苦を避け、快適さだけを求めるという当時の流行を貫こうとする生き方である。[40]しかし、これは誠実な愛とは言いがたいので、恋の冒険の行き着く先は嫉妬に苛まれたあげくの恋人との別離である。一方の偽善者ドン・イポリトは、これも『淑女「ドゥエンデ」』のドン・マヌエルとは比較にならないほど貴族にあるまじき醜態をさらし、おまけにドニャ・アナとドン・フアンの愛の行く手に立ちはだかる大きな障害として場に混乱をもたらすだけでなく、道化たちとともに笑いの対象にもなっている。この二人に比べるとドニャ・アナとドン・フアンの愛は、最後にドン・フアンの騎士らしい立ち居振る舞いが認められ、結婚を前提とした愛ゆえに実を結ぶかたちとなる。

物語は、数多い他の〈マントと剣〉の喜劇と同じように、男女の恋の駆け引きをめぐる騙し合いや勝手な思い込みが場の雰囲気を混乱させ、観客を大いに楽しませる構造になっている。確かに話の展開は早いが、夜の暗闇や家の中の絡繰りを利用した人違いや混乱による錯綜はなく、あくまでも人物間のやりとりが状況を複雑化していく作品である。

ある晩、ドン・フアンは恋人のドニャ・アナの家の扉を外からこじ開けようとする見知らぬ男を目撃し、決闘の末にその男を殺《あや》めてしまう。一旦マドリードから姿を消すが、その後、彼女の隣家に住む友人ドン・ペドロを密かに訪ね、彼の家に匿《かくま》ってもらいながらドニャ・アナとの再会を期待する。ところが、その場に居合わせたドン・ペドロの下男アルセーオは、この秘密を自分が懸想するドニャ・ルシーア（ドニャ・アナの女中頭）に思わず漏らしてしまうことから話が縺れ始める。一方、ドニャ・クララは、嫉妬深い恋人ドン・イポリトから公園へ散歩に出かけないようにと釘を刺されたことで、元来の捻《ひね》くれた心を刺激され、下女イネスを引き連れて朝の公園へ散歩に出かける。そこには案の定ドン・イポリトがいて、ドン・ファンが決闘で殺めた男のいとこドン・ルイスと話し合っている。その様子を見た彼女たちは顔をヴェールで隠し、彼らの前に姿を現す。相手の正体に気づかない彼らは、相手の美しい容貌に魅了され物言わぬ彼女たちのあとを追いかけるが、ドニャ・クララたちはドニャ・アナの家へ逃げ込み、夫に追われているので匿って欲しいとうそぶく。そして身につけていた白い帽子をドニャ・アナに渡して別室に隠れる。このとき彼女たちのマントと服がよく似ていたこともあって、ドン・イポリトはドニャ・アナを今し方家に逃げ込んだ女性だと勘違いし、彼女に血道を上げる。手紙などと同様に帽子や服装の類似も場の混乱を引き起こすという点では大切なモティーフの一つである。

この事件がこの先ドン・イポリトたちを混乱に陥れることとなり、ドン・ファンの度重なる潜伏や、アルセーオによる秘密の漏洩《ろうえい》、恋人に屈辱を味わわされたドニャ・クララがドニャ・アナになりすまして恋人ドン・イポリトを誘い出すためにしたためる嘘の手紙、ドン・ファンの極度の思い込みや悲観的な考え、女性陣が顔を隠すことによって引き起こされる人違いなどが相まって、徐々に筋展開がややこしくなっていく。それでも大団円では、ご多分に漏れず真の愛を貫くドン・ファンとドニャ・アナがもとの鞘におさまりハッピーエンドを迎えるが、最初から心が通い合っていなかったドン・イポリトとドニャ・クララのカップルは永遠に結ばれることはない。また、下男（アルセーオ）と女中頭（ルシーア）の結婚についても、最悪の子供が生まれかねないとして見送られることになる。

この作品の中心人物であるドニャ・クララは、『淑女「ドゥエンデ」』のドニャ・アンヘラや『戸口の二つある家は不用心』のマルセーラと同じく自由を謳歌しようとするが、他の二人とは異なり、過保護ともいえる父親や男兄弟の干渉を受けることはない。出だしから持ち前の天《あま》の邪鬼《じゃく》な性格が誇張され、思い切り羽根をのばし恋人を手玉にとる反面、その恋人に軽くあしらわれ挫折を味わうことにもなる。彼女の性格は他に類を見ないほど捻くれており、男を思いどおりに扱おうとすることはあっても結婚を前提とした誠実な愛は求めていない。恋人のドン・イポリトにしても、恋人がいるにもかかわらず身勝手で、おまけに美しい女性に目がないという人物である。彼女の下女イネスの台詞がそれを如実に表している。

イネス（……）実際、お嬢様の愛もそうですが、お二人が何をお望みなのか、私にはてんで理解できませんね。いったい何がお二人を引きあわせているのやら。ドン・イポリトはご自分の名声とは対照的で、世間では口が悪く無分別な人でとおり、一方のお嬢様はと言いますと（……）お好きなように振る舞い自由に行動なさる。あの方は女とくれば目がないけど、お嬢様は男となるとぞんざいな態度を示される。こんなに性格のちがったカップルが果たしてどうやってうまく行くというんです？

ドニャ・クララ（……）私のことを軽佻浮薄で気まぐれだと言ってくれるような、一風変わった人が私は好きだからよ。それともなに、自分が愛されていることにあぐらをかいて、人を蔑《ないがし》ろにするような恋人のためだけに志操堅固でいろとでも言うの？　そんなの真っ平だわ。私の恋人となる人は、結婚するまではずっと私の一挙一動に驚くような人でなくちゃ。（一幕）

両者ともに誠実さに欠ける点や、特にドニャ・クララがつむじ曲がりとして描かれている点は、他の喜劇とは一味ちがったおもしろさがある。男尊女卑がまかりとおっていた当時の社会では、女性は編み物、刺繍、裁縫など家事をしたり、既婚者であれば夫や子供のことを心配したりすることが理想だったことを思えば、彼女の性格がいかに奇抜であるかがうかがえよう。

作中、カルデロンが観客を意識して盛り込んだシーンは何か所かあるが、中でも二幕の終わりでアルセーオが

「伊達男《ガラン》と貴婦人《ダマ》が迷いから覚めたとなれば、コメディアもこれでめでたしめでたし」と、あたかも芝居が終わってしまうかのような印象を与える場面は、カルデロンの愛嬌であろう。ドン・フアンとドニャ・アナの嫉妬が解消したものとドン・ペドロが早とちりしてのことだが、実際にはまだまだ縺れた糸は絡まったままである。まさにカルデロンの遊び心であり、観客を退屈させないための工夫である。これに加えて、あちらこちらに華麗な宝石をちりばめるかのように、美しい女性たちやその家を宇宙や自然で飾りつけるという詩的表現があちらこちらに盛り込まれており、人間感情の迷宮だけで終わらせないところが、この劇作家の凄腕と言えよう。特に、朝の公園でドン・イポリトが顔をヴェールで覆った美しい女性に出会った不思議な出来事を長々とドン・フアンに語るシーン（一幕）や、ドン・イポリトが思いを寄せるドニャ・アナとその家を美化する場面などはその典型である。

あの人〔ドニャ・アナ〕の家へ直行するのさ！　いや、言い方がまずかった、燦然と輝く太陽の球体と言うべきだ。その甘く燃ゆる焔は蠟を溶かし羽を焼き尽くすからな。（二幕）

ここが幸せを呼ぶ通りだ……このウエルタス通りにフローラが住んでいるのはまちがいない！　あのバルコニーは、暁がひまわりに包まれ、ジャスミンと白百合の冠をかぶり、随時その姿をあらわす場所だ。そしてその暁を起点に日の出となるのだ。（二幕）

4-6　変装の妙味

十七世紀のスペイン文学ではジャンルを問わず、『淑女「ドゥエンデ」』などにも見られるように、目的を達成しようとするあまり危険すら顧みず大胆にも男装して家を出る女性がしばしば劇空間に登場する。ブラボ・ビリャサンテによれば、このタイプの女性は「恋する女性」と「勇敢な女戦士」とに大別でき、前者は離れ離れになった恋人または不誠実な恋人と縒《よ》りを戻すために難局を乗り越えようとする普通の女性であり、後者は男っぽくて、女性であることを嫌い常に男性の服を身につけ、異性との恋愛を避けようとする女性である。こうした男装の女性は、古くはギリシア神話に出てくる勇猛な女人族、ルネサンス期のイタリア文学（ボイアルド〔一四四一―一四九四〕の『恋するオルランド』、アリオスト〔一四七四―一五三三〕の『狂乱のオルランド』など）に起源を持ち、スペインにはイタリア文学を通してロペ・デ・ルエーダ、セルバンテス、カルデロンなどに伝わったのである。[41]

4－6－1　『白き手は侮辱にあらず』

この作品が書かれたのは歴史的背景（フェリペ四世のマリアーナ・デ・アウストリアとの再婚を祝う場面）から察すれば、一六四〇年だとの見方が有力であるが、決定的な証拠がないためあくまでも推測の域を出ない。これは一般的な三幕物の劇（三〇〇〇行前後）に比べるとやや長く、全体で四三五三行もある。二つの版が存在し、初版（一六五七）は『スペインの最も優れた才人たちの手による戯曲選集 第八部』に収録され、これは一六八四年にベラ・タシスによって刊行された『真作 ペドロ・カルデロン戯曲集 第八部』と比較すると二〇〇行以上も少ない。初版にはおそらく手稿から稿を起こしたのか誤植が多く、ベラ・タシス版ではこれが修正されている。修正に当たっては別の手稿をも参考にしたようで、ベラ・タシスが手ずから行数を増やしたということではなさそうである。増えている箇所は一幕に集中しており、これがのちに個別の版として出版されるようになった。[42]

この作品でもご多分に漏れず変装の技法が採り入れられ、変装と音楽が軸となって筋が展開する。[43] ドイツ皇帝テオドシオが、フェデリーコ・ウルシーノのいとこにあたるセラフィーナを後継者とすることに決めたことで、フェデリーコは宮廷社会から離れてミラノで貧乏生活を送る。その後、旅を続けウルシーノに立ち寄った際に、王宮内で火事が発生し[44]、失神したセラフィーナを救い出す。そして彼女の美しさの虜になるのだが、命の恩人の存在に気づく者は誰もいない。唯一、彼女の胸に飾られた宝石を持ち去ることで命の恩人の証拠とする。ところが嫉妬に駆られたリサルダは、恋人のフェデリーコがセラフィーナから感謝されないよう彼から宝石を奪う。というのも、フェデリーコが別の女性に目移りしたため、リサルダは名誉挽回とばかりに「男装」して密かに彼のあとを追って来たからである。この一連の事件のあらましは、フェデリーコから友人ファビオに聞かせることになっていて、この様子を、リサルダと下女ニセが陰からこっそり聞いているという設定である。

実は、裏切られた女性が男装して恋人のあとを追いかけ、その不名誉をとりかえそうというパターンはこの時代の劇作品ではごく普通の現象だが、この作品では王宮に特徴的な人物を投入することでさらなる混乱を招くよう仕組まれている。それがオルビテーロ王国の王子セサルの存在である。『人生は夢』のセヒスムンドがそうであるように、セサルは厳格な寡婦である母親のもとで世間から隔離された生活を強いられてきたが[45]、束縛から逃れるために養育係テオドーロの提案に従い、「女装」して家を飛び出し宮廷へと向かう。この男性の女装もカルデロンの専売特許ではなく、すでに前例があることは周知のとおりである[46]。

話を戻すと、「男装」のリサルダを乗せた馬が暴走し、彼女が落馬するのと時を同じくして、「女装」のセサルを乗せた小舟が難破し、前者はフェデリーコに、後者はビシニアーノ王子でセラフィーナの求婚者の一人であるカルロスに助けられるという事件をきっかけに二人とも王宮への足がかりを摑む。このとき下女ニセも「馬丁」の格好をしている。セラフィーナがリサルダに身分を明かすよう求めると、自分は「オルビテーロの王子セサル」だと名乗り、セサルのほうも「とある商人の娘」だとうそぶく。これ以降、セサルが「女装」してセリアと名乗り、気が塞いだ王女を美貌と美しい歌声で和《なご》ませ、宮廷にて受け入れられる。このようにカルデロンは中盤以降で場をさらに錯綜させようと、各々の都合により偽りの情報をもたらすという設定で、混乱のための地固めをするのである。

本格的にプロットが縺れるのは二幕以降である。宮廷に仕えるようになった「男装」のリサルダは、フェデリーコから奪った宝石をセラフィーナに渡し、彼女を火事から救ったのは彼ではないと偽り、二人を仲違いさせようとし、彼の宮廷生活をややこしくする。そうこうするうち、セラフィーナの誕生日を祝って芝居が上演されることになり、その中で貴婦人たちがそれぞれ役を演じることになる。劇中劇の投入である。舞台では「男装」のリサルダ（セサル）が「女性の衣装」を着、「女装」のセサル（セリア）がいなせな男役を演じ、本来の性に戻ったかたちとなって、これが真に迫る演技となり貴婦人たちの評判となる。さらにこれとは別に仮面舞踏会も開かれ、そのときセラフィーナが片方の手袋を落とすことにより、また一悶着が起こる。フェデリーコがそれを拾おうとするが、「男装」のリサルダ（セサル）がそうはさせまいと阻止しにかかる。このとき二人は喧嘩になり、公の場でフェデリーコに平手打ちを食らわせる。相手に平手打ちを食らわせるという行為は、その者を侮辱することであるがゆえに、相手が男性だと思っているフェデリーコは剣を抜く。もっとも喜劇という劇空間ではかりに決闘があったとしても、何らかのかたちで水を差すような事態が発生するようになっている。この場面ではリサルダが正体を明かすや、彼は「白き手は侮辱にあらず」と宣言し、その場は大事にいたらずにすむ。しかし、祝宴を台なしにされたセラフィーナは「変装」の絡繰りにまったく気づかず、それ以降もたがいに自己の都合から正体を隠したまま本音を相手に伝えないため、人物間の紛糾は最後まで糸を引くことになる。

縺れた糸が解されるのは大団円直前であり、いつものパターンとして全員が舞台に登場し、これまでの「変装」の事実や身分が明らかにされ、セラフィーナとセサル、リサルダとフェデリーコ、下男パタコンと下女ニセの結婚がまとまり無事閉幕となる。

この作品では、特に目新しさはないものの女性の男装や男性の女装（劇中劇における「女装」の男性（セサル」の「男装」）、嘘、隠匿行為をとおして、カルデロン独自の味つけによる場の混乱が設けられ、道化役のパタコンが発する滑稽な台詞と合わせて、上述した作品群とはまだ別の光沢を放っている。

こうしてみると〈マントと剣〉の喜劇は、スペイン演劇の伝統的な喜劇の技法をベースにしていることもあり、登場人物の名前はありきたりで似通っているのと、一見似たような切り口でおもしろおかしい筋運びとなっているのとで、全体を俯瞰するとどこを切ってもまさしく金太郎飴のような印象を受ける。だが、詳細にテーマ・モティーフ、劇構造などを見比べてみると、それぞれの作品がかなり異なる様相を呈しているのと、カルデロンの劇芸術にかける思いがそこに明確に示されていることが分かる。各作品ごとに手の込んだ細工が施され、それに加えて日常の何気ない物、手紙やハンカチや帽子などが、勘違いや誤解を生じさせ、筋展開に動的エネルギーを注入し、舞台をより面白くしているのである。

注

1　コメレル、『カルデロンの芸術』、二七頁。

2　『セビーリャの色事師　ほか一篇』所収、佐竹謙一訳、岩波文庫、二〇一四年。『緑色のズボンをはいたドン・ヒル』では、女性の男装や一人三役の変装があったり、それに男性の身勝手な愛、嘘、騙し、人違い、強制結婚などが加わり、各場面が錯綜することにより観客を混乱に陥れ、哄笑《こうしょう》を誘うという技法が用いられている。

3　ロペ・デ・ベーガは観客の反応を重視し、また気の短い観客についても触れている、「結末は大団円にいたるまでは明かしてはなりません。もし観客《ブルゴ》が劇の結末を知ったなら、顔を出口の方へ向け、それまで三時間もじっと見守っていたその舞台に背を向けてしまうことでしょう。彼らの最大の関心事は結末を知ることにあるからです」（『当世コメディア新作法』、二七九頁）。

4　混乱した劇世界の中に道徳性も重要であることをウィルソンは指摘する、E. M. Wilson, "The Cloak and Sword Plays", *Spanish and English Literature of the 16th and 17th Centuries*, Cambridge: Cambridge Univ. Press, 1980, 90-104.

5 最後の場面での若いカップルの縁組みは、互いに相思相愛であろうと、付け焼き刃のつながりであろうと、それが将来の幸せに結びつくかどうかは一切問われることはない。Bruce W. Wardropper, "El problema de la responsabilidad en la comedia de capa y espada de Calderón", *Actas del Segundo Congreso Internacional de Hispanistas, celebrado en Nijmegen del 20 al 25 de agosto de 1965*, eds. J. Sánchez y N. Poulussen, Holanda: Instituto Español de la Universidad de Nimega, 1967, 693-694.

6 Valbuena Briones, *Calderón y la comedia nueva*, 46.

7 この時代の劇作品に登場する道化役がいろいろな役割を演じていることは、以下の研究書に詳しい。Charles David Ley, *El gracioso en el teatro de la Península (Siglos XVI y XVII)*, Madrid: Revista de Occidente, 1954.

8 E. H. Templin, "The Mother in the Comedia of Lope", *Hispanic Review* 3 (1935), 219-237; Chiristiane Faliu-Lacourt, "La madre en la comedia", *La mujer en el teatro y la novela del siglo XVII*, Univ. de Toulouse-Le Mirail, 1978, 41-56

9 Cf. Ernest H. Templin, "Night Scenes in Tirso de Molina", *Romanic Review* 41 (1950), 261-272; Margaret F. Hicks, "Stage Darkness in the Early Plays of Lope de Vega", *Bulletin of the Comediantes* 44 (1992), 217-230.

10 Carmen Bravo-Villasante, *La mujer vestida de hombre en el teatro español (Siglos XVI y XVII)*, 2.ª ed., Madrid: SGEL, 1976, 135.

11 Orozco Díaz, *El teatro y la teatralidad del Barroco*, 55-68.

12 Wardropper, "El problema de la responsabilidad en la comedia de capa y espada de Calderón", 689-694.

13 Marcelino Menéndez y Pelayo, *Calderón y su teatro*, Buenos Aires: Emecé, 1948, 280-281.

14 『スペイン黄金世紀演劇集』より引用。

15 Menéndez y Pelayo, 277.

16 Daniel L. Heiple, "La suspensión en la estética de la comedia", *Estudios sobre el Siglo de Oro en Homenaje a Raymondo R. MacCurdy*, eds. A. González, T. Holzapfel y A. Rodríguez, Albuquerque: The University of New Mexico/ Madrid: Cátedra, 1983, 25-37.

17 Cioranescu, "Calderón y el teatro clásico francés", *La comedia española y el teatro europeo del siglo XVII*, 50.

18 Sebastián de Cobarruvias Orozco, *Tesoro de la lengua castellana o española* (1611), Madrid: Turner, 1979, 487.

19 当時の女性は生活面において、男性と比べかなり自由を束縛され閉塞した暮らしを送っていた。中でも上流階級の女性たちの外出に対する締めつけは、他の階級の女性たちが比較的自由に行動していたのに対して、かなり厳しかったようである、ヘンリー・ケイメン『スペインの黄金時代』、立石博高訳、岩波書店、二〇〇九年、一二二頁。

20 以下、『カルデロン演劇集』より引用。

21 Kenichi Satake, “Efectos de la oscuridad en algunas comedias de capa y espada de Calderón”, *Calderón 2000. Homenaje a Kurt Reichenberger en su 80 cumpleaños*, ed. Ignacio Arellano, Kassel: Reichenberger, 2002, 1141-1154. 拙稿「カルデロンの〈マントと剣〉の喜劇に見る夜の効果」、『イスパニア図書』、三号、二〇〇〇年、一七―三〇頁。

22 Eugenio Frutos Cortés, *Calderón de la Barca*, Madrid: Labor, 1949, 91.

23 Fray Martín de Castañega, *Tratado de las supersticiones y hechicerías* (1529), Madrid: La Sociedad de Bibliófilos Españoles, 1946, 19-20; José Deleito y Piñuela, *La vida religiosa española bajo el Cuarto Felipe*, 2.ª ed., Madrid: Espasa-Calpe, 1963, 183-291.

24 Ascensión Pacheco-Berthelot, “La tercera jornada de *La dama duende* de Pedro Calderón de la Barca”, *Criticón* 21 (1983), 49-59.

25 佐竹謙一「カルデロンの『淑女「ドゥエンデ」』における劇展開の独自性」、『日本演劇学会』、三一（一九九三）、四一―四二頁、四八頁参照。

26 John E. Varey, “*La dama duende*, de Calderón: Símbolos y escenografía”, *Calderón. Actas del «Congreso Internacional sobre Calderón y el teatro español del Siglo de Oro»*, 170-171.

27 José María Ruano de la Haza, “The Staging of Calderón's *La vida es sueño* and *La dama duende*”, *Bulletin of Hispanic Studies* 64 (1987), 59-61.

28 『隠れ男と覆面女』と『戸口の二つある家は不用心』の詳細については、『スペイン黄金世紀の大衆演劇』第七章、三九九―四一四頁を参照されたい。

29 Pedro Calderón de la Barca, *No siempre lo peor es cierto*, (*Obras completes. Tomo II: Comedias*, 2. ed.-1.ª reimpr., Madrid: Aguilar, 1973). 以下、引用はこの版から行う。

30 Pedro Calderón de la Barca, *El agua mansa/ Guárdate del agua mansa*, eds. Ignacio Arellano y Víctor García Ruiz, Kassel: Reichenberger, 1989. 以下、引用はこの版に準拠する。

31 Cf. Henri Recoules, "Cartas y papeles en el teatro del Siglo de Oro", *Boletín de la Real Academia Española* 54 (1974), 479-496.

32 *El agua mansa/ Guárdate del agua mansa*, "Introducción", 53-79.

33 *The Dramatic Art of Lope de Vega Together with «La dama boba»*, ed. Rodolph Schevill, Berkeley: Univ. of California Press, 1918, 118-119. なお、邦訳がないため、引用はこの版から行う。両者の比較分析は拙著「ロペ・デ・ベーガの『愚かなお嬢様』*La dama boba* とカルデロンの『愛に愚弄は禁物』*No hay burlas con el amor* にみる構造と技巧」(『アカデミア』文学・語学編、南山大学、五八(一九九五)、二〇七—二四三頁)を参照されたい。

34 以下、『スペイン黄金世紀演劇集』より引用。

35 Mariló Vigil, *La vida de las mujeres en los siglos XVI y XVII*, Madrid: Siglo XXI, 1986, 19-20.

36 Ibid., 24-27.

37 Juan Luis Vives, *Instrucción de la mujer cristiana*, 2.ª ed., Madrid: Espasa-Calpe Argentina, 1943, 21.

38 Francisco de Quevedo, "La culta latiniparla", *Obras satíricas y festivas*, ed. José María Salaverría, Madrid: Espasa-Calpe, 1937, 153-157.

39 以下、『カルデロン演劇集』より引用。

40 Ignacio Arellano, *Calderón y su escuela dramática*, Madrid: Laberinto, 2001, 90-91.

41 Carmen Bravo-Villasante, *La mujer vestida de hombre en el teatro español*, 11-30. またロペ、ティルソ、カルデロンなどの劇作品で扱われる変装についても詳しく述べられている(31-146)。

42 Pedro Calderón de la Barca, *Las manos blancas no ofenden*, ed. Ángel Martínez Blanco, Kassel: Reichenberger, 1995, 125.

43 Arellano, *Calderón y su escuela dramática*, 94.

44 この火事は一六四〇年二月に発生したブエン・レティーロ宮の火事を暗示しているという意見もある。このときは王妃の間と国王の間の一部が焼けたとある、Valbuena Briones, *Obras completes. Tomo II: Comedias*, 1079.

45 「この孤独と隠遁は、生まれてきたことに罪があるゆえに手ずから送ってきた牢獄生活なのだ」（一幕）というセサルの台詞は、確かにセヒスムンドの生き様を彷彿させるが（「人の最大の罪は生まれてきたことにあるのだから、生まれてきたとなると、その罪が何であるかはわかっているし、神の厳罰にはそれなりの根拠があることも理解できる」）、父親の占いのせいで強制的に幽閉されてきた『人生は夢』の主人公とは根本的に異なる。『白き手は侮辱にあらず』の引用は、注42の版から行う。

46 「スペイン演劇で男性の女装はしばしば見られるが、この種の変装は古典演劇では頻繁に見られ、またルネサンスの笑劇でも用いられてきたため、ロペ・デ・ベーガがちょっとしたエピソードとして、自作に女性の服装をした男性を登場させたとしても不思議ではない。一般的に男性の女装は滑稽な場面を作り出すためで、それ自体がまじめな問題として採り上げられることはなかった」、Bravo-Villasante, 75.

5　人生の糸

5－1　運命と自由意志の相克

人は生きているあいだにさまざまな出来事を体験する。そうした体験に出会う原因となっているのが、各自による事前の意志決定であろう。つまり、織り手の思いに沿って手が糸を操り、人生の織物を編んでゆく。仕上がりは十人十色である。明確な図案を描いた上での作業もあるが、中には雰囲気に流されるか、あるいは付け焼き刃的な作業もあろう。カルデロンは、人がこうした人生の岐路に立たされたときにどのような決断を下し、それによってその後の人生がどう変化していくかという点に強い関心を寄せ、それをカトリックの立場から象徴的なかたちで劇空間に示そうとした。登場人物たちは常識では考えられない不運な境遇を生きることになるが、なす術もなく押しつぶされてしまう場合や、逆に心を入れ換えることによって精神的・肉体的苦しみから逃れ、前途洋々たる道を見出す場合もある。前者は『風の娘』、後者は『人生は夢』の各主人公が体験する道である。

カルデロンの秀逸なこの二作品は「運命」と「自由意志」をテーマとし、まさに人生の岐路をいかに乗り越えるかという点にスポットを当てているが、結末ではまったく正反対の道が用意されることになる。なぜなら『人生は夢』の主人公セヒスムンドは、人とのめぐり合わせや周囲の助言などに助けられ運命的なものを跳ね返すが、

『風の娘』のセミラミスは抑えのきかない野心に終始振りまわされ悲劇的結末を迎える。劇中、波乱に富んだ出来事を巧みに盛り込むことによって、カルデロンはバロック風の劇空間を創造する。いずれの場合も、悲劇を悲劇としない原因、逆に悲劇を可能にしてしまう原因は、思い立ったとき、あるいは進退に窮したときの自由意志の働かせ方いかんによる。

5-2　『人生は夢』——自由意志の力

『人生は夢』は一六三五年に王宮（旧王宮アルカサルなのかブエン・レティーロ宮なのかは不明）の大広間にて上演された。[1] この作品には二種類の版が存在し、初期の八つの版と次期の四つの版に分けられる。初期のものでは『異なる劇作家の好評戯曲集 第三〇部』（一六三六）に収録される『人生は夢』が一番古い。これら初期の版の編集は粗野ではあるが、劇的効果を狙った痕跡がうかがえる。次期の版で一番古いのは弟ホセが編集した『ペドロ・カルデロン・デ・ラ・バルカ戯曲集 第一部』（一六三六）に収録されている『人生は夢』である。この版はほかにも二種類（いずれも一六四〇）存在するが、そのうちの一つは海賊版であり、年代は一六四〇年となってはいるものの、実際には三〇年後に印刷されたものである。この三つの版では粗さの残る初期の版に入念に手が加えられていることや、ト書きの役者への指示の出し方などから、全体的に見ると双方のあいだにはかなりの割合で齟齬がある。[2]

この大作をめぐりこれまで多くの研究者たちがさまざまな角度から解釈を試みてきた。古くは、古今東西のあらゆる文献から『人生は夢』の出典を引き出そうと試み、カルデロンの考えと劇のプロットがそれぞれ別の方向に進み大団円では作品が名誉回復劇になりかわってしまっていると結論づけたA・ファリネルリ、十六世紀の説教や十七世紀のイエズス会の芝居などから「人生は夢」の概念を見出そうとしたF・G・オルメード、『人生は夢』の主人公セヒスムンドを他のカルデロンの作品のなかに十例見つけ出したB・デ・ロス・リーオス、同じ題名の聖体劇『人生は夢』のなかにそのイメージを探ろうとしたA・バルブエナ・プラットやL・P・トマスの研究が有名であるが、[3]半世紀以上前にすでにウィルソンはこうした先学諸氏の価値ある研究方法に頼らなくとも作品の解釈は可能であると主張し、出典や『人生は夢』（聖体劇）にはいっさい触れず、いかに『人生は夢』が首尾一貫した理論によって構想されているかを説いている。その結果、そこには各登場人物の行為に見合った因果律が働いていることや、メインプロットとサブプロットはロサウラの役割のおかげで相関関係にあること、全体の劇構造からして入り組んだものになってはいるが無駄な部分がないことを立証したのである。[4]

『人生は夢』が、『十字架への献身』、『不屈の王子』、『驚異の魔術師』などの宗教劇と大きく異なる点は、セヒスムンドが来世ではなく現世での心の葛藤を通して、道徳的観点から善行を実践することにより、やがて訪れることになる永遠の生への準備をするところにある。「6　宗教劇――カトリック信仰の強化」で触れることになる宗教劇であれば、主人公が異教徒の場合には改宗が主な目的となるため、一連のプロセスに詩的要素や超自然現象を多分に含んだ壮大な見世物になるが、主人公がキリスト教徒の場合には、『不屈の王子』のようにキリスト教堅守を謳《うた》ったプロパガンダ的な構造に加えて主人公の確たる信念と親族の思いやりが見られ、『十字架の献身』では主人公が不本意な艱難を忍ぶのだが、いずれも最終的な魂の救済を得るにはそれだけでは埒《らち》が明かず、多かれ少なかれ不可思議な外的導きが大いに功を奏することになっている。これに対してセヒスムンドは自分の置かれた逆境の中で、試行錯誤しながら、周囲の配慮にも助けられ、眼前に立ちはだかる大きな障壁を乗り越えるのである。

　物語はセヒスムンドの改心を軸として、ロサウラという美しい女性の名誉問題が絡むというダブルプロットで構成されている。そこに父王バシリオの星占い、国王と王子という親子の対立、政略結婚、個々の人物の内的葛藤などの要素が加わり、事件が紆余曲折を経ながら展開する。

場面の構成は、一幕が①塔（四八・一％）と②王宮の広間（五一・九％）からなり、前半では誕生以来ずっと幽閉状態にあるセヒスムンド王子と、そこへ突然姿を現したロサウラとの出会いを中心に、この二人をとりまく人物たちとのかかわりが描かれ、後半になると王家の世継ぎ問題や、バシリオ王が息子に対する処置を見極めようとする意図が明示される。続いて二幕も①王宮の広間（八五・九％）と②塔（一四・一％）の二場面だけである。前者ではセヒスムンドの資質が試されるも横暴さゆえに再度塔へ戻されるまでの出来事が描かれ、後半では塔に戻された王子が自身の言動について振り返り人生とは何か思考する姿が描かれている。三幕に移ると場面が一つ増え、①塔（二一・二％）、②王宮（二〇・一％）、③野外＝塔・王宮の外（五八・七％）から構成される。塔では民衆が王子を正統な王位継承者として担ぎ出す場面に始まり、王宮でのクロタルドとロサウラの名誉問題がとり沙汰され、この幕の半分以上を占めている。そしてバシリオとセヒスムンドの親子の戦い、王子の勝利、王の敗北で閉幕となる。

一方プロットとは別に、劇空間には絵画の色使いを意識したカルデロン特有の詩的表現や、二人の人物による台詞のかけ合いも誇示され抜かりがない。こうした詩的表現は主なものだけでも以下の七か所に挿入されていて、単なるプロットの展開やテーマだけで観客の興味を惹こうとしているのではないことが分かる。

> 風と競いあい疾走する悍馬《かんば》イッポグリーフォよ、炎のない稲妻、翼のない鳥、鱗《うろこ》のない魚、本能を持たない獣のごとく、この荒涼とした岩山の迷宮を暴走し、崖をどこまで転げ落ちて行くつもりなの？　この岩山の下方にとどまり、動物たちのなかのファエトンにでもなるがいいわ。私は方向を見失い失意のうちに、運命がさし示してくれる道のみをたどり、太陽に眉をひそめるこの険しくそびえ立つ山頂を背に、険しい斜面を下りて行こう。（出だしでロサウラが落馬する場面、一幕）

一瞬のうちに消えて流れる彗星にも似た、あなたの素敵な瞳を見て、太鼓とトランペット、鳥と噴水があちらこちらで一斉に歓呼の声を上げています。鳥は翼の生えたラッパとなり、トランペットは金属製の鳥となって、天使の姿をしたあなたをまえに、えもいわれぬ美しい楽曲を奏でています。祝砲が女王に、鳥たちが曙の女神《アウローラ》に、トランペットが女神パラスに、花々が女神フローラに挨拶を送るように、銘々があなたを歓迎しているのです。なぜなら、すでに夜を追い蹴散らしてしまった昼をも愚弄してしまうあなたは、まさに歓喜に満ちた曙の女神、平和の女神フローラ、戦いの女神パラス、そして私の魂に君臨する女王なのですから。（アストルフォ王子がエストレーリャ王女の美しさをたたえる言葉、一幕）

太陽が朱に染まり、激しく月と争った。この崇高な二つの灯火は、地球が両者のあいだで盾となったため、四つには組めなかったが、目一杯光を放ちながら争うという運勢のもとに、その子は生まれた。太陽が血の涙を流してキリストの死を悼《いた》んで以来、かつてないほど恐ろしい日蝕であった。この世が燃え盛る焔につつまれ、まるで断末魔の苦しみにもだえているように思われた。空一面が暗くなり、建物は揺れ動き、雲は石を降らせ、川の流れが血に染まった。このような悲惨な現象が起こり、惑星がいまわの際にあったとき、セヒスムンドがその性格の片鱗をのぞかせ誕生したのだ。（王が王子誕生を語る場面、一幕）

これは殿下、ポロニアの太陽であらせられる王子、どうやら山奥から太陽のごとくお出ましになられたご様子。今日という日に千度《ちたび》の幸福をもたらし、その神々しい曙の到来とともに、地平の隅々にいたるまで輝きと喜びで満たしてくださるとは！（アストルフォ王子がセヒスムンドの登場を描写する場面、二幕）

そなたは夜明けを告げ、喜びをもたらす朝ぼらけ、夜明けとともに姿をあらわしては、太陽の立つ瀬がないではないか？　さあ、どうか御手に口づけを、雪のように白い素肌の杯から白玉の露をそっと飲み干してやろう。（エストレーリャ王女の美を讃えるセヒスムンドの言葉、二幕）

走り来る早馬を――せっかくの機会ですので馬を描いてごらんに入れましょう――事細かに馬になぞらえてみますと、胴体は大地、胸に秘められた魂は火、口から吹く泡は海、荒い息は風となり、それらが交ざりあい、びっくりするほど混沌たる様相を呈しております。それもそのはず、魂、泡、胴体、息は、まるで火、海、大地、風の怪物。灰色にまだら模様の入った駒は拍車をあてられ鬣《たてがみ》を靡かせながら、大地を走るよりも空を飛ぶように、颯爽たる勇姿のご婦人を乗せて殿下の御前にあらわれました。（道化クラリンが詩的に描く馬の描写、三幕）

広量なるセヒスムンド様、凛々しい殿下のご威光が、夜の暗闇から功名の朝日に向けて頭角をあらわしております。暁の腕に抱かれて目を覚まし、野の花やバラのもとで光をとりもどし、山々や海の彼方に光環《こうかん》をのぞかせるや、一面に光を放って照り輝き、山の頂を金色《こんじき》に染めては、銀色の波で海に刺繍をする太陽のごとく、ポロニアの輝く太陽であられる殿下には、この世に黎明を告げていただきとうございます。（国王軍と戦おうとするセヒスムンドの姿をロサウラが描く場面、三幕）

　また、二人の人物が互いに台詞をかけ合う相互関係も強調される。これはダマソ・アロンソも指摘しているように、[6]掛け合いといえども相手の言葉に直接応じるものもあれば、同じテーマの中で互いが交代で自分の思いを投げかけるというものもある。カルデロンのどの作品にも、このようなかけ合いは一つや二つはある。次の例は互いが交代で自分の思いを表現するケースである。

エストレーリャ　賢者タレスよ……
アストルフォ　　博学の士エウクレイデスよ……
エストレーリャ　黄道十二宮を……
アストルフォ　　星々のあいだに……
エストレーリャ　支配され……
アストルフォ　　身をおかれ……
エストレーリャ　星辰の動きを……
アストルフォ　　その軌道を……
エストレーリャ　導き出されるお方よ……
アストルフォ　　測定されるお方よ……
エストレーリャ　大樹が蔦《つた》に絡むように……
アストルフォ　お足もとに平伏する私に……
エストレーリャ　どうかお情けのこもった抱擁を……
アストルフォ　どうかお心のこもった抱擁を……（一幕[7]）

物語の出だしで観客が目にするのは、ほとんど日が差さない岩間の荒れ果てた塔内で、獣の毛皮を身にまとい、手足を鎖でしばられたセヒスムンドの姿である。彼は青年になるまで人間社会から切り離され、養育係のクロタルド以外の人間を見たことがないにもかかわらず、自然が教育の場であったり、養育係からキリストの教えを受けていたりして、自由を謳歌する自然の生き物を思いながら、不自由なわが身について詩的要素を込めながら嘆く。

ああ、この惨めな姿、なんと不幸なことか！　この世に生まれてこのかた、このような仕打ちを受けてきたのは、神を冒瀆するような罪を犯したからなのか、是非とも知りたいものだ。人の最大の罪は生まれてきたことにあるのだから、生まれてきたとなると、その罪が何であるかはわかっているし、神の厳罰にはそれなりの根拠があることも理解できる。そこで生まれた罪はさておき、これほどひどい仕打ちを受けるからには、ほかにどんな瀆神行為を働いたのか、おのれの苦しみに終止符を打つためにも是非知っておきたい。他の生き物にしてもこの世に生を受けたのだ！　さぞかしおれの知らない特権が与えられていることだろうよ。鳥は生まれると、目も覚めるほど麗しい姿ゆえに、安らかなねぐらを出て、いとも軽やかにさっと大空に舞い上がれば、羽毛の花、羽の生えた花束かと見紛うほどだ。だが、おれには鳥にはない魂というものがあるのに、なぜ自由がない？　獣は生まれると、自然の巧みな筆捌《ふでさば》きによって毛皮に美しいまだらの模様が描かれ、まるで星座のようだが、情け容赦ない人間に追い立てられ、獰猛さを身につけては自然の営みという迷宮の怪物となる。だが、おれには動物よりもましな本能というものがあるのに、なぜ自由がない？　魚は生まれても、空気を吸わず、石蓴《あおさ》と海草のあいだから産まれ、まるで鱗の小舟のように波間に浮かぶや、冷たい海の胎内から授かった底知れぬ可能性を試しつつ、大海をところ狭しと泳ぎまくる。だが、おれにはそれ以上の意志があるというのに、なぜ自由がないのだ？　小川は生まれると、草花のあいだをくねくね這いだし、まるで銀の蛇のように、花と花のあいだをせせらぎの音を立てて流れるや、物惜しみせず行く手に広大な野辺を提供してくれる神のお情けに、楽士として祝福の音色を捧げる。だが、おれにはもっと生命の力が漲っているというのに、なぜ自由がないのだ？　こうしたことに思いを馳せると、エトナの火山のごとく、わが胸を裂き開き、ずたずたにした心臓を吐き出してやりたい気持ちになる。神が、水晶のような流れ、魚、獣、

鳥に与えた心地よい特権、基本的な特権を、いかなる定め、正義、ことわりがあって人に拒むのだろうか？（一幕）

この場面に始まり主人公が宮廷内での試練をとおして、善行を施すことの重要性を得心し、それを実行に移すまでのプロセスは確かに作為的に思われるが、そこはカルデロンのこと、なぜ父王が王子を幽閉したのか、王子はなぜこのような境遇に苦しむのか、などが抜かりなく説明されたうえで、バロック様式の技法に則《のっと》った三幕構成のプロット、それもダブルプロットが見事に劇芸術の枠におさまるようになっている。

作品の中心テーマは、不運に代表される運命に対して、いかに自由意志を働かせ難局を乗り越えるかという点にある。問題の起こりは、学問（占星術）に懲《こ》りそれを過信するバシリオ王が導き出した結果というのが、将来セヒスムンドは他に類を見ない暴戻《ぼうれい》な王子となり、思いやりに欠ける国王となって王国に災難をもたらすというものであった。そのため民には王子の死産を伝え、人里離れた塔に幽閉したのである。まさにその付近で従者クラリンを引き連れた通りすがりの男装の麗人ロサウラが落馬した[8]ことで、みずからの不幸を嘆く王子の心情を耳にすることになる。しかし、そこは立ち入りが禁じられた場所だったので、彼女は駆けつけた養育係クロタルドに捕らえられる。これにより先の父子関係に加えて、クロタルドとロサウラの父子関係も機能するかたちとなる。彼女の身につけていた剣を見たクロタルドが、この若者こそが生き別れとなったわが子であることに気づくからである。ロサウラがモスコビアからはるばるポロニアまで男装してやって来た理由は、自分との婚約を破棄したアストルフォを追って汚名をそそぐためである。結婚の約束を反故《ほご》にされることは、当時の人々にとって沽券にかかわる大問題であり、何が何でも名誉を挽回する必要に迫られての行為である。クロタルドの台詞にもあるように、「貴族の血を引く者であれば、危険をも顧みず名誉回復に全力を尽くすのは当然のこと」（一幕）だからである。こうした事情があり、父親の計らいでロサウラはアストレアという名前で王女エストレーリャの侍女として仕える機会を得る。このサブプロットに表れている名誉問題は、これ以降メインプロットの王位継承問題とかかわりを持つことになる。

一方、バシリオ王は王国の世継ぎとして甥アストルフォと姪エストレーリャを結婚させ、将来に望みを託そうとするが、そのまえに千思万考のすえ、息子が王子としての適性を備えているかどうかを試そうとする。暴君となり圧政で民を苦しめるような王の登場を避けようと、わが子を幽閉してきたバシリオ王にも道義心が働くからである、「世の決まりからしても神の法からしても、王家に授かった権利をわが子から奪いとるのは、キリスト者の慈悲に悖ると思ったこと。つまり、冷酷な暴君にさせまいとして、このわしがかわりに横暴に振る舞ってよいなどという法律は、どこにもないということだ」（一幕）。その理由として、人間には自由意志による決定権があることにも触れる。

いかに非道な運命、凶暴な気性、情け容赦のない運勢といえども、自由意志に揺さぶりをかけることはできても、強いることはできないからだ。（一幕）

王子が試されるのは二幕に入ってからである。彼には眠り薬を飲ませて、その間に宮廷人としての豪華な服を着せ、眠っているあいだに宮廷へ連れ出そうというのである。このような手段を講ずるのは、もし王位継承者として不適格であり、ふたたび牢獄へ送り返すことになったとき、予想される心の衝撃と失望感を和らげるためであると同時に、すべてが夢であったと納得させるためでもある。ここには王の息子を思いやる気持ちよりも、むしろ安泰な王国の存続への期待が見え隠れする。それというのも、もし失敗すればセヒスムンドはふたたび牢獄に戻される運命にあるのと、そうなれば自身の決断の正当性が証明されるからである。要するに父子の問題を王の都合から解決しようとするもので、決して息子の幸せを願う父親の気持ちからではないことが、さらなる衝突を引き起こすことになる。まさにカルデロン劇の見せどころであり、セヒスムンドの傲慢、大胆、野蛮な性格を利用した策謀によって劇的効果を増大させ、観客の注意を惹起するかたちとなる。[9] これはロペ・デ・ベーガが『当世コメディア新作法』でも述べているとおり、二幕で山場を作り、観客を大いに楽しませるためのテクニックである。[10]

さて、宮廷に連れ込まれた王子は当初あまりの極端な変化にとまどうも、やがてクロタルドから事実を聞かされると、これまでの父の処遇に激怒し、宮廷人にふさわしくない態度を示す。そのため宮廷での乱暴な言動に王子失格の烙印が捺され、結果的には王の勝利に終わる。これを受けて王子は眠り薬を飲まされ、ふたたび牢獄へと連れ戻されるのである。

眠りから覚め、もとの状態に戻されたことに気づいた王子の心に変化の兆しが見え始めるのはここからである。宮廷で実際に体験したことがあたかも夢であるかのように思われ（「おれはまだ眠っているらしい。だが、そうかといって幻を見ているわけでもない。確かにこの目ではっきりと見たものが夢であったとすれば、今見ているものも夢かもしれない」〔二幕〕）、それが夢だと認識することで、人生とは夢のように儚《はかな》いものだということに気づく。三幕の出だしでセヒスムンドこそが正当な世継ぎであると認めた民衆が、夢と現《うつつ》にとまどうセヒスムンドを牢獄から救出するときの、王子の独白にそれが顕著に表れている。

いずれ時とともに消え去る権勢をまたしても夢に見させるつもりなのか？　風とともに掻き消えてしまった栄耀栄華を、またしても幻影のなかに見ろとでもいうのか？　そもそも権力など取るに足らず、用心深く生きねばならんというのに、またしても危険を冒したあげく幻滅を味わえというのか？　いや、決してそうであってはならないのだ。おれはまたしても運命に翻弄されようとしている。だが、この世はすべて夢だということがようやくわかった。本当は姿形や声すらないくせに、おれの麻痺した五感にあたかもそれらしく見せかける影よ、とっとと消え失せるがよい！　まやかしの威厳や栄華など欲しくもない！　そよ風がかすかに吹いただけで消散する実体のない幻影よ、まるで咲き誇るアーモンドの花のようだ。明け方に花を咲かせては、何の前触れも予告もなく最初の冷風でしおれ、華麗な光沢を放つバラ色のつぼみを台無しにしてしまうのだ。おれにはその正体がよくわかった。夢のなかで見るのと瓜二つだということがはっきりした。もうおれにはまやかしは通用しない。迷いから覚めた以上、人生は夢だとわかったのだ。（……）もう一度夢を見てやろうではないか。ただし、至福のときにかぎって夢から覚めるものだということを肝に銘じておく必要がある。（……）権力と名のつくものはどれも借り物で、いずれ時がくれば持ち主に返すものと心得たうえで、あらゆる物事に臨めばよいのだ。（三幕）

明らかにこれは主人公にとって人生の大きな岐路であり、彼の思考の中では二幕での大騒動が嘘のように一転して夢と化し、この夢が幸運への道を切り開いてくれることになる。そのうえ、聖体劇にもあるように来世における魂の救済を意識しているのか、善行を施すことの大切さにまで言及する。

こうして夢を見ているからには、善行を施したいのだ。たとえ夢のなかであっても善行が消えることはないからな。（三幕[11]）

このあと王位継承をめぐり国王の軍隊とセヒスムンドの陣営が衝突し、王の予測的思考どおり[12]息子に敗北するが、王子は夢の師匠から学んだ経験から思慮分別と節度を授かり、父と子との和解が成立する。大団円では、一度は婚約を破棄したアストルフォがロサウラとの結婚を受け入れることで、サブプロットのロサウラの名誉挽回が実現する。これにともないもう一つの親子関係も安泰となる。さらに、これも常套手段の一つだが、セヒスムンドもエストレーリャと結ばれ、劇中の問題がすべて清算されハッピーエンドとなる。ただし、この二組が幸せになれるかどうかは問われることはない。[13]

このように長年牢獄同然の場所で育ったセヒスムンドが、束の間ではあるが宮廷の雰囲気を体験することによって、理性に目覚め、慎重に物事に対処すべきことを学び、ふたたび塔に戻され善行を積むことの大切さを知る。さらには父親との和解を果たし、ロサウラの名誉挽回のために一肌脱ぐのだが、この主人公の改心は決して「デウス・エクス・マキナ」をもって実現したり、超自然的な奇蹟に頼ったりするものではなく、多少は物語を構成する上での作為的意図は否定できないにしろ、自由意志を働かせ、王国の頂点に立つにふさわしい人格を形成するというプロセスを踏んでいることから、キリストの教えに忠実なカルデロンの考えがそのまま反映されたものであると言えよう。劇中セヒスムンドが何度も自問自答するのがその証拠である。三幕後半でロサウラに、彼女が被った恥辱をすすぐのを助けて欲しいと頼まれたときは一瞬情念が沸き上がるが、すぐにわれに返り、刹那の喜びと永遠の栄光のちがいをはっきりと認識する。

だが待てよ、おれはどうやら勝手な理屈をつけて満足しているにすぎない。もしこれが夢ならば、これが単なる虚飾であるならば、この世の虚しい喜びとひきかえに、天上の喜びを失ってもよいのだろうか？　過去の幸福はどれも夢ではなかったのか？　至福を味わった者で、過去をふり返ったときに、「見てきたものすべては間違いなく夢だった」と独り呟かない者はいないはずだ！　よし、これで迷いが断てた。人生の喜びは美しい炎にも似て、風が吹けば灰と化してしまうようなもの、そうだとわかれば永遠を求めようではないか。これこそが、幸福が夢と化すことも威光が消滅することもない不滅の名声なのだ。（三幕）

そして最後に作品を締めくくるかのように、これこそが「人生は夢」だと言わんばかりにその意味が観客に提示されることになる。言い換えれば、「人生は夢」という手本こそが、過激な経験として王子が体験したもので、これが改心の要因となっているのである。[14]

みんな何を驚いている？　夢がおれの師匠であり、目覚めたときにまたあの閉ざされた牢獄に連れもどされるのではないかと、不安におののく身であれば、何も驚くことはなかろう！　たとえそうならなくとも、夢を見ているだけで充分だ。おれはようやく思い知らされた、人の世の栄華はいずれ夢のように過ぎ去っていくものだということを。（三幕）

主人公の苦い経験をとおして得た思慮分別とは別に、学問を誤って使ったバシリオ王の行動については、死から身を守ろうとして逆に死を招いた道化クラリンを反面教師として、貴重な教訓を得るバシリオ王の学びが明確にされる。

神が死をお望みであれば、死ぬ運命にあるということか。おお、なんということか、われわれの過ちと無知をこの死体〔クラリン〕が教えてくれ、われわれの目を開いてくれるとはな。こやつは傷口から流れ出る血を舌にかえ、至高の力と神の意志に反して万策を巡らしたところで無駄だということを示してくれた！（三幕）

芝居の流れはわかりやすく構成されているが、あくまでも人生は夢のように儚いものであるということがこの芝居の醍醐味であり、カルデロンの主張するところでもある。この世の儚さに加えて、死後も失われることのない善行を積むというモティーフは、「8　聖体劇」で触れる『世界大劇場』（一六三三―三六頃）にも通ずるものである。ここでは人生という舞台で演じる役者にとって、舞台が跳ねてしまえば、国王であろうと金持ちであろうと美貌であろうと、誰もが楽屋という墓場行きとなり、威厳も財産も美貌も死によって剝ぎとられるが、唯一善行のみが本物の舞台へ持ち出せるのである。

いうなれば「人生は夢」の意味するところは、セヒスムンドの台詞にも反復されているように、まさに「この世の儚さ」であり、サリーナスが指摘したように文学史を遡ればホルヘ・マンリーケ（一四四〇？―七九）の世界につながるものである。[15]人生の栄耀栄華は夢のごとく儚く、有為転変は世の習いという概念は、中世からスペイン黄金世紀にかけての文学作品のなかに散見される。[16]カルデロンはこの伝統的な概念に、人間が情念を棄てて理性と自由意志をうまく働かせ、さらに寛容の精神を持ち、善行を積めば、永遠の誉れを授かるであろうという意味をつけ加えたのである、「もしこれが夢ならば、これが単なる虚飾であるならば、この世の虚しい喜びとひきかえに、天上の喜びを失ってもよいのだろうか？」（三幕）。そこには少なくとも表向きには難しい神学の理論――自由意志と運命をめぐる論争[17]――や、神秘主義者の黙想や瞑想の痕跡はなく、キリスト教の教えにもとづいたセヒスムンドの理性と道義心が幅を利かせるのである。そのためには、バシリオ王の心の変化、道化クラリンの言動、生き別れになっていたクロタルドとロサウラの父子関係、ロサウラとアストルフォの関係などが大きく物を言い、なくてはならない存在となっている。

ただ、バロック作家としてのカルデロンの創作意図は上記の事柄だけにとどまらず、さまざまなテーマや構成要素にまで及んでいることも考慮に入れる必要がある。とりわけ、バロック特有の様式である光と影の概念、自由意志と運命、真実と偽り、夢と現実などの混沌たる世界、イメージやシンボルやメタファーが飛び交う詩的世界などや、サブプロットで扱われる名誉問題などを含めると、道徳的解釈だけではおさまらないほど複雑怪奇な様相を呈する劇作品であると言えるし、またこれらがメインプロットの改心とうまく均衡を保ちながら劇空間全体に花を添えるかたちにもなっている。

5-3　『風の娘』――権力志向と傲慢さの顛末

この作品は二部からなり、一六三七年頃に書かれ[18]、一六五三年一一月一三日と一六日にアドリアン・ロペス一座によってマドリードの王宮で上演された。第二部はエンリーケス・ゴメスの名前で『作家群による戯曲集　第三〇部』（一六五〇）に収録され、のちにカルデロンはこれら二部を『ペドロ・カルデロン・デ・ラ・バルカ戯曲集　第三部』（一六六四）に含め刊行した[19]。

『風の娘』はドイツのゲーテや、シュレーゲル兄弟に絶賛され、スペインでも「二七年世代」の作家たちから高く評価された悲劇である。出典としては、ディオドルス・シクルス（ユリウス・カエサルと同時代の作家）がギリシア語で書いた『歴史物語叢書』の第三巻に収録されているセミラミスの伝説史が考えられ、スペイン黄金世紀の劇作家クリストバル・デ・ビルエス（一五五〇―一六〇九）はこれをもとに『偉大なるセミラミス』（一六〇九）を書き、ロペ・デ・ベーガも紛失はしたものの『祖国巡礼』の中で『セミラミス』を書いたことに触れている。バルブエナ・ブリオーネスによれば、この二人の作品の内容からしてロペの作品がカルデロンの直近の出典である可能性は高いが、カルデロンのどの劇作品を見てもわかるように、そこには必ず劇作家なりの解釈がなされ、独自の味つけによって脚色されている[20]。

以下、『人生は夢』の主人公とは異なり、強い権力志向と傲慢さが理性を麻痺させ、予言を自分の運命と思い込み悲劇へと突き進む「人間の生き様」を、カルデロンが劇空間でどのように表現したかを検証する。

全体の流れを見ると、第一部では野心家セミラミスが誕生以来、洞窟での幽閉生活から女王の座に就くまでのことが描かれ、ここでは彼女を自由の身にしてくれたメノンへの恩義や、彼女のしおらしさや従順さが顔を覗かせる。しかし第二部になると、彼女の本性があからさまに表出し、野心や権力欲が牙をむき、周囲の者たちを不幸へと陥れることになる。その方法というのが、容姿、声、所作が息子に似ていることから彼になりすまし、権力を意のままにしようと企むのである。その結果、最後は彼女の犠牲となった者たちの幻覚に悩まされつつ、それなりの報いを受けることになる。

場面の構成は『人生は夢』に比べると、セミラミスの栄枯盛衰をさまざまな逆境において物語る必要があったのか、場面が比較的多岐にわたり、特に第二部では人物間の混乱や恋愛の縺れをも含めて、第一部での筋運びの平坦さに波風を立てるようなかたちに仕上げられている。第一部の一幕は①山中・洞窟、②アスカロン広場、③山中・洞窟。二幕は①ニニベ近郊の別荘、②ニニベの王宮、③メノンの別荘、④別荘近くの野原。三幕は①ニニベの王宮、②庭園・夜の場面・王宮の外。第二部は時の経過を挟み、一幕は①バビロニアのセミラミスの王宮、②バビロニアの原野、③王宮広間、④ニニアス王の寝室へ通じる回廊。二幕は①ニノ王の霊廟の外、②王宮の広間、③夜の庭園、④王の寝室。三幕は①王宮の広間、②バビロニアの戦場、③山中、④セミラミスの部屋の入り口付近、という構成である。

詩的要素の導入という点では、『人生は夢』よりもはるかにその頻度は低い。おそらくテーマとしての過酷な運命のイメージを優先したことや、前者よりも登場人物の絡みが複雑になっていることからそうした状況説明にスペースを要した結果なのか、大々的に表れることは少ない。ただし、二人の人物が交互に台詞を交わし、それが観客の興味を惹く重要な情報となっている箇所は存在する。第一部三幕の庭園において、相思相愛のセミラミスもメノンも腹蔵なく自身の気持ちを語ることができず、二人の心情が傍白というかたちで交錯する。というのも、セミラミスにぞっこん惚れ込んだニノ王の嫉妬により、メノンは彼女との結婚を諦めるよう求められ、メノンを思うイレーネ王女も別途セミラミスに、二人は夫婦になるべきではないと示唆し、王と王女に隠れたところから見張られているからである。

セミラミス（傍白）　こんな苦しい思いってあるかしら？
メノン（傍白）　こんな酷いことってあるだろうか？
セミラミス（傍白）　私が恩知らずであるような素振りをしろとでも？
メノン（傍白）　心にもないことを無理矢理言えとでもいうのか？
セミラミス（傍白）　いいでしょ、安心させてあげましょう。
メノン（傍白）　いいだろう、安心させてやるとしよう。
セミラミス（傍白）　イレーネの嫉妬のせいで
メノン（傍白）　王の嫉妬のせいで
セミラミス（傍白）　私の胸中にわき上がる
　　この怒りに比べたら
メノン（傍白）　私の魂の中で涙する
　　この怒りに比べたら
セミラミス（傍白）　彼を嫌う振りをしたところで
メノン（傍白）　彼女を愛していないと言ったところで
セミラミス（傍白）　別段どうってことはないわ。
メノン（傍白）　別段大したことではあるまい。[21]

　このあと二人の恋人はそれぞれ命じられたとおりに振る舞うが、王と王女にそれぞれ背後から聞かれていると思うと気が気でなく、内心は悲嘆に暮れながらの対話である。二人のやりとりのぎくしゃくぶりをカルデロンは次のように簡潔な言葉のかけ合いによってリズミカルに表現している。

セミラミス　どういう理由で〈私を呼び戻したの〉？
メノン　わからない、で、きみのほうは？
セミラミス　　　　　　　　　　　　私にもわからない。
メノン　きみが先に言うべきだ、たぶん
　それはきみには……
セミラミス　　　　　何なの？
メノン　　　　　　　　　差し障りがないからだ。
セミラミス　大ありだと思うわ。
メノン　　　　　　　　　そんなはずはあるまい。
セミラミス　あなたのことが理解できない。
メノン　　　　　　　　　　　　　　ぼくだって同じ思いだ。
　ぼくに何があったか知ってもらえさえすれば……
セミラミス　なぜ真実を言えないか知ってもらえたら……
メノン　わかってもらえるのに……
セミラミス　　　　　　　　はっきりするのに……
メノン　　　　　　　　　　　　　　　　　このぼくの……
セミラミス　この私の……
メノン　　　　胸の内を……
セミラミス　　　　　　　苦しい思いを……

イレーネとニノ（傍白）　なんてことだ！
セミラミス　なぜなら……
メノン　言ってごらん。
セミラミス　私は口がきけない。
あなたこそ話して。
メノン　話してよいものかどうか。
セミラミス　それじゃ、さようなら。
メノン　ああ、それじゃお別れだ。（第一部、三幕[22]）

むろん作品の中心テーマは自由意志と運命であり、カルデロンは特に後者を際立たせるためにセミラミスの尋常でない野心や権力志向を浮き彫りにする。そこに詩的要素や音楽的要素――ト書きの指示から舞台奥でその効果を発揮することになる――、愛や嫉妬のモティーフを加えたり、悲劇的要素を緩和するのに道化役（下男・下女）の滑稽なやりとりを加えたりして、劇空間全体に花を添えている。

物語の出だしでは、『人生は夢』のセヒスムンドを彷彿させるような、自由を奪われた人間像が劇空間に浮上する。セヒスムンドは父親の誤った占星術によって辛酸をなめさせられたが、『風の娘』では異教の神の予言が関与してくる。セミラミスの世話役（代父）である老いた聖職者ティレシアスに告知されたウェヌスの予言によれば、セミラミスは将来世界を恐怖と混乱に陥れ数々の悲劇を引き起こすだろう、またそのかたわら彼女の横暴な愛は国王に栄光をもたらすと同時に死に至らしめるだろうというので、彼女の誕生は不吉な出来事として捉えられ、生まれたときから山中の洞窟に閉じ込められてきたのである[23]。

彼女がこの洞窟から解放されるのは、シリア王ニノに仕える忠実な将軍メノンによってである。将軍は凱旋する折に禁断とされていた山中の岩間に入り、彼女の嘆き声を聞き、その存在を目の当たりにすることによって魅了されたことが、セミラミス解放の始まりとなっている。獣の衣を身にまとってはいるものの、美しいセミラミスを見た将軍は掟を破り、彼女を洞窟から出し、ニニベの町の近くにある自分の別荘にかくまう。彼女の姿と自然の営みを絡めて、周囲の環境を次のように表現している。

この長閑《のどか》な別荘では、四月が大まかに写しとった風景を五月が優美に色彩を施す。とはいえ、太陽のような美しいあなたにとっては簡素な蒼穹にすぎない。美しいセミラミスよ、その燃えるような純な光は朝焼けのバラ色をも征するとは（……）。（第一部、二幕）

戦慄させるような彼女の叫び声を耳にしたときは「恐るべき怪物」と思えたのに、洞窟から姿を現した彼女を見た瞬間メノンの印象は変わる。コントラストの妙を駆使したいつものカルデロンの表現である。

いやむしろ神々しい怪物と呼ぶべきだ。なにしろ醜女《しこめ》から美女に変身し、粗野を美に変え、無骨なものを洗練されたものに変え、粗暴なものを上品なものに仕立て、未開のものに手を加え、見下げ果てた姿を立派なかたちに変えたのだからな。（第一部、二幕[24]）

自由の身になり、メノンに懸想されたとはいえ、当の本人にしてみればこれで満足というわけにはいかず、内心は他人の保護下にある以上、失望を感じ身の不自由を託《かこ》つことに変わりはない。メノンが用事で宮廷へ出向いたあと、こうした彼女の本音が吐露される。

私の自由意志、私の意志は自由なの、それとも縛られたままなの？　一つの牢獄から出されて別の牢獄へ入れられるという運命的なこの選択にはどのような力が働いているのだろう？　メノンに感謝していることは認めよう。だけど、一つの山から別の山へと無理矢理追いやられた私の人生、それでもあの人の勇気に敬意を表さなきゃいけないのかしら？（……）野獣のままでいろとでも？　とんでもない！　人生とは何かを想像するだけじゃいや、実践しなくては！（一部、一幕）

この強い思いがやがて国王ニノとの出会いへとつながっていく。狩りに出かけた王の馬が暴走して王が落馬する場面に遭遇し、王の命を助けたことが、権力の象徴ともいえる国王の感情を揺さぶるのである。この時点で国王と忠臣との信頼関係に疑念が生じ、そのため王の指示によりメノンとセミラミスの結婚は延期され、彼女がイレーネ王女（王の妹）から王都の通りや広場を案内されると、彼女の心情にも変化が生じ、初めて生きるとはどういうことかに気づかされる。

私の傲慢な心、野心に満ちた思いよ、もう想像するのはたくさん。目の前に想像してきたものが現実にあるのだから。でも、これだけじゃまだ物足りない。私の思いを満たすにはもっと盛大な勝利が必要だわ。（一部、二幕）

彼女の想像は現実を超えるほど壮大であるがゆえに、徐々に空中楼閣の構想が思いの中で膨れあがる。これを後押しするのがメノンよりもはるかに強力な権力を有する王である。そのため自由を与えてくれたメノンの愛を裏切ることになり、愛してもいないニノ王を利用しようともくろむ。王は彼女に愛を受け入れてもらおうと、メノンに彼女を忘れるよう促すが、頑《かたく》なに要求を受け入れようとしないため、これまでの二人の良好な主従関係や友情は損なわれ、この確執によってメノンは不幸な人生を歩む羽目になる。すなわち不幸を背負って生まれた人間が、野心に支配され、自由意志を働かせる間もなく、一時の栄光を手にし、その後は転落の道をたどる様をカルデロンは描こうとしているのである。

その意味で三幕はセミラミスにとって栄光への階段を上り始め、それを手にする場だと言えよう。ここではニニベの王宮にてニノ王が盛大にセミラミスを迎え入れる場面から始まる。ここで道化役チャトは、まだ獣の毛皮を身にまとっていた頃の彼女と今の麗しい身なりの彼女とを比較するが、ちょうど『イングランド国教会分裂』（「７　歴史的背景」参照）での失脚前の輝かしいウルジー枢機卿の躍進とその後の失脚と重なり合うかのように、のちの彼女の栄光と失墜を匂わせている。カルデロンはさらにセミラミスの傲慢さが尋常ではないことを強調しようと、国王が彼女にニニベの輝かしい王都を讃えるにもかかわらず、当人は平然と次のように返す。

しかし驚くには値しません。と申しますのも、想像と現実を比べてみると、前者のほうがその懐《ふところ》がより深いからです。これまでは想像からして、どの城壁ももっときらびやかであり、どの建物ももっと大きく、どの宮殿ももっと荘厳で、その聖堂も卓越したものであると思っていたものですから。（一部、三幕）

三幕の終わりに近づくにつれ、セミラミスがニノ王と結ばれ、戴冠を迎える様子が描かれているが、そこに至るまでの過程には、王とメノンとの確執や王自身の嫉妬、彼女をものにするための王の姑息な策略、それにメノンに恋するイレーネ王女の嫉妬などが挿入されており、いかにも観客の反応を見越しての筋展開が見られる。だが、カルデロンの問題意識は主筋であるセミラミスの運命の行方にあるため、他の劇作品では大いに物を言うことになるこの手の感情の縺れにはそれなりのスペースが割かれているにもかかわらず、この作品ではドキドキするような躍動的な様相は影を潜めたままである。最後まで女主人公の足跡に強烈なスポットが当てられ、王の命令で追放の憂き目にあい、おまけに両目までえぐりとられてしまったメノンの最後の言葉が、華やかな戴冠式とは対照的に、観客にその余韻を残すことになる。

尊大な野心家よ、いずれお前を王妃に仕立て上げた者さえをもその手で殺《あや》め、忘却の彼方に葬ることだろう、またこの不幸な日が万人にとっての苦しみともなるだろう。（一部、三幕）

第二部では第一部終了後の年月の経過が設けられている。ここでは、以前のセミラミスの想像がその領域を脱し、野心にも後押しされて一部実現されたかたちとなっている。ニノ王の死後、念願がかないバビロニア女王として君臨したのである。ところが、そこへかつてニノ王に仕えていたリドロが軍隊を率いて王妃に謁見を求めて現れ、これまでの経緯を報告すると同時に、彼女とのあいだに不和の種を蒔くあたりから波乱の展開が予測されるように仕組まれている。リドロの報告によれば、彼は戦いの功績により王の妹イレーネ王女との結婚が許され、彼女とともにニノ王の名でリディアを統治していたが、イレーネが亡くなったので息子のイランに王国を継がせたということである。問題はニノ王の死が毒殺だった可能性が高く、それも下手人が王妃ではないかという疑問が生じた点である。もしそうであれば自分は王の妹の婿であるがゆえに、息子イランには王位を継ぐ権利があり、現王妃や息子ニニアスには王位継承権はないとして彼女を挑発する。このときセミラミスは懸命に殺害を否定するも、二人は和解するどころか互いに干戈《かんか》を交えようと戦場へと向かい、その結果リドロは敗北を喫し、彼女の捕虜となる。

そうこうするうちに、これも『人生は夢』で見たセヒスムンド王実現を望む民衆の声よろしく、歴代の王家の高貴な血を受け継いでいないという理由、それに男性の王を望むという理由からセミラミスの支配を望まない民衆が立ち上がり、ニニアス王の実現を声高に叫ぶ。陸軍将官であるリカスはニニアスの王位継承が正当であるからには、民衆の言い分は正しく、彼らの騒ぎを静めることなど困難だと主張するのに対し、海軍将官のフリソは兄弟でありながらあくまでも女王の肩を持つことで、これ以降兄弟の間にも不信感が芽生え、それぞれの立場に変化があらわれる。当の野心的なセミラミスの心には、平和な統治を望む気持ちとは正反対の怒りと復讐心が漲り、これが彼女の悪巧みを生むことになり筋展開に躍動感と緊張感が増す。その奸策というのが、すぐにも退位し息子を王位に就けて、自分は王宮の片隅で誰にも会うことなく隠遁生活を送るというものだが、彼女には不本意であり内心は怒りに満ちている。

　私の両目にはバシリスクが住まい、私の心には毒蛇がしがみついている。命令できない自分に腹が立ち、国家を統治できない自分に頭がへんになりそう！　私はエトナ山のようにマグマを噴き出し、火山のように雷光を発してやる。（二部、一幕）

　こうした彼女の復讐心に加えて、貴婦人リビアに恋心を寄せるリカスともう一人の貴婦人アストレア（総督リシアスの娘）に懸想するフリソの恋愛感情、ニニアスが王子のころから一緒に成長してきたアストレアの王子へ恋情、リカスとフリソの政治的立場のちがい——前者は新しい王を支持、後者はセミラミスを支持——、母親とはまったく異なるニニアスの性格——囚われの身にあるリドロの解放を約束——とが絡み合い、筋展開が躍動感にあふれた筆致になっている。

　二幕ではニニアスの戴冠式から始まり、これまでセミラミスに忠誠を誓ってきたフリソには逆風となる。王はまずリドロに対しては許可なく不在にしないことを条件に自由の身とし、リシアスに対してはよき助言者とみなしシリア総督および筆頭判事に命じる。また自分に忠実に仕えてくれるリカスには陸軍将官および海軍将官の任務を授ける。リカスはフリソに正当な王に服従を誓うべきだと忠告するが、まったく聞く耳を持たず、逆にこの屈辱に対して復讐をもくろみ、バトリアに渡ってバビロニアに戦いをしかけようとする。一方、カルデロンの得意技である愛の迷路も敷かれ、第一部にはなかった華やかさがここに加わる。つまり、ニニアス王と幼なじみのアストレアとの恋愛感情であるが、二人の関係を人に知られるのを嫌う王は、アストレアが立ち去ったあと、リビアと一緒だったかのように振る舞い、立ち去ろうとする彼女の手を無理矢理とるので、これを見たリカスの嫉妬を生むことになる。ただし、ここでは〈マントと剣〉の喜劇に見られるような嫉妬による男女関係の縺れは最低限に抑えられ、直ちにセミラミスの生き様へと焦点が切り替えられている。

セミラミスの野望が表面化するのは、二幕後半にさしかかった夜の庭園での場面である。バロック演劇の典型的なパターンであるように、ちょうど作品の半ばあたりで話を盛り上げようというカルデロンの意図である。喪服を着た彼女が明かりを手にこっそり現れ、忠臣フリソに大胆な頼みごとをする。これまで自分を犠牲にしてまで隠遁生活を送ってきたが、今は後悔しているので、これ以上自分の殻に閉じこもるのはご免だとして、息子と容姿や声や仕草が瓜二つであることを利用し、息子になりきって王位に返り咲きたいという強い願望に掻き立てられたことを伝える。その方法というのが、ニニアス王の部屋に忍び込み、誰にも知られないよう王を監禁し、彼に成り代わろうという作戦で、どうしてもフリソの助けが必要だという。理性を欠いた野心的な彼女の心情は以下の台詞にはっきりと表れている。

嘆かわしいにもほどがある。国を治められずに生きるなんて死んだも同然だわ。私の王国こそが私の生きがいだった。王位に就けないのなら生きている意味がない。私の帝国こそが私の名誉だった。それなくしては名誉なんてありえないのだから。（二幕）

彼女の思いはフリソにとっても復讐のチャンスであるため、二人は意気投合し、早速実行に移す。睡眠中の王を襲う場面はいささかドタバタの感はあるが、セミラミスが急きょ男装しニニアスになりすましてからは、周囲の者たちの心を大いに惑わすことになる。この現象は三幕に集中している。すなわち母親は容姿こそ息子と瓜二つだが、息子の性格とは正反対であり、おまけに息子のやり方をまったく見ていないため、セミラミスの虚栄心、うぬぼれ、尊大さが、なりすましに気づかない宮廷の忠臣たちを大いに惑わせるのである。

思いのままに振る舞えないというのなら、何のための王国支配なのか？（……）この虚栄心、なんて愉快なのかしら！　多くの人々が私の足下にかしずく姿を見るのは、なんて心地よいものなのかしら！（三幕）

人の心を惑わせ場の混乱を引き起こすのは、当時流行の芝居の特徴であり、カルデロンは躊躇することなくこの技法を第二部で活かそうとしているのである。ニニアス王のために尽力し、王からそれなりの報酬を約束された人たちが、そのことを知らないセミラミスに訴えても、偽の王にとっては腹立たしいだけであり、彼らの功績にふさわしい報酬を与える代わりに意想外の罰を下そうとする。リシアスは極端に変化した王の考えを不審に思うが、それに対してこれまでの自分とは決別した旨を主張する彼女の台詞には自身の自惚れと尊大さが見てとれる。

私はもはや過去の私ではない。王国を統治することは新たな魂を生むことだ。それゆえリシアスよ、お前の考えている私が本当の私だと思っているのなら、それは間違いというものだ。なぜならお前の考える私はもう存在せず、今は崇高な神性を帯びた存在なのだからな。（三幕）

ただ、忠実なフリソにだけは恩返しをしようと彼が所望するアストレアとの結婚を承諾する。ところが、これがアストレアとニニアスとの愛情に波風を立てることになり、劇空間に緊張を招くようになる。王（セミラミス）はフリソの愛を成就させようと、アストレアに話をすると、彼女は王（ニニアス）の突然の心変わりに驚く。これに便乗するかのようにリカスも、愛する貴婦人リビアとの結婚の承諾を求める。一方、ニニアス王から条件つきで自由の身となったリドロが、王（セミラミス）に謁見し、成り代わりに気づかないリドロは、専制を敷いていたセミラミスに反旗を翻してニノ王とニニアス王を支持してきた旨を表明するや、これが彼女の逆鱗に触れ、ふたたび王宮の塔に閉じ込められるという場面も設けられている。このように一連の矛盾した王（セミラミス）の言動を目の当たりにしたリカスとリシアスは、目の前の王が臆病だったニニアスとは思えず、戸惑いを隠せない。

やがて、リドロの息子イランの率いるリディア軍が父の救助のためにバビロニアへ進軍し、あとはバビロニアとリディアとのあいだで戦闘が巻き起こるが、その模様はコメディアの常套手段として舞台裏で両軍が干戈を交えるかたちになっている。ここでカルデロンは、間髪を容れず遠くに現れた敵軍の様子や、敵方から見たバビロニアの様子について詩的な筆法を披露する。

リシアス　それらの塔が崇高な敬意を表明するなか、隊列を組んだリディア軍が姿を現しました。大勢の敵は光の筋を煌《きら》めかせながら天空の星や地上の花と競い合い、こちらへと向かっております。

イラン　サファイアの天空に額を掲げるバビロニアよ、卓越なる共和国よ、そなたはまさに三日月の宮殿を支えるイオニア風・ドーリア風の柱。いくつものそびえ立つ柱は春を天空に運び込むがゆえに、まるで星かと見紛うほどだ。（第二部、三幕）

戦闘の結果、セミラミスは身体に三本の矢を受け、顔が血だらけになって敗北を喫し死に至る。死に際に、彼女の歩んだ人生をふり返り、幸運の儚さを思い知らされることで（「おお幸運よ、私の人生も数々の偉業もここまでとは！」）、カルデロンの大意が把握できるようになっている。さらにセミラミスは愛する者たちを不幸の渦に巻き込んだあげく――メノンは視力を失い、夫は毒殺され（?）、息子は暗い牢獄で苦しむ――、予言が示したとおりの痛ましい結末を迎えるにあたり、彼女の精神状態が錯乱し、幻影が彼女を悩ませる。

私は無慈悲な暴君になって人を殺め、傲慢な心で生き、高位から転落して命を落とすまで、驚嘆する出来事の数々に脅かされて、情け容赦ない運命が成就するために存在したようなものだわ。

顔を血だらけにしたメノンよ、私にどうしろと言うの？　血の気が失せ顔面蒼白になったニノよ、私に何の用があると言うの？　痛ましい姿で捕らわれたニニアスよ、どうしろと言うの？（……）私はお前の目をくりぬいてはいない。私はお前に毒を盛った覚えはないが、王位は奪ったことを認めよう、だから王国は返してあげる。そろいもそろってこれ以上つきまとわないで、私を悩ませるのはよしておくれ。この胸から心臓をずたずたに引き裂いてえぐり出し、とどめを刺したのだから、これで仕返しは終わったはずでしょ。

（三幕）

彼女の死後は、ニニアスが解放されて王位に復帰し、事の真相が明らかになることによって混乱もおさまり閉幕となる。まさに当時の流行に則《のっと》った劇展開である。

このように作品では、運命が人の行く末を支配するというよりは、むしろ自由意志を働かせることによりコントロールが可能であるはずの野心と傲慢さが、運命の勢いを加速し、悲劇へと導くという設定になっている。その証拠に、一部でセミラミスがメノンへの愛を押し殺しニノ王と結婚するまでは、自分の身のほどを知り、エゴを統制し現実への適応をはかろうとして周囲に波風を立てずにすんだが、王妃という地位を得た時点から野心が牙をむき、人生の転換期にあたる分水嶺が何度かあったにもかかわらず、その野心と傲慢さの勢いは増し、そのまま死に直結するという道筋をたどる。一部が男女の愛の縺れを描いているとすれば、二部は肉体的・心理的・道徳的な桎梏《しっこく》であるといえる芝居である。[25]

そしてこの筋展開に花を持たせるためカルデロンは、『人生は夢』に比べるとその度合いは低いとしても、シンボル、メタファー、イメージをベースに詩的表現を強化したり、たがいに正反対の構成素材を提示したり――セミラミスとニニアスの正反対の性格、リカスとフリソ兄弟の相容れない行動など――[26]、道化のおどけた台詞、男女の恋愛関係、権力の乱用、場の混乱などを導入したりして、劇の魅力を最大限に引き出そうとしたのである。特に詩的な部分については「イメージとアクション、イメージと性格描写、イメージとテーマ、イメージと劇構造はたがいに支え合っている[27]」のは明らかであり、これらすべてが『風の娘』という劇空間を道徳的に意義あるものとし、なおかつ美を強く意識した悲劇的世界をも構築しているのである。

注

1　Othón Arróniz, *Teatros y escenarios del Siglo de Oro*, 223.

2　Pedro Calderón de la Barca, *La vida es sueño*, ed. José Ruano de la Haza, Madrid: Castalia, 1994, "Introducción", 7-21.

3　『スペイン黄金世紀の大衆演劇』、第七章参照。

4　E. M. Wilson, "On *La vida es sueño*", *Critical Essays on the Theatre of Calderón*, ed. Bruce W. Wardropper, New York: New York Univ. Press, 1965, 63-89.

5　以下、『カルデロン演劇集』より引用。

6　アロンソは複数の人物間で交わされる言葉のやりとりにも触れている、Dámaso Alonso, "La correlación en la estructura del teatro calderoniano", *Calderón y la crítica: Historia y antología*, II, 388-454.

7　この時代の脚本はそのほとんどが韻文で書かれているが、脚韻や音節の数によって構成されるさまざまな詩型を邦訳では出せないので、訳者は基本的に散文で訳してきた。しかし、脚韻や音節の邦訳による再現は無理だとしても、この部分に関してだけはカルデロンの詩型を示す必要があると考え、原文にそった行の配列にした。エストレーリャに対するアストルフォの応答だが、最初の一〇行（五組の断片的な台詞）は、相手が話し終わったあとに配置されており、こういう場合の音節の数は二人の台詞を合わせて（例、賢者タレスよ……／博学の士エウクレイデスよ……）一行と換算される。

8　落馬のモティーフについては、「2　カルデロンの劇芸術」、注36参照。

9　Francisco Ruiz Ramón, *Historia del teatro español (Desde sus orígenes hasta 1900)*, 7.ª ed., Madrid: Cátedra, 1988, 236.

10　『当世コメディア新作法』、二八〇頁。

11　Cf.「善行を取り上げることはできない。世界から持ち出せるのはこれだけだ」、『世界大劇場』（岩根圀和訳）（『バロック演劇名作集』所収、国書刊行会、一九九四年、二六五頁）。

12　「絶対的な運命の力に打つ手はなく、予測はできても絶えず危険と背中合わせだ。となれば防ぎようがない。運命を避けようとすればするほど事態は悪化するもの。厳しい定め、どうにもならない恐るべき宿命だ」（三幕）。

13　「4　〈マントと剣〉の喜劇」、注5参照。

14　Ruiz Ramón, 238. こうした見方はルイス・ラモンが初めてではない、Cf. Menéndez y Pelayo, *Calderón y su teatro*, 212-213; Leopoldo Eulogio Palacios, "La vida es sueño", *Finisterre* 2 (1948), 5-52; Everett W. Hesse, "El motivo del sueño en *La vida es sueño*", *Segismundo* 3, Nos. 5-6 (1956), 55-62. これに反してスローマンは、二幕の宮廷の場面ではクロタルド、バシリオ、アストルフォ、従僕が王子から怒りの矛先を向けられるのに対して、美しい二人の女性エストレーリャとロサウラは王子を虜にする。特にロサウラにはエストレーリャにない肉体美以上の何かが存在するという意味で、ロサウラとの出会いは主人公の過去の経験からしてもっとも意義があると考え、彼女こそがセヒスムンドの改心を可能にする人物であると結論づける、Albert E. Sloman, "The Structure of Calderón's *La vida es sueño*", *Modern Language Review* 48 (1953), 293-300. ほかにもロサウラの美と主人公の改心を結びつけて考える研究者については以下の論文を参照されたい、M. F. Sciacca, "Verdad y sueño de *La vida es sueño* de

Calderón de la Barca", *Clavileño* 1, No. 2 (1950), 1-9; William M. Whitby, "Rosaura's Rule in the Structure of *La vida es sueño*", *Hispanic Review* 28 (1960), 16-27; etc.

15　マンリーケの詩では、人間には死がつきものであり、現世の美、名声、権力は儚いものであることが強調される反面、父の死をとおして死後の名声、永遠の生が讃美される（『父の死に寄せる詩《うた》』〔『死の舞踏』所収〕、佐竹謙一訳、岩波文庫、二〇一一年）。こうした人生の儚さを訴える姿勢はある意味でカルデロンと類似している。Pedro Salinas, *La realidad y el poeta*, tr. Soledad Salinas de Marichal, Barcelona: Ariel, 1976, 67-95.

16　Ramiro de Maeztu, *Obra*, Madrid: Nacional, 1974, 1279-1309.

17　十六世紀後半に起こった神学論争については、『スペイン黄金世紀の大衆演劇』、「第六章　ティルソ・デ・モリーナ」の注29を参照されたい。

18　H. W. Hilborn, *A Chronology of the Plays of D. Pedro Calderón de la Barca*, Toronto: Univ. of Toronto Press, 1938, 38-39, 73.

19　*Obras completas, I, Dramas*, 714a. 作者に関しては、女主人公セミラミスの性格描写からして双方ともカルデロンが書いたと主張する意見もある。Stephen H. Lipman, "The Duality and Delusion of Calderón's Semiramis", *Bulletin of Hispanic Studies* 59 (1982), 57.

20　*Obras completas, I, Dramas*, 711a-712b.

21　Pedro Calderón de la Barca, *La hija del aire*, ed. Francisco Ruiz Ramón, 3.ª ed., Madrid: Cátedra, 2002. 以下、引用はこの版による。

22　注7と同じ要領で原文どおりに台詞を配置したが、ここではメノンの二つ目の言葉、次のセミラミスの応答、そしてメノンの台詞の三行分（それはきみには……／何なの？／差し障りがないからだ）を合わせて一行と換算される。

23　この女主人公にも運命を制しようという意志があることは次の台詞から確認できる。「私の運命については承知していますし、それに打ち勝つ方法も心得ているつもりです」（一幕）。

24　セミラミスの美しさについてカルデロンは軽んじることができなかったのか、わざわざメノンが王に彼女の容貌（髪、額、目、鼻、頬、口、首筋）を、言葉遊びを愉しむかのように長々と描写する場面が設けられている（第一部、二幕）。言葉が作り出す美的イメージはまさしく一枚の肖像画を仕上げる勢いである。

25 Everett W. Hesse, "Theme and Symbol in Calderón's *La hija del aire*", *Bulletin of the Comediantes* Vol. 44, No. 1 (1992), 31.

26 Felipe B. Pedraza Jiménez y Milagros Rodríguez Cáceres, *Manual de literature española. IV. Barroco: teatro*, Madrid: Cénlit, 1980, 401.

27 William R. Blue, *The Development of Imagery in Calderón's 'comedias'*, York: Spanish Literature Publications, 1987, 144. ヘッセはブルーの見方をさらに進めて、象徴的なかたちに見られる各テーマとその描写を次の六項目に分けて詳説し、それぞれが多義性を含み、逆説的なケースもあるとする、（1）抑制の象徴、（2）暗闇の象徴、（3）権力拡大の象徴、（4）不評を買う象徴、（5）プライド、傲慢さ、虚栄心の象徴、（6）権力の象徴、Hesse, 31-43.

6 宗教劇――カトリック信仰の強化

6-1 宗教劇のかたち

カトリック信仰が民衆の心に深く根づいたスペインでは、人々の生活のいたるところに信仰が浸透し、富裕層の家のみならず庶民の家にもなにがしかの宗教画が飾られていた。作家や芸術家たちとて例外ではなかった。スルバランやムリーリョなどが好んで宗教画を描いたように、カルデロンもロペ・デ・ベーガやティルソ・デ・モリーナの手法を汲んで積極的に宗教劇を創作した。

一口に宗教劇といっても、寓意人物をとおしてキリスト教の秘蹟や信仰の要《かなめ》を伝授する一幕物の聖体劇と、罪深い人々の悔い改めや異教徒たちの改宗を主なテーマとする三幕物の宗教劇がある。前者については「8 聖体劇」で扱い、ここでは後者に焦点を絞ってカルデロンの劇芸術に触れてみることにする。

三幕物のそれは主に聖人列伝、歴史、聖書を典拠としているが、中には宗教劇といっても歴史的要素や伝説が絡んでくるケースもあり分類するのはむずかしい。旧約聖書から題材をとった『ユダス・マッカバイオス』、『アブサロムの頭髪』、『オリエントの巫女《みこ》』は、解釈いかんによってはキリスト教的意味合いを含んだ歴史劇と呼んでも不思議ではないし、『不屈の王子』はキリスト教の堅守を看板に掲げているが、史実を背景にして物語が展開するため歴史劇と考えてもおかしくはない。

そうしたなか、カトリック信仰を前面に押し出した作品に注目すると、一つは『驚異の魔術師』、『天界の二人の恋人』、『女ヨセフ』、『悪魔の鎖』のように、異教徒たちが書物をとおして真の神の存在を知り、のちに改宗して殉教者となるというタイプの作品群、もう一つは『十字架への献身』や『聖パトリックの煉獄』のように、盗賊に身を落とした若者や聖人が主人公となり、社会の掟に背いて数多《あまた》の罪を犯しながらも、心のどこかに信仰心を持ち続けることで最終的に救われるというタイプの作品群とに分けられる。この二つのタイプ以外にも、どんな逆境におかれてもけっして怯《ひる》まず、信仰心を失うことのない主人公を描いた『不屈の王子』がある。[1]

アウグスティヌス（三五四―四三〇）やトマス・アクィナス（一二二五頃―七四）の思想、セネカ（前四頃―後六五）のストア主義などに精通していたカルデロンは、終生カトリック教会に忠義を尽くし、宗教劇のなかに好んでマリア信仰、異教徒の改宗、聖人の模範的な生き方、聖書のエピソード、自由意志と運命、霊魂の救済、悪魔との契約、殉教などさまざまなテーマを導入し、観客にカトリックの教えを伝え、魂の救済とは何かを示すと同時に、伝統的要素をアレンジしながら観劇する人たちを楽しませようとした。こうしたテーマはすでに中世演劇以来、ロペ・デ・ベーガやティルソ・デ・モリーナなどの宗教劇でも採り上げられてきたが、ひとたびカルデロンの手にかかれば、同時代の劇作家たちの追従を許さないほど玄妙至極な詩的世界に様変わりし、独特の筋展開を呈するようになる。[2]

6－2　『驚異の魔術師』――改宗の妙味[3]

カトリック信仰の高揚を象徴する『驚異の魔術師』は、一六三七年にカルデロンがトレド県イエペス村の聖体《コルプス・クリスティ》の祝祭の折に上演するために村議会から依頼されて書いたものである。上演は聖体劇の形式で村の広場で行われ、舞台装飾を積んだ三台の車が平舞台を三方から囲むかたちをとった。舞台装置についての指示は、手書き原稿（一六三七）の最初のト書きに記されている。のちにカルデロンは、この初期の手稿に訂正を施してマドリードのコラールの舞台にかけたらしく、一六六三年に出版された『未刊の戯曲集 第二〇部』ではかなりの修正箇所が見受けられる。したがってテクストのほうは程よく洗練され、手稿にみられた長たらしい台詞や道化たちが繰り広げるコミカルな場面、そのほか劇として不必要と思われる部分などが大幅にカットされている。手稿では全体が三七二二行なのに対し、一六六三年版では当時のコメディアの平均的な長さである三一四二行と、五八〇行も削除されている。

『驚異の魔術師』は三世紀にニコメディアで殉教した聖キュプリアヌスと聖女ユスティナの伝説をヒントに書かれたものである。この伝説は四世紀以来かなりの数にのぼり——十三世紀にヤコブス・デ・ウォラギネによって書かれた『黄金伝説』など——、なかにはアンティオキアの聖キュプリアヌスと、二五八年に殉教したカルタゴの司教、聖キュプリアヌスを混同したものもある。スペインでもシプリアーノとフスティーナの伝説は聖人伝に数多く登場する。人々のあいだで最もよく親しまれてきたのは、東方の教会に伝わる伝説にもとづいて書かれたペドロ・デ・リバデネイラ（一五九九—一六一〇）の『聖人列伝』や、西洋の教会に伝わるアロンソ・デ・ビリェーガス（一五八〇—一六〇三）の『聖人列伝』などである。しかし、『驚異の魔術師』の見所の一つである悪魔との契約により魂を売り渡す場面については、こうした『聖人列伝』に頼らなくとも、スペイン中世文学——賢王アルフォンソ十世（在位、一二五二—八四）の『サンタ・マリア讃歌集』（十三世紀）など——や、ほぼ同時代の作品であるミラ・デ・アメスクアの『悪魔の奴隷』（一六一二）などに描かれている。[4] いずれにせよ、カルデロンは創作にあたってこれらの作品を参考にしたと推測されるが、完成した作品には雄渾《ゆうこん》な筆致による独自の劇世界が顔を覗かせる。主人公を単なる魔術師に終わらせず、真の「神」を求める哲学者に変身させたことや、レリオとフローロの人物描写に見られるように舞台が二世紀のアンティオキアであるにもかかわらず、十七世紀の貴族として登場させることで劇空間に身近な生活環境を導入したこと、下男のクラリンやモスコンと下女リビアが繰り広げる滑稽で愉快な三角関係および宮廷愛のパロディーを盛りこんだことにも観客を意識した当世風の技法がうかがえる。

この宗教劇の中心テーマは主人公シプリアーノの改宗にあるが、『十字架への献身』と同様に、サブプロットとして作品の背景に世俗的な要素が採り入れられ、これらはメインプロットとうまく絡み合いながら最後の殉教で一つにまとまるようになっている。それにしても劇全体の約五〇％近くが、神の恩恵にあずかる主人公の葛藤とは別に、副次的人物の愛や決闘、それに女主人公の父子関係、家長の名誉感情などで占められており、おまけにこれらはカルデロンの生きた時代の風俗描写そのものでもある。かろうじて、シプリアーノとフスティーナ、そして彼女の父リサンドロが、キリスト教徒を迫害したローマ皇帝デキウスの時代に生きた人物であるという部分が、伝説の痕跡をとどめているにすぎない。

物語はシプリアーノの改心に向けられているが、作品自体は神学的な命題である自由意志の問題を提起している。異教徒であるシプリアーノは、大プリニウス（二三―七九）が記した『博物誌』から「神は至高なる善であり、本質であり、存在であり、全知全能である」という一節を見つけ、未知なる「神」を求めてアンティオキアの喧騒《けんそう》を離れ、付近の静寂な森のなかで哲学的思考に没頭する。一方、彼の真理究明を阻止しようとする悪魔は、旅装束で彼に接近し、キリスト教徒である美しい娘フスティーナに現《うつつ》を抜かすよう煽り立てる。すなわちこの世の刹那的喜びの虜《とりこ》になるよう仕向け、神との接点を断ち切ろうと謀《たばか》るのである。異教徒であるゆえに神慮にかなった栄光を知らないシプリアーノは、相手が悪魔であることに気づかず、まんまと悪魔の奸策にひっかかり、彼女をわがものにできるという魔術を教えてもらうのと引き替えに、魂を悪魔に売り渡す。一年かけて悪魔から魔術を学んだすえ、愛するフスティーナを呼び出すが、目の前に姿をあらわしたのが骸骨の姿形をした彼女の幻影であったことに失望し、この世の享楽がいかに儚いものであるかを思い知らされる。結末では、キリスト教徒を迫害するアンティオキア総督および一同の前で、自分は至尊至高の「神」の存在を知ったこと、フスティーナを意のままにしようとした結果、悪魔の奴隷となったこと、などを明らかにし、同じキリスト教徒であった彼女とともに殉教に甘んじるのである。

この作品では世俗的・文学的要素が宗教的なテーマと絡み合いながら筋が展開することに注目し、以下の構成素材が作品全体を形成するうえで、どのように用いられているかを見てみることにしよう。

（1）無知について
（2）世俗的要素、道化の役割
（3）視覚・聴覚に訴える詩的効果
（4）自由意志と神の恩寵

（1）無知について

「無知《イグノランシア》」の概念は、シプリアーノと悪魔の最初の出会いにおいて観客に提示される。主人公が、偶像礼讃の祭儀が盛大に行われているアンティオキアの騒々しさを横目に、下男とともに心地よい自然の中で真理の究明をしているところへ、旅装束の悪魔がやって来て、町中にそびえ立つ高い塔がすぐ近くに見えるにもかかわらず道案内を乞うことに、シプリアーノは驚きの色を隠せない。このとき悪魔は知識がありながらそれを活用できなかったことに対して、「こういうのを無知というんですな、知識がありながらそれを活用できないというのをね」と述べているが、これはまさに主人公の「無知」を示唆するものである。悪魔の狙いはあくまでも主人公と接点を持つことだが、カルデロンとしてはこの出だしにおいて、知識のみに頼った真理解明だと至高の神と出会うのは不可能であり、そのためには自由意志を働かせ、神の恩寵を賜《たまわ》ることが不可欠であることを強調する。確かにシプリアーノは悪魔との議論に打ち勝つが、悪魔の奸策によりフスティーナという女性に懸想することによって、この知識の弱さが露呈されることになる。これはおそらく観劇にやって来る有識者（聖職者・神学者）を意識した発言であろうと考えられる。

この無知という言葉は、主人公の知を垣間見るには重要だとしても、プロットの流れそのものを左右するものではない。しかし、カルデロンの技巧からすれば明らかに関連性のないと思われるような事柄でもテーマを理解するには重要だとして、パーカーはこの点に注目している。トマス・アクィナスの『神学大全』から三種類の無知を引用し、カルデロンの悪魔が意味する無知とは不用意または不注意によるものであると主張する。[6]しかしたとえカルデロンがイエズス会の学校で教育を受け、スコラ学を身につけていたとしても、果たしてここでそれを引き合いに出す必要はあったのだろうか。パーカーの別の論文によれば、無知とは人間の理性を曇らせ、真実を仮象と勘違いさせてしまうものであり、シプリアーノの場合に当てはめると、彼が知識としてもっている神の存在を感得するのを妨げる無知であるという。[7]要するに、いかに知的レベルが高かろうと信仰や神の恩寵に欠けていれば何の役にも立たないことをカルデロンは初《しょ》っ端《ぱな》に示したわけである。

その証拠にこうした概念は聖書だけでなく——たとえば「コリント人に宛てた聖パウロの第一書簡」（一章、一—三）にも「神はこの世の知識がいかに愚かであるかを示されたではないか？」とある——、聖アウグスティヌスの『告白』（一〇巻、四章）にも、人の知識は神のそれに比べると無知に等しいことが記されているし、[8]十六世紀スペインの神秘主義や禁欲主義にも、世俗的知識は知識というよりむしろ無知であり、神の知識に無関係なあらゆる知識は無知であり知識とはいえないこと、[9]また俗世間のことを知ることは最大の無知であり、自己を知ることは哲学の花である、その一方で神を知ることは信仰の実であり、神に仕えることは人生の木であり最高の知恵であることが書かれている。[10]聖アウグスティヌスの改心をテーマに『聖なるアフリカ人』を書いた劇作家ロペ・デ・ベーガも「知識を増やせば増やすほど、神から見れば無知に近づく」（一幕）とあたりまえのように述べている。[11] 当然のことながら、当時の人々は無知の意味を教会の説教などでも聞かされていたはずである。

それよりも聖体の祝祭の日に一つの村でこの種の劇を上演するということは、カトリック信仰の高揚を第一義的な問題として、見物客の耳目を集めることが狙いだったことから、ここはわざわざ『神学大全』から「無知」を引き合いに出す必要はなかったように思われる。確かに観客のなかには少数派ではあるが教養ある神学者や聖職者がいて、最初の悪魔とシプリアーノの論議やそこに含まれる三段論法などに関心を寄せたであろうことは想像に難くないが、一般の観客にしてみれば、最後まで緊張が続き、（3）に見られるように驚嘆させてくれるものであれば、この芝居の役割は充分に果たせたはずである。

（2）世俗的要素、道化の役割

この作品では、フスティーナへの愛をめぐりレリオとフローロがかかわるもめ事や、リビアへの愛をめぐり二人の道化役モスコンとクラリンがかかわる喜劇的要素が交錯するが、これは大衆の娯楽を大いに煽る意味でも、また中心テーマの緊迫した雰囲気を和らげる意味でも重要な要素となっている。貴族の若者レリオとフローロは異教徒であり、特にレリオはアンティオキアの総督の御曹司《おんぞうし》である。二人はフスティーナとの結婚をめぐってたがいに反目しあうが、彼らの名誉意識や嫉妬の感情はまさに十七世紀の社会に生きる貴族の感情そのものである。これに付随してモスコンとクラリンのリビアに示す愛情表現は主人のパロディーである。彼らはフスティーナに向けられたシプリアーノ、フローロ、レリオの宮廷愛をもじることで、宗教劇の持つ厳格な世界およびそこに潜む悲劇性を和らげ、同時に双方のつなぎ役をも果たしている。世俗的な域を出ることはないが、それでも事を主筋につなげるための基礎作りをしてくれるのである。主筋と世俗的要素の糸がうまく絡み合うのは、主役であるシプリアーノやフスティーナや悪魔がそろってサブプロットに関与してくるためである。シプリアーノは友人としてフローロとレリオの決闘の仲裁をしたことでフスティーナの美しさに心奪われ、悪魔は純粋なシプリアーノの探求心を混乱させようと篤信家《とくしんか》であるフスティーナの心に邪念を植えつけようとする。またフスティーナに懸想するフローロとレリオの嫉妬心をも煽る。一方、フスティーナの父リサンドロはアンティオキアの総督から迫害を受けている立場にあり、その総督をはじめとするローマ帝国の異教徒たちは悪魔を喜ばせる偶像崇拝をしている、という具合にたがいの糸がうまく絡み合っている。このように世俗的要素や道化による滑稽な場面――たとえば三幕に入りすでに悪魔と血の契約を結んだ主人に倣《なら》おうと、クラリンが汚れたハンカチをとり出し、血でサインをして契約を結ぼうとするが、悪魔に鼻であしらわれるといった場面など――が、随所に組み込まれているが、前者は逆境に置かれたときに人はいかにそれを乗り越えられるかという試練であり、後者は芝居のおもしろさや人間臭さを求めてやまない人たちへのリップサービスなのである。

（3）視覚・聴覚に訴える詩的効果

観客の興味を惹くには、彼らの視覚・聴覚に訴える効果がもってこいであり、作中では悪魔が引き起こす事象と関連したかたちでこの技法が用いられる。イエペス村での上演では、本来の舞台に加えて舞台装置を積み込んだ三台の車が配置されるわけだから、よりリアルな舞台設定が可能だが、常設劇場ともなると大がかりな舞台仕かけは期待できず、そのかわり台詞による詩的表現から、観る側は劇空間の様子を想像することになる。二幕の人里離れた海辺の場面で、シプリアーノがフスティーナをものにするためなら悪魔に魂を売ってもかまわないと思ったそのとき、嵐と稲妻をともなった雷鳴が轟き、荒海から悪魔がずぶ濡れの状態で現れる場面がある。双方のそれぞれの台詞によって、バロック特有の荒々しいイメージが描き出される。

シプリアーノ　恐怖につつまれた空はいちめん雲で覆われ、木々の生い茂った山嶺をも巻きこんでしまう。あたりいちめんがエトナ山の焼けつくような熱い絵筆で塗りたくられ、太陽が霧に、大気が煙に、天空が炎につつまれる。（……）海さえもみずからを雲上の絶望的廃墟と見紛う。風がふんわりとした細波をたて、海の飛沫《しぶき》を火の粉にかえる。一隻の難破船が海全体からはじき出される。慈悲深い港ですら確かで安全な場所ではないのだ。人々の叫び声、恐怖、泣き声は、待ちかまえた死の不吉な前兆。死のうと待ちつづけるぶんだけ死が足踏みをする。そして、その死にまでも驚天動地がつきまとう。（……）今や船は陸地に突進しようとしている。こうなると戦いの相手はもはや海だけではなく、すぐ目の前にある断崖も敵と化す。[12]

悪魔〔これから奇跡を起こすために、今日は海という青いサファイアの野原でこのようにぞっとする驚天動地を見せつける必要があったのだ。〕（二幕）

さらに別のシーンでは、悪魔は魔術の効能を信じ込ませるために、山を一方から別の方へと移動する術を使い主人公を驚かせる、「こんな奇怪な現象ははじめてだ！　こんな不思議な奇跡は見たことがない！」（二幕）。そして岩山を引き裂いて中を開け、そこに眠る美しいフスティーナの姿を見せると、さすがの主人公も大いに驚愕し、悪魔との契約に署名する決意をする。彼の願いはフスティーナを手中に収めることと、悪魔に魔術を習って世間をあっと驚かせることだが、それと引き替えに求めていた真理から遠ざかり悪魔の奴隷となってしまう。当の本人はもちろんそのことを自覚している、「身が凍る思いだ！　ぞっとする！　驚愕に堪えない！（……）ああ、気が狂いそうだ！　感覚が麻痺しそうだ！（……）生きた心地もしない！」（二幕）。

物語の宗教色が濃くなるのは三幕に入ってからである。悪魔によって強引に連れ去られようとしたフスティーナがキリスト教の「神」の慈悲により守られる場面あたりからである。のちにシプリアーノが悪魔から、彼女を加護したのはキリスト教の神であることを聞かされると、それこそ自分の探し求めていた全知全能の慈悲深い神であると確信し、同時に自分が契約を交わした相手が悪魔であることも知らされる。結末では、シプリアーノがみずからの意志でアンティオキアの住人を前にして過去の信仰の過《あやま》ちを告白し、改宗したことを明らかにしたあと、フスティーナとともに殉教者として昇天する。
物語のなかでカルデロンは観客に信仰の力を印象づけると同時に、偉大なる神の力を前に観客が驚嘆するようにと詩的効果を最大限に導入する。一年間洞窟に立てこもり魔術を修得したシプリアーノが、その成果を試そうとする場面がそれである。ここでは悪魔が愛の歌を流し、フスティーナの官能を刺激するが、彼女は一瞬気持ちが揺らぐものの自由意志と神の助けによって悪魔の誘惑を払いのける。そうとは知らない主人公が魔術に頼り彼女を呼び寄せようとすると、まさにそのときマントを羽織ったフスティーナの影法師が姿を現す。

シプリアーノ　　目を疑いたくなるような光景！
影法師　こうしてここまで……
シプリアーノ　　これは魂消た！
影法師　愛に誘われるままに……
シプリアーノ　　腰が抜けそうだ！
影法師　あなたのもとへ……
シプリアーノ　　頭が混乱しそうだ！
影法師　やってまいりました……
シプリアーノ　　身がすくむ思いだ！（三幕）

すでに述べたように会話が交互に入り交じるスタイルはカルデロン劇の特徴の一つである（「5　人生の糸」、注7参照）。影法師はこのあとすぐ姿を消すが、主人公は間髪を容れずあとを追いかけ、すぐにフスティーナが着用しているのと同じ衣装を身につけた人影を抱え舞台へ舞い戻る。すかさずその衣服をとり去ると、まるでバルデス・レアール（一六二二—九〇）が描く、この世の儚さを象徴するかのような骸骨が姿を現す。

おお、なんとしたことか！　なんだ、この光景は！　硬直してもの言わぬ亡骸を両腕に抱きしめているとは！　いったい誰が色つやのよいバラ色の頬を瞬時に、萎《しお》れて青ざめた顔に変えてしまったのか？（三幕）

主人公たちが殉教によって昇天する最後の場面においても、二人が斬首されるのと時を同じくして、轟音とともに嵐が吹きすさび、稲妻と百雷をともなった雲のなかから、鱗をもった醜い怪物の蛇があらわれ処刑台の上にのぼって、周囲の人々の注意を促す。ト書きの一部には、「処刑台があらわれるや、そこに殉教者たちの頭と身体が転がっているのが見える。悪魔は高いところで蛇のうえに乗っている」と記されている。ここでの悪魔の目的は、これまでフスティーナの美徳を穢《けが》そうとしてきたが、今は徳望の高い彼女の名誉を挽回すること、シプリアーノが殉教の血を流したことで契約が解消されたこと、二人が天界に召されたことを周知することであり、それが終わると地獄に降下する。これを見て居合わせた全員が舞台上で驚きの声を発し、幕となるのである。

レリオ　これは驚いた！
フローロ　　　　　気が動顚しそうだ！
リビア　奇跡だわ！
全員　　　　驚異だ！
総督　これこそがあの魔術師が死に際しておこなった魔術といえよう。（三幕）

悪魔の介入は人間の心の闇を表象するものである。劇世界では奸策を練るあくどい側面を見せてくれると同時に、善悪の仕組みをわかりやすく示してくれる。ここに道化や副次的人物がかかわることによって滑稽さが誘発されることになる。事実、このような悪魔の奸計は劇世界のみならず、当時の人々にとっても珍しいことではなかった。カスタニェーガは人を迷わす悪魔のまやかしについて次のように述べている、「悪魔が狙いを定めるのは、単純なキリスト教徒、信仰とかけ離れた好奇心の強い輩《やから》、節度を欠くほど現世の富・名誉・虚栄、ふしだらな肉体的喜びに傾倒する輩、求知心に燃えて不可知な事象を求める輩であり、彼らは悪魔から多くのことを約束され騙されるのである。（……）そして悪魔は人類最初の女性〔イヴ〕を騙したように、彼らに普通では考え及ばない物事、すなわち神秘な事象や遠く離れたところで起こる事象についての知識を約束し、彼らを欺くのである[13]」。

（4）自由意志と神の恩寵

作中、自由意志と神の恩寵というテーマは部分的ではあるが、少なくとも文脈に表出する。キリスト教徒として描かれているフスティーナは、世俗の愛や色恋沙汰および異教徒の祭儀には目もくれず、キリスト教徒迫害に心を痛め、終始悪魔とは対極にある存在として描かれているが、肉体がある限り彼女の美貌は男たちの心を捕らえないわけにはいかない。本人の意志に反してレリオ、フローロについでシプリアーノまでが彼女の肉体美に惹かれ、その結果悪魔が介入する隙を与えることになり、特に前者二人の憎悪、嫉妬、怒りが決闘を誘発する。二人を和解させるはずのシプリアーノも彼女に恋い焦がれ、彼女に言い寄るが、そのとき彼女が発する、「この世に生きているかぎり、あなたを愛せないのです」（二幕）という言葉は、この世の愛を否定し、死後の世界での愛を示唆した言葉である。言い換えれば、のちに二人がキリスト教徒として結ばれ、神のもとへ召されることを予言する言葉なのである。こうした死後の幸福な愛については、『天界の二人の恋人』の主人公たちダリアとクリサントのケースにも見られる。

唯一フスティーナが動揺を見せるのは、三幕で悪魔が官能的な歌声を流し、彼女の想像をかき乱すときである。

こうした想像が危険であることは神秘主義者であるサン・フアン・デ・ラ・クルス（一五四二―九一）も次のように述べている、「想像や映像のこの感覚こそが、時に自然的、時々超自然的な巧みさをもって、悪魔が通常入り込んでくる場所である」[14]。甘美な愛の感情を注ぎ込まれたフスティーナの心が揺らぎかけたとき、すかさず悪魔が誘いをかけるが、まさにこのとき自由意志という武器が功を奏し（「自由意志を借りるという手がありますよ」）、悪魔の接近を阻止する方法を講ずる。悪魔の言い分は、心で想像しただけでも半分実行したのと同然で罪には変わりないとするが、彼女は心で想像しただけで承諾したわけではなく、ましてや思うことと実行することは別であると反駁する。こうした悪魔との論争はミラ・デ・アメスクアの『悪魔の奴隷』（三幕）にも見られ[15]、これが特段カルデロンの専売特許ではないが、執拗な悪魔の誘惑をかわすための意思表示として使われており、これが神の救いの手に結びつくのである。

神の恩寵は、最後の場面で奈落の底に転落する寸前に悪魔が、フスティーナの潔白とシプリアーノとの契約の無効そして二人とも昇天したことを告げるときの台詞に込められている、「人間どもよ、聞くがいい、おれはフスティーナの擁護に立ち、おまえたちみんなに事の真相を明らかにするよう天から命じられた」（三幕）。

一方、シプリアーノの場合は、その主目的が改宗という点に置かれているため、神の国に至るまでの精神的葛藤の描写方法が異なっている。すでに見たように、むしろ魔術にまつわるシーンや最後の昇天のシーンなど、バロック的手法によって観客をあっと驚かせる方向に重きが置かれているが、それでも主人公の改心の時期を察するのはむずかしいことではない。習得した魔術によってフスティーナの幻影を呼び出した結果、その正体が骸骨であったことから、この世の美の儚さを認識した時点であるというのが一般的な見方である[16]。これが彼を悪魔的欺瞞から遠ざける要因となり、この不思議な現象を引き起こしたのはまさに真の「神」であったことを悪魔の口から白状させ（「フスティーナを加護されたお方とは、唯一の『神』」、「その『神』というのは全能の神なんだ」、「キリスト教徒たちが崇拝する『神』のこと」）、この期に及んでようやく悪魔の正体に気づき、その支配から逃れようとする、「そのお方が全能であるならば、罪をお赦しくださるだろうし、贖罪も期待できよう」、「偉大なるキリスト教徒の『神』よ、この難事から救い給え！」。あとは殉教に至るまでに、アンティオキア総督など全員がいる前で、すでに山中にある尊者から洗礼を受けキリスト教徒となったことと、おのれの過ちを告白し、人生を達観したような発言をする。

ぼくが探し求め、崇拝し、畏敬する偉大なる「神」なくしては、人の世の栄華など塵、煙、灰、風にすぎないということを悟ったからです。（三幕）

また最後にフスティーナと顔を合わせる場面が設けられ、彼女に自分が犯した罪は計り知れなくて、赦されるかどうか分からないと嘆くと、『十字架への献身』のエウセビオや、ティルソ・デ・モリーナ作『不信心ゆえ地獄堕ち』のエンリーコに見られるように[17]、フスティーナは神の慈悲を強調することによって、シプリアーノの来世に希望の光を投げかけるのである。

神様がお赦しになる罪の数にくらべれば、天空の星も、浜辺の砂も、炎の煌《きら》めきや光の粒子も、風の羽毛も、数のうちには入りません。（三幕）

作中、確かに自由意志という言葉は使われてはいるが、『悪魔の鎖』――悪魔に魂を売ったことにより、憑依されてしまった女主人公イレーネの自由をとり戻そうと、聖バルトロメーが自由意志を盾にとり悪魔を駆逐する――に比べると、『驚異の魔術師』では自由意志を働かせるという意図は希薄であり、むしろ神が救いの手を差し伸べてくれるという点が強調されていると言えよう。

以上のように、カルデロンは宗教劇においても世俗的要素や詩的表現を豊富に採り入れながら、バロック的筆法によりドラマティックな主人公の救済を演出することによって観客を魅了し、同時に信仰の強化をも狙ったのである。なぜなら、人々の信仰心がお世辞にも篤いとはいえなかったのと[18]、悪魔の誘惑に関する話題や種々の迷信などは当時の社会では日常茶飯事だったからである[19]。そのため、たとえキリスト教を受け入れ改宗するプロセスが即席的かつ便宜的なものであっても、神の栄光に浴することが問題なのである。これは異教徒が主人公として登場する他の宗教劇に共通して言えることだが、偶像崇拝に心が支配され自由意志をうまく活用できない異教徒にとって、魂の救済のためには何はともあれ神の恩寵は欠かせないのである。カルデロンの生きた時代は一般的にイエス・キリスト、聖母マリア、諸聖人を崇拝したり、聖体行列や巡礼などを行ったりすることで信仰を深めた時代であった[20]。したがって、(1)の「無知」や(4)の「自由意志」は筋展開そのものに絡むわけではなく、特定の客層を対象としたリップサービスとして盛り込まれたものと考えられる。全体的に劇のプロットを支えているのは、殉教・改心という中心テーマを前面に押し出しながらも、観客を強く意識した興行性を重視するバロックスタイルの劇芸術なのである。

6-3　『十字架の献身』——神はいかなる罪も赦される

次に前項のような異教徒の改宗ではなく、やむにやまれない事情から大罪を犯すが、最後は神の慈悲と赦しによって魂が救われるという作品群から、カルデロンの初期の作品『十字架への献身』を採り上げ、その劇芸術の綾《あや》を見てみることにしよう。

この作品の制作年代は不明だが、作品には二つの版が存在し、古いほうの版は『墓の上の十字架』という題名で、『ロペ・デ・ベーガ戯曲集　第二三部』(一六二九)に収録され、その後もロペ・デ・ベーガの名前で『異な

る劇作家の戯曲集 第二八部』（一六三四）に収録されたり、ルイス・デ・アラルコンの名前で単行本（出版年不詳）が出回ったりもした。もう一つの版は『十字架への献身』という題名で、カルデロンの弟ホセの手により前者の間違いが訂正され『ペドロ・カルデロン・デ・ラ・バルカ戯曲集 第一部』（一六三六／一六四〇）に収められた。両者を比較すると細かい部分でいくつものちがいは見られるにしろ、今ではどちらもカルデロン本人の作品で、『十字架への献身』として新たに稿を起こす際に、すでに書いていた『墓の上の十字架』に手を加え、磨きをかけたというのが定説となっている。[21]

この作品を書くにあたり、ロペ・デ・ベーガの『極悪非道な聖人』やミラ・デ・アメスクアの『天国の女将』などを参考にしたと考えられるが、劇構造にみる聖と俗の混淆、盗賊に成り下がり罪を犯す主人公の生き様、いかなる悪事を働こうとも悔い改め死に際に懺悔すれば神の慈悲による救いがあるなどの点から、直接影響を受けたと思われるのは、ミラ・デ・アメスクアの『悪魔の奴隷』（一六一二）の可能性が高い。[22]

バルブエナ・プラットによれば、「ドラマの構造は見事に整えられ、完璧である。どの場面においても興味を削がれることはなく、読者を常に愉しませてくれる」作品に仕上がっている。[23] ここでは十字架をめぐって主人公に起こる数々の奇蹟、盗賊として多くの罪を重ねる主人公の土壇場での救済に焦点が当てられているが、その背景には俗世間の人々の退廃的な生き方が浮き彫りになっている。カルデロンは改心を扱ううえで、神の赦しが計り知れないものであることを知らしめんがために、社会的要素をふんだんに導入する。まさに悪の世界にどっぷりつかったフリアが述べているとおりである、「空にまたたく星の数、海岸の砂の数、大気中の粒子の数、これらを全部合わせた数でも神様のお赦しになる罪の数にくらべれば少ないもの」（二幕）。[24] そのためカルデロンはあえて主人公を社会に相容れない極悪非道な罪人として描いたのである。

主人公であるエウセビオとフリアは双子の兄妹で、二人の胸に刻まれた十字架の印だけがその証拠なのだが、幼い頃に生き別れているため、出会った時点ではたがいに身内であることに気づかず、二人は恋に落ちる。この関係に娘の名誉および世間体を過度に気にする親族の名誉感情が絡んで事が悲劇へと発展するわけだが、物語が進むにつれて、かつての父親クルシオの妻殺しが諸悪の根源として白日の下にさらされる。劇中では二人の若者は相思相愛の仲にある。だが、彼女の兄リサルドは——彼も相手が実の弟であることを知らない——身分のちがいを理由に二人の結婚を認めようとはせず、これによって事が決闘へと発展する。父クルシオもこの時点でエウセビオが実の息子であることを知らずに、結婚に反対の立場を表明する。先の決闘で長子の命が奪われると、父は娘を修道院に入れ、息子の命を奪ったうえ娘の名誉を穢したエウセビオに対して意趣返しを決意する。二幕以降、エウセビオは山中に暮らす、残忍きわまりない盗賊に成り下がり、おまけに罪を重ねるのを覚悟のうえで修道院に侵入し、フリアを連れ出そうとする。しかし、彼女の胸に自分と同じような十字架の印があることに気づき、神への畏《おそ》れからその場を立ち去る。あとに残されたフリアもこの事件をきっかけに修道院を飛び出し、男装して山中で盗賊生活を送る。これにより両者とも罪深い無法者としてクローズアップされることになる。結末では、エウセビオがクルシオの率いる村人たちに殺されるが、懺悔がかなって魂が救われる。フリアはこの奇蹟を目の当たりにし、恋人が実の兄であったことを知り、神におのれの罪深い生き方を詫びたあと、修道院に戻って改悛の日々を送る決意をする。

『十字架への献身』には、最後の魂の救済に至るまでのプロセスにおいてさまざまな聖と俗の構成素材が用いられ、バルブエナ・プラットが指摘するように観客を閉幕まで飽きさせない筋展開となっている。なかでも魂の救済につながる十字架の現実離れした奇蹟が表面化し、主人公が何度も生命の危険から救われる場面は、ゴンサーロ・デ・ベルセーオ（十二世紀末——一二六四？）の『聖母の奇蹟』を彷彿させる。また、そこに至るまでのプロセスとして以下のモティーフが用いられている。

（1）エウセビオの誕生／一連の奇蹟／双子の兄妹の胸にある十字架の印

（2）クルシオの名誉感情
（3）フリアとエウセビオの恋愛／近親相姦のモティーフ／エウセビオとリサルドの決闘
（4）盗賊生活／犯した数々の罪
（5）修道院への侵入
（6）魂の救済／神の慈悲と赦し

（1）エウセビオの誕生／一連の奇蹟／双子の兄妹の胸にある十字架の印

エウセビオの誕生については、その根源を遡るとクルシオに端を発しているのがわかる。[25] 自己の出生にまつわる不思議な話や十字架にまつわる過去の不思議な体験については本人の口から語られ、それによると彼は十字架のもとで生まれ、両親を知らないままある羊飼いに育てられ、幼少の頃から十字架の御利益でこれまでに何度も奇跡的に落命を逃れたことが明かされる。このエウセビオの説明を補うかのように父クルシオの言葉からも、子供たちの不吉な誕生のことが語られる。この長めの台詞は一幕と二幕にそれぞれ挿入されており、舞台空間での物語の展開を理解する上で重要な役割を担っている。

（2）クルシオの名誉感情

この元凶となっているのがクルシオの名誉感情である。事の起こりは彼が教皇に仕えるため八か月間ローマに滞在しているあいだ、妻ロスミーラが姦通したのではないかとの妄執にとらわれたことにある。そこで名誉の掟にしたがい復讐を企てようと、狩りと称して妻を山に連れ出し、貞潔を信じながらも復讐を実行するのだが、殺害したつもりで家に帰ると、身籠もっていた妻がその晩に十字架のもとで出産し、生まれたばかりの赤子（フリア）を抱きかかえて戸口に現れる。息も絶え絶えになった妻の話によれば生まれたのは双子で、もう一人（エウセビオ）は山中に残したままだという。ところが、クルシオの語りだけでは、もう一人の赤子の行方は把握できず、リサルド、エウセビオ、フリアの三人がクルシオの子供であることが判明するのは結末近くになってからである。

父親の名誉感情は、上記の妻に対する疑念から発したもので、基本的には名誉劇に登場する各夫のそれと変わらない。妻の潔白を信じないわけではないが、嫉妬に狂うあまり名誉の掟から離れられないのである。なぜなら名誉劇で確認したとおり、一度疑念を抱いたが最後、世間に顔向けできるようになるまでは、被った恥辱を血によって洗い流さねばならないからである。その疑念にしても、高貴な人間に生まれたのであれば、確かな証拠など必要なく、疑わしいと思うだけで充分だという身勝手な理屈に支えられたものである。

わしの不名誉がはっきりしたことで、この侮辱を考えるにつけ、おのれの逆運を想像せずにはいられなかった。それが事実であるとは言わないが、高貴な人間として生まれたからには確かな証拠など必要ない。疑わしいと思うだけで充分だ。事が他人の耳朶《じだ》に触れさえしなければ、高貴な人間が不運に見舞われようと、どうってことはない！〔ああ、冷酷な名誉の掟よ！　残忍な世の定めよ！〕名誉の掟なんてしょせん嘘の塊のようなもの。ろくに予備調査もしないまま、一見わかりにくい真偽を確かめられるわけがない。無辜《むこ》の民を罰する法なんてどこにある！　なんの咎もない人間を侮辱するような掟なんてどこにある！　何度でも言おう、こんな掟など嘘っぱちだとな。こんなのは不名誉というよりは、むしろ逆運に近い。〔……〕不名誉の廉《かど》で無実の者が責められるというのなら、おのれの罪を知りながら口を閉ざす者に対して、世間はどんな罰を下すというのか？（一幕）

このように当時の社会通念としての名誉の掟を表に出すことは、宗教劇といえども物語を構築する上でとても重要な鍵となる。ロペが指摘したようにまさに観客の好みを充分に配慮したものであることが分かる。

（3）フリアとエウセビオの恋愛／近親相姦のモティーフ／エウセビオとリサルドの決闘

フリアとエウセビオは互いに相手の素性を知らないまま、近親相姦など夢にも思わず結婚へと思いを膨らますが、この結婚を認めようとしない友人（実際の兄）リサルドに阻まれる。ここには当時の結婚観が曲がりなりにも写し出されている。リサルドにしてみれば、愛を告白する前にまずは父親にそのことを伝えるのが筋であるのと――「高貴な出の女が相手であれば、恋文や睦言やふしだらな伝言、身持ちの悪い取り持ち女を介して言い寄るべきではないということぐらい心得ておくべきだ」――、自己の血筋のことを考慮しての判断である、「貧しい貴族というのは高貴な資質と財産が釣り合わなければ、おのれの血筋を穢さないためにも、生娘を聖なる修道院に入れてしまうものだからな」（一幕）。こうして二人は折り合うことなく、事態が決闘へと発展し、早い段階でリサルドの命が奪われる。ここから主人公の運命が身の破滅へと大きく傾いていくと同時に、侮辱された相手の家族にも大きなダメージが加わることで、家長に復讐の念が生じることになる。このような場面設定は〈マントと剣〉の喜劇では日常茶飯事のことで、観客の嗜好を満足させるためのモティーフでもあり、魂が光の世界へ飛翔するための試金石でもある。

（4）盗賊生活／犯した数々の罪

二幕の出だしからエウセビオは盗賊に成り下がっているが、その中でも一条の光が射しこんでくる場面があり、これがのちに確たる信仰心へとつながっていく。仲間の狙い撃った銃弾が、山中を通りかかった世捨て人アルベルトが胸に抱えていた『十字架の奇蹟』という本に当たり、命拾いするという出来事を目の当たりにしたときのこと、この不思議な現象を前に「神のご威光が授かるよう祈って差しあげましょう」というアルベルトの言葉に対して、エウセビオは「おれの幸せを祈ってもらえるのなら、懺悔をせずに死ぬことがないよう、どうか神に願ってもらいたい」（二幕）と敬虔の念を新たにする。この時代の劇作品に登場するキリスト教徒の盗賊は、心の片隅に神への畏怖の念あるいは何らかの信仰心を抱きつつ殺人行為や蛮行をくり返すというのが常套手段であり、最後はおのれの罪を後悔する機会を与えられ、おおむね神の慈悲によって昇天することになっている。[26]エウセビオの場合もご多分に漏れず彼らと同じような道を歩むのだが、カルデロンにしてみれば、犯した罪の数が多ければ多いほど、またその程度が残忍であればあるほど土壇場で神の慈悲深さが際立ち、さらには聖なる世界と闇の世界との明暗の劇的効果も増すことから、観客に与えるインパクトは大きいと判断したのであろう。

（5）修道院への侵入

これは、社会から疎外された主人公が犯す一連の罪の一つである。この芝居の最も緊迫する場面であるが、盗賊の頭エウセビオが夜陰に乗じてフリアのいる修道院の塀をよじ登り、彼女を連れ出そうと試みるシーンは社会的に反逆行為であり重罪を象徴している。[27]そもそも梯子のモティーフはすでにミラ・デ・アメスクアの『悪魔の奴隷』でも用いられており、カルデロンの特許ではない。この作品では、ちょっとした心の隙を突かれた聖者ドン・ヒルが欲望を抑えきれず、リサルダの恋人ドン・ディエゴがのぼるはずだった梯子を伝ってリサルダの部屋に侵入する場面が設けられている。これによって聖職者として失格の烙印を捺され、強引に彼女を盗賊の世界へと引き込むのである。主人公ドン・ヒルは最後の場面で改悛の情を示し悪魔から逃れるのだが、『驚異の魔術師』の主人公シプリアーノと同じように悪魔にそそのかされ魔術をとおして肉欲を満たそうとし失望感を味わうところに改心の動機があるため、光の世界への移行が唐突であり、かつ便宜的でもある。しかし『十字架への献身』では直線的ではなく、話の構想にいくぶん趣向が加味されている。暗い修道院の中でエウセビオが恋人の胸に刻まれた十字架の印を目にしたときに畏怖の念を抱き、立てかけられたままの梯子を伝って退散する。侵入する前は「おれは聖域への敬意をかなぐり捨て、修道生活の掟を破ることに決めたんだ」と意気込んでいたにもかかわらず、退散したあとの言葉はまさしく十字架への献身を意味するものである、「おお、聖なる十字架よ、約束してもいい、厳粛な気持ちで神に誓ってもいい、いかなる場所であれ十字架が目にとまったときには、知ってるかぎりの祈り文句と一緒に、地べたに跪《ひざまず》きながらアベマリアを唱えると」。反面、恋人に見放されたことでフリアは近親相姦からは逃れられるものの、聖域から盗賊の世界へ移行することになり、両者それぞれが罪深い生き方を強いられる。にもかかわらず、エウセビオの心から二人を結びつける不思議な十字架のことが離れない、「何か隠された秘密があるんだ。自分の意志とは裏腹に聖なる力が働き、おれの胸に刻まれているのと同じ模様をした、彼女の胸の十字架のしるしを敬うよう仕向けたんだ。フリアよ、われわれ二人がともに十字架のしるしを胸に刻まれ生まれてきたからには、神にしか理解できない奥深い神秘があるにちがいない」（三幕）。

（3）と（4）のエピソードは、いずれも当時の社会で実際にあったことと一致することから、観る側にとってはより親近感を覚えたはずである。前者については、スペイン全土にいろいろな盗賊集団が存在し[28]、エウセビオのような信心深い盗賊もいたのである[29]。後者に関しては、ペリィセールやバリオヌエーボが書き記した『覚え書き』やイエズス会士たちの書簡を見ると、恋の熱に浮かされた若者が修道院の壁をよじ登って中に侵入し、修道女を拐かして連れ出すという事件が記されている[30]。

（6）魂の救済／神の慈悲と赦し

三幕後半でエウセビオがクルシオ率いる村人たちに追われ死を迎えることになるが、十字架への敬意を失うことのなかったエウセビオの亡骸の前に、アルベルトが運よく現れ、懺悔もかなって彼の魂は救われる。カルデロンはこのときの不思議な光景を父と娘の台詞をとおして強調する。

クルシオ　わが息子よ！　天にましまする神よ！　なんと不思議な御業なのか！

フリア　前代未聞の驚くべき奇蹟！（三幕）

盗賊に成り下がったフリアも顔の覆いをとり、犯した罪を悔い改め、エウセビオの墓の上に身を投げかけると奇蹟が働いて彼女の姿が消える。ここで重要なのは、カルデロンがフリアに反面教師的な役割を与えたことである。

私が犯してきた重大な罪をお父様やみんなに知らせなくては。過去の過ちに戦慄を覚えながら、声を大にして申します。この世に生をうけた人たちみんなに聞いてもらいたいのです。私の名前はフリアといい、恥知らずな悪女のうちでもその最たるもの。私の罪科がこうして公となった以上、みんなのまえで悔い改めたいと思います。世の人々には悪しき行いの手本となったことをお詫びし、神様には罪深い生き方をお詫びいたします……（三幕）

この作品の見所は、当時の社会を彷彿させるような聖と俗の要素が入り交じる劇空間で起こる出来事もさることながら、相思相愛のエウセビオとフリアの兄妹関係やクルシオとエウセビオの父子関係が結末まで明らかにされずに、不運という人間ではどうにもできない不思議な力に翻弄され、罪深い人生を送ったあげく、神の慈悲や恩寵に救われるという物語の展開にある。そのなかで、題名ともなっている主人公の十字架への献身は、現実離れした奇蹟をともない、最後の懺悔へとつながり、魂を神のもとへ誘《いざな》う大きな要因となっている。いわば、いかに罪深い人間であろうとも、悔い改めるならば魂の救いはあるということを、カルデロンは中世の面影を残している奇蹟を用いながら、かつ名誉などの世俗的要素をも盛り込み、信仰から遠ざかっている人々に救いの身近さを再認識させ、人間の理解や知識では計り知れない神の無限の力を強調しようとしたのである。むろん見方によっては、カルデロンは人間としての問題解決を求めてはおらず、ひたすらフェティシズムともいえるような十字架信仰に力点を置いたとも考えられるが[31]、筆者としては十字架への畏怖があるがゆえに神の慈悲や恩寵が得られ、これによって時代・社会が要求した信仰の意味をより鮮明に描き出すことができたのだと考える。

しかしながら、この作品では勧善懲悪に結びつく因果律が機能していないことに気づく。言い換えれば、ご都合主義のかたちで終わるということである。[32] このケースはティルソ・デ・モリーナの『不信心ゆえ地獄堕ち』（一六三五）に登場する盗賊エンリーコと同じである。彼は幼い頃から悪事を重ね、堕落した世界で生き続けてきた人物であるが、神の恩寵を信じ、また父親に対して親孝行であることから、父に諭され懺悔したことで昇天する。一方、神に仕えてきた隠者パウロは利己的な信仰心から悪魔の罠に陥り、山賊となって悪行を重ね、何度か改心の機会を与えられるにもかかわらず、悪魔にもてあそばれたまま業火に焼かれる結果となる。実は、すでにミラ・デ・アメスクアの『悪魔の奴隷』でも、罪深い人間の生き様が描かれている。ただし、こちらの主人公ドン・ヒルは、神に仕え、人々の信望を集めてきたにもかかわらず、世俗的な欲望に駆られ、一人の女性を弄《もてあそ》んだあげく彼女を巻き込んでは盗賊となり数々の罪を犯すのだが、結末では無罪放免や昇天とはならず、改悛し罪を贖《あがな》いながら生きることになる。それなりの代償が仄めかされているのである。ところが、カルデロンの場合、神の慈悲と恩寵がオールマイティーのカードとして機能するため、罪とその償いの関係がその背後に隠れてしまう。言うなれば、それもこれも罪深い人間の魂の救済に希望を持たせるためのカルデロンの計らい、ないしはカトリック教会の教えを汲んだ戒めであろうが、劇空間といえどもこの時代のシリアスな劇に導入されている勧善懲悪をも含む道義的なスタンスからすれば、理論的な整合性を欠くような後味が残る。

6－4『不屈の王子』――カトリック信仰の高揚[33]

『不屈の王子』は主人公の堅固な信仰心を高揚してはいるが、ある程度史実にもとづいている点からすれば歴史劇とみなしてもおかしくない作品である。[34]

初めて世に出たのは一六三六年のことで、マドリードのマリア・デ・キニョーネス印刷所から一二篇の作品を収録した『ペドロ・カルデロン・デ・ラ・バルカ戯曲集 第一部』として出版された。その後、一六四〇年に表紙の多少異なる二種類の版が出版されるが、これはどうやら一六四〇という出版年を偽ったものでかなり後に刊行されたものらしい。それとは別にスペイン国立図書館には『不屈の王子』の手稿が所蔵されている。初版（一六三六）やベラ・タシス版（一六八五）に比べると、明らかに異なる箇所が少なからず存在し、おまけにカルデロンの自筆原稿ではない。おそらく上演用の台本と思われるもので、多少手が加えられている。[35]なお、ベラ・タシス版というのは、カルデロンの死後、親友であり教養が高かったファン・デ・ベラ・タシスが編んだものである。彼は『ペドロ・カルデロン・デ・ラ・バルカ戯曲集 第五部』（一六七七）を紛《まが》い物——カルデロン本人の許可なく印刷されたもの——だとして、一六八二年に『真作 ペドロ・カルデロン戯曲集 第五部』を刊行して以来、カルデロン戯曲集を第九部まで世に送り出した。『不屈の王子』はその第一部（一六八五）に収録されている。これについてポルケーラス・マヨは、カルデロンは生前にすべてではないにしろ脚本の最終的な修正に加わっていた可能性があるとして、ベラ・タシスの修正箇所はごくわずかであり、基本的に『ペドロ・カルデロン・デ・ラ・バルカ戯曲集 第一部』など複数の版を尊重しているため、これを妥当と見なすか、あるいは編者の恣意と見なすかは別として、かなり信頼性が高いと主張する。[36]本項では、ポルケーラス・マヨ版にもとづきカルデロンの劇芸術を検証してみることにする。

作品の主人公はポルトガルの王子ドン・フェルナンドである。彼の親族には二人の兄ドン・エンリーケとドン・ファン、国王ドン・ドゥアルテ、そしてのちの国王ドン・アルフォンソがいる。彼らは高貴な人物であり、敬虔なキリスト教信者として描かれている。これに対してイスラーム教を信奉するフェズ（モロッコ北東部に位置する）の王、その娘フェニックス、王の甥でありかつ忠臣であると同時にフェニックスの恋人でもあるムレイが中心となり、両陣営の思惑が劇空間で対峙する。双方の目的はセウタ（ジブラルタル海峡に面した、モロッコ北部に位置する町）を手中に収めることである。

物語はフェズの王宮から始まる。キリスト教徒とイスラーム教徒との小競り合いの結果、後者が敗北を喫し、ムレイが捕虜となる。ところが、祖国に残した恋人フェニックスとの恋に苦しむムレイを見たドン・フェルナンドは彼に理解を示し自由の身とする。これ以降ムレイはフェズの王への忠誠と異教徒への恩義との板挟みになる。その後、イスラーム教徒が勢力を回復し、キリスト教徒を包囲すると、運悪くドン・フェルナンドが捕虜となる。フェズの王は兄ドン・エンリーケを身代金調達のために放ち、ドン・フェルナンドをフェズへ連行する。他の捕虜たちと同様に囚われの身となった王子は、セウタ返還の可能性があるあいだは寛大な扱いを受ける。そうこうするうち、ドゥアルテ王が逝去したことによって、王の遺言として王子の身柄と引き替えにセウタを譲渡したい意向が伝えられる。早速、王位を継承したばかりのアルフォンソ王はこれを遂行しようとするが、セウタは神のものであり自分のものではないと主張するドン・フェルナンドはかたくなに交渉を拒む。これを見たフェズの王は威厳と栄光を傷つけられ、それ以降王子の特別扱いをやめ奴隷として扱う。一方、ムレイは受けた恩義に報いようと、王子を逃すことを計画するが実現しない。そうした状況下、ドン・フェルナンドの置かれた状況が次第に厳しいものとなり、三幕後半ではアルフォンソ王が率いる軍隊とイスラーム側の軍が衝突する。このときドン・フェルナンドはすでに息を引きとったあとだが、その精神はスペイン軍の士気を鼓舞するために騎士修道会のマントを着用し、火のついた松明《たいまつ》をもって現れ、キリスト教軍を勝利へと導く。アルフォンソ王はフェズの王に対して、王子の亡骸を引き渡すよう求め、その見返りとして捕虜にしたモロッコ王タルダンテとフェニックスを戻し、フェニックスとその恋人ムレイとの結婚を懇願する。

この作品の出典はいろいろ考えられるが、実際にどの作品を参考にしたかについては不明である。たとえば、王子の信頼のおける秘書で、タンジール遠征に同伴し、人質として王子とともに残り、過酷な捕虜生活のあと、一四四八年に釈放されたフェルナンド・ジョアン・アルバレスが綴った『王子の生涯』(一四四八―六〇)。この手稿は本人のものではないが、一字一句違わずオリジナルのコピーである。初版は『年代記』として一五二七年に刊行され、一五七七年にはイエロニモ・デ・ラモスによる改訂版が出版された。ただし内容の一部に架空のエピソードが含まれている。ほかには、詩人ルイス・デ・カモンイスがポルトガルの歴史的偉業を称えて著した『ウス・ルジーアダス』（一五七二）――第四歌で自国に献身する英雄的なフェルナンドの運命に触れており、この作品はのちのルイス・マルモル・カルバハールやディエゴ・デ・トーレスの著作にも影響を及ぼした――や、最初のスペイン人伝記作家イエロニモ・ロマンの『信仰篤きドン・フェルナンド王子の生涯』（一五九五）、そしてマヌエル・デ・ファリア・エ・ソウサの『梗概ポルトガル史』（一六二八）などが考えられる。とりわけ、『不屈の王子』のドン・フェルナンドをそのまま表現しているのはロマンの『信仰篤きドン・フェルナンド王子の生涯』のようである。[37]とはいうものの、カルデロンは大まかな歴史の流れを参照しただけで、構想自体は劇作家のオリジナルだというのが一般的な見方である。ところが、スローマンによれば『不屈の王子』を書くにあたりカルデロンが直接参考にしたのは、上記のロマンの伝記を戯曲化した、ロペ・デ・ベーガの作品と思われる『ポルトガル王子ドン・フェルナンドの逆運』（一五九七―一六〇三）の可能性が高いらしい。登場人物の性格描写、アクション、クライマックスなどで構成される劇作品といえども、ここには伝記作家ロマンが提供する内容ができるだけ有効に採用されているからである。それに加えてカルデロンの『不屈の王子』には、その劇構造、筋運び、登場人物の性格描写、不要なエピソードの削除、言語表現、韻律などの面において、より洗練された独自のテクニックが見られるという。[38]

作品の評価をめぐっては、これまで様々な解釈がなされてきた。ドイツ・ロマン主義者たちはこれを悲劇としてとらえたが、のちにライヒェンバーガーは、この作品には悲劇に必要な破局が欠けており、むしろこれは典型的なキリスト教徒の殉教劇であることから、ドン・フェルナンドは聖なる殉教者であって悲劇の英雄ではないと主張した。[39]事実、作品はキリスト教徒である騎士の模範として主人公のドン・フェルナンド王子を中心に物語が展開し、カルデロンはこの中心人物を超然とした賢者、キリスト教信仰のために命を捧げる高潔な人物として描いている。逆境に堪え続ける姿はまるで旧約聖書に出てくるヨブそのものであり、同時にこの世の儚さや来世での魂の救済を強く示唆したものである。そのうえ王子は敵にも情けをかけるほどの慈悲深く寛大な人物であり、戦いにおいては勇敢である。こういう人物がカルデロンの手によって、悲惨な境遇に追いやられることになるのだが、主人公は決して怯《ひる》むことなく、最後までキリスト教徒として自分の信念を貫き通すことで、魂が永遠に救済されることを優先する。ルイス・ラモンによれば、ドン・フェルナンドは名誉感情および祖国や信仰に対する忠誠心を大義名分に、物語の展開を担う重要な役割を演じているという。前半では世俗的な存在として描かれている反面、囚われの身になってからは、永遠の自由を希求する――信仰のために命を失う――ことによって、個人的な苦痛も奴隷生活も受け入れるのである。[40] 他方、この劇作品を通俗的な戯曲（コメディア）としてとらえるか、聖体劇のイメージをこれにあてはめて象徴的ドラマとしてとらえるかという点についても議論が分かれたが、[41] ワードロッパーは、アレゴリーかコメディアかというだけの解釈は危険であり、作品があらゆる詩的技法を習得した詩人によって詩的に綴られているということの重要性を知るべきだと主張する。[42]

ここでカルデロンの劇芸術に着目する前に、まずは史実を確認してみることにしよう。フェルナンド（一四〇二―四三）――アヴィスおよびキリスト騎士修道会の領主――をはじめ、ドゥアルテ（一三九一―一四三八）、ペドロ（一三九二―一四四九）、エンリーケ（一三九四―一四六〇）、ジョアン（一四〇〇―四二）、アルフォンソ（一四三二―八一）は、ポルトガルのアヴィス朝（一三八五―一五八〇）に実在した人物であり、このアヴィス朝は一三八五年にジョアン一世（在位、一三八五―一四三三）が王位について興《おこ》した。マヌエル一世（在位一四九五―一五二一）の治下で最も繁栄したが、一五八〇年フェリペ二世のときスペインに併合されアヴィス朝は滅亡した。

一四一五年、ジョアン一世と三人の王子、ドゥアルテ、ペドロ、エンリーケ（航海王子）が率いるポルトガル艦隊はセウタ攻略に成功し、これをきっかけに海外進出を始めた。しかしイスラーム側の抵抗が激しく、これを維持するか撤退するかで意見が分かれたが国王は維持策をとった。というのも、セウタはジブラルタル海峡に面する都市で、商業的にも戦略的にも重要な拠点だったからである。そのうえ、イスラーム教徒相手の戦いはレコンキスタの一環でもあった。[43] 一四三三年にジョアン一世が亡くなると、長子であるドゥアルテが四二歳で即位した。この頃のセウタはイスラーム教徒によって実行支配され、ポルトガルから到着する船によって食糧補給がなされる程度で青息吐息の状況であった。一方、ポルトガルはモロッコの北部海岸全域を防御する上で必要不可欠な、地中海の入り口に位置し戦略上の要地タンジールの確保にも余念がなかった。一四三七年、ドゥアルテ王は、ペドロの反対を押し切りエンリーケが指揮を執るかたちで、セウタの西方に位置するタンジールへの軍事遠征を行うことを許可した。スローマンによれば、ポルトガルがタンジール攻略を企てた本当の目的は、カナリア諸島、モロッコ、アフリカ大陸西部のギニアの獲得にあった。一四三五年にローマ教皇庁からキリスト教を布教するという条件でその征服の許可が下りたからである。このときドゥアルテ王は戦費を捻出するために増税し、エンリーケ王子を積極的に支援した。八月二二日、弟のフェルナンドを伴い、彼の艦隊はリスボンから四日かけてセウタに到着した。戦力不足のまま十字軍の精神だけで、九月一三日にタンジールに侵攻し――フェルナンド王子は病気のため海路でタンジールに入った――、最初の攻撃は九月二〇日に行われた。当地の総督はサラー・イブン・サラーであり、モロッコ中から援軍を得てポルトガル軍を撃退した。その結果、ポルトガル軍は多くの死傷者を出し、惨敗を喫したのである。包囲する側が包囲されることになり、ポルトガル軍はセウタを返還する代わりに、イスラーム側はエンリーケの自由と軍隊の安全な退却を保証するという協定が一〇月一五日にとり交わされた。このときサラー・イブン・サラーの要求により、フェルナンドと一二人の貴族がイスラーム側の人質となり――当初、王子は高貴な人質としてアシラーで囚われの身となり、のちにポルトガルが協定を守らないことが分かるとタンジールの牢獄へ移され過酷な囚人として扱われた――、代わりに統治者の息子が人質として差し出された。ポルトガル議会ではセウタを譲渡すべきか、王子の釈放に向けて尽力するか、意見が二つに分かれた。エンリーケは、セウタ譲渡は神の意志に反するとして不承諾の意を表したし、サラー・イブン・サラーのほうはわが子のことよりもセウタ返還のことしか頭になかった。しかし、ドゥアルテ王、ペドロ、ジョアンはポルトガル議会に一刻も早く協定を守り、セウタをモロッコに返還するよう求めたが議会は拒否した。伝説では、フェルナンドが捕虜生活を受け入れ、セウタ返還を頑なに拒んだとあるが、実際には殉教死など望まず、協定が履行され、早く自由になれることを望んでいたようである。[44]

一四三八年、ドゥアルテ王が崩御すると、アルフォンソがアルフォンソ五世としてわずか六歳で王位に就いた。当初は女王レオノール・デ・アラゴンが政務を執り行っていたが、外国人であるうえ民衆に人気がなかったため、翌年ペドロが摂政に就き、アルフォンソ王が成年に達するまで任務に従事したが、その後アルファロベイラの戦いで宿敵ブラガンサ公爵と国王軍に敗れ戦死した。ペドロが摂政に就いているあいだ、一四四〇年にセウタを返還する代わりに、弟の解放を願いフェズで交渉を行わせたが、折り合いがつかず交渉は決裂した。そしてその三年後の一四四三年六月五日にフェルナンドはフェズで獄死。国益に貢献したとして「聖王子」と呼ばれ、一四七〇年にはカトリック教会から列福されている。ただ、もう一人のイスラーム側の人質については記録が残されていない。エンリーケ航海王子の最後の遠征は、トルコによるコンスタンチノープル征服後、一四五八年のアルカセル・セギール征服であり、これによってポルトガルはタンジールでの汚名を挽回したことになる。

劇構造からすると、ポルトガル史にもとづく歴史的事件を背景に登場人物の信仰の篤さが中心的役割を果たすが、ほかにもロペ・デ・ベーガが『当世コメディア新作法』で提示した十七世紀バロック演劇のあり方、すなわち叙情性と文飾性を高めるための詩的要素、洗練された筋展開などが見られるため、バルブエナ・プラットはこれを「完璧な芸術」と呼んだ。[45] そこにはドン・フェルナンドが殉教に至るまでの筋展開と平行して、ムレイとフェニックスとの恋愛関係、フェズ王の思惑であるタルダンテと娘フェニックスとの政略結婚が作品のサブプロットとして描かれている。そのためのお膳立てとして幕開けから、サブプロットにまつわるエピソードにかなりのスペースが費やされており、その大事な仲介役をするのがムレイである。彼は一幕ではポルトガル海軍の思惑とフェズ王の戦略を、二幕ではドン・フェルナンドとフェニックスを、三幕ではフェズ王とドン・フェルナンドを結びつける役割を果たしている。[46]

背景に描かれている歴史的要素に注目して見ると、セウタ返還のための両者の意気込みだけは明確に描かれているが、周囲の緊迫した状況は台詞による説明ということもあって宗教的な対立のイメージは希薄である。もちろん舞台上での武力衝突はない。では、そうした単調な筋運びにカルデロンはどのような味つけをしているかといえば、随所にさまざまなモティーフを投入し、物語性と詩的要素を高めているのである。

まずは登場人物を構成するにあたり、観客の階級を念頭に置きながら、均衡のとれた役柄の配置が意図的に試みられている。両陣営の社会階層を配慮したかたち（①三人の国王＝フェズ王、モロッコ王、ポルトガル王／②三人の王子＝フェルナンド、エンリーケ、ファン／③伯爵＝ファン／将軍＝ムレイ／④双方の召使いたち）、互いに愛し合うフェニックスとドン・フェルナンドは王女・王子であり身分はほぼ同等であること、満遍なくちりばめられたテーマ別事象に主要人物が巧みに振り分けられていること（宗教＝イスラーム対カトリック／民族＝アラブ対ヨーロッパ／政治・軍事＝フェズ、モロッコ、ポルトガルの各国王と廷臣たち／家族＝フェズの王とフェニックス、アヴィス王朝の王侯貴族たち、フェズの王とムレイ／恋愛＝フェニックスとムレイ／政略結婚＝フェニックスとタルダンテ）、親族はいずれの側も均衡のとれた関係になっていること（ムレイはフェズの王の甥、フェルナンドはアルフォンソ王の叔父）などがそうである。[47] こうした人物が敵対する者に対して各々の信仰・名誉・矜持《きょうじ》・欲望を持ち出すことによって、物心両面において衝突が生じ、悲喜交々《こもごも》いたり、筋展開におもしろさが加わることになる。その中心となるのが、両軍の橋渡しをし重要な役を担うムレイとフェズ王である。

これに加えて、歴史的背景にちりばめられた詩的要素、さまざまな世俗的要素（愛、名誉、嫉妬、人生の儚さ、運命、時〔現在と過去〕、予言）、文学的要素（アベンセラーヘ、ヨブ、道化の役割）など、複数の構成素材が採り入れられ、華麗に彩られた文体と相まって、動きの少ない劇空間に活気と躍動感が漲《みなぎ》る仕組みになっている。

一幕の前半では、イスラーム陣営から見たキリスト教徒との交戦状態および戦況についてムレイがフェズ王に説明する場面が設けられている。舞台空間では実際に戦闘は行われることはなく、報告者の言葉が背景の歴史的事実をそれっぽく飾ることで臨場感を醸し出すようになっている。生々しい戦いの光景がないことへの埋め合わせとして、物語を構成するうえで必要なエピソードが積極的に採り入れられ、同時にバロック演劇には欠かせない詩的要素も意図的に適材適所で組み込まれている。

歴史的背景の絵図となっているのは、ムレイのフェズの王への戦況報告と王の反応である。まず報告というのが、ムレイが王の命令により二隻の大型ガレー船でセウタの偵察に向かった折、遠くの海上に敵の大艦隊を発見したので自分たちは入り江に隠れ敵船の通過を待っていると、そのうちの一隻が沈没しかけていたのを見て人道的な立場からポルトガル人を救出し捕虜にしたこと、そしてそのときの捕虜の一人から、敵の大艦隊はリスボンからタンジールに向かいそこを包囲しようとしていると聞かされたこと、さらにポルトガルのドゥアルテ王が二人の兄弟ドン・エンリーケとドン・フェルナンドをタンジールに派遣したこと、などである。そのため自軍も当地へ軍船を送る必要があると王に進言すると、これら一連の報告を聞いていた王はセウタもタンジールも占拠したいという強い意志を示すのである。こうした場面では、カルデロンの妙技としてルイス・デ・ゴンゴラの詩風を彷彿させるような文飾主義的表現が採り入れられ、絵画的技法を意識しながら美辞麗句としてちりばめられている。[48]

（……）あれは海上での出来事、太陽が半ば夢の中にいる時刻に、朝が、ジャスミンやバラの花々を覆う黎明の影を踏みつけながら、金色の髪のもつれを解きほぐし、朝焼けとともに太陽が小粒の真珠に変えた火と雪の涙を、黄金の布で拭うとき、はるか向こうの海から大規模な戦隊が姿を現したのです。（……）青海原では光と影の綾により、空と海を混同し、雲を波と見紛うというように錯覚に陥ってしまいます。好奇心に駆られた視線がとらえたものはと申しますと、ぼんやりとしたかたまりで、それが何なのかは識別できませんでした。（一幕）[49]

さらに先に進むと、タンジールを包囲するために三人の兄弟（ドン・エンリーケ、ドン・フアン、ドン・フェルナンド）と兵士たちが上陸する場面で、下船の際に長兄が転ぶことによって引き起こされる不吉な前兆に焦点が当てられる。特に当の本人の言葉の端々にはネガティヴなイメージを誘う語彙（分厚い陰影、血、墓、悲惨、恐怖など）が入り混じり、唯一戦いを匂わす箇所はタンジール偵察の場面で、それも極力短いシーンで片づけられている。おまけにご多分に漏れず、わずか七行ほどであるが詩的要素も顔を覗かせる。これに続くイスラーム教徒とキリスト教徒の戦いの場面も簡単に片づけられ、そのあとドン・フェルナンドと捕虜となったムレイとの関わりが長々と描かれている。三回目の戦いの描写はこの両者の退場後におかれ、モロッコのタルダンテがフェズの王を救援したことで、キリスト教徒側が包囲される。その結果ドン・フアン、ドン・フェルナンドをはじめ兵士たちが捕虜となり、フェズの王は身代金を用意させるためにドン・エンリーケを放ち、ドン・フェルナンドを手元に残すのである。

二幕の筋展開で鍵となるのは、芝居のちょうど真ん中あたりで盛り上げるために――「第一幕では事の発端を説明し、第二幕では話の筋を展開させ、そして第三幕の半ばまでは観客に結末を予測させないよう心がけねばなりません」（『当世コメディア新作法』）――、史実にはほとんど拘泥せず、大半がセウタ獲得をめぐる両陣営の心理的攻防となっている。この幕で唯一史実を匂わせるのは七場である。ここではドン・エンリーケが喪服を着て登場し、ポルトガルに戻ってからドゥアルテ王に弟の近況報告をすると、国王はセウタ譲渡と引き換えにドン・フェルナンドの身柄を引き渡すよう求める遺言を残したことや、その心労ゆえに国王は帰らぬ人となったこと、またドン・アルフォンソが王位継承者となったことが明かされる。この時点から、むろん劇空間に見られる物理的な動きに変化はないとしても、これまで緩やかに展開していた物語が、フェズの王が抱く思惑とドン・フェルナンドの篤い信仰心による非妥協的な思いが完全に平行線をたどり緊迫したシーンが続く。この幕では、イスラーム教徒だけが登場する場面はごくわずかで、大半が王子のキリスト教精神の高揚と、それをより強調する意味でフェズの王の不寛容・残忍さが同時進行し、この作品の鍵ともいえるスペイン帝国の勝利と信仰の勝利を裏づけるかのようなドン・フェルナンドの長い台詞が盛り込まれ、それらが見事に功を奏する構造となっている。もともと劇全体の傾向として当初からどうにもならない運命やこの世の儚さがところどころで強調されるためか、詩的表現には事欠かない。その典型が、一四場でフェニックスがドン・フェルナンドに語りかける言葉である。

ここの花たちは、夜明けに目覚めたときには華麗であり喜びでもありましたが、午後にもなると儚くも哀れな姿と成り果て、冷たい夜の両腕の中で眠るのです。天に挑みかけるこの色合い、金色と雪の色と緋色が混ざった縞模様の光彩は、人生の教訓と言えるのではないでしょうか。まさに一日の大仕事です。バラの花は朝を迎え花を咲かせても、すぐに枯れてしまいます。ほころんだ蕾《つぼみ》に見るのは揺り籠と墓場。これと同じように人は誰もが果報を見ますが、一日のうちに授かったかと思いきやすぐにも消滅してしまうのです。何百年という歳月が流れますが、それは数時間のうちに過ぎ去ったも同然です。（二幕）

最後の幕には、その始まりからイスラーム教徒だけの会話があるが、そのスペースは極めて少ない。そのなかでもドン・フェルナンドに対する情け容赦ない仕打ちに心を痛めるフェニックスとムレイの心情や、王子が牢獄生活に終止符を打つか否かは本人の意思次第だと主張するフェズの王の暴戻《ぼうれい》が鮮明に描かれている。こうした場面に続いて、両陣営の人々が登場し、主人公に対して以前にも増して風あたりが強くなったフェズの王の酷い仕打ちと、ヨブのように逆境に堪え忍ぶドン・フェルナンドの信仰の不屈さが浮き彫りにされ、カルデロンはあえて悲惨な境遇に置かれた王子を精彩に富んだ色調で描写する。[50]三幕前半にはアルフォンソ王の登場するシーンがあり、ここにおいてキリスト教徒側の意図がより明確となる。国王は、ドン・フェルナンド本人が身柄と引き替えにセウタ譲渡を拒否し続けることから、セウタは王子の生命と同等の価値を持つがゆえに、身代金を支払うことで友好的解決を迫るのだが、もしそれがかなわないとなれば武力に訴えても王子を救出する旨をフェズの王に伝える。こうした政治的駆け引きをするときの台詞にも詩的言い回しが散見される、「火を吹き血が流れても、王子を解放し、貴様を打ち破ってみせる。この平原を血の海にしてな。普段は太陽が昇ると緑色に輝くエメラルドが顔を覗かせるが、日が沈む頃になると緑が消え、深紅のルビーに変わる。それと同じだ」、「夜から夜明けにかけての短い時間に、興奮冷めやらぬ赤紫色の光のもと大地がもがき苦しむ様子を見るがよい。天空がもはや赤いカーネーション以外咲くことはないのかと見紛うほどにな」などがそれである。

結果的に両者は譲り合うことなく、アルフォンソ王は敵陣に対して宣戦布告する。このシーンのあと、しばらくは牢獄生活での王子の空腹、フェズの王との対話で長い台詞に託したドン・フェルナンドの心境、短いながらも王子とフェニックスとの対話、ドン・フアンに語る王子の遺言と希望などが挿入され、ようやく劇空間に戦闘場面が組み込まれる。とはいうものの、すべてが役者による戦況の説明であり躍動感はほとんど感じられない。その代わり詩的効果や音の効果がともなうことで絵画的イメージが膨らむ。ここで注目すべきは、ドン・フェルナンドの死去と彼の魂の動向を演出するために夜のシーンが導入されていることである。大団円では、亡き王子が聖職者用のマントと火のついた松明を持って、アルフォンソ王の一行を勝利へと導く。死人が火のついたロウソクをもって登場する場面は『良き友、死者』の最後の場面でも描かれている。[51]最後の場面では、イスラーム教徒たちが捕虜となり、アルフォンソ王はフェズの王に対して、タルダンテとフェニックスを引き渡す代わりに王子の亡骸を返すよう求め、人質の交換が実現する。このときフェズの王は運命を呪い（「わしをこんな境遇に追いやった移り気な運命なるものよ！」）、フェニックスは血も涙もない父親を非難する。そして主要登場人物が舞台に集結し、キリスト教信仰の勝利を見届けたうえで閉幕となる。その前に、アルフォンソ王がドン・フェルナンドの友人であったムレイとその恋人フェニックスとの結婚をフェズの王に懇願することによって物語が完結するかたちとなる。[52]

以上のように、台詞によって語られる戦いの場面は作品全体からすると一八・八%を占めるにすぎず、おまけにそこにはかなりの部分で詩的表現が意識的に用いられている。だが、詩的表現については明確な区別がつかないほど随所にちりばめられているので、比率を算出するのは困難であるが、カルデロンは無駄のない台詞や静的・動的なイメージ効果によって背景の戦況を大きく見せようとしていることが分かる。またイスラーム教徒とキリスト教徒の対峙を、特に二幕、三幕のセウタ奪還と王子の人質をとおして最大限に誇張し、フェズの王の残忍さとは対照的に、ドン・フェルナンドの忍耐と神への献身を高揚している。こうなると、歴史的背景は真実味を醸し出すための装飾的役割に終始し、劇作家の狙いはカトリック教会を意識したキリスト教国家および信仰の勝利ということになってしまう。まさにそのためにさまざまな構成素材が使われているのである。

宗教劇というジャンルからして、フェニックスとムレイの愛にまつわるエピソードにかなりのスペースが割かれている点も特徴の一つと言えよう。囚われの身となったムレイがフェニックスへの愛に苦しみ、敵であるドン・フェルナンドにその苦しい胸の内を語る状況描写が比較的長めであることから、王子の寛大さと慈悲深さを強調することによって、人間味あふれるシーンをカルデロンは強く意識したのではなかろうか。作品全体の約三分の一を占めるムレイとフェニックスの複雑な思い（愛と嫉妬、悲痛な思い、不吉な予言、運命、この世の儚さ）をとおして、十七世紀のスペイン人特有の感情のありようが垣間見られるのも興味深い点である。彼らの不運な境遇と関連して、人生の儚さ、運命、時（現在と過去）というモティーフも必要に応じて浮き彫りにされる。バルブエナ・ブリオーネスによれば、この点についてはセネカの影響が見受けられるらしい。[53]

一般的に、カルデロン劇では不吉な出来事が待ち受けているという場合、予言をとおしてそれを示唆することがある。ここではムレイの台詞、「おそらく今日にも聖者の大胆な予言が成就するかもしれません。聞くところによりますと、アフリカの砂ばかりの岸辺にてポルトガル王室が不幸な墓に詣でることになりましょう」（一幕）や、モーロ人の老婆が語る不吉な予言、「ああ、不幸な娘よ！　避けられぬ不運よ！　実際この娘の美しさと引き替えに一人の男の命が奪われるはずです」（二幕）は、黒雲に覆われた前途すなわちドン・フェルナンドの死を予告する役割を仄めかしている。

一方、アベンセラーへの物語の影響については、キリスト教徒に捕らえられたムレイの気持ちを察するドン・フェルナンドの台詞（「悲しみに暮れるあまり、貴殿の心は感情を隠しとおせても、その口や両目——心が火をつける火山——からは燃えるような溜息が発せられ、愛情のこもった涙が流れ出ている」（一幕）が、両者に多少の違いはあるとしても、『アベンセラーへと美しきハリファ姫物語』の一節と類似するがゆえに、カルデロンはこれを念頭に置いて書いたことは想像に難くないが、ロペ・デ・ベーガの『不幸のときの対策』の二幕から物語のヒントを得た可能性もあると指摘する研究者もいる。[54] またストイックな殉教者として、ドン・フェルナンドはヨブのイメージと重なる（「かつてヨブが今のおれと同じ境遇にあったとき、彼は悪態をついていた。だが、それは生まれながらにして背負う原罪によるものであった」（三幕）。このように複数の文学作品や歴史と、カルデロンの独創性とが巧みに絡み合い、劇芸術の綾が浮上する構図になっている。

悲劇的要素の濃い作品では、それを緩和するために道化役をとおして喜劇的要素が適宜盛り込まれているが、『不屈の王子』では道化役ブリトが登場する場面は極めて少なく、劇構造全体からすればさほど重要であるとは思えない。ブリトは一幕でドン・フェルナンドが緊迫した戦闘の場面を語ったあとで登場するが、彼はこの俗世に執着する人物として描かれ（「手前は最後の日が来るまで地べたで死ぬのはごめんだし、水の中でだって死にたくはないね」）、彼の台詞をとおして、当時のカルデロンを取り巻く事件を仄めかしているという点では重要な意味を持つ。それは一六二九年に実際に起こった事件のことである。カルデロンの兄弟の一人——弟ホセなのか、兄ディエゴなのか、あるいは父ディエゴの庶子フランシスコ・ホセなのかはっきりしない――が、喜劇役者アントニオ・デ・ビリェーガスの息子ペドロ・デ・ビリェーガスにより重傷を負わせられるという事件が起きた。加害者が当時カンタラーナス通り（現ロペ・デ・ベーガ通り）にあった三位一体会の女子修道院に逃げ込んだため、カルデロンは警吏をともない数人の仲間とともに修道院に侵入し、大いに世間を騒がせた。当時の教会、修道院、大学の構内に司直や警吏の立ち入りが禁じられていたこともあり、これ幸いと避難場所として駆け込んだのである。ところが、この修道院にはロペ・デ・ベーガの娘マルセラが修養中であり、この不祥事に激怒したロペはセッサ公爵に対して彼らの軽挙盲動《けいきょもうどう》を書簡にて訴えたが、最初に禁断を犯したのは相手方だという理由から告訴されることはなかった。これに対して腹の虫がおさまらない王室の説教師オルテンシオ・パラビシーノは大勢の人を前に、彼らの冒瀆行為を厳しく非難した。これに対してパラビシーノ師の大言壮語を暗に揶揄《やゆ》し、復讐しようとしたのがこの箇所である。師はこれを不敬罪としフェリペ四世に訴えたが、結局は問題の台詞の部分を削除することで決着がついた。

結論として、ここまで作品全体を俯瞰しながら中心テーマや各モティーフがどのように絡み合い、劇構造を作り上げているかについて見てきたわけだが、確かに中心テーマはドン・フェルナンドを中心にカトリック信仰の勝利を声高に謳《うた》ってはいるものの、それぞれの構成要素がそこに至るまでのプロセスにおいて無駄なく絡み合っているのがよく分かる。すなわち、史実にもとづくキリスト教徒側の登場人物や、ところどころにちりばめられた戦況、そして物語の核となっている政治的駆け引き（セウタ譲渡とドン・フェルナンドの解放）という事件展開が史実を想起させるが、それ以外の場面においては伝統的・社会的話題で溢れ、その描写にバロック演劇特有の詩的装飾が少なからず施されている。そう考えるとカルデロンの狙いは史実を再現するというよりは、あくまでも確固たるキリスト教信仰を礎《いしずえ》とした、スペイン帝国の士気とカトリック教会の威信を高めることにあったと言える。そのためにも、宗教的配慮は当然のことながら、当時の演劇事情や文学的傾向にも目を光らせ、詩的要素の導入を充分考慮に入れたうえで、劇の構想を練ったのである。

早い時期に言及される予言や登場人物たちのネガティヴな思いは、スペイン中世から伝わる伝統的モティーフ（人生の儚さ、運命、占いなど）であり、ある意味で十七世紀前半のスペインにはびこっていた社会的退廃の風潮を反映したものである。また愛のテーマも西洋文学に古くから伝わるものであり、演劇の視点からすれば、ロペ・デ・ベーガが主張した「新しい演劇《コメディア・ヌエバ》」の路線を踏襲したものにすぎない。『不屈の王子』は、キリスト教の立場を睨《にら》みながらのカルデロン自身の信念が強く反映された、そしてまた観客の受けを狙って緻密に練り上げられた劇芸術なのである。唯一、カルデロンがロペや他の当世の劇作家たちと異なるのは、イメージ、メタファー、シンボルなどの詩的要素にさらなる磨きをかけている点である。劇空間を単なる物語展開の場に終わらせず、豊富な構成素材を敷き詰め、可能な限り華のある劇芸術の世界を構築しようとしたのである。

注

1 M. Menéndez y Pelayo, *Calderón y su teatro*, 135-140; Bruce W. Wardropper, "Las comedias religiosas de Calderón", *Calderón. Actas del «Congreso Internacional sobre Calderón y el teatro español del Siglo de Oro»*, I, 188-189.

2 Ángel Valbuena Prat, *El teatro español en su Siglo de Oro*, Barcelona: Planeta, 1969, 251-265; Eugenio Frutos Cortés, *La filosofía de Calderón en sus autos sacramentales*, Zaragoza: CSIC, 1981, 67-81.

3 この項目については、拙著『スペイン黄金世紀の大衆演劇』の一部（三七一―三八五頁）を参考にした。

4 Cf. Antonio Sánchez Moguel, *Memoria acerca de «El mágico prodigioso» de Calderón y en especial sobre las relaciones de este drama con el «Fausto», de Goethe*, Madrid: Tip. de la Correspondencia Ilustrada, 1881.

5 Valbuena Prat, *El teatro español en su Siglo de Oro*, 316. バルブエナ・プラットは、カルデロンは黄金世紀のあらゆる思想を直感的に自作に採り入れていることを考えると、真の主人公は思想だと言っても過言ではないと主張する。

6 Alexander A. Parker, *The Theology of the Devil in the Drama of Calderón*, London: Blackfriars, 1958, 12-20.

7 Parker, *The Approach to the Spanish Drama of the Golden Age*, 25-29.

8 聖アウグスティヌス『告白』（下）、服部英次郎訳、岩波文庫、一九七八年（第二刷）、一一頁。

9 San Juan de la Cruz, *Obras completas*, ed. Lucinio Ruano de la Iglesia, 11.ª ed., Madrid: La Editorial Católica, 1982, Cántico B, Canción 26, 13.

10 Juan Eugenio Nieremberg, *Epistolario*, ed. Narciso Alonso Cortés, 4.ª ed., Madrid: Espasa-Calpe, 1957, 48.

11 *Obras de Lope de Vega*, IX, ed. M. Menéndez Pelayo, Biblioteca de Autores Españoles, 177, Madrid: Atlas, 1964.

12 以下、『カルデロン演劇集』より引用。

13 Martín de Castañega, *Tratado de las supersticiones y hechicerías*, 18.

14 十字架の聖ヨハネ『カルメル山登攀』、奥村一郎訳、ドン・ボスコ社、一九八〇年（第四版）、二、一六章、四頁。

15 『悪魔の奴隷』（拙訳）（『スペイン黄金世紀演劇集』所収）。

16 Bruce W. Wardropper, “The Interplay of Wisdom and Saintliness in *El mágico prodigioso*”, *Hispanic Review* 11 (1943), 123-124; González Echevarría, “En torno al tema de *El mágico prodigioso*”, *Revista de Estudios Hispánicos* 3 (1969), 217; T. E. May, “The Symbolism of *El mágico prodigioso*”, *Romanic Review* 54 (1963), 110.

17 『不信心ゆえ地獄堕ち』（中井博康訳）では、神に背いた言動に走り、罪を犯した人間でも神の赦しが得られるのかというパウロの問いに、神の代弁者である羊飼いは次のように応える。「たとえ犯した罪の数が、光の微塵よりも、天空に満つ星よりも、月の放った光よりも、海が波間にまもる魚よりも多いとしても、神の慈悲は大変に深いので、『主よ、私は何度も罪を犯してしまいました』と告白するのならば、神はその愛に満ちた腕の中に罪人を迎えてくださいます」（二幕）（『スペイン黄金世紀演劇集』所収）。

18 当時の人々は教会で説教を聞くにしても、大半が好奇心あるいはおもしろ半分に耳を傾けたり、まるで快適な音楽を聴くかのように説教師の口調に聞き入ったようである。Pedro Urbano González de la Calle, “Documentos inéditos acerca del uso de la lengua vulgar en los libros espirituales”, *Boletín de la Real Academia Española* 12 (1925), 268-269.

19 Castañega, 19-20. この本には悪魔との契約、憑依現象、呪術、悪魔払いの方法など悪魔に関する情報が多い。

20 Pfandl, 145-176.

21　Pedro Calderón de la Barca, *La devoción de la cruz*, ed. Manuel Delgado, Madrid: Cátedra, 2000, "Introducción", 11-13.

22　Ibid., 22-25; Calderón de la Barca, *Comedias religiosas. La devoción de la cruz/ El mágico prodigioso*, ed. Ángel Valbuena Prat, 5.ª ed., Madrid: Espasa-Calpe, 1970, "Prólogo", XXXVII-XLII.

23　Valbuena Prat, *El teatro español en su Siglo de Oro*, Barcelona: Planeta, 1969, 309.

24　以下、『カルデロン演劇集』より引用。注17参照。

25　Parker, *Approach to the Spanish Drama of the Golden Age*, 24.

26　Alexander A. Parker, "Santos y Bandoleros en el teatro español del Siglo de Oro", *Arbor* 13 (1949), 395-416.

27　George Mariscal, "Iconografía y técnica emblemática en Calderón: *La devoción de la cruz*", *Revista Canadiense de Estudios Hispánicos* 5 (1981), 344; John E. Varey, "Imágens, símbolos y escenografía en *La devoción de la cruz*", *Hacia Calderón. Segundo Coloquio Anglogermano*, 161.

28　José Deleito y Piñuela, *La mala vida en la España de Felipe IV*, 4.ª ed., Madrid: Espasa-Calpe, 1967, 98-105.

29　Castro y Rossi, 80.

30　Vigil, 244.

31　Everett W. Hesse, "The Alienation Problem in Calderón's *La devoción de la cruz*", *Revista de Estudios Hispánicos* 7 (1973), 380-381.

32　参考までに因果律が信仰のいかんや地位・身分にかかわらず万人に公平かつ正確に機能すると説くシルバーバーチの霊訓をあげておきたい。「幸運《つき》というようなものは存在しません。法則の働きがあるのみです。（……）法則によって規制されている宇宙においては、すべての出来事は原因と結果の関係で生じているのです」、「すべては〝罪〟とは何かという定義にかかわる問題です。私に言わせれば、罪とはその行為者とそれを受ける側の相応に害を及ぼすことです。その行為者の霊性を下げ、同時に他人を傷つける行為です。それには嫉妬心や欲張りや恨みも入ります。要するに罪とは人のためになる行為の反対と思えばよろしい」というもので、因果律を宇宙の根本摂理として捉え、人の霊性の高さは人生をいかに生きてきたか（「ひたすら人のためを心がけた生活を送っていれば、その人を通して大霊が働きます」）によって決まるもので、この摂理は例外なくすべての人間にあてはまり、どう繕《つくろ》ってみてもごまかしは効かないという。死後の世界では、地上での肩書きや特定の教義の擁護は問題にされず、評価されるのは内部の霊性をどれだけ発揮したかである。また、他人によって間違った行為による報いをとり払ってもらうわけにはいかないことや、ほかにも、「自分で正しいと思うこと、良心が指図することを忠実に実行しないといけません。最後は自分が自分の裁判官となります」、「その日一日、その場の一時間、今の一分・一秒を大切に生きることです」などが訓示されている。近藤千雄訳編『シルバーバーチの霊訓』(十二〔総集編〕)、潮文社、一九八八年、五五—六四頁、九四—一〇四頁、一三〇—一四〇頁。

33 この項目は拙著「カルデロンの『不屈の王子』に見る劇構造の再考——歴史的背景と詩的要素とのかかわり——」、(『アカデミア』文学・語学編〔南山大学〕)、九九〔二〇一六〕、一—二四頁)に手を加えたものである。

34 エラによれば、これは領土拡張・征服という正当な理由のもとに信仰の布教およびキリスト教の宣伝をうたった宗教的・政治的な劇であるという、Alberto de la Hera, "El sentido cristiano de las conquistas ultramarinas en *El príncipe constante* de Calderón", *Revista de la Universidad Complutense* 4 (1981), 321.

35 ウィルソンは、この手稿には一連の刊行本にくらべてト書きが多いことから、マドリードというよりも主に地方での上演のために都合よく手直しされたのだと指摘する、Edward M. Wilson, "An Early Rehash of Calderón's *El príncipe constante*", *Modern Language Notes* 76 (1961), 787-788, 793. この手稿は一九九六年にカテドラから出版された、Pedro Calderón de la Barca, *El príncipe constante*, ed. Fernando Cantalapiedra y Alfredo Rodríguez López-Vázquez, Madrid: Cátedra, 1996.

36 *El príncipe constante*, ed. Alberto Porqueras Mayo, "Introducción", LXXXV.

37 Albert E. Sloman, *The Sources of Calderón's El príncipe constante: With a Critical Edition of Its Immediate Source, La fortuna adversa del Infante don Fernando de Portugal (a Play Attributed to Lope de Vega)*, Oxford: Basil Blackwell, 1950, 22-36.

38 Ibid., 36-41, 95.

39 Arnold G. Reichenberger, "Calderón's *El príncipe constante*, A Tragedy?", *Modern Language Notes* 75 (1960), 670.

40 Francisco Ruiz Ramón, *Historia del teatro español*, 231.

41 Entwistle, 218-222 (Edward M. Wilson y William J. Entwistle, "Calderón's 'Príncipe constante': Two Appreciations", *Modern Language Review* 34 [1939], 207-222).

42 Elder Olson, *Teoría de la comedia*/ Bruce W. Wardropper, *La comedia española del Siglo de Oro*, tr. S. Oliva y M. Espín,

Barcelona: Ariel, 1978, 94.

43　金七紀男『ポルトガル史』、彩流社、一九九六年、七三頁。

44　Sloman, 15-18.

45　Valbuena Prat, *El teatro español en su Siglo de Oro*, 314.

46　*El príncipe constante*, ed. Porqueras Mayo, “Introducción”, XLVI.

47　*El príncipe constante*, ed. Fernando Cantalapiedra y Alfredo Rodríguez López-Vázquez, “Introducción”, 23-25.

48　むろん、これらはどれも劇構造全体の厳かさを損なうものではない、Wilson, Edward M. y D. Moir, *Hitoria de la literature española 3. Siglo de Oro: teatro*, tr. Carlos Pujol, Barcelona: Ariel, 1974, 170.

49　以下、引用は *El príncipe constante*, ed. Alberto Porqueras Mayo から行う。

50　Adolfo F. conde de Schack, *Historia de la literatura y del arte dramático en España*, Tomo 4, tr. Eduardo de Mier, Madrid: Imp. y Fundación de M. Tello, 1887, 301.

51　*El príncipe constante*, ed. Porqueras Mayo, “Introducción”, 116.

52　すでにここまで何例か見てきたように、芝居における女性の役割は、社会の秩序と調和に貢献できるよう、しかるべき若者と結婚することである、Wardropper, *La comedia española del Siglo de Oro*, 222.

53　Valbuena Briones, *Calderón y la comedia nueva*, 1977, 69.

54　W. C. Salley, “A Possible Influence of the *Abencerraje* Story on Calderón's *El príncipe constante*”, *Romanic Review* 23 (1932), 333. 作者不詳『アベンセラーヘと美しきハリファ姫物語』（会田由訳）（『澁澤龍彥 文学館〔二〕バロックの箱』所収、筑摩書房、一九九一年）参照。

7　歴史的背景

7－1　歴史を背景とする作品

カルデロンは歴史的要素を背景に採り入れ、俗に言われる歴史劇というものを書いているが、ロペ・デ・ベーガやティルソ・デ・モリーナの場合と同様、歴史的事実をそっくりそのまま背景に収めるのではなく、『不屈の王子』で見てきたように、劇芸術の素材として独自の意匠を凝らしたかたちで構想を練っている。まさにバルブエナ・プラットが指摘したとおりである、「カルデロンの歴史感覚はずれている。他の時代や他の土地に生きた人たちを描く戯曲では、古い時代の衣装または異国風の衣装を身につけてはいても、登場人物たちはどれもフェリペ四世の宮廷に生きるスペインの紳士・淑女である。（……）カルデロンにとって歴史は一つの手本であり、詩的素材となるものである。あるいは芸術的な細密画となりうる、一つの様式化された可能性なのである」[1]。

このジャンルの劇では、『ブレダの包囲戦』、『コパカバーナの黎明』、『イングランド国教会分裂』、『死後の愛』などが特筆に値する。『ブレダの包囲戦』では、物語の「真実味」を強調するかのように歴史的事実を写実主義の筆致を真似て描き、スペイン軍の正当性、兵士たちの勇気や高貴な精神を高揚しながら、神とスペイン国王の栄光を最大限に讃えている。そこにはスペイン人としての誇りが漲《みなぎ》っていると同時に、敵を襲撃するエピソードや貴婦人たちに対する礼儀正しい態度、宗教的熱情と敬虔さなども顔を覗かせる。どの場面も絵画を思わせるような色彩豊かな筆遣いによって構成され、それがスペイン帝国の偉大さや栄光の称讃、そこに君臨する国王の存在感につながっている。最後の場面でオランダのオラニエ公マウリッツ・ファン・ナッサウがアンブロシオ・スピノラ将軍に鍵を渡す箇所は、ベラスケスの〈ブレダ開城〉を彷彿させる。

フェリペ二世の治下、一五六七年に公布された勅令、すなわちモリスコ（イスラーム教徒からキリスト教徒に改宗したモーロ人）に対してアラビア語の使用を禁止し、カスティーリャ風の服装を着用させ、これまでの生活風習を捨てるようにとの勧告に反発したモリスコたちは、一五六八年にスペイン南部のアルプハーラで反乱を起こした。反乱は七〇年まで続いたが、ドン・フアン・デ・アウストリアの指揮のもとでロペ・デ・フィゲローアなどの軍人たちが活躍し鎮圧された。『死後の愛』ではそのときの出来事が背景に描かれている。カルデロンは事件の資料をディエゴ・ウルタード・デ・メンドーサ（一五〇三―七五）の『グラナダの戦い』、ルイス・マルモル・カルバハール（一五二〇?―一六〇〇）の『グラナダ王国におけるモリスコの反乱・懲罰史』、ヒネス・ペレス・デ・イータ（一五四四?―一六一九?）の『グラナダの内乱 第二部』などに求めたものと思われるが、[2]実際にはさほど忠実に史実を採り入れているわけではない。作品の主人公はドン・アルバロ・トゥサニーである。あるスペイン兵士に婚約者クララが殺されたことで、ドン・アルバロはあらゆる手段を使って復讐を決意するが、長期にわたりイベリア半島において共存してきたモリスコたちの描写にはカルデロンなりの暖かな眼差しが感じられる。カソ・ゴンサーレスによれば、カルデロンは当時の政治のあり方や人種差別的な考え、当時の風潮に反旗を翻し、洗礼を受けたモリスコたちの家系や威厳を尊重しているという。[3]これはセルバンテスが『ドン・キホーテ』後編五四章で半島から追放されるモリスコに寄せた思いやりと似たところがある。全体的に彼らの習慣や歌や踊りなども適材適所に盛り込まれ、地方色が豊かであり、風景描写については悲劇にふさわしく、険しく大胆なイメージが浮き彫りにされる。

『愉快も不愉快も想像の表れ』では、ペドロ・デ・アラゴン王とマリア王妃との結婚が背景にあり、カルデロン自身も作品の最後に「これは真実の物語である」と述べているにもかかわらず、基本的には道化役の活躍や国王の愛にまつわる騒動が主体であり、〈マントと剣〉の喜劇の劇構造とさほど変わらない筋展開となっている。しかしながら、根底には人生の喜びの儚さや人間の五感がいかに当てにならないものかという考えが表出する、「この世の喜びも不快も単なる思いの産物にすぎないのだ」（三幕）[4]。

なお、『不屈の王子』も歴史的背景にそって筋が展開することを考えると歴史劇と称してもよいのだが、カトリック信仰とその高揚に重きが置かれているという意味ですでに宗教劇の章で言及した。では、これと似たようなタイプの作品『コパカバーナの黎明』はどうであろうか。これもマリア信仰とインカ族の改心にスポットが当てられているため宗教劇と捉えても別段おかしくはないが、ここではキリスト教信仰の勝利と平行して、新大陸におけるスペイン人とインディオとのかかわり、インディオの若者の恋愛という物語性が強調され、カルデロンなりの機微がうかがえることから、この章で扱うことにした。ただ、聖体劇を彷彿させる要素（「偶像崇拝」、天使たちのような寓意的人物、マリア像のイメージ）が採り入れられている点を踏まえると、宗教的要素を表看板にした歴史劇ということになろう。

7－2『イングランド国教会分裂』

この作品はベラ・タシス編『真作 ペドロ・カルデロン戯曲集 第八部』（一六八四）に収録されているが、それ以前の版は手稿も含めて見つかっていない。したがって創作年に関しては、一六三三年から四九年までと研究者によって意見の分かれるところだが、一六二七年三月三一日付でアンドレス・デ・ラ・ベーガ一座による上演に対してギャラが支払われた記録があることから、上演の日時は特定できないにしろ、上演された公算は大である。ただ、劇作家の名前が記されていないため、他の劇作家によって書かれた作品を後年カルデロンが翻案したという見方もあるが、今のところカルデロン本人の作品である確率は高いとされている。[5]

作品の出典は、ペドロ・デ・リバデネイラ（一五二六―一六一一）の『イングランド国教会分裂にまつわる教会史』（一五八八）であるが、カルデロンはほかにも独自の情報を得ながら作劇したようである。ただし、上記の出典を劇世界に忠実に再現しようとしたのではなく、悲劇作品を構成するにあたり当時の作劇法に照らし合わせながら、必要に応じて歴史的事実を加工し、架空の筋や事柄も適宜書き加えたのである。[6] リバデネイラの書には教会分裂に直面したイングランド国王ヘンリー八世（在位、一五〇九―四七）の時代や国王が病に倒れ没するまでの出来事に加えて、王の人柄や習慣、神から受けた罰に対する反省などが描かれている。それによれば、ヘンリー八世は頭脳明晰にもかかわらず、無類の酒好きで気晴らしや享楽には目のない人物だったが、カルデロンの描く国王にはそのようなイメージはなく、ローマ教皇に忠実な信仰深い人物として登場する。ところが美しいアン・ブリン（一五〇一？―三六）に一目惚れしてからというものは、トマス・ウルジー（一四七三？―一五三〇）の奸策も手伝って、おのれの欲望を満たすためには躊躇なく正室に離縁を言い渡すようなわがままな王と化す。作品では国王の運命を左右するアンと家庭内の調和を乱すウルジー枢機卿は罪深い存在として描かれ、彼らの邪悪な性格を浮き彫りにしようと、道化パスキンの台詞をも交えて、悲劇へと突き進む彼らの狂気の沙汰が描き出されている。

物語は、国王の不吉な夢に始まり、アン・ブリンとの出会い、王妃キャサリンとの離縁およびアンとの結婚、アンの過去の恋愛が発覚することによる王の怒り、アンの逮捕と処刑、王の後悔、メアリー王女の宣誓式という流れの大枠にそって展開する。もちろん中心人物はヘンリー八世であり、カルデロンは王の周辺で起きる悲劇的出来事にスポットを当てながら、人間の身勝手な感情がいかに理性を曇らせ、愚かでおぞましい姿に変えるかを観客に示そうとする。テーマ自体は、その戯曲構造、出典、登場人物、内容などの相違点は多々あるにしろ、すでにシェイクスピア（ジョン・フレッチャー（一五七九―一六二五）との共作？）も『ヘンリー八世』で扱っている。この作品では、アンに娘（エリザベス王女）が誕生し、洗礼式を迎えた場面で閉幕となっており、アンと王との不和・離婚については触れられていない。

まずは作品に言及する前に史実はどうだったかを見てみることにしよう。イングランド国王ヘンリー八世は六度結婚し、権力を振るいながらも文筆家・作曲家としても活躍した人物である。ルターの宗教改革を批判する『七つの秘蹟擁護論』（一五二一）を著した功績により、一五二一年に教皇レオ十世（在位、一五一三―二一）から「信仰の擁護者」の称号を授かるほど熱心なカトリック信者であった。その一方で浮気性の国王は愛人を持ち、エリザベス・ブラントとのあいだには庶子ヘンリー・フィッツロイをもうけている。

王妃キャサリン（スペインではカタリーナ）は、ヘンリーの兄アーサーと一五〇一年に結婚するが、数か月後アーサーが王位継承前に逝去したため、ヘンリー七世（在位、一四八五―一五〇九）の死後、ヘンリー八世と結婚し王妃の座に就いた。カトリック両王（フェルナンドとイサベル）の末娘カタリーナはもともと聡明で敬虔なカトリック教徒であり、慈悲深く善良な女性であった。特に王妃となってからは貧者を気にかけては人一倍施した。そのため民衆からは常に慕われていた。知的な彼女はみずから学芸を好み、高雅な雰囲気を漂わせていたので宮廷中の称賛の的であった。自分の信念を曲げることなく――悪く言えば頑固であった――、キリスト教社会における美徳の鏡として理想的な王妃であった。

一五一六年、二人の間にはメアリー王女が誕生するも、その後度重なる流産や世継ぎとなる王子が生まれなかったため、当初は順調だった夫婦の関係も次第にぎくしゃくするようになった。二人の関係が破局に向かうのは、国王がキャサリンに仕えていた侍女の一人アン・ブリンに血道を上げたときからである。これまで離婚など一切考えなかったヘンリーが、王妃との離婚を画策し始めるのは、一五二七年五月頃であり、この件に深く関わったのがトマス・ウルジーである。彼は肉屋の倅《せがれ》で、オックスフォード大学で学んだあと、ヘンリー七世の治下、宮廷つき司祭となった。その後、ヘンリー八世に認められヨーク大司教を務めたあと、一五一五年には枢機卿に任命され、さらにリチャード・フォックスの後任として大法官となった。一八年には教皇特使となったが、彼の大胆な外交政策や、王国内での独裁的な政策断行などから、あちこちに多くの敵を作り、のちにこれが失脚の要因の一つとなった。

ヘンリーに懸想されたアン・ブリンは、ちゃらちゃらした姉メアリー・ブリン（王の愛人）とはちがい、お世辞にも美人とは言えなかったが、王妃の侍女になる以前にフランスの宮廷で身につけた洗練された身のこなしや知的な言動には目を見張るものがあった。彼女がイングランドへ呼び戻されたのは一五二一年のことで、バトラー卿ジェイムスとの縁談が目的であった。この縁談が進められているあいだキャサリン王妃の侍女として仕えることになったが、この結婚話は結果的に破談となった。その一方で、アンはパーシー卿ヘンリーと恋愛中であった。二人は宮中で知り合い相思相愛となったが、王の指示もあって二人の関係はウルジーによってとどめを刺された。これによってアンはウルジーを憎むようになった。問題は、二人のあいだに肉体関係があったかどうかという点だが、これについては確実な証拠は何もない。ヘンリー八世とのつき合いが始まれば、アンが結婚相手としてふさわしいかどうかが重要な問題として浮上するため、婚前交渉の有無についてはある程度詮索されたようだが、パーシー卿自身はそのような事実はなかったと誓っている。ほかにも、もう一人アンと浮き名を流したトマス・ワイヤットという詩人がいるが、彼は妻とは別居していたとしても既婚者であり、花婿に望める相手ではなかった。[7] このような恋愛沙汰に加えて、宗教的問題も無視できなかった。アンは、生まれながらのカトリック信者であるヘンリーと違ってプロテスタントであり、宗教に対して強い関心を抱いていた。彼女の宗教改革的な考えは、聖職者の目に余る不祥事や腐敗に対する反発として、ルターの影響のもと大陸で広く普及していた考えに依拠していた。[8]

一五二七年五月頃、若くて潑剌とした国王はアンとの結婚に漕ぎつけるため、キャサリンとの離婚を画策し始める。再婚すれば跡継ぎ（王子）が生まれるという思いと、キャサリンとの結婚は正当ではなかった（彼女は兄アーサーの寡夫《かふ》であり、皇太子未亡人でなければならなかった）という理由から、ヘンリーなりの身勝手な結論を引き出し、キャサリンを避けるべきだと考えたのである。一方、キャサリンはヘンリーとの結婚は合法であると信じて疑わず、その姿勢は生涯変わることはなかった。[9]もし王妃が名誉ある引退をして修道院に入る決意をしてくれれば、彼女の後半生はもっと楽になったかもしれないが、王との結婚は唯一絶対であるという信念を曲げることなく、離婚は受け入れられないと突っぱねたのである。

ウルジー枢機卿が教皇特使という特権により公式な審議会を設置し、国王の結婚の正当性について審議されることになった。ところが、結婚の正当性を主張して王の前に立ちはだかったのが、敬虔で学識があり人望も厚いローチェスター司教ジョン・フィッシャーであったのと、ウルジーがこの審議会のことを王妃に伝えていなかったのとで、事実を知らされた王妃はスペインにいるカルロス一世に手紙を書き、助けを求めたのである。国王としてはウルジーの権限を使ってうまく処理したかったにもかかわらず、ことがより厄介になり、国王夫妻のあいだの溝がさらに深まることになった。[10]法廷は一五二九年五月から何度か開かれたが、その年の秋にはウルジーが失脚した。かつて夫となるはずだったパーシー卿を排除したことが、アンには赦せなかったのである。元来ウルジーには何人もの敵はいたのだが、それ以外にも、彼の権謀術数のせいで自分は騙されたのだとヘンリーが思い込んだふしもある。いずれにせよ、枢機卿は王の領地で権力を振るいまくり、王の権限を傷つけたということで起訴されたのである。その結果、大法官を免職され、投獄されたあげく財産は没収となり、家財はすべて王の手に入った。やがてウルジーは健康を害し、一五三〇年一一月二九日にこの世を去った。裁判にかけられるためロンドンに護送される途中のことであった。[11]

離婚の決断が教皇から下されないまま、一五三二年末頃にアンが妊娠したため、王の結婚問題が緊急性を帯びてきた。そのため一五三三年一月末、まだ離婚が成立していなかったにもかかわらず、ごく私的に王はアンと結婚し、六月一日にはアン王妃の戴冠式が行われた。教皇クレメンス七世は、七月一一日付で王にアンと別れるようにとの命令を下し、二人の子供は私生児になるとの付言までしたのである。つまり、ヘンリー八世を破門する勅書が出されたのである。アンに子供が生まれたのは九月七日のことであった。そのかたわら、王は娘メアリーに対してはある程度の寛容さを示した。[12]

一五三四年、国王至上法と継承権が制定され、国王がイングランド国教会の最高首長になると同時に、カトリック教会から離脱した。またアンとの結婚が合法であることを正式に表明し、二人のあいだに生まれた嫡出子（エリザベス）に継承権を認めたのである。[13]ということは、メアリーは庶子ということになり、王女の肩書きは剝奪され、赤ん坊の異母妹に敬意を払うよう要求された。五月になってキャサリンは継承権を認めるよう求められたが、それに応じなかったため、激怒した王はそれ以降メアリーが病気になっても母との面会を許可しなかった。

浮気性のヘンリーは、一五三五年二月頃から、アン王妃の身のまわりの世話をするマーガレット・シェルトンという美しい娘と恋仲になるが、やがて王の関心はジェイン・シーモアに移った。彼女は一五二九年に宮廷に入り、キャサリン王妃に仕えていたが、アンの戴冠前あたりから新しい王妃の侍女となっていた。

一五三五年の秋、キャサリンの容体が悪化した。彼女が王に宛てた最後の手紙――衰弱し自分では書けず女官に書かせた――では、王の魂の平安を気遣うとともに王を赦し、娘メアリーについては良き父であるようにと懇願している。一五三六年一月七日、五〇歳になったばかりのキャサリンが息を引きとった。カトリックの規範に従えば、ヘンリーはやもめになったわけで――教会が認めるたった一人の妻を亡くした――、誰とでも再婚が可能になったのである。ただし、新生イングランド教会からすれば、国王は好き勝手に結婚できるわけではなかった。この頃、身籠もっていたアンの流産が確認されている。赤ん坊は男児で三か月ほどであった。この事実により国王は、アンはもう男児を生むことができないという確信を持つに至ったのである。[14]

ヘンリーのジェイン・シーモアへの思いは相変わらず続いていた。いつしか、アンの後釜として彼女を据えようという企てがブリン家の宿敵たちのあいだで芽生えていたと同時に、国王が望むときに妻を調えるのが臣下の義務であり、おのれのためでもあり、また国内外の政治のためでもあると考えたクロムウェルの主導もあって、アンの追い落としが始まった。[15] 罪状は姦通ばかりか、近親相姦も含み、おまけに国王暗殺を謀《たばか》ったというものであった。アンは直ちにロンドン塔へ連行された。裁判は開かれたが、死刑という判決は最初から決まっていたようなものであった。[16] もちろん王妃には何の根拠があって罪に問われているのか納得がいかなかった。他方、王妃としょっちゅう会っていた四人の宮廷人が逮捕され、王妃と関係を持ったという廉《かど》で断罪された。一五三六年五月一五日に開かれた裁判では、まったく信憑性のない証拠が持ち出されたが、アン自身は無実を主張した。それでも自分の運命に逆らっても仕方がないとの自覚もあったようである。[17] 処刑の前には大司教クランマーによってアン・ブリンとヘンリー八世との結婚の無効が宣告された。[18] フレイザーによれば、「アン・ブリンはというと、彼女がパーシー卿の恋慕に応えなかったとは思えない。遠く秘めやかな宮廷でのあのころ、向こうはウルジー枢機卿に仕える若者、こちらは財産はないが美貌の娘、やはり宮仕えの身だった。王妃になってからもアンの魅力は男の欲望をそそりつづけ（〔……〕彼女には応じる気がなかったにもかかわらず）、その結果、自分を陥れようとする敵の手の内に落ちるはめになった」との結論に至っている。[19]

以上のような史実を踏まえて考えると、歴史劇とも宗教劇ともいえるカルデロンの『イングランド国教会分裂』をとおしてすぐに気づくことは、カトリック教会の擁護とローマ教皇に忠誠を誓うカルデロンの姿勢が顕著である点と、ヘンリー八世、キャサリン王妃、アン・ブリン、メアリー王女にまつわる歴史的事実が、カルデロン特有の詩的世界に醸成されている点である。そのなかで、国王の情念およびアン・ブリンとウルジー枢機卿の野望、聖女のイメージに近いキャサリン王妃の正義感や美徳とが対照的である点が浮上する。とりわけ、身勝手な国王のあるまじき言動が明確であると同時に、王妃を除けば、王とかかわる人たちが各々の悪の想念から災厄に見舞われる構造になっている。

ヘンリー八世は、アンという美しい女性に魅了される前は、カトリック信仰の篤いキャサリンを妻に迎え、ルターに対抗して『七つの秘蹟擁護論』という書物を著し、ローマ教皇から感謝の印として「信仰の擁護者」という称号を受けたほどだが、彼女の美しさの虜となってからは、おのれの欲望を満たすためだけに、神の掟に背いてまでも妻との離縁を画策し、ローマ教皇と袂《たもと》を分かつことを厭《いと》わない身勝手な人物に変貌する。もはやそこには自分を犠牲にしてでも国民の幸せを第一に考える国王の姿や、みずからを厳しく律しようとする国王の威厳はない。王国内の秩序を乱す張本人と化した一人の男のエゴイズムが舞うだけである。カルデロン風にあつらえられた、人間の業《ごう》の深さを象徴するパペットなのである。ここでは作品と史実との齟齬《そご》であろうか、ウルジーの入れ知恵がクローズアップされることによって、いかにも枢機卿が国王をそそのかしたかのような邪《よこしま》な存在として強調されている。「もしおれが自由の身であるならば、彼女と結婚するのだが、そのためにはどうすれば自由の身になれるのか皆目見当がつかない」と嘆くヘンリーに対して、ウルジーは「とてつもない方策」をちらつかせる。

キャサリン王妃が陛下の正室であることを認める法律は、あの世にもこの世にも存在いたしません。最初あの方はお亡くなりになられた兄御のところへ嫁がれたのですから、これは明らかな事実でございます。(……)たとえ陛下が分別をなくし正義と道理を踏みにじったとしても、誰もそれを悪意によるものとは考えないでしょう！　陛下の良心にもとづき広く世人を益するためだと考えるはずでございます！　結婚の軛《くびき》を取り払い、服従を無効とし、キャサリン様との縁をお切りになればよろしいのです。お妃様は神々しいお方ですので、修道院にでも入っていただければよろしいかと。(二幕[20])

一幕の出だしはヘンリーが夢を見ている場面で始まり、この夢こそが将来の不吉な出来事を占う鍵となっている。夢の中で王が目にする美しい女性の幻影に向かって発する言葉（「聖なる影」「光を遮られた太陽」「精彩を欠いた星」）は、まだ見ぬ人の運命を暗示しており、永久の栄誉とはほど遠いイメージである。王が夢から覚めると、二通の手紙（レオ十世とルターからの手紙）を持って姿をあらわしたウルジーに今し方見た夢の話をする。それは右手で書物を書き進めても、左手でその文字を消してしまったという内容のもので、右手が教会の真の教義を、左手がアンやルターなどの異端を象徴するものである。おまけに受けとった二通の手紙についても、ルターからの手紙を誤って頭上に戴き、教皇からの手紙を足もとに放り投げるという失態を演じる。この一連の出来事により王はこの不思議な夢には何か真実が秘められているのではないかと危惧の念を抱くが、それもそのはず史実が示すとおり、近い将来プロテスタントがカトリックに勝利するであろうことを示唆している。

国王のアン・ブリンへの恋情は、アンの美しさに一目惚れしたことによるものである。しかし、アンにはフランス大使であるカルロスという恋人がいるのだが、王妃になりたいという彼女の野心は愛情を払いのけ、恋人を捨てる決意をする。

栄光ある女王の座に就きたくて、あなたの誠実な愛を踏みにじることを赦してちょうだい、カルロス。私は自分の野望に負けた女。女であるがゆえに心変わりもし、女であるがゆえに愛する人のことを忘れもする。

（二幕）

決心を固めたアンは、作中では言及されていないが、史実では姉メアリーが王の愛人として弄ばれたこともあって、王に対しては正妻として受け入れてくれるよう望むのである、「妻として迎えてくださるのならまだしも、情婦ともなれば赦されるものではございません」（二幕）。情に絆《ほだ》されたヘンリーは、離縁は人の道に反するということは重々承知のうえで、先のウルジーの奸策を受け入れる、「ウルジーはうまくおれを騙してくれたが、やつの詭弁《きべん》には悪い気はしない。なにしろ、心中に燃える地獄の業火が理性を失ったおれに真実を否定させ、嘘を生ませようとするのだからな」（二幕）。それでも王は、身に起こる不幸は運命であると片づける、「こうなるのもおれの不幸な運命のなせる業なのだ」、「キャサリンよ、おまえは容赦ない運命とともにここを立ち去り、行き着いた場所で運を嘆き……」（二幕）。このように自分の行為が罪深いことを知っているだけに、不埒な思いが引き起こす結末がどういうものであるかをのちに思い知らされたときは、後悔の念が増幅することになる。むろん、王妃は夫の心変わりを遺憾に思い、警告を発するが王は聞く耳を持たない。

もし船長が横暴な舵取りをしたなら、海原を船で運ばれる人は間違いなく悲惨な最期を遂げるでしょう。分裂や過ちというものは信心深さを装った仮面をつけて侵入し、すぐにも本性をあらわします。どうか徐々に転げ落ちないようお気をつけください。あとになって元にもどそうとしても簡単にもどせるものではありません。（二幕）

二幕の終わりでは正室を追いやり美しいアンを王妃に迎えるが、三幕に入ると嫌な予感が的中し、結婚生活は急転する。そのきっかけは結婚前のアンにカルロスという恋人がいたことである。この件は王自身が自分の目で確かめたうえで王妃を逮捕させ、王妃の処刑をもってあっけなく第二の結婚に幕が下ろされる。しかし、ここからカルデロン思想の本領が発揮されるといっても過言ではない。すなわち、①道化パスキンがある哲学者の言葉を借りて語る人間の限界、②失脚したウルジーがしみじみ語る人生の儚さ、③悪行に対する王の後悔の念と赦しを乞う気持ちが、登場人物たちの作り出す生活空間にきっちり刻印されることになる。

①「（……）戦勝記念碑、拍手喝采、栄誉、栄冠、勝利の喝采なんてしょせん人間の域を出ないものだってことに気づくだろうよ。何度勝利を重ねようと、人間っていうのはどこにでも咲いている野の花一つ作れやしないんだからね」、と答えたとか。（二幕）

②おれの人生はほんの一瞬だった。ああ、怪しげな占星術よ、よくもおれの運勢を言い当てたもんだ！　一人の女によって身の破滅を味わうだろうと、前もって見事に言い当てやがった！（……）昨日は与える側に立っていたのが、今は大海を逃れ、それでもあなたの小川で溺れてしまう者に、どうかお恵みを。かつては太陽を背にした男だったが、今では一筋の光にも目が眩《くら》みます。（三幕）[21]

③慈悲深い主よ、このどうしようもない哀れな男をお救いください、永遠に世界が変化し続けるなか、いずれは世の語り草となるはずです。（……）光の玉座に居合わせる美しき天使よ、幸福な死を迎え、高徳な殉教者となった人〔キャサリン〕よ、どうか力を貸してくれ、助けてくれ、心から悔い改めたいのだ！　とはいえ、もう遅すぎるとなると、それも無理ということか。ああ、なんという罪を犯したことか！　とてつもない罪を！（三幕）

元をたどれば、このような不運な流れを作り出す原因となった人物の一人がウルジー枢機卿であり、その計略に乗ったのがアンである。なかでもカルデロンは、肉屋の倅から枢機卿の地位にまで登りつめたウルジーを、教皇の座を密かに狙う人一倍傲慢で野心の強い人物に仕立て上げている。

おれは卑しい身分の家に生まれたが、今は幸運の山の頂《いただき》にまで上りつめようとしている。あとは支配者の座に就くだけだ。野心よ、手を貸してくれ、追従よ、力添えを頼む。もしおまえたちの尽力により至高の頂に達することができたなら、傲慢にも聖ペトロの椅子に腰かけてみせるつもりだ。（一幕）

ところが、権力志向が強く悪知恵の働くウルジーの過信がわざわいし、自分から仕かけた奸策の犠牲となって、失意のうちにみずから命を絶つという不幸な人生を歩むかたちとなる。彼の失脚は、自分がアンを王妃の座につけたのだと言わんばかりの恩着せがましい態度と脅し（「あなたを女王陛下の地位に上げたのはこの私です〔……〕専横な王妃に扉を開いた人物が、翌日にはふたたびそこから去って行かれたお方に扉を開こうと思えば開けるのですよ」〔三幕〕）が仇をなし、おのれの慢心や出世欲とも相まって、あっという間に現実のものとなる、「おれの人生はほんの一瞬だった」（三幕）。枢機卿自身はこの予言をあらかじめ占い師の口から聞かされていたにもかかわらず（「トマス・ウルジーよ、今のところはまだ占星術が約束してくれた地位には至っていないものの、確かに高い地位に就いたのは事実だ。教皇になれないうちは、望みが潰えてしまったとは言えまい。また、こうも言われた、一人の女によって身の破滅を味わうだろう、と」〔一幕〕）、信仰とはまったくかけ離れた世俗の名誉と権力欲にとりつかれたまま、人を陥れることを何とも思わない行動に走ることによって、最終的にそれなりの報いを受けることになる。これはまさに当世のシリアスな芝居に見られる勧善懲悪の物語の筋書きどおりである。[22]

同じように野心的なアン・ブリンも、正室であるキャサリンを追い出し二番目の王妃となってからはヘンリーを手玉にとり続けるが、彼女の性格はといえば、かつての恋人カルロスが述べているように、もともと横柄で傲慢であり、おまけに虚栄心・野心が強い。人前ではカトリック教徒を装っているが、隠れルター信奉者である可能性も否定できない。そのような彼女でも、前述したように、王と結婚する前はカルロスとの恋に胸を焦がし、煩わしい宮廷生活に嫌悪を抱くものの、一旦名誉や欲望が絡んでくるとなると、迷わず恋よりもそちらのほうを選ぶという割り切りようである。野心のためとあらば裏切りさえも厭わないアンの性格描写は徹底している。また二幕の出だしで、ファージンゲールをはいたアンが国王の面前で踊り、転ぶシーンが設けられているが、これはまさにパスキンが皮肉っているとおり（「ふわふわ揺れ動く風船みたいですよ」）、彼女の恋愛に関する不品行な点を臭わせていると言えよう。なぜなら、腰から下に大きく左右に広がるファージンゲールは、女性が妊娠を隠すために使われたことや、ペローータ（球体）には娼婦あるいは妊婦といった意味合いがあったことを考えると、アン・ブリンの恋は誠実なものではないことが仄めかされている。

やがてアンはカルロスとの関係が王の逆鱗《げきりん》に触れるや、断頭台の露と消えてしまう運命にあることはすでに述べた。彼女の行く末については、目利きとして登場する道化パスキンがつぎのように述べている、「へつらう者たちから褒め囃されて高い地位に昇りつめ、人から高く評価され、恩寵を受け、イングランド全土を支配するまでに至るでしょうが、そのあとは一番高いところで命を落とす運命にあるのです」（一幕）。それでも王妃アンには、処刑前に心境を語る機会が設けられており、比喩を用いながら勝利・栄光の儚さを吐露する場面がある。

これでもう運も尽きたようね。一連の気高い勝利も、輝かしい栄光も、令名を馳せたことも、何もかも終わったわ。ああ運命の女神よ、なんとまあ期待外れの、また季節はずれのバラ色の花びらを地上に咲かせてくれたことか！　でも考えてみると、太陽がまわるたびにおまえの花びらを輝かせたとしても、すぐに疾風に襲われ野原の残骸となり、色合いの妙は台無しにされ、魂のない鳥たちのように散り散りばらばらになって風に運ばれていくのだとすれば、しょせん大したことではないのかもしれないわね！（三幕）

カルデロンの女性美に対する抜かりなさは、本作品でもカルロスの台詞をとおして「完璧な美しさを誇る女神〔アン〕」の描写に表れている。史実から知りうるアン・ブリンの容貌はさほど美しいとは言えなかったようだが、ここはカルデロンがどの作品にも多かれ少なかれ用いる独自の技法によって、バロック風の叙情的なイメージが醸し出されることになる。

ある日のこと、おれはパリで彼女と出会ったが、そのときの彼女は至高の美を誇る鳥をまね、羽の衣装に身を包み、まばゆい光をあたり一面にまき散らしていたので、目を眩ませないで欲しいと願ったものだ。あれはあたかもユノの孔雀、澄み切った夜空に吹く、えも言えぬそよ風のようだった。太陽のごとく美しい光線は、多くの星たちにとりかこまれ一際映えていた。（……）銀飾りと青の絹で盛装していたが、まるで青く着飾った空のようだった！（……）おれの欲望にへつらうかのようにおそるおそる夜の帳が降りると、花々の園である庭は二人の愛を誠実にとりもってくれる役割を果たしてくれた。そこには冷たい夜の静寂、垣根に寄り添っているジャスミン、泉から湧き出る水晶、独り言をつぶやく小川、草木の葉をとおりぬける風、花の中で一息入れるそよ風、何もかもすべてが愛だった。（……）バラの生き血をすするまでおずおずと近づいたり離れたりして、慎重かつ一生懸命に空気を動かしているきらめくミツバチを見たことがあるかい？　明かりに恋をした蝶がそのまわりを飛びまわり、玉虫色の光沢のある羽を脆《もろ》くも焼かれて墓石にされるのを見たことがあるかい？　おなじように愛にほだされたおれは何日もおそるおそるバラや明かりのまわりを旋回したが、まさにそれは恋人が怖《お》ず怖《お》ずと何度も愛する人を思い涙する恐怖と同じものだ。（一幕）

このアン・ブリンと対照的なのがキャサリンである。彼女は誠実で、神の教えにたがわぬ美徳の人として描かれ、王への深い愛情はもちろんのこと、王の不埒な行動に対して苦しみはするものの、道を外さないよう忠告する余裕さえ持ち合わせている。終始王妃として威厳ある態度を崩すことはない。夫ヘンリーから結婚の無効と笏《しゃく》・栄冠をとりあげられ退位させられるにもかかわらず、地位や財産を奪われようが、野心家の手によって王国から引き離されようが、しょせん「人間が手にする勝利」にすぎないと達観し、自分のせいで夫が過酷な措置を講じたことに対して遺憾の念さえ表明する。彼女にとってはもはや現世の名誉など問題ではなく、ただ単に王を愛するがゆえに夫と呼べるのであれば幸せだと明言する。虚栄に満ちた宮廷の蓑《みの》を脱ぎ去り、信仰深い一女性のイメージにとって代わるのである。

これに加えて彼女の慈悲深さが顕著に表れている場面はといえば、三幕の城の塔が見える野原で、マーガレット・プールとともに憂さ晴らしをしているときである。すでに失脚したウルジーがそばを通りかかり、マーガレットのうたう歌（「花たちよ、私から学んでおくれ／昨日と今日のちがいを／昨日は申し分のない生活だったのに／今日はその面影すらないなんて」）を身に染みる思いで聞き、相手の正体がわからないままキャサリンに慈悲を請うと、彼女はウルジーを恨むどころか逆に自分の助けを必要とするほど落ちぶれた不幸な男を見て慰められたと言い、相手が自分を陥れた張本人であることを知りながらお布施として鎖を与えるという彼女の情け深さが強調される。このときウルジーから名を明かすよう求められ、被っていたヴェールをとると、彼はようやく人をひいきすることの間違いに気づき、過去の愚かな行動を恥じ入り近くの塔から身を投げる、「高位失墜の人生だったが、死ぬときも真っ逆さまに落ちるがいい」。

キャサリンの心優しい母親らしさは、王妃と娘メアリーとの再会、すなわち冷血漢のヘンリーが手ずから相続権を奪い追放した娘を母と引き合わせたときに表れる。このときは娘も母と同様、ごく普通の幸せだけを願うのである。

メアリー王女（……）こうしてお母様の腕に抱かれていられるのなら、王笏や栄冠などはどうでもよいことです！

王妃　ええ、王笏も栄冠も無用の長物、世界も要らない、あなたと一緒にここで過ごせるならそれで充分。

（三幕）

しかしながら、最後にヘンリーが自分の愚かさを知り、キャサリンこそが真の妻であることに気づき呼び戻そうとするが、喪服姿で現れたメアリーとマーガレットからキャサリンの死を告げられ、おのれの犯した罪を後悔するも、あとの祭りである。

高徳な殉教者となった人〔キャサリン〕よ（……）助けてくれ、心から悔い改めたいのだ！　とはいえ、もう遅すぎるとなると、それも無理ということか。ああ、なんという罪を犯したことか！　とてつもない罪を！（三幕）

熱心なカトリック教徒であったカルデロンは、このあとメアリー王女や亡き王妃、そしてスペイン帝国に対しても敬意を表し、配慮するのを忘れない。

おまえ〔メアリー〕はいずれイングランドの女王となろう。このことを確かなものとするためにも、王国の家臣たちは今日にもお前に忠誠を誓うべきだ。それも敬虔な母親の思い出がおまえの脳裏に甦り、その正当性が認められるようにな。また、おまえをフェリペ〔のちのフェリペ二世〕に娶《めあわ》せようと思っている。なにしろスペインのカルロス皇帝のご子息であり、フランドルの誉《ほま》れだからな。（……）おまえの母親を――本当に愛しい人だった――もとの王国に呼びもどせなかったので、せめておまえには復位してもらいたいのだ。（……）さあ、行って晴れ着に着替えるのだ。（三幕）

時を同じくして、アンの処刑が実行されたとの報告があったあと——皮肉にもその役割をアンの父トマス・ブリンが担わされる——、メアリー王女の宣誓式が盛大に執り行われる。このとき国王と王女は王座につくが、その足元にはアン・ブリンの亡骸が置かれている。すなわち、かつては自分の支配者になろうとした者が今は足下に置かれているということで、王女の汚名がすすがれたことが明白となる、「かつて私の支配者になろうと考えていた人物が今は私の足もとに置かれているのですから、よくぞ陛下は私の被った汚名をすすいでくださいました」。次の隊長の言葉がそのことを裏付けている。

キャサリン王妃が正当な王妃ではなかったと考えているとんでもない民衆を納得させるために、今日こうして、われらの女主人であり唯一の継承者でもある、陛下の娘御メアリー様を王女にすることを宣言されるのです。（三幕）

母キャサリンによって敬虔なカトリック教徒として育てられていたメアリーは、隊長から「王妃となる者の義務」とやらを突きつけられるが、こうした条件は一切呑まず、また自身の信奉する神の法に反することなく、国王の要求どおりに王妃の座につくことを承諾することで幕が下りる。

しかし史実に照らし合わせて見ると、カルデロンはすべての流れを芝居風に仕立てるために、歴史の流れを大幅に縮めることにより、カトリック礼讃の意図を観客に伝えようと工夫したことがうかがえる。なぜなら、実際にメアリーが宮廷に戻れたのは、次期王妃ジェイン・シーモアの尽力によるところが大きかった。アンとはちがい、ジェインとは良好な関係にあったからである。ヘンリー八世との和解は、王がイングランド国教会の長であることと両親の結婚の無効を認めることが条件であり、当初彼女はこれを拒否していたが、のちにしぶしぶ受け入れたことで、かつて王女として所持していた財産や侍女たちを再び手にすることができた。やがてジェインが王子エドワード（のちのエドワード六世／在位、一五四七―五三）を出産すると、メアリーは王子の洗礼の代母役を務めた。しかし、メアリーもエリザベスも庶子扱いに変わりはなかった。ヘンリー八世が六番目の王妃に抜擢したキャサリン・パーは家族を大切にする人だったことも手伝って、ヘンリー八世はエドワードがまだ幼く虚弱体質だったことを危惧し、一五四三年王位継承法を改正し、メアリーとエリザベスに、エドワードにつぐ王位継承権を与えた。ただし、称号は王女とはせずレディーのままであった。

こうして見ると、作品の最後のシーンについては、カトリック堅守とドラマのクライマックスの高揚を目指すカルデロンの豊かな想像力の結晶であり、ここに劇作家の大きな使命が託されていると言えよう。

どの作品にもおおよそ共通することだが、『イングランド国教会分裂』では人間模様が因果律に則《のっと》って見事に描かれている。登場人物たちの感情は観客に対して何一つ隠されることなく吐露される。たとえ各人物の思惑は立場上あるいはその場の都合により明かされなくても、独白によってすべてが観る側に伝わることになっているので、さながら舞台は人間関係の観察のための場となっている。

蓋を開けてみれば、芝居が跳ねたあと邪悪な道を歩んだ者はそれ相応の報いを受け、勧善懲悪の世界から逃れられないようになっている。枢機卿は国王を悪へと誘導しただけでなく――国王もそれを承知のうえだが――、正室の追い出しに陰謀をめぐらせた廉でそれなりの罰を受け、アンは傲慢さと野心に加えて偽善行為がわざわい し身を滅ぼす。当の国王には直接その場で明確な懲罰が加えられるわけではないが、終幕近くで裏切り者のアンを追放したあと、後悔の念に苛まれ、心を入れかえて先妻を呼びもどしたい気持ちが芽生えることになる。しかしキャサリンがすでに亡くなってしまったあとでは、時すでに遅しである。後悔先に立たずという諺《ことわざ》にもあるように王は無念の思いを晴らすどころか、永遠に後悔の念に苛まれ、まさにパーカーが主張するように詩的正義が機能し厳罰に近い報いを受けたことになる。[23] それにしてもリバデネイラの原本に比べると、カルデロンの描くヘンリー八世はかなり思いやりがあり、罪意識を持った人物というイメージが強い。[24]

カルデロンはこの悲劇を終わらせるにあたり、正当な王位後継者としてメアリー王女の宣誓式の場面をもって閉幕とするが、ルイス・ラモンがテクストの「序文」でも述べているように、何人かの人物に降りかかった悲劇は、まさに王国分裂という歴史的悲劇の始まりを意味するものなのである。[25] なぜなら、貴族たちが条件つきでカトリックを信奉するメアリーをヘンリーの後継者に選ぶが、彼女は条件を呑まずに承諾することで、[26] 内乱の幕開けを暗示すると同時に、ヘンリー八世の敗北を匂わせるからである。

このように王家の盛衰の様子（ウルジーの失脚、アンの戴冠と処刑、キャサリンの死）が、残酷な運命、人生の短さ・儚さの詰まった「人生劇場」であるかのように、カルデロンの手によって観客にまざまざと見せつけられるのである。そして芝居が跳ねたあとに感じられるのは、この世は無常迅速だということと、そうした歴史のなかで個々の人物が意志を働かせ行動した結果によって強い運命の力が機能するのだということである。まさにこれこそが、美的エッセンスを多分に含むカルデロンの歴史劇なのである。

7－3　アメリカ新大陸（インディアス）の話題性[27]

一四九二年、コロンブスが新大陸を発見して以来、スペイン文学でもインディアスに関心を寄せる人たちが徐々に現れ始めた。彼らは次の二つのグループに大別できる。実際にみずから海を渡り現地に足を踏み入れ新大陸の諸事情について記録した人々、もう一つはイベリア半島に居《きょ》を構えたまま情報だけを得て彼の地について書き記した人々である。

文学的側面から見ると、前者のケースでは実際にインディアスの地を踏み、その土地の自然やインディオたちの生活・風習に直接触れ描くことで表現は必然的に豊かになる。その典型的な例が、アラウカーノ族のスペイン人に対する勇敢な戦闘ぶりを讃え、叙事詩『ラ・アラウカーナ』（第一部はチリで書かれ一五六九年に出版、第二部と第三部はスペインで書かれ、それぞれ一五七八年と一五八九年に出版[28]を世に送ったマドリード生まれの軍人アロンソ・デ・エルシーリャ（一五三三―九四）である。この作品はルネサンス風に脚色されてはいるものの、新大陸およびスペインの作家たちに少なからず影響を及ぼした。

後者のケースでは、セルバンテス、ロペ・デ・ベーガ、ティルソ・デ・モリーナ、カルデロンなどのように、スペインに居ながらにして傑作を創った文豪たちが有名である。ほかにも劇空間を彩るために新大陸を一つの構成素材として、程度の差こそあれ自己の作品に採り入れる作家たちもいて、当時の物書きにとっては新大陸の発見、征服、植民、布教といった歴史的事実は無視できなかった。ただ、彼らは史実を丹念に調べ上げ、それを忠実に文学空間に反映させたかというと、むしろその逆であり、神話的要素や宗教的要素などを優先させながら当世風にアレンジし、迫力のあるおもしろい作品作りに励んだのである。

詩のジャンルでは、人々の関心はむしろ中世の武勲詩の一部をうたったロマンセや、モーロ人をテーマにしたロマンセなどに向けられ、インディアスはさほど注目されることはなかったが、それでもイサベル女王に寵愛された詩人アンブロシオ・モンテシーノ（一四四八?―一五一二?）が、自作の詩で最初に新大陸に好奇の目を向けて以来、部分的ではあるものの、クリストバル・デ・カスティリェーホ（一四九一?―一五五〇）、ロペ・デ・ルエーダ、クリストバル・デ・ビリャロン（一五〇五?―八一）、セルバンテスなどが、新大陸やその土地の風物またはインディアス帰りの人々について採り上げるようになった。

詩の内容よりも究極の美の世界を追求する「クルテラニスモ」（誇飾主義または文飾主義）に代表される、バロック詩の巨匠ゴンゴラにとっても、新大陸発見と征服は歴史的一大事であり無関心ではいられなかった。ソネット、ロマンセ、レトリーリャ、そして長編詩『孤独』の中で、歴史的、地理的、民族的な観点から、彼特有の新造語、メタファー、シンボル、イメージを自由自在に操りながら新大陸を風刺的に描いている。一方、軽妙で機知に富んだ文体と内容で読者の知性を刺激しようとする「コンセプティスモ」（奇知主義）の代表的な作家の一人であるケベードも、ソネット、ロマンセなどのほか、幻想的な風刺散文『万人の時』（一六五〇）では――特に一章ではインディアスに対するケベードの見方が顕著である――、新大陸の地理、発見と征服、その土地の産物について言及しているが、概してケベードの描く新大陸のイメージは富の象徴としてかなり軽蔑的な筆法で描かれている。

では、演劇の分野ではどうかといえば、ロペ・デ・ベーガは新大陸を主題とする『手なずけられたアラウコ族』、『奪還されたブラジル』、『コロンブスが発見した新世界』などを書いた。ロペの主な情報源は、書物や記録、そのほか実際に新大陸を訪れたことのある人たちの話であった。『手なずけられたアラウコ族』は、アロンソ・デ・エルシーリャの叙事詩『ラ・アラウカーナ』、ペドロ・デ・オーニャの『手なずけられたアラウコ族』、クリストバル・スアレス・デ・フィゲローア（一五七一？―一六四四）の『ドン・ガルシーア・ウルタード・デ・メンドーサの偉業』などからヒントを得ているが、題名はオーニャの作品と同じであり、なおかつ筋そのものもかなり似通っている。『奪還されたブラジル』は、オランダ軍に占領されていたブラジルのバイーヤ地方をスペイン軍が奪還するという話で、出典は一六二五年にマドリードで発刊されたスペインの勝利に関する報告書である。この出来事はフェリペ四世の治下、一六二五年に起こり、ロペは同年この作品を舞台にかけた。[29]『コロンブスが発見した新世界』は、寓意人物とならんで歴史的人物も登場するが、ロペはこの作品を綴るにおいてフランシスコ・ロペス・デ・ゴマラ（一五一一―六六？）の『インディアス通史』にもとづき、筋立てを構想したようである。[30]ロペは実際に海を渡ってインディアスの地を踏んだことはなかったが、スペイン人が新大陸に祖国の栄光を見たのと同じように、みずからの感性と才能を発揮し、史実とフィクションをうまく織り交ぜながら、見事に彼の地を独自の詩的世界に変えたのである。むろん『フェニーサの鉤針』、『セビーリャの砂原』などのように、中心テーマが新大陸の事柄でなくても、登場人物たちの台詞の中に新大陸に関する事象が見受けられることもある。

ロペ・デ・ベーガの大衆演劇のスタイルを踏襲したティルソ・デ・モリーナは、実際に一六一八年から一九年にかけてサント・ドミンゴに滞在したことがあり、ペルー征服を成し遂げたフランシスコ・ピサーロとその兄弟をテーマにした三部作『与えることがすべて』、『インディアスの女戦士たち』、『羨望とは裏腹の忠義』を書いた。ここでは征服者としての彼らの偉業を讃える一方で、歴史的描写に勝るとも劣らぬ筆致で登場人物の心理描写や文体に細心の注意を払っている。ティルソもロペと同様、『バリェーカスの田舎娘』、『トレドからマドリードへ』、『敬虔なるマルタ』などでは構成要素の一つとしてインディアスのイメージを採り入れている。

ほかにも、単なるモティーフか装飾的要素として見知らぬ世界を描いた作家たちがいる。『見栄っ張りなドン・ディエゴ』を代表作に持つアグスティン・モレート（一六一八—六九）や、傑作『疑わしい真実』を世に送ったメキシコ生まれのファン・ルイス・デ・アラルコン（一五八一—一六三九）がその典型である。こうした作品では、豊かな財産を持ったインディアス帰りの人物や、逆に財産がありながら吝嗇《けち》で人が悪い人物が登場する。一方、ルイス・デ・アラルコンの別の作品『自分と瓜二つ』では、ヌエバ・エスパーニャやメヒコの地理が話題に上る。

そしてバロック演劇を完成させたと言われるカルデロンとて例外ではない。確かにプロットの流れそのものを左右するほどのものではないにしろ、上記の作家たちと同様に作品によっては、新大陸のイメージが浮き彫りとなる。以下の『コパカバーナの黎明』は、ペルーを舞台に物語が展開する作品である。

7-3-1 『コパカバーナの黎明』[31]

この作品は『ペドロ・カルデロン・デ・ラ・バルカ戯曲集 第四部』（マドリード、一六七二年）に収録されているが、本人の手稿は存在しない。おそらく一六五〇年から六一年のあいだに書かれた公算が大きい。[32] この戯曲の上演については、常設劇場の舞台にかけられたのか、ブエン・レティーロ宮のコリセオで発表されたのか、それとも上演されることはなかったのか、定かではない。

作品の舞台はペルーであるが、カルデロンのアメリカ新大陸への関心度はロペ・デ・ベーガのそれに比べるとはるかに低く、そこに暮らすインディオたちの生活様式や風習、言葉遣い、その土地に棲息する動植物や自然の描写は希薄である。[33] ペルーらしさが感じられるのは、インディオ側の登場人物名（ワスカル・インカ、ユパンキ、トゥカペール、グアコルダ、グラウカなど）、地名（リマ、ペルー、クスコ、コパカバーナ、トゥンベスなど）、原住民たちが使う語彙、インカの音楽や踊り、人身御供《ひとみごくう》に関することからである。[34]

作品を書くにあたり、インカ・ガルシラーソ・デ・ラ・ベーガ、ペドロ・シエサ・デ・レオン、アグスティン・デ・サラテなどが残した記録をヒントにしている。[35] バルブエナ・ブリオーネスによれば、このほかにもアロンソ・ラモス・ガビランの『コパカバーナの聖母マリアの名高い聖地と数々の奇蹟およびカラブーコの十字架の逸話』が作劇するにあたり大いに役だったようだが、[36] 当時の作劇方法からすると歴史を正確に描くよりも観客の好みを考慮することに重点が置かれている。他の劇作品と同様にフィクション性が高く、詩的要素もそれなりに挿入されている。

本作品の題名にある黎明《アウローラ》には、ペルーの地で偶像崇拝に依拠するインディオたちにもたらされることになるキリスト教の意味が含まれている。劇構造としては、フランシスコ・ピサーロが率いるスペイン人征服者の到来をきっかけにインディオたちの改宗に至るまでのプロセスをとおして、宗教的意図とも絡めながらインディオの中心的人物ユパンキとその恋人グアコルダおよび彼女に懸想するワスカル王の恋にまつわる三角関係にもスポットが当てられ、物語全体が二重構造となっている。異教徒といえども彼らの感情の縺れは、あくまでもスペイン風の恋愛感情・嫉妬・憎悪のイメージからなり、これにより劇空間に緊張が広がるようになっている。

事実、フランシスコ・ピサーロ（一四七五?―一五四一）が勇敢な仲間とともにトゥンベスの町にやって来たのは一五二七年のことである。これは第二次ペルー征服航海にあたる。その後、充分に軍備を整えてインカ帝国征服を開始するのは一五三二年であり、その年の一一月にはカハマルカでアタワルパ・インカを捕虜とし、翌三三年七月には彼を処刑している。また同年一一月にはインカ帝国の首都クスコに入場。その前月に第十四代皇帝トゥパク・ワユパが病死したため――この皇帝の在位期間は短く二か月ほどであった――、一二月になりマンコ・インカ（在位、一五三三―四四）が第十五代皇帝としてクスコで戴冠した。三四年にはピサーロ軍がキスキスを破り、クスコにスペイン人都市を建設した。三六年には、劇中でも大きな出来事として扱われているように、マンコ・インカ軍によるクスコ包囲と、町の焼き討ちに見舞われた。

以下、こうした歴史的事件とバロック演劇の要素をカルデロンがいかに劇空間で融合させ、独自の劇世界を作り上げ、当世の人々の心を摑んだかという点に注目してみることにしよう。

物語はフランシスコ・ピサーロの率いるスペイン軍がトゥンベスに到着する場面から始まるが、カルデロンは一五二七年と三二年の別々の出来事を一つに束ね、話を簡略化している。作中での英雄は終始フランシスコ・ピサーロであり、征服において重要な役割を果たした他の人物は簡略化ないしは省略されている。またインカ皇帝にしても、第十一代皇帝ワイナ・カパック（在位、一四九三―一五二七）を継承した嫡出子である第十二代皇帝ワスカル（在位、一五二七―三二）が一幕、二幕をとおして重要な役割を果たすことになっているが、これとて明らかに時代錯誤である。二幕でのクスコ包囲や王宮の炎上がクローズアップされる場面では、依然ワスカル王がインカ族を指揮しているが、上述したようにこれは一五三六年の事件であり、すでにワスカルはこの世の人ではなく、実際に指揮を執ったのはマンコ・インカである。要するに、カルデロンが複雑な歴史の流れを劇空間に持ち込むことを避け、スペイン人側の英雄とインカ側の英雄をそれぞれ一人に絞り、キリスト教の勝利に向けてわかりやすく、かつスピーディに筋展開を構想した結果であると言えよう。

主要な登場人物は、実在したスペイン人征服者およびインカ皇帝であるが、インカ族の一人ユパンキも実在したフランシスコ・ティト・ユパンキがモデルとなっている。三幕にはユパンキが聖母像を思うような美しいかたちに彫れない場面が描かれているが、これらのシーンは当時のインカの芸術家たちが彫った荒削りのキリスト像、聖母像、聖人像、祭壇などを想起させるものである。事実、フランシスコ・ティト・ユパンキは、土着の芸術にスペインの芸術を組み入れようとした十六世紀イスパノアメリカの彫刻の基礎となった象徴的人物であった。[37]また、通訳としてスペイン人に連れ去られる道化役のトゥカペールにしても、滑稽な言いまわしは別として、実在したインディオ、フェリペ（ないしはフェリピーリョ）をモデルにしている。彼はプナ島出身で、二十歳そこそこの若者であった。『インカ皇統記』の著者インカ・ガルシラーソ・デ・ラ・ベーガによれば、彼の言語に対する才能はぱっとせず、そのうえ軽率かつ嘘つきだったが、スペイン人の通訳として役だったようである。[38]そのため二幕に入ると両者のあいだを遮っていた言葉の厚い壁は少なくとも消滅することになる。

一方、歴史の流れを考えると、ワイナ・カパックの庶子であったアタワルパの存在は征服者と被征服者との関係からして決して無視できないはずなのに、カルデロンは彼の名前に言及はするものの、物語の枠の中に組み込もうとはしていない。

そこで、このあたりの史実を『インカ皇統記』から見てみると、ワイナ・カパックの死後、四、五年のあいだは、クスコを統治する嫡出子ワスカル王と、キト王国を支配する庶子アタワルパは各自の領土を平穏に治め、新たなる征服を企てることはなかった。しかしこの平和な時期が過ぎると、ワスカルはキト王国をアタワルパに譲渡するようにという、亡き父王の要請に応じたことを悔やみ、将来の強力なライバルの存在を危惧して、キト王国ならびに他のすべての地方がクスコにある王権に帰属すると定められた初代インカ以来の掟を持ち出し、アタワルパに現状は認めるものの、未征服の土地はすべて帝国に帰属すべきであるがゆえ、領土の拡張を禁じ、異母弟が自分に忠誠を誓い臣下となることを要請した。これに対してアタワルパは恭順《きょうじゅん》の意を装い、王の意に従うものの、裏では狡猾そして残忍な計画を実行したのである。それは、クスコにおいて亡き父王ワイナ・カパックの葬儀を盛大に行い、それが終わり次第、臣従・臣民とともに忠誠を誓うという申し出であった。ワスカルは彼の言《げん》を信じて同意するが、アタワルパの本当の狙いは極秘に指令を発し、勇敢な戦士を集めて武装させ、大規模な戦闘隊形をとることであった。そのため、クスコに向かうまでは表向きは一般市民であるかのように見せかけ進軍したのである。全軍の指揮にあたったのはチャルクチーマとキスキスの二人の司令官であった。もちろん、この不穏な動きを察知したワスカル陣営は軍隊に非常招集をかけたが、思うように兵が集まらないまま、両軍はクスコの西方数レグアの広大な平野で激突し、合戦を繰り広げた結果、両軍に多数の死者が出て、戦術に長《た》けていたアタワルパの軍勢に軍配が上がった。このときワスカルは捕らえられ、これ以降アタワルパは狡猾かつ残忍な本性をさらけ出すことになる。それはワスカル王を復位させると称して、帝国中のすべてのインカ、すなわち各地に赴任している司令官、隊長、兵士をクスコに招集し、彼らを皆殺しにすることであった。さらには王族や王族の女子供、そしてワスカルに臣従したと認められた者全員を冷酷非道な方法で殺害したのである。その理由として、帝国の法規に従えば、アタワルパはクスコを中心とした王国を所有する資格を持たず、また征服された領土はすべてクスコの王権に帰属すべきものだったから、キト王国ですら継承することができなかったからである。彼自身、自分はインカ王になるための必要条件に欠けていることや、キト王国をインカ帝国から分離させることすらできないことを重々承知していたため、こうした強引な王位簒奪は将来において必ずやそのしっぺ返しが来るだろうと察し、その危険な芽を今のうちに摘んでおこうとしたのである。[39]

カルデロンは、こうした異母兄弟の骨肉の争いについてはまったく触れておらず、またディエゴ・デ・アルマグロ（一四七五―一五三八）とピサーロ兄弟の確執についても言及することはない。[40]むしろ終始アルマグロはピサーロの信頼できる臣下として描かれている。

では、一体どのように作品を構想したのか具体的に見てみることにしよう。一幕では、舞台をインディオの重要な神殿が建立されているトゥンベスに置き、彼らが歌と踊りで太陽神信仰五〇〇年祭を祝っている場面から始める。第十二代ワスカル・インカ王の戴冠式が行われようとしているところへ突然巫女《みこ》グアコルダが現れ、海岸に見たこともない怪物（船）が接近しているので避難するようにとワスカルに進言する。ここでは王も王の忠臣ユパンキも彼女の美しさに魅了されることになり、これ以降二人の恋情は他のスペイン演劇と同じように傍白というかたちで観客に示される。他方、アルマグロの台詞からは、彼らがヌエバ・エスパーニャを北から南へと航海し、嵐や空腹や喉の渇きに苦しめられながらもパナマに停泊したこと、途中で危険や悲惨な目にも遭ったが神の恩恵のお蔭でインディアスの未知の地を発見できたことなどが語られる。

しかしながら史実に照らし合わせると、一五二七年のトゥンベス遠征にはアルマグロや、劇中には登場しないがもう一人の盟約者エルナンド・デ・ルケという聖職者も重病にかかり参加していない。またピサーロがトゥンベスの町を最初に偵察させるのはアロンソ・デ・モリーナという男だったが、彼の報告が誇大だったために改めて偵察要員として送ったのが、全身を甲冑に包み腰に剣を佩《は》き、肩にアルケバス銃をかけたペドロ・デ・カンディーア（一四八五―一五四二）であった。それから一五三一年一月にもパナマを出航して、ペルー征服（第三次ペルー征服航海）を目指すべく、まずは豊かな金銀財宝を期待できそうなトゥンベスに直航したが、このときもアルマグロは遠征には参加していなかった。

物語では、一足先に下船を許されるのがカンディーアであり、陸地で彼に遭遇するインディオがユパンキである。二人は言葉を用いた意思疎通はできないが、カンディーアは上陸の目的は唯一の神の存在を伝え、偶像崇拝に対する盲目的な侵攻から人々を救うためだとして、インカの地に十字架を建てようと二本の原木を振り上げる。すると、これを見たユパンキは宣戦布告だと勘違いし相手に弓を引き絞る。このときに一回目の奇蹟が起きる。聖なる十字架から眩《まばゆ》い光が発せられると、弓を引く両腕の力が奪われ弓は地面に落ちる。この現象を見たユパンキはそこに聖なる神秘が隠されているのではないかと推測する。そこで今度は、奥深い洞窟に閉じ込められた野獣（ライオン、トラ）を放つよう指示するが、ここでも二回目の奇蹟が起こる。野獣たちは襲いかかるどころか、おとなしく従順になり、カンディーアも彼らを好意的に迎える。むろん、この時点ではスペイン人とインカ族の言葉による交流はなく、カンディーアは道化役のトゥカペールを仲間のところに連れて帰り言葉を覚えようとする。

ここで見られる一連の不思議な現象は、のちのインディオたちの改宗の前兆として重要な要素となっており、そのためにもユパンキにこれには重要な意味が隠されていることを察知させる、「われわれの理解を超えた不思議な何かが存在するはずだ」[41]。

この時点でカルデロンは、筋展開の単調さを避けるために、またドラマの醍醐味をより強調するためにも、キリスト教信仰の導入を妨げようとする寓意人物「偶像崇拝」（悪魔の化身）を登場させる。この人物は黒装束で登場し、剣を佩き、羽根飾りをつけているが、インディオたちの目には見えない。ワスカル王やユパンキから意見を求められると、人間の心の隙間につけ込むかのように声だけが聞こえるという設定である。ユパンキは十字架がこの先どのような成果をもたらすのかを見極めると同時に、神官や周囲の者たちと今後の対策を太陽神に尋ねると、間髪を容れず「偶像崇拝」が現れ、太陽神の怒りを和らげるため人間を生《い》け贄《にえ》とするよう要求する。「偶像崇拝」は神の存在とその偉大さを認知しており、神の許可がなければ何もできないことを知りながら、異教徒たちの無知を利用して、視覚に訴える驚異の数々を提示することで自分を崇拝するように仕向ける。その結果、白羽の矢が立ったのは王やユパンキが懸想するグアコルダである。そこで同じように彼女に恋心を抱く王は、忠臣であるユパンキに彼女を愛するがゆえの堪えがたい苦しみを告白し、彼女が人身御供となることを避けるための方法を打診する。このあたりの場面は、ワスカル王が太陽神への畏怖と彼女への恋情との板挟みで苦しむ様子や、ユパンキが王への忠誠と彼女への恋情との板挟みで苦しむ様子、すなわち両人の心の葛藤がスペイン人の心情のままに描かれている。

ワスカルの思惑を見抜いた「偶像崇拝」は王の人身御供妨害を強く非難する。そして現在王位に就いていられるのは太陽神の末裔だからではなく、「偶像崇拝」の画策なくしてはありえなかったことを説き、太陽神の末裔、支配者の家系として、初代マンコ・カパックの息子がいかにインカ帝国の王に仕立て上げられたかを「魔術」を使って説明する。[42]この脅迫により、愛よりも王権の喪失を怖れた王は前言を撤回し、グアコルダの犠牲を再度命令する。言い換えれば、王の愛は本物ではなかったことが明らかとなる。これに対してユパンキは王が去ったあと、「何と厳しい神なのか、礼讃されたいがために、自然の法に反して、自分は人々の犠牲になろうともせず、人々におのれの犠牲になれとは」と太陽神を非難する。これは太陽神に対する不信表明であり、また同時に奇蹟を示してくれた未知の信仰への導きともなっている。

一幕と二幕のあいだには時の経過が設けられており、それぞれ時期や事件の内容が異なるにもかかわらず、前述したようにあたかも継続しているかのように描かれ、さらに事件もかなり簡略化されている。カルデロンはここでの英雄をフランシスコ・ピサーロに限定して歴史の流れを一本化し、インディオ側の中心人物についても一幕、二幕をとおしてワスカルだけをインカ帝国皇帝として描いている。実際には、インカ帝国の首都クスコは、一五三三年一一月一五日にピサーロ軍によって占領されたが、のちにスペイン人たちは、ワスカルの弟マンコ・インカによって組織された反乱に悩まされることになる。彼はアタワルパの後継者としてスペイン人たちが選出したにもかかわらず、エルナンド・ピサーロが防衛する町を攻撃したのである。インディオたちはクスコの町に火を放ったが、激しい攻防のすえに撃退された。この事件は一五三六年五月二三日に起こった。ということは、この時点でワスカル（アタワルパの奸策に引っかかり捕らえられ殺害された）もアタワルパ（一五三三年一一月ピサーロにカハマルカで捕らえられ、一五三三年七月に処刑されている）も生存しておらず、実際にこの反乱を指揮したのはマンコ・インカであったが、カルデロンの劇空間にはこの人物への言及は一切ない。

クスコの城壁あたりでスペイン軍とインカ軍とが戦闘を繰り広げる場面では、フランシスコ・ピサーロが大けがをすることになっているが、聖母マリアに助けを求めたおかげで（「何を驚くことがあろうか、聖母マリアに祈願する者はどんな危険からも救われるのだ！」）、命に差し障るようなことはない。しかし実際、インディオの投石を受けて命を失ったのはファン・ピサーロである。マンコ・インカの軍勢に包囲されたファン・ピサーロが、サクサグヮマン占領のために反撃を企てた折に受けた瀕死の重傷にヒントを得たようである。マンコ・インカの嫡出子ティトゥ・クシ・ユパンギは、クスコ包囲の厳しい戦況と、サクサグヮマンでのファン・ピサーロの死を次のように記している。

スペイン人はそうして包囲され、苦境に陥り、しかも大勢のインディオに取り囲まれていたので、内心もはや命運もこれまでと思うようになった。彼らはどこをどう探しても活路を見出すことができず、なす術を知らなかったのである。（……）サティス族とアンデス族のインディオがスペイン人を目がけてひっきりなしに矢を射ったが、スペイン人は神の加護のおかげでまったく無傷のまま、身を守り通すことができた。と言うのも、彼らは（……）助かる望みをすべて失っていたので、もっぱら神に救いを求めたからである。つまり、その夜一晩中、スペイン人は教会に籠もり、跪いて両手を口に当て、ひたすら神の救いを祈念したのである。

サクサグヮマンで、スペイン人はインディオとの激戦の末、要塞の四つの出入り口を占領した。一方、インディオたちはかなり堅固な造りの塁壁からつぎつぎと大きな石を転がしたり、矢を射かけたり、投げ矢や投げ槍を放ったりして、スペイン人を大いに苦しめた。ホワン〔ファン〕・ピサロと黒人二人、それに、スペイン人を支援していたインディオが大勢、大きな石に当たって生命を落とした。ベラ・オマ軍が大きな石、その他の武器を使い果たしてしまうと、スペイン軍は神の加護により、要塞内部へ突入し、中にいた大勢のインディオを殺したり、ずたずたに切り刻んだりして、ついに力ずくで要塞を占領した。[43]

しかしカルデロンは、記録者が語るような現実感・迫真感のある戦闘状況も最低限は背景に滲ませようとするが、戦況そのものよりはむしろ奇蹟をとおしてキリスト教の勝利を訴えることに集中する。したがって、当世の流行のスタイルは無視できず、どうしても以下のような文学的要素が劇空間に色濃く出る結果となる。

一つは、観客が好みそうな話題としてトゥカペールという道化役が当てられているが、作中ではカルデロンの他の作品に見られる道化たちのような滑稽さはさほど持ち合わせていない。むしろ「偶像崇拝」の遣い走りのような役割を果たしている。彼は戦況を見つめながら途方に暮れ悪魔に助けを求めると、目には見えない「偶像崇拝」が現れ、逃亡した巫女を探し出してもらう魂胆で、トゥカペールにクスコからコパカバーナの渓谷まで一瞬で移動できる翼を貸し与える。すると悪魔の支配に屈した彼は風よりも速いスピードで姿を消す。まさに超自然現象を観客の想像的空間に描き出す手法である。

もう一つ、観客が好みそうな話題として、グアコルダとユパンキの恋愛の行方がある。これはワスカルとの関係も含めて一幕、二幕では重要な役割を担っている。[44] そしてこれと平行または関連するかたちで一連の奇蹟がさらに続く。クスコ包囲と王宮の火災の場面あたりから一気に劇空間が騒がしくなる。ピサーロが自分たちの偉業をフェリペ二世と、すでにユステの修道院に身を退いているカルロス一世に送るため報告書を書いていると――実際のピサーロは字が書けなかった――、インディオによる王宮襲撃の知らせが入ってくる。インカ王はクスコの町を包囲し、火災から逃れていくスペイン人に矢を放つよう指示するが、ここでもスペイン人たちの信心深さが浮き彫りにされ、続いて三回目の奇蹟が起きるようになっている。

スペイン人たちの声　（奥で）無原罪のマリア様！……

別の声　（奥で）　恩寵をくださるマリア様！

全員　（奥で）お願いです、どうかご慈悲を！

ピサーロ　　スペイン人の同士よ！

皆の信仰の篤さがよく分かった、
　確かに逆境にあっては
　　彼女こそが価値ある希望の岬だ。（二幕）[45]

このシーンにはト書きがあり、それによればシャルモーの音とともに、舞台の高所から玉座となる一片の雲が降りて来ると、そこには二人の天使がコパカバーナの聖母の像を持って跪いている。聖母は両手に幼子を抱えている。上方の曇からは雪片が降り続く。この目の眩むような光景を目の当たりにしたインカ王の反応は、まさに聴覚的・視覚的効果を駆使したバロック演劇の驚きの表現そのものである。

インカ　（……）驚嘆すべき出来事が耳から目へと移り進んでいく。見えるだろうか？　天空がその青いヴェールを引き裂き、そこに浮く輝く雲が雪片や霧雨を降らしながら火事の勢いをおさえ、消し止めているとは！（二幕）

もちろんピサーロもこの不思議な現象には目を見張り、聖母の恩恵を感じるが、「偶像崇拝」にしてみればここで敗北を認めるわけにはいかず、彼の復讐は三幕に持ち越されることになる。こうして見るとパヘス・ララーヤが主張するように、クスコ包囲をめぐる描写のフィクション性は非常に高く、カルデロンが意図して創り上げた場面であると言える。[46]まさに闇の世界から光の世界への移行を強調するためである。したがって、実際にはスペイン軍の野蛮な略奪行為やインカの王侯貴族に対する軽視的態度などがクスコ包囲の原因であったにもかかわらず、こうした問題にはまったく触れられていない。

二幕後半に進むと、農事小屋に下女のグラウカとともに身を隠していたグアコルダが、トゥカペールに居場所を見つけられ、それが王の耳に入って居場所を発見されるのだが、その前にユパンキとの愛を確かめ合う場面が設けられている。この二人の愛は当時の作風にしたがい結婚にもとづくものであり、[47] 彼女を生け贄に捧げるためにワスカルが駆けつけたときも、これまで王への忠義と愛との板挟みになっていたにもかかわらず、自分たち二人の関係を王に告白する。これを聞いた王は怒り心頭に発し二人に処刑を宣告すると、二人は最後に抱擁する。これを見た王は二人を引き離すよう命じるが、このときグアコルダが以前カンディーアが建てた奇蹟の十字架を抱きしめ、ユパンキがそばにあった聖母マリアに縁のあるスズカケノキにすがるや、四回目の奇蹟が起こり、引き離すことができなくなる。

インカ　何ということか、これはコパカバーナの渓谷における奇蹟だ（……）。（二幕）

手の打ちようがなくなったワスカルが「偶像崇拝」に頼ろうとするも、「偶像崇拝」とて太刀打ちできない。二人を殺すようにとの命令を発することができないのである。そこで王は引き離せないのなら、そのままの二人に矢を放つよう命じる。このとき五回目の奇蹟が働き、恋人たちの姿が空中に消えて見えなくなる。この場面では劇的効果として、雷が鳴り、地響きがするという設定になっている。これを見たインディオたちの反応は、驚きとともに今までにない不思議な力を予感することになる。

インディオたち　天よ、これほどの奇蹟を見せてくれるキリスト教の神とは、偉大な神にちがいない。（二幕）

三幕の時代設定は十六世紀最後の四半世紀、フェリペ二世の治下である。一幕、二幕とは異なり、インディオの中心人物たちはすでにキリスト教に改宗しており、出だしに設けられた副王ロレンソ・デ・メンドーサと総督ヘロニモ・マラニョンの会話から、インディアス征服の成功や、ワスカルがアタワルパに捕らえられ死んだことが伝えられ、とりわけスペイン人たちが逆境に陥ったときに示された数々の奇蹟が強調され称揚される。また、豊かな農産物に恵まれたコパカバーナにキリスト教がもたらされたことで、悪魔は執拗にこれを阻止しようと、高貴な出自を誇る長老アンドレス・ハイーラを筆頭とするウリサヤ派（聖セバスティアヌスを擁立）と、王家の血筋を引くフランシスコ・ユパンキを筆頭とするアナサヤ派（聖母マリアを擁立）を対立させたことや[48]——両者は守護聖人を誰にするかでもめている——、彫像の技術がまだイスパノアメリカでは未発達なため、これまで制作された神々の彫像は粗野なものばかりであること、目下ユパンキが聖母の彫像を彫っているが未だに見栄えのする作品ができていないこと、などが観客に周知される。

ユパンキのモデルは、すでに述べたように彫刻家フランシスコ・ティト・ユパンキである。このユパンキという通称は、トゥパック・ユパンキの孫ということから使用されたもので、カルデロンは二人の人物を同一視している。グアコルダはトゥパックと結婚した巫女からヒントを得ているらしい[49]。三幕ではユパンキとグアコルダはすでに夫婦となっており、ユパンキはフランシスコという名前で、グアコルダはマリアという名前で洗礼を受け、両者ともにスペイン風の衣装を身につけて登場する。下女グラウカもイネスという洗礼名を持っている。ユパンキは聖母像を彫るが、仕上がった作品は荒削りなものばかりで、周囲の嘲笑を買うといった有様である。この場面でカルデロンはさらなる奇蹟を起こすためのきっかけとしてトゥカペールを介入させ、波乱を巻き起こすよう策を講じる。誰もいない工房へ魂を悪魔に支配されたトゥカペールが入ってくると、「偶像崇拝」の「泥棒、泥棒！」という声が聞こえ、これに驚いた下男は焦ってつまずき彫像を倒したままその場から逃げ去る[50]。その後も「偶像崇拝」の執拗な邪魔立ては続き、先の二派の不和・対立・争いを煽る。両者ともに折り合いのつかないまま、またユパンキも作品を完璧に仕上げられないまま、副王・総督をはじめインディオたちは彫像を見に出かける。しかしその前に、ユパンキは聖母に願かけをすると、シャリュモーの音に合わせて曇が青空を裂き、それに乗って翼のある天使たちが舞い降りてくる。ト書きによれば、天使たちは手に絵筆やパレットなどを持ち、粗野な聖母像を、みるみるうちに幼子イエスを両腕に抱えた美しい聖母像に作りかえてしまう。天使たらが去ったあと、皆がマリア像を見にやって来ると、そこには信じられないほど美しい聖母像があるのを目の当たりにする。

副王　このような美しい聖母の似姿を見たのは初めてだ！
ユパンキ　これはどうしたことだ？
総督　なんという光景だ！
アンドレス　あの荒削りで粗野な彫像を手直ししたのは一体誰なんだろう？（三幕）

そして結末では、地震が起こり、病人は回復し、束縛されていた人々は自由の身となり、「偶像崇拝」からも解放され、カルデロンの目的が達成されることになる。

楽隊　至高の太陽とともにコパカバーナに黎明が訪れました。（三幕）

ここまでキリスト教の正当性を中心テーマとして歴史的事実を筋展開に融合させながら、劇的空間形成のプロセスを見てきたが、同時にその過程においてカルデロンはいくつかの奇蹟や驚嘆に値する出来事、不可思議な事象を挿入し、インパクトのある詩的世界を作り出すことによって観客の反応を意識していることが分かる。グアコルダが沖合に見えるキリスト教徒たちの船をバロック特有の詩的隠喩を用いて表現する場面では、実際の光景をそのまま舞台上に構築するかわりに、役者の台詞という筆によって観客の想像上のキャンヴァスを大がかりなものにし、そこに映像を浮き上がらせるのである。

あれは海の方を見やり、その蒼穹《そうきゅう》に見たこともない驚くべき物を目にしたときのことです。何と表現してよいのか分かりません。かりに航海する岩礁と言えば、あの凄まじさとは相容れず適切な表現ではありません。喉が渇き今にも海を呑み込もうとしている張り出した曇と言えば、嵐をともなっていない分、これまた見当違いというものです。ならば海の魚と言えば、翼を広げて飛ぶようにやって来ることを考えますと、こちらも当てはまりません。では、海を泳いでやって来る船足の早い鳥はどうでしょうか、同じくこれも正鵠《せいこく》を射《い》ているとは言えません。したがって、どれをとっても不思議な怪物ゆえに、不動の状態であれば岩礁、その軽快さを考えますと曇であります。つまり海と風の胎児なのです。その多様なさまゆえに海に漂えば魚となり、空を飛べば鳥となるのです。（一幕）

また海岸に停泊する船にインディオたちが矢を放ったあと――実際の舞台では舞台裏に向けて放った可能性もある――、すぐにスペイン人が礼砲を撃つ場面があり、そこでは隠喩のほかにも当時の演劇効果の一つとして驚嘆を表現する語彙がちりばめられている。

インディオたち　驚いた！
別のインディオたち　ぞっとする！
全員　責め苦だ！
トゥカペール　あの粗暴な貴婦人〔礼砲〕ときたら、なんて猛々しく甲高い声の持ち主なんだろうか！
インカ王　あのように傷つけられ怒号しながらうめく怪物とは、まさしく地獄の底からはき出された胎児に

ちがいない。（一幕）

二幕では、人身御供を避けて姿を隠していたグアコルダを見たトゥカペールが比喩を使って彼女の美しさをバロック風に表現するシーンがある。奇蹟を前にして驚く場面もそうだが、こうした詩的描写はまさしく想像力豊かな観客に向けての台詞である。

なんと、目の前にいるのは美しい巫女！　やはり思ったとおりだったよ。どれだけ変装したところで、粗野な服という曇が太陽を妨げるなんてできっこないんだ。（二幕）

ところで、インディオ側から見たスペイン人の容姿については、ユパンキがトゥカペールに語っているように（「顔の皮膚は白く、髪の毛も顎髭もぼさぼさで、何とも不思議な格好をしている。それに加えて着ている服や携えている武器は驚くべき代物だ」（一幕））、福音を伝えるために新大陸にやって来たスペイン軍人の容姿が強調されるだけで、征服者たちの貪欲さや残忍さ、内輪もめにはまったく言及されていない。それもそのはず、インカ・ガルシラーソなどが記しているように、ワイナ・カパック王の周辺には以前から、太陽の一二人の子孫によって統治されてきたインカ帝国が崩壊するときに、これまで見たこともない得体の知れない異邦人たちがやって来て、自分たちが彼らの支配下に置かれるであろうことを暗示するいろいろな驚くべき兆候が示されていたからである。[51] そのため髭を生やし全身を衣服で覆っていたスペイン人を、神の使者と見なすような表現が用いられている（「インディオたちはペルーに侵入して来た最初のスペイン人たちが髭を生やし、体中を衣服でおおっているのを目にすると、彼らをビラコチャと呼んだ[52]」）。作中、征服者たちの描写については、聖戦を呼びかけるかけ声を除けば、インディオたちに接する態度はいたって穏やかであり、高貴さを失うことはない。たとえば、バルトロメ・デ・ラス・カサスが記録しているような粗暴で残忍なピサーロの面影はひとかけらもない、「彼は一五一〇年以後にティエラ・フィルメで、ほかの誰よりも長期にわたりかつ残忍な所業や破壊をしつづけたひとりであった。そのため、ペルーにおいて、さらに一層残忍な行為や虐殺や略奪を重ねることになった。彼の眼中には神も人もなく、ただひたすら彼は村々を破壊し、そこに暮らしていた人々を破壊させ、殺害した[53]」。

そうは言うものの、アメリカの歴史家プレスコットによれば、一五二七年にピサーロがトゥンベスに船を停泊させたときは、たまたま地位の高いインカの貴族（王の臣下）が滞在しており、ピサーロはこの貴族には丁重な態度で接したようで、自分はインディオたちを救うためにやってきたのであって、真の神イエス・キリストについての知識を喜んで授けたいと申し出たようである[54]。この時期はトゥンベスだけでなく、海岸沿いにあった他の地域の原住民に対しても、まだ獰猛な性格をあらわさず健全な行動によって彼らに信頼感を植えつけていた。しかし、一五三二年ふたたびトゥンベスに上陸したときは状況がちがっていた。町がプナ島の凶暴な原住民との長年の争いによって破壊され廃墟となってしまった様子を目の当たりにしたスペイン人たちは落胆し[55]、そこでこの町に長く滞在するのをやめ、一部だけをこの地に残しほかを偵察することにした。エルナンド・デ・ソトの率いる部隊に大山系の裾野を探検させ、自分は本隊を率いて平野部に進軍した。この際の行軍においてもピサーロは兵士たちに非道な行為を一切禁じているし、たとえ原住民の攻撃にさらされたとしても、彼らが降伏すれば復讐には馳せず、寛大な措置を執ることによって信頼を勝ち得ようとしている、「ピサーロは行く先々で、彼が神の聖なる代理人（ローマ法皇）並びにスペイン国王に差遣され、住民に教会の子達としての及び彼の君主の臣下としての服従を求めるという宣告を発した[56]」。

以上のようにカルデロンは史実の大筋を自作用に丹念に細工し、筋運びをいかにも歴史物語風に構想したのである。そのうえで、観客の注意を惹くために愛にまつわる男女の三角関係といった、当時の観客に喜ばれそうな世俗テーマを挿入したり、宗教色を前面に押し出すようにそれにふさわしい寓意的人物「偶像崇拝」を導入したりして、おもしろさと同時にキリスト教の真価を提示しようと試みたのである。光（魂の救済）と影（地獄堕ち）の象徴的要素は『驚異の魔術師』などの異教徒の改心を扱った作品では典型的なもので、『コパカバーナの黎明』でもこうしたコントラストは顕著である。ただし、カルデロンの明暗、善悪、正邪を判断する基準は常にカトリック信仰にあり、その一点からのみ異教徒の世界を見つめ、切り捨てるか救済へ導くかの二者選択を迫るのである。そこではインディオたちの生活環境や風習、彼らの思いに敬意を表することはない。そこに浮上するのはカトリック信仰の勝利を謳うためにセットされた儀式のような世界である。それもスペイン・バロック風にアレンジされた世界である。まるで舞台空間を言葉の装飾で埋めるような勢いなのである。

そう考えると、歴史的事実は単なる背景の飾りにすぎず、カルデロンの創作意図はカトリック信仰礼讃と観客を強く意識した構想であることが見えてくるわけだが、その背景の飾りにあたる部分こそが、この作品では歴史物語風の劇空間を作り上げるうえで、大きく物を言うのである。各所で時代錯誤がまかり通っていたとしても、数々の対峙、戦闘、かけひきに加え、出だしでは言葉の通じないインディオたちとのコミュニケーションをパントマイム風に変えたり、彼らに「唯一の神」の存在を崇拝するよう仕向けるのに、一連の奇蹟、それも可能なかぎり驚嘆に値する超自然現象を引き起こし、強烈に視覚に訴える手法を用いたり[57]、さらには一、二幕のキリスト教徒対異教徒のせめぎ合いとは異なり、三幕では改宗後のキリスト教世界が展開し、そこでくり広げられる登場人物たちの心理的葛藤に光を当てたりと、歴史性を最大限に滲み出そうとするカルデロンの努力の跡が垣間見られる作品であると言えよう。

注

1 Valbuena Prat, *Calderón. Su personalidad, su arte dramático, su estilo y sus obras*, 106-107.

2 José Miguel Caso González, "Calderón y los moriscos en las Alpujarras", *Calderón. Actas del «Congreso Internacional sobre Calderón y el teatro español del Siglo de Oro»*, I, 394.

3 Ibid., 402.

4 *Gustos y disgustos son no más que imaginación*, (*Obras completas, II, Comedias*).

5 N. D. Shergold and J. E. Varey, "Some Early Calderón Dates", *Bulletin of Hispanic Studies* 38 (1961), 277; Pedro Calderón de la Barca, *La cisma de Inglaterra*, ed. Francisco Ruiz Ramón, Madrid: Castalia, 1981, "Introducción", 60.

6 *La cisma de Inglaterra*, ed. F. Ruiz Ramón, "Introducción", 55-56.

7 アントーニア・フレイザー『ヘンリー八世の六人の妃』、森野聡子・森野和弥訳、創元社、一九九九年、一三四―一三六頁。

8 前掲書、一五三頁。

9 前掲書、一四三―一四七頁。

10 前掲書、一四八―一五〇頁。

11 前掲書、一七五―一七七頁。

12 前掲書、二〇六、二一三―二一四頁。

13 前掲書、二二〇頁。

14 前掲書、二四三頁。

15 前掲書、二五三頁。

16 前掲書、二五五頁。

17 前掲書、二六三頁。

18 前掲書、二六六頁。

19 前掲書、四四二頁。

20 以下、『カルデロン演劇集』より引用。

21　この文言は、北アフリカから侵入したイスラーム軍とグアダレーテにて戦い、敗北を喫した西ゴート最後の王ロドリーゴ（在位、七一〇—七一一）が、丘に登って敗北の様子を眺めながら嘆く場面を想起させる、「昨日はスペインの王だった／今日は町の長でもない／昨日は町と城とを持っていたのに／今日はもう何もない／昨日は召使があったのに／今日は仕える者とてなく／これこそまさにわが物と／言える矢狭間さえもない／生まれたときが悪かった／こんな大きい王国を／継いだあの日も悪かった／ただ一日で何もかも／失わなければならぬとは！」（橋本一郎『ロマンセーロ　スペインの伝承歌謡』、新泉社、一九七五年、三七—三八頁。こうした無念の思いはシェイクスピアのウルジーも同じである、「人間の運命とはこうしたものか、今日、ういういしい／希望の新芽を吹き出し、明日、一斉に花開いて／燦然たる名誉の飾りを身にあまるほどつけたかと思うと、／三日目にはもう霜が、万物を枯死させる霜がきて、／疑うことも知らぬまま自分ではますます栄えるものと／安心しきっている最中に、その根を噛みちぎられ、／どうと倒れるのだ、このおれのように」（『ヘンリー八世』、小田島雄志訳、白水Uブックス、一九八八年（第二刷）、一五〇—一五一頁）。

22　Parker, *Approach to the Spanish Drama of the Golden Age*, 9.

23　Ibid., 11-12.

24　Alexander A. Parker, "Henry VIII in Shakespeare and Calderón: An appreciation of *La cisma de Inglaterra*", *The Comedias of Calderón, Vol. XIX, Critical Studies of Calderón's Comedias*, 55.

25　*La cisma de Inglaterra*, ed. Francisco Ruiz Ramón, "Introducción", 55.

26　メアリーはのちに異母弟エドワード六世のあとを受けてイングランド女王となり、世論の反対を押し切ってスペインのフェリペ皇太子（のちのフェリペ二世）と結婚する。熱狂的なカトリック支持者で、新教徒を過酷なまでに弾圧したことから、「ブラディ・メアリー」と呼ばれた。ここには自分の意志は曲げたくないという信念が見られる。

27　拙著「スペイン黄金世紀の文学にみる『アメリカ』（新大陸）のイメージ」、『アカデミア』文学・語学編、六二（一九九七）、三〇一—三一〇頁参照。

28　『ラ・アラウカーナ』（全二巻）、吉田秀太郎訳、大阪外国語大学学術研究双書、一九九二年・一九九四年。

29　Ángel Franco, *El tema de América en los autores españoles del Siglo de Oro*, Madrid: Nueva Imprenta Radio, 1954, 61-64.

30　Ibid., 81.

31　拙著「カルデロンの *La aurora en Copacabana* における〝アメリカ〟」、『アカデミア』文学・語学編、五二（一九九二）、三一三—三三五頁でも本作品を扱ったが、本書では主にカルデロンの劇構想について考察する。

32　Pedro Calderón de la Barca, *La aurora en Copacabana*, ed. Ezra S. Engling, London: Tamesis, 1994, “Introduction”, 48-52.

33　John W. Hamilton, “América en las obras de Calderón de la Barca”, *Anuario de Letras* 6 (1966-1967), 213-215.

34　特に登場人物について史実に照らし合わせながらの解説は下記の版の注釈に詳しい。Calderón de la Barca, *La aurora en Copacabana*, ed. Antonio Pagés Larraya, Buenos Aires: Hachette, 1956.

35　Schack, *Historia de la literatura y del arte dramático en España*, Tomo 4, 338; Pagés Larraya, “El nuevo mundo en una obra de Calderón”, *Atenea* 125 (1956), 128-129.

36　Valbuena Briones, *Calderón y la comedia nueva*, 216.

37　*La aurora en copacabana*, ed. Antonio Pagés Larraya, 214 (nota 159), 216 (nota 164).

38　Ibid., 179 (nota 64).

39　インカ・ガルシラーソ・デ・ラ・ベーガ『インカ皇統記』（四）、牛島信明訳、岩波文庫、二〇〇六年、三二—三七章。

40　W・H・プレスコット『ペルー征服』（上）、石田外茂一・真木晶夫訳、講談社学術文庫、一九八〇年、二一八—二二〇頁、（下）五五—六〇頁。

41　テクストの引用は、Calderón de la Barca, *Obras completes, I, Dramas* から行う。

42　舞台上では岩山の洞窟が開くと、毛皮をまとった一人の若者が、いつになったら王位に就けるのかと嘆きながら岩の上に横たわっている姿が見える。王はこの意味が解《かい》せないまま、一旦洞窟は閉じる。やがて岩山の上から太陽が顔を覗かせ、その背後に黄金色の玉座が現れ、そこに先ほどの青年が立派な服装をして王冠をかむり王笏を持って腰かけている。この光景こそがまさに「偶像崇拝」の暗示するところである。すなわち、インカ王はもともと太陽神の子孫ではなく、そのように伝えられるのは初代インカ王マンコ・カパックと「偶像崇拝」との策略によるものであることをワスカル・インカに認識させることが目的なのである。それによれば、初代インカは息子にインカ帝国の王位を継承させようと「偶像崇拝」に相談を持ちかけたところ、この寓意人物は民には王の息子が死んだと偽り、実際には山中で人目を避けて養育させ、息子が成長した時期を見計らって臣民の前に送り出せばよいという忠告をしたのである。やがてその時機が到来すると、王位継承に関する夢のお告げがあったとして、広く臣民に告示したあと、息子を王位に就けたことにより太陽神の子とみなされたのである。そしてその見返りに太陽神を奉祀《ほうし》するようになった。したがって、今のインカ王は初代インカ王の後裔であり、太陽神の子ではないということを、「偶像崇拝」は視覚的表象によって示そうとしたわけである。なお、このエピソードはラモス・ガビランの書物にもとづいている。ガビランの記述によると、王には二人の息子がいて、下の子は王の老年に別の女性に産ませた子で、たいそう老父にかわいがられた。そこで王は友人の魔術師にどうすれば息子に権力を持たせられるかを相談したところ、上記のような方法で王位に就けるよう画策したとある、*Calderón y la comedia nueva*, 219-220.

43　『インカの反乱』、染田秀藤訳、岩波文庫、一九八六年（第二刷）、一〇五—一〇八頁。戦闘の激しさや聖母マリアによる奇蹟についてはプレスコットも詳しく記している、『ペルー征服』（下）、六八—八一頁。

44　Kathleen N. March, "La visión de América en *La aurora en Copacabana*", *Calderón. Actas del «Congreso Internacional sobre Calderón y el teatro español del Siglo de Oro»*, I, 513.

45　各行の韻文の配列については、「5　人生の糸」、注7参照。

46　聖母マリアの奇蹟については、実際にシエサ・デ・レオン（一五一八?—六〇）やアコスタ（一五三九—一六〇〇）などの年代記作者たちの記録が残されている、Pagés Larraya (ed. de 1956), 201 (nota 126). プレスコットの記述によれば、「インディアン達は烈しい鬨《とき》の声を挙げながら、あらゆる種類の矢を射掛けて来た。（……）他の飛道具はもっと恐ろしい効果を持った。それは火《ひ》箭《や》及び瀝青質も浸した綿で包んだ灼熱した石であった。これらの攻道具は空中に火の尾を曳きながら、建物の屋根に落ちてそれを直ぐに発火させた。屋根は（……）すべて草葺であったので火口のように容易《たやす》く発火した。瞬時にして都の諸所に火の手が上がった。（……）スペイン軍は大広場に陣し、一部は天幕内に他はインカ・ビラコチャの邸（……）に宿営した。この恐るべき一日の内三度まで、この建物の屋根に火が移った。だが、別に消火に努めなかったにも拘わらず、火は消えて大した損害も与えなかった。この奇蹟は祝福された処女マリアのお蔭だといわれる。キリスト教徒たる兵士の数人は明らかに彼女が——後に感謝のため彼女を礼拝する寺院が建てられたその地の空を天翔《あまかけ》るのを見た」（『ペルー征服』（下）、七〇—七一頁）。

47　セルバンテスの結婚観がその典型である。すなわち若い男女の愛は結婚につながる誠実な愛でなければならず、そうでない場合には女性を愚弄するドン・ファンのように（ティルソ・デ・モリーナ『セビーリャの色事師』の主人公）必ずそれなりの報いを受けることになる。

48　ラモス・ガビランの記述によれば、その地方出身の身分の低いウリサヤ家の人々と、インカ王の命令で外部からやって来た高貴な家柄のアナサヤ家の人々との対立である。両者ともに改宗したキリスト教徒だが、後者はマリア信仰を擁護する派で、フランシスコ・ユパンギの彫刻に敬意を表する。彼はコパカバーナにおけるマリア信仰を可能にした、実在のインディオの英雄である、*Calderón y la comedia nueva*, 224-225.

49　Ibid., 224.

50　この場面の骨子は、聖母信仰のために有効な彫像を彫り終えようとしている彫刻家の意図に言及するラモス・ガビランの記述に合致する。当初は土でこしらえたが失敗に終わり、それを放置したことによって破壊される。彫刻家はラ・パスの町へ出かけ、金メッキ工を探す。フライ・フランシスコ・ナバレーテ師は彫像がそれ以上ダメージを受けないよう、修道院の自分の独居房で保管する。そして聖母像が放つ目も眩むような輝きの証人となるのである、Ibid., 226.

51　『インカ皇統記』（二）、四三五―四四五頁。

52　『インカ皇統記』（一）、四五二頁。

53　ラス・カサス『インディアスの破壊についての簡潔な報告』、染田秀藤訳、岩波文庫、一九七六年、一三九頁。

54　『ペルー征服』（上）、一九三頁。

55　前掲書、二四五―二四七頁。

56　前掲書、二四八―二四九頁。

57　危機一髪の場面で超自然現象が起こり、事態が改善されるというケースは、カルデロンの宗教劇では常套手段である。なかでも比較的その数が多いのは『フェズの偉大なる王子』であろう。ムレイ王子が改宗するに至る動機には、難解な神学も、心理的・道徳的葛藤をとおしての真理の会得も、罪意識からくる改悟の念も描かれておらず、「驚嘆する」場面を強調するというカルデロンの意図が明確である。ただし、『フェズの偉大なる王子』が異教徒を主人公とした他の宗教劇と異なる点は、ムレイ王子が模範的なキリスト教徒の王子と何ら変わらない点である。カルデロンとしては、王子の改宗を容易にするのに、この人物をマルタ島でキリスト教徒の捕虜としている。

8　聖体劇

8－1　聖体劇とは

聖体劇は聖体の祝日《コルプス・クリスティ》またはその他の祝祭日の折に上演される芝居のことをさす。三幕構成の世俗劇（コメディア）とはちがい一幕構成の出し物で、寓意を含んでいる。内容としては各種秘蹟を讃美するものだが、とりわけ聖体の秘蹟《エウカリスティーア》が重要なテーマとなる。この種の劇は十六世紀末から十七世紀前半にかけて多くの人々に歓迎された。なぜなら、宗教的な目的のほか、娯楽の要素も含まれていたからである。ロペ・デ・ベーガの定義によれば、聖体劇とは「聖体の栄光と栄誉にかけて、この輝かしい王都が、敬虔な思いを込めて上演するコメディアをさす。なぜなら聖体劇の讃美が異端を狼狽させ、われらの信仰に栄光がもたらされるからである（……）」。ロペにとってコメディアが聖体劇と呼ばれるには、聖餅《オスティア・サグラーダ》の栄光を讃えること、市当局のもとで上演される大衆向けの出し物であること、異端の誤謬を正しキリスト教信仰の真理を高めること、という三つの条件が必要であった。時代が下りカルデロンの時代になると事情は異なり、それまでの異端に対する戦いは神学について無知な大勢のキリスト教徒対策にとって代わられた。したがって、カルデロンの定義はむしろ教育的な立場から、聖体劇を「韻文で書かれ、私の理屈ではとうてい説明や理解の及ばない神聖な神学の論点を舞台で披露できるような説教」ととらえた（『二度目の妻と死の勝利』の前口上より）[1]。世俗劇のように事件や登場人物をとおして宗教的教義が披瀝《ひれき》されるのではなく、人間の罪や美徳の可能性や魂の相《そう》を寓意人物（「意志」、「知性」、「分別」、「無知」、「罪」、「異端」、「悪魔」など）を介して舞台に上げることで、抽象的概念の意味を明確にする見世物なのである。この点が、基本的にキリストの降誕を扱った聖体劇や聖人をテーマにした他の宗教劇と異なるところである。しかし、構造的にはまったくの別物というわけでもない。登場人物にしたところで、寓意人物は世俗劇に出てくる貴婦人や貴族の若者、父親や老け役、道化などにとって代わり、また抽象的概念に混ざって描かれる叙情的表現は世俗劇に導入されているそれとほぼ同じ技法である。韻律にしても『当世コメディア新作法』で指示されているとおりに機能し、もめ事や事件も世俗劇のパターンを踏襲している。唯一異なるのは、聖体劇の場合、人間にかかわる要素（「人間」、「魂」、「教会」など）と神にかかわる要素（「神」、「キリスト」、「神聖な愛」など）が合わさって筋展開がくり広げられ、両者のあいだに割って入り邪魔立てする「悪魔」、「罪」、「妬み」などの動きが描かれるという点である。カルデロンの『人生は夢』、『不名誉の画家』、『偉大なガンディーア公爵』（いずれも世俗劇）などは、のちに聖体劇にもなっている[2]。

こうした聖体劇はカトリック信仰の強化と同時に、民衆の娯楽の役割も果たしてきた。一般の人々にはむずかしい抽象的なドグマを舞台上で寓意人物を使いながら、宗教的な典礼と祝祭の雰囲気のなかでわかりやすく、特に教養のない人々を教え諭そうとしたのである。そのため劇中に含まれている重要な概念に加えて出し物をおもしろくするために、普遍的調和を象徴する音楽的効果や、さまざまな象徴的事象を視覚的効果によって表現できる舞台仕かけに工夫が凝らされた。

作品によってはプロテスタントや、ユダヤ教、イスラーム教といった異教に対抗するための武器としての役割を担っている場合もあるが、大半は聖体の秘蹟が重要な鍵を握っていた。この中心テーマに観客の注意を向けさせるため、劇作家はプロットとの密接なつながりを念頭に置きながら、誰にでも筋が飲み込めるような構成を考えたのである。物語では、原罪、堕落、善と悪など、さまざまなモティーフと絡めた魂の救済に向けたシナリオが用意されていた。たとえばカルデロンの『バルタサール王の晩餐』のように聖書を題材としたものや、ホセ・デ・バルディビエルソ（一五六〇？―一六三八）の『プシュケとクピド』のように神話・伝説を題材としたもの、ロペ・デ・ベーガの『赦された姦通者』のように男女の愛と裏切りを題材としたものなどがある。[3]

8－2　聖体劇の起源

聖体劇の起源についてはよく分かっていない。そもそも聖体の祝日はカトリック信仰を強化するためにウルバヌス四世によって一二六四年に設けられ、十四世紀にはクレメンス五世、ヨハネ二十二世によって聖体の秘蹟の重要性を人々に周知する目的で聖体行列が執り行われるようになった。スペインではこれがベレンゲール・デ・パラシオーロ（？―一三一四）によって導入され、一三二二年にバルセロナ、三〇年にビック、五五年にバレンシア、七一年にパルマ・デ・マヨルカなどで祝われた記録が残されている。その後、宗教儀式としてだけではなく、都市の祝祭に欠かせない宗教行事として人々のあいだで定着するようになり、それにともない短めの劇が広場などで演じられるようになった。当初、人々の楽しみは聖職者を笑いものにするような罰《ばち》当たりな遊び、または破廉恥《はれんち》な踊りや仮装行列にあったが、トリエント公会議（一五四五―六三）以降になると、新教に対抗する意味でも、不敬な要素や愚かな局面はとり除かれ、大々的な聖体行列、踊り、聖体劇をとおして聖体の秘蹟にまつわる事柄を讃美し、おもに民衆の教化を目的とした祝祭へと変化した。

スペインではエンシーナのキリスト降誕劇、ルカス・フェルナンデスの受難劇、エルナン・ロペス・デ・ヤングアス（一四八七？―一五五〇？）の聖母被昇天劇や笑劇、ディエゴ・サンチェス・デ・バダホス（十五世紀後半―一五四九？）の宗教劇や笑劇、セバスティアン・デ・オロスコ（一五一〇頃―八〇頃）の聖書および死の舞踏をテーマにした宗教劇、ファン・デ・ティモネーダ（一五一八？―八三）の聖史劇、『古き聖史劇の写本』などが、のちのホセ・デ・バルディビエルソ、ロペ・デ・ベーガ、ミラ・デ・アメスクア、ティルソ・デ・モリーナ、カルデロンなどによって受け継がれ、特に後者二人は聖体劇の完成に大いに貢献し、そのなかでもカルデロンは技巧面において他の劇作家の追随を許さないほど完璧な作品に仕上げた。この種の劇には宗教的目的のほか祝祭的要素も含まれていることから、十六世紀末から十七世紀初頭にかけて人々の人気を博したのである。[4]

祝祭になるとマドリード、セビーリャ、トレドなどの町では、教会や市当局が総力をあげて参加する聖体行列がくり出された。聖櫃《レリカリオ》に納められた聖体《サンティシモ・サクラメント》を主体に、木や紙や布で作られた罪を象徴するタラスカと呼ばれる蛇または竜のような巨大な張子、巨大人形などを車に積み、通りや広場をゆっくりと時間をかけて練り歩いた。立ち並ぶ建物のバルコニーには、紋章入りの壁かけ、軍旗、絨毯《じゅうたん》などが装飾されていた。またその間、広場では役者たちによって、前口上《ロア》、幕間劇、聖体劇、滑稽な寸劇《モヒガンガ》といった一連の出し物が昼間戸外で何度か演じられた。

十七世紀には、国王や王室関係者、貴族たちも参加するようになり、聖体劇も国王の御前、カスティーリャ会議、国務会議、異端審問、騎士修道会、財務などの各種行政諮問会議、アラゴン会議などの地方統括の諮問会議を前に上演されるようになった。市当局はできるだけこうした祭典を華美なものにすることを奨励し、人々の信仰および社会の結びつきを強化しようとした。そのため劇団と契約を交わし、催し物が華やかで人目を惹くよう劇作家や役者たちにも必要な費用を支払った。こうした祝祭の行列は、国王を頂点とする当時の揺るぎない階級社会の鏡でもあった。

聖体劇の上演形式は、固定舞台に内舞台の役割を果たす二台の山車《カロ》を両側につけ（あるいは舞台後部に置き）――一六四八年以降は四台使用されることもあった――[5]、これらを一つの舞台として上演された。舞台装置には、人物が急にあらわれたり姿を消したりする迫り出し《トランピーリャ》や、天使が上空に舞うことのできる装置などが完備され、舞台背景には地獄の炎などさまざまな絵が描かれた木や厚紙が立てられた。さらには音楽や踊りも採り入れられ、観客の目を充分に楽しませる工夫が凝らされた。

8－3　聖体劇の終焉

十七世紀後半になると聖体劇は町の常設劇場でも上演されたが、これは広場での上演のあとということもあり、観客の数は徐々に減り、役者の実入りもよくなかった。やがて十八世紀を迎えると、前世紀に隆盛を極めた聖体劇もいろいろ物議をかもすようになった。もちろん前世紀から、聖体劇には品位を損なうような愚弄的表現、歌や踊り、宗教的な意味で不敬虔な要素や冒瀆的要素などがはびこり、舞台仕かけや装飾も単に観客を喜ばせるためだけの派手で豪華なものと化し世俗劇のかたちに成り下がっていたことから、すでに聖職者たちのあいだでは反対の声が上がっていた。十八世紀の啓蒙主義の時代が到来すると、詩人・評論家のルサンやファン・クリストバル・ロメーア・イ・タピア（一七三二―六六）などは聖体劇に対する讃辞を惜しまなかったが、上演に反対の意を表する啓蒙主義作家も少なからずいた。たとえば、一七四九年にブラス・アントニオ・ナサーレは聖体劇に対してあからさまな敵意を示している、「聖体劇は聖書を滑稽なかたちで扱い、不自然なアレゴリーやメタファーで満たし、恐ろしいほどの時代錯誤がまかり通っている」。要するにカトリシズムにとって非常に有害であると宣言したのである。これが引き金となり、一七六二年以降、クラビーホ・イ・ファハルドが中心となって積極的に上演禁止を唱えた。[6] また彼の反対意見に賛成する作家の一人として、フェルナンデス・デ・モラティン（父）もいた。彼は『スペイン演劇に対する失望』で聖体劇を馬鹿げた芝居だと評した。ガスパール・メルチョール・デ・ホベリャーノス（一七四四―一八一一）も迷信的な習慣として批判の矛先を聖体劇に向けた。こうしてついに一七六五年六月一一日、上演禁止令が出されたのである。

8-4　カルデロンの聖体劇《アウト・サクラメンタール》

一六三四年、カルデロンはフェリペ四世によって宮廷劇作家に任命されると、最初の聖体劇『新レティーロ宮』を書き上げた。[7] ちなみに最後の聖体劇は亡くなる八一年に残された遺作、脱稿済みの『イザヤの仔羊』と未刊の『聖なるフィロテーア』であった。長らく世俗劇（コメディア）を書いていたが、五一年に司祭に叙階されると、それ以降はマドリードのコルプス・クリスティ祭の折に上演される聖体劇や、王家の祝祭のときに演じられる、特に舞台技術を駆使した神話劇を手がけるようになった。

聖体劇を一言でいうとカトリックの教義の集大成である。形式としては韻文で書かれた一幕物の劇で、一〇〇〇行から二五〇〇行ほどの長さである。神学上の難解な諸問題、教理、聖書、聖人伝、歴史、文学、神話、当世の出来事などに題材を求め、寓意人物を用いて民衆にわかりやすく説き聞かせる出し物である。カルデロンは世俗劇と同様に聖体劇にも多くの時間を費やし、カトリック信仰の高揚に腐心することを惜しまなかった。次のファン・イグナシオ・カストロベルデ神父の言葉がそれを物語っている。

何人かの著名な詩人〔劇作家〕がこれまで聖体劇を成功させてきたのは事実であるが、彼らが持ち合わせるその見事な流儀はドン・ペドロ・カルデロンに負うところが大きいのも事実である。[8]

カルデロンが生涯に何篇の聖体劇を残したか定かではないが、およそ七〇篇前後と言われている。彼はこのジャンルの作品によってスコラ哲学の劇作家、ないしは神学の劇作家と呼ばれてきた。またアレゴリー、メタファー、シンボルを巧みに操ることから象徴主義の劇作家とも呼ばれている。[9] 彼の存命中、同時代の他の劇作家以上に、いろいろな意味で聖体劇を進化させたことは周知の事実である。

一七一七年にペドロ・デ・パンド・イ・ミエールは『スペインの著名な詩人（カルデロン）による寓意的・歴史的聖体劇』（マドリード、一七一七）と題する全六巻の書籍を出版した。これ以前にも複数の版が刊行されていたが（一六七七年の一二篇の聖体劇集など）、パンド・イ・ミエール版はその後の研究者、編者の便宜を図ったという意味で、テクストとしての原典とみなされている。

バルブエナ・プラットは、作品の内容からカルデロンの聖体劇を以下のように分類している。（一）哲学的・神学的聖体劇、（二）神話的聖体劇、（三）旧約聖書を題材とする聖体劇、（四）新約聖書の物語や寓話から着想を得た聖体劇、（五）周囲の状況を題材とする聖体劇、（六）歴史的・伝説的聖体劇、（七）聖母マリアにまつわる聖体劇[10]。一方、パーカーは聖体の秘蹟をめぐり神学的意味合いから以下のように分類する。（一）教理にもとづく聖体劇、（二）聖書にもとづく（歴史的・神学的）聖体劇、（三）キリスト教擁護の聖体劇、（四）倫理的聖体劇、（五）信仰の（聖人崇拝の）聖体劇[11]。

なお、カルデロンの聖体劇は時期的に次の三期に分けられる[12]。

（1）一六四八年までの聖体劇で年齢的にも彼の情熱が強く感じられる。また舞台技術もさほど必要としない。代表作として『世界大劇場』（一六三三—三六頃）、『毒と解毒剤』（一六三四）、『バルタサール王の晩餐』（一六三四）、『世界大市場』（一六三三—三五頃）などが挙げられる。

（2）一六四八年から六〇年にかけての作品群をさし、おおむね舞台技術や装飾が派手になり、当世の出来事に関する事柄が増える。フェリペ四世とマリアーナ・デ・アウストリアとの再婚を題材にした『二度目の妻と死の勝利』（一六四九）、『ローマの聖なる日』（一六五〇）、『マドリードの聖なる日』（一六五二）、『信仰への異議』（一六五六）などの傑作がある。

（3）一六六〇年から八一年までの作品で、舞台仕かけだけでなく寓意の表現方法がより複雑になる。これには

『人生は夢』（一六七三）、『プシュケとクピド』（一六六五）、『ファレリーナの庭園』（一六七五）、『アンドロメダとペルセウスの運命』（一六八〇）、『正夢あり』（一六七〇）などが属する。

テーマは一つに絞られるものの、作劇するにあたり聖書、神話、歴史、当世の出来事、他の文学作品や哲学書などに創作のヒントが求められた。

本書では、カルデロンの数ある聖体劇の中でも代表作二篇『世界大劇場』と『人生は夢』を採り上げ、寓意人物を用いた概念を舞台化することによって、いかにカルデロンが観る側の立場に立ってわかりやすく筋展開を練り上げ、難解な神学論争とはほぼ無縁の信仰のあり方を人々に伝えようとしたかについて確認してみることにしよう。

8-4-1　『世界大劇場』

『人生は夢』（コメディア）で見たカルデロンの真意は、人生の栄華は夢のように儚《はかな》い、それゆえ自由意志をうまく働かせ情念を棄て、寛容の精神を持って善行を積むことにより永遠の誉れを授かるという霊的進化を示すことであったが、こうした概念は『世界大劇場』でも明らかである。ここには「善を行って、思慮のない愚かな人々の口を封じるのは、神の御旨である。自由人として振る舞っても、その自由を悪事を行う口実とせず、神のしもべとして振る舞いなさい。すべての人々を敬い、兄弟たちを愛し、神を畏れ、王を尊《たっと》びなさい」（「ペトロの第一の手紙」）、「信仰心も行いがともなわなければ死んだも同然である」（「ヤコブの手紙」）など、聖書の教えが垣間見られる。

『世界大劇場』の初版は一六五五年であるが、上演されたのは一六四九年の聖体の祝日後で、マドリードの常設劇場が舞台となった。しかしそれ以前の一六四一年にすでにバレンシアで上演された記録も残されている。おそらく制作年代は一六三三年から三六年の間で、『人生は夢』（コメディア）と制作年代も近いことから、演劇のジャンルこそ異なるものの、この二作品をつきあわせることによりカルデロンのカトリック信仰にもとづいた基本的姿勢を読みとることができよう。

『世界大劇場』の劇構造は至ってシンプルである。創造主（神）を演じる「座長《アウトール》」が登場し、人間の住む下界を「世界《ムンド》」と命名するところから始まる。このとき星を散りばめたマントと、光背《こうはい》をつけた被り物で登場する。次に「世界」が登場し、「創造主」の御意に従い、世界大劇場を描き出す。まずは「創造主」が人生を芝居に見立て、舞台にかけることを宣言し（「人の生涯は芝居であるから、今から汝の舞台に芝居を乗せ、天上から眺めることにしようと思う。私が作者にして興行主であるから、演じるのはもとより私の一座である」[13]）、めいめいに役を振る。ただし好き勝手に役を選ぶことはできない。その理由を「創造主」は、「人となるにあたって役割を選べるものなら、苦難悲哀を望んで演じる者は誰一人あるまい。生きているつもりがその実、このまたとなき舞台で芝居を演じているのだとは心得ず、支配し命令を下す役割をほしがるものである」と説明する。また同じく役割に優劣はないことも明言する。

貧者を演じる者でも誠心誠意、心を込めて見事に役割を果たすならば国王に扮するものと同じ喜びがある。それに、役を終われば甲も乙もない。（……）人間の生涯は芝居であるから、いかような役割であれ得るところはあるものだ。さて芝居がはねて首尾よくやりおおせたる者はわが食卓につくことになるが、見事に役をやり遂げたならばその扱いに差異はないと心得よ。

そして「善行をなせ、神は主である」と下知《げち》し、生と死が同じであることを伝え、退場する。開演の準備が整うや、各役者は「世界」にそれぞれの役に見合った衣装や小道具を要求する。楽の音《ね》に合わせて二つの球体が同時に開き、天上の球体の玉座には「創造主」が座し、もう一方の地球の球体には扉が二つあって、一つの扉には揺り籠、もう一つの扉には柩《ひつぎ》が描かれている。ここまでが「天界」であり、「創造主」は揺り籠から墓場へと向かう人間の生き様を天上から眺めようと構える。

次に場面が「地上」（律法の場）に移ると、七人の登場人物（「国王」、「分別」、「美貌」、「金持ち」、「農夫」、「貧者」、「幼子」）が次々に舞台に登場する。その前に「律法《レイ》」は「汝《なんじ》の隣人をわが身のごとくに愛せよ、そして善を行なえ、神は主なり」の二行詩をうたい、祭典の開始を告げる。地上では社会的地位や身分・貧富の差があるため、身分の低い者や恵まれない者は不平を鳴らす。「幼子」は生まれる前に死ぬことが不満である。劇中役を誤った「美貌」に対して、「律法」は「善行を行え、神は主である」と歌い聞かせるが、耳を貸そうとはしない。一方、捕らぬ狸の皮算用をする「農夫」に対しても、悲惨な身の上を嘆く「貧者」に対しても、「律法」は同じように歌い聞かせる。「貧者」は「美貌」、「金持ち」、「国王」、「農夫」に対して物乞いをするが、「美貌」と「金持ち」からはまったく相手にされず、「国王」には担当者に直訴するよう言われ、「農夫」からは物乞いなどせずに働けと叱咤《しった》される。結局、「貧者」は宗教が選んだ一員「分別」からパンを与えられる。このとき「分別」が倒れそうになったので、「国王」が手を差しのべ支える。この件《くだり》では彼らの行いはすべて自由意志によるものであり、過ちはみずからの罪であることが「創造主」によって示唆される。そして「国王」は貧富の差が大きい大帝国を正しく治めるための知恵を主に求めるが、柩の扉の奥から陰鬱な「声」が、それぞれの役割が終わったことを告げる。「国王」はこれまでの過ちを悔い改め（「すべては墓場へと向かう。〔……〕人は、大地の中より出て何事もなかったかのごとくもとの大地へ戻って行くのだろうか？〔なんたることだ！〕至高にして聖なる創造主よ、わたしは悔い改めております。役を終えたいま、どうかこの身の過ちをお赦しください」）、柩の扉から退場する。一方、高慢な「美貌」に対して「声」は、魂のうちにあってこそ美は不滅であるが、肉体は滅びる花であることを理解させると、「美」は墓場へと退場する。「農夫」は最後に自分の行いを悔やみ、神に感謝することを知る。「金持ち」は最後まで不心得者であるが、「貧者」は神に感謝し、喜んでこの世に別れを告げる。

まさに「世界」が言う、「死に臨んで金持ちと貧者の鮮やかなる対象の妙」である。

舞台がふたたび天上界に戻ると、「創造主」はそれぞれに罰と褒美が下ることを仄めかし、「創造主」のいる天上の球体が閉じる。「世界」は七人の登場人物に貸した衣装や小道具の返済を迫り、「短い芝居だった、しかしこの世の芝居とはいつもこうしたものだ」と振り返る。「国王」は国家や威厳や繁栄など「世界」から借りた物すべてを返すが、「美貌」は美を墓に飲み込まれてしまい返すことすらできない。「農夫」は大鍬を返し、「金持ち」は宝石類を返却。すると最後に「世界」が、「善行を取り上げることはできない。世界から持ち出せるのはこれだけだ」、「もう遅い、人は死に臨んで得るところは何もないと知れ。崇高なる威厳は返してもらったし、完璧の美は消しておいた。高慢の鼻をへし折り、王笏と大鍬との区別もなくしておいた。さあ、本物の舞台の方へ移るがいい、この造り物の舞台はおしまいだ」と、人生の重要な意味を総括する。ここで楽の音とともにふたたび天上の球体が開き、「創造主」が登場し、自分の役割を上手に演じた物たちを聖なる食卓に招待する。「貧者」と「分別」はすんなり食卓につくことを許されるが、身に帯びていた虚栄を悔いて涙を流した「美貌」と「国王」と「農夫」は苦しみの続くあいだ浄罪界にとどまり、そのあと食卓に与《あずか》ることになる。「国王」は浄罪界へ送られるが、かつて「分別」に手を差しのべたことで、今は報われる。「幼子」は死んだ幼児たちの住む苦難も栄光もない「リンボ」へと送られ、「金持ち」は地獄に堕とされる。

最後の場面では、「創造主」と「世界」がそれぞれ、この世とあの世のつながりや様相について語り閉幕となる。

創造主　天国では天使が、世界では人間が、地獄では悪魔が、すべてこのパンの前に跪《ひざまず》き、これを讃えて高らかに唱和する声が地獄、天国そして世界に遍《あまね》く一斉におこるであろう。

世界　この世はすべて芝居である。

この聖体劇で扱われる「人生は芝居」という概念は古くはギリシア哲学にまで遡る。ストア派に属するギリシアの哲学者エピクテートスは『提要』のなかで、「一座の座長が芝居の上演を望むように、一人の役者にすぎないきみも〔人生の舞台で〕演じればよいのだ。役が短ければ短いなりに、長ければ長いなりに演じればよい。座長から貧者の役を演じてほしいと言われたならば、それを自然にこなせるように心がけよ。またその役が片足の不自由な者であろうと、王子であろうと、卑しい人間であろうと構わない。要は最善を尽くして役を演じればよいのだ。なぜなら、きみの役割は与えられた役を上手に演じきることなのだから」と述べているし、ストア派の影響を受けたと思われるケベードも「人生は芝居」という概念に言及し、「人生は芝居である。この世は劇場であり、人間は役者である。神は座長にあたり、各人に役割を振り当てると、人々はその役を演じることになる」（『スペイン語の韻文に翻訳したエピクテートスとフォシリデス』〔一六三五〕）と言っているように、「人生は芝居」であるという考えは当時の知識人にとって珍しくなかったようである。[14] 有名な説教師アロンソ・デ・カブレーラもフェリペ二世の葬儀の折、「この世は劇場であり、そこでは人の一生が演じられるのです。この世も、常設劇場と同じようにずっと定位置に設けられています。劇場ではそこで演じる役者たちが時とともに違う顔ぶれに取って代わりますが、人生でも世代が移り変わっていきます。供奉《ぐぶ》の者たちや廷臣たちに取り囲まれ、美しく着飾った、舞台上の国王役はいったい何なのでしょう？　舞台がはねてしまえば、その辺にいる身分の低い男にすぎないというのに」と述べ、カルメル会修道士アグスティン・ヌニェス・デルガディーリョも同じように、「またよく言われるように、人生とは芝居のようなものです。その芝居のなかでわれわれが目にするものと言えば、嘘と嘲り以外何もありません。劇中では巨万の富を有する金持ちとして登場しますが、劇が終わらないうちに貧者になることもあります。また人生においても、金持ちが貧者に、貧者が金持ちに変わるのです。芝居のなかで見られるのは裏切りと悪巧みばかりですが、人生に目を移しても、やはり悪巧みと運命の裏切り行為ばかりです。（……）コメディアには喜びと悲しみが詰め込まれ、ピカロ役やわれわれを笑わせてくれる間抜け役が登場するかと思えば、自分の不幸を嘆き悲しんで観る者の涙を誘う人物もいます。同じくこの世でも笑いあり、涙ありなのです」（『正しき人々の勝利』〔一六一八〕）と述べている。[15]

このように時代の反映でもあるのか、この聖体劇で強調される「人生は芝居」という隠喩の意味するところは、人の一生をとおして「善行」のみが徳として残り、あとは役をまっとうし人生が終われば、その生き様に応じて魂が永遠の生を得られるというものである。演ずる者にとっては、舞台に立っている間（生きている間）、この真実を実践できるかどうかが、終演後の運命を左右する重要な鍵となる。いわば、人生という舞台に立つこと自体が、人々にとって永遠の人生に向かうチャンスなのであり、この道中における行いの一つひとつが、人生の幸・不幸を決定する重要な岐路を作り上げることになる。現世では因果関係の連鎖の中で頻繁に訪れる人生の岐路になかなか気づかずに好機を逸してしまいがちだが、劇世界では役者たちが劇中に誤った行動に走れば、「律法」が登場し、「善行を行え、神は主である」と歌い聞かせ、彼らの歩みを正すことになっている。

この短い芝居はまさにわれわれの人生の縮図であり、人が完成に向けて、進歩発展しながら一生を終えるという非常に簡略化された、それでいて誰にでも理解できるという正鵠《せいこく》を射《い》た宗教劇である。

8－4－2　『人生は夢』

この聖体劇は一六七三年に上演された。ここでの中心人物は「人間」である。バルブエナ・プラットは、『人生は夢』（コメディア）での主人公セヒスムンドは象徴的な性格を持ち合わせていたが、「人間」は純粋に抽象的人物として描かれており、先の哲学がここでは神学に変わり、人生の夢がここでは罪の夢となっている。またセヒスムンド王子の困難の克服がここでは人間の贖罪に変わっているという。この作品には、『毒と解毒剤』や

『聖なるオルフェウス』のように、創造、原罪、救済という三段階をとおして人間の聖なる歴史がわかりやすく要約されている。[16]

筋運びの点からしても、『人生は夢』（コメディア）に描かれている場面を彷彿させるような部分がいくつかあるが、パーカーが主張するように根本的に両者は異質のものである、「聖体劇とコメディアのそれぞれの意味はまったく異なる。聖体劇があたかも崇高なコメディアにすぎないとか、あるいはコメディアが象徴的な領域まで昇華されたと解釈するのは間違いである」。[17]

基本的に『人生は夢』には二つのテクストが存在する。一つはスペイン国立図書館所蔵の手稿であり、もう一つは印刷された『われらの主キリストに捧げられたペドロ・カルデロン・デ・ラ・バルカの寓意的・歴史的聖体劇』（一二篇／マドリード、一六七七）所収のものである。手稿は印刷された版とは異なり、質的にも劣るようである。それには、聖体の祝日を祝う出し物としてカルデロン以前に書かれた可能性があるという、ペドローソという人物のメモがあるが、バルブエナ・プラットはその見方には同意せず、両者を比較検討した結果、これは『人生は夢』（コメディア）と、印刷された聖体劇とのあいだの時期にカルデロン自身が書いた作品であると結論づけている。[18]

こうした事実を念頭に置きながら、以下『人生は夢』（コメディア）の劇構造を睨《にら》みつつ、聖体劇の構造からその特異性を探り出してみることにしよう。

その前に「舞台装置覚書」にもあるように、常設劇場の舞台設定の仕組みとは異なり、舞台の後方には木で作られた四台のクルマが並べられた。クルマは二層構造になっていて、下部は楽屋または本舞台への出入り口に使用された。上部には四元素のイメージに応じた球体が置かれ、球体は上下に割れるようになっていて下部は固定されていた。[19]

幕開きの場面は、観客を旧約聖書に記されている天地創造の世界へと誘う。世界の混沌とした状況を示唆するかのように、四元素（地水火風）が他よりも優位に立とうと互いに言い争っているところへ、三位一体の象徴として「力」（神）、「智恵」（精霊）、「愛」（キリスト）が現れる。創造を担う「力」、自由意志をつかさどる「智恵」、慈悲深く見守る「愛」である。かつて人間創造のまえに天上界で天使が神に反抗し堕天使となったことを教訓として、三者の協議の結果、「人間」を誕生させ、その生き様を見守ろうというのである、「愛としてお願い致しますのは、人間を生まれせしめ、地上の帝国とあなたの王国を自らの手で勝ち取るか、さもなくば自らの咎《とが》により失うだろうと教えてやることです」。

力（……）もし性《さが》穏やかにして分別を弁《わきま》え、慎重に意を用いる者であるならばおまえ達は家臣として仕えるがよい。もしまた傲慢不遜にして驕り高ぶるのであれば、支配権を認めずに排斥するがよかろう。（……）運命はかの者の手中にあり、獲得するも自らの業なら失うも自らの業である。（二場）

この三者の計画を妨げるのが「魔王」と「暗闇」であるが、ここまでには楽士たちの音楽が場面の効果を狙ったかたちで挿入されたり、[20] 詩的表現がところどころで芸術的イメージを醸し出すのに一役買ったりしている。いわば、「人間」が登場するまでの、こうした光と闇の攻防を予見させる混沌とした劇世界は劇全体の三三・四％を占め、この中で他の作品と同様に詩的要素や音楽効果が適宜盛り込まれている。また、この最初の場面には「5　人生の糸」（注7参照）で見たように短い言葉のかけ合いによる得意の表現も功を奏し、歯切れのよい対話が生み出される。

四元素　望み、承知のうえでそうなさったのですね？
三者〔力、智恵、愛〕　その通り。

可能であり、承知し、そして望んだからだ。

水　その声に……

大気　　その戒めに……

大地　その威厳に……

火　　　その権勢に……

水　私は恐れ入り……

大気　　膝を折って従い、

大地　身を低くして、

火　　　へり下ります。（二場）

言い換えれば、カルデロンはただ単に聖書の世界を演出しようとしたのではなく、劇芸術の完成をしっかりと視野に入れながらプロットを構成しているのである。

劇全体の構成は、①「人間の創造に至るまで」（一―四場＝三三・一％）、②「人間の創造」（五―七場＝九・四％）、③「人間の傲慢」（八―一三場＝二六・三％）、④「人生は夢」（一四―一七場＝八・七％）、⑤「懺悔」（一八―三〇場＝二二・五％）という五つのプロセスからなり、コメディアに見られるような物語的要素といえば、悪にそそのかされて禁断の実を食べるシーン（「人間の傲慢」）として全体の三分の一弱を占めるも、『人生は夢』（コメディア）に盛り込まれている筋展開に比べると、この作品の中心テーマである「人生は夢」と「懺悔」のイメージの副次的役割を果たしているにすぎない。

岩が開き、毛皮を身にまとった「人間」が舞台に登場し、自分の存在について思考を巡らせるのは②の段階に入ってからである。一見、ここは『人生は夢』のセヒスムンドが自由を嘆く場面を想起させるが、根本的に異なる点は、彼が青年期に至るまで養育係クロタルドから教えられたキリスト教道徳やその他の知識から、なぜ不自由の身なのかを薄々ながら認識していることである。

この世に生まれてこのかた、このような仕打ちを受けてきたのは、神を冒瀆するような罪を犯したからなのか、是非とも知りたいものだ。人の最大の罪は生まれてきたことにあるのだから、生まれてきたとなると、その罪が何であるかはわかっているし、神の厳罰にはそれなりの根拠があることも理解できる。(コメディア、一幕[21])

これに対して「人間」は、大地の胎内に閉じ込められていた状態から、突然すべての被造物の王にさせられ戸惑うばかりである。

在らぬ者から在る者へと移り、今知ることと言えば、自分が何者なのか、何者となるのか、つまり何者だったのかを知らないことのみだ。(聖体劇、五場)

しかし、自然環境から他の生物や川の流れが自由であることを知り、魂が自由でないことに対する自身の不遇を嘆くところはセヒスムンドに相通ずるものがある。両作品ともに自然の生態と人の存在意義とを絡めた描写は詩的情緒に溢れている。以下のセヒスムンドの台詞はすでに「5　人生の糸」でも引用したが、両者を対比するために再度要《かなめ》となる箇所を引いてみることにしよう。

他の生き物にしてもこの世に生を受けたのだ！（……）鳥は生まれると、目も覚めるほど麗しい姿ゆえに、安らかなねぐらを出て、いとも軽やかにさっと大空に舞い上がれば、羽毛の花、羽の生えた花束かと見紛うほどだ。だが、おれには鳥にはない魂というものがあるのに、なぜ自由がない？　獣は生まれると、自然の巧みな筆捌きによって毛皮に美しいまだらの模様が描かれ、まるで星座のようだが、情け容赦ない人間に追い立てられ、獰猛さを身につけては自然の営みという迷宮の怪物となる。だが、おれには動物よりもましな本能というものがあるのに、なぜ自由がない？　魚は生まれても、空気を吸わず、石蕁《あおさ》と海草のあいだから産まれ、まるで鱗の小舟のように波間に浮かぶや、冷たい海の胎内から授かった底知れぬ可能性を試しつつ、大海をところ狭しと泳ぎまくる。だが、おれにはそれ以上の意志があるというのに、なぜ自由がないのだ？　小川は生まれると、草花のあいだをくねくね這いだし、まるで銀の蛇のように、花と花のあいだをせせらぎの音を立てて流れるや、物惜しみせず行く手に広大な野辺を提供してくれる神のお情けに、楽士として祝福の音色を捧げる。だが、おれにはもっと生命の力が漲っているというのに、なぜ自由がないのだ？　（……）神が、水晶のような流れ、魚、獣、鳥に与えた心地よい特権、基本的な特権を、いかなる定め、正義、ことわりがあって人に拒むのだろうか？（コメディア、一幕）

あの見事なる恒星も被造物に変わりはないはずなのに、うまれるとすぐ光輝燦然たる威厳をもって紺碧の蒼穹を経巡ったではないか。なにのあれに勝るおれの魂が自由ではなぜ劣るのだ？　美しい蒼穹をいとも軽々と舞う羽毛の花束、あの小鳥達は生まれるとすぐ、生を受けた空間の移ろいの中を気随気ままに飛んでいるではないか。しかるに遥かに命に溢れるおれが自由ではなぜ劣るのか？（華麗を添える巧みの絵筆のおかげで）身体に斑点を散らす獣は、生まれ落ちて足跡を印せば早速にも獣の性《さが》に導かれ、それぞれの迷宮を徘徊するものを、本能ではあれに勝るおれが自由ではなぜ劣るのか？（聖体劇、五場）

聖体劇がコメディアのようにおもしろさをもって観客の拍手喝采を求めるものではないという証拠に、早い段階で「人間」は自由を知らずに生まれはするが、将来を善とするか悪とするか見極めるために自由意志を働かせることの重要性を示唆される。

ところが八場では「人間」が晴れ着に身を包み、楽の音に包まれ、光に照らされた世界へと導かれると、厳しい忠言を呈する「分別」よりも国王としての幸せを享受すればよいという「意志」に従うことを選択する。これが毒蛇と悪竜に、「人間」に毒を注ぐ機会を与えてしまうことになる。「分別」は楽の音とともに、人の心の隙につけいる悪に用心するよう警告するが（「戒律に心して気をつけろ、ひとつは木の実に、いまひとつは花陰に潜み、花を汚し果実に毒を盛っている」）、「人間」の傲慢さは増長し、まるで聞く耳を持とうとはしない。

暗闇から光に照らされた世界へ連れ出されるときの驚きは、ちょうどセヒスムンドが二幕の初めで暗い牢獄から燦然《さんぜん》と輝く王宮へ連れ出されるときの驚きと類似している。このシーンだけを比較すると、カルデロンはこの聖体劇を書き進めるうえで、時折『人生は夢』（コメディア）の内容に思いを馳せていたことが分かる。ただ、後者では政治的な事情により王が良心の呵責《かしゃく》に苛《さい な》まれ、王子の資質や適正を試そうとしたのに対し、聖体劇では神から与えられた「人間」の試練として描かれている点が明らかに異なる。コメディアでは主人公の傍白または独白、あるいは他の人物との対話をとおして内面思考が表現されるのに対して、聖体劇では擬人化された「分別」や「意志」の働きかけをとおして、「人間」の思考回路がわかりやすく表出されるかたちがとられている。

セヒスムンド　なんという光景だ！　いったいこれは何事だ！　驚きようのないくらいわが目を疑うありさまだ。それにしても、なぜこのような豪壮な宮殿にいるというのだ？　なぜ絹やブロケードに包まれている？　まわりにいるのは優雅に着飾った凜々しい従僕どもか？　おれは立派なベッドの上で目覚めたということなのか？　それも服を着せてくれる大勢の人たちに囲まれてな！　夢はまやかしだと人は言うが、おれはこうして目覚めている。だが、神よ、どうか迷いを覚ましてくれ。果たしておれはセヒスムンドなのか？　眠っているあいだに幻となってあらわれ、今この目に映る光景は何なのか？　だが何であろうと、考える必要などあるものか。仕えたければ仕えるがいい、あとはどうなろうと知るものか。（コメディア、二幕）

人間　どうしたことだこれは？　疑うも驚嘆。信ずるもまた驚嘆、目の前のこれは何事だ？　この俺が晴着に包まれ、音楽に迎えられ、感覚をまとい、光背に照らされているではないか？　たった今まで暗澹たる地中深くに囚われの身であった俺は、凝固した塊に過ぎなかったぞ？　それを、誰の仕業だ？　かくも豪華絢爛に花咲き乱れ、あの最高の光を放つ恒星とても薔薇の輝きには遠く及ばぬ地の面《おもて》へと俺を連れ出したのは誰だ？（……）俺は何者だ、何者だったのか、もしくは何者となるのだろうか。（聖体劇、八場）

この③の段階では「分別」が、神に似せられて造られた完璧な姿も神からの授かり物であって自分の物ではないゆえに、自慢すべきではないと教え諭そうとするが、傲慢にとり憑かれた「人間」は「分別」を蔑《ないがし》ろにするため、「暗闇」から毒を塗ったリンゴを差し出されたときは、まんまと悪に騙され罠にかかってしまう、「ひとたびこれ〔黄金のリンゴ〕の味わいを知ればあなたの身内にわたしと同じ知識が満ちあふれるのみならず、あなたを不滅の身となし、王と同じ力を得て、いまだ自分の物とはなっていないあの荘厳なる威厳に満ちた力をもはや失う恐れは未来永劫なくなります」（九場）。これを阻止しようと「分別」はしきりに忠告を発するが、「人間」は何を言われようと馬耳東風である。夢のテーマがここで大きくクローズアップされることになり、カルデロンの思考が作品の主張として表出する。

分別　おそらくは空中に楼閣を築いておられますよ。それに、幸運は夢であるのが世のならい、目覚めてみればすべては漠とした幻影のうちに跡形もなく消え去るかも知れません。（聖体劇、九場）

それにもかかわらず「人間」は「意志」の助けを借りて「分別」を崖から突き落とし、禁断の実を食べると、地震が起き、同時に光が消える。「分別」が姿を消し、「意志」も快楽は望んでもみずから苦悩を求めたりはしないと言い「人間」から離れてしまうと、ただの泥人形と化し眠りに陥るが、やがて「力」、「愛」、「智恵」の配慮により「人間」はもとの揺り籠へと戻される。この一連のプロセスは、ちょうどセヒスムンドが眠り薬を飲まされ宮廷に連れ出され、短時間のあいだに傲慢無礼な態度をとった結果、ふたたび牢獄に連れ戻されるプロセスと似通っている。

そして聖体劇の中心テーマであり、カルデロンの狙いともいえる④の段階において、「人生は夢」というイメージが舞台空間に大きく描かれ、「贖罪」の重要性が観客に訴えかけられるのである。「人間」は目覚めるとこれまでどおり毛皮を身にまとい、鎖をかけられ、もとの粗野な環境に置かれていることに気づく。この点もカルデロンはコメディアを意識していたことが読みとれる。

人間　ここはどこだ？　わが運命を閉じ込めていたもとの呵責なき牢獄ではないか？　俺の揺籠であったあの円天井ではないのか？　剝き出しの岩肌も前と同じだ。ああ、なんたることだ！　あの威厳、豪奢、歓待、華麗、音楽、芳香、羽飾り、水晶そして花々、要するに荘厳な衣装に絢爛と身を飾り、召使いが骨身を惜しまず世話を焼いてくれていたあれはどこへ消えた？　なんとも凄まじい夢を見たものだ……！（聖体劇、一六場）

セヒスムンド　これがおれなのか？　捕らえられ鎖につながれたこの姿、これがおれなのか？　するとこの塔はおれの墓場ということか？　そうかもしれない。ああ、おれはなんという夢を見ていたことか！（コメディア、二幕）

世俗劇では、王子にとってすべてが夢に思えたにもかかわらず、美しいロサウラだけが愛しく思え――これが改心の源になっているとまでは言わないが――、詩的な意味において女性美が強烈に記憶に残るほどのインパクトを与える場面が設けられている一方で、聖体劇にはこのような女性美は描かれてはおらず、単刀直入に「分別」を崖から投げ落としたことを後悔し、コメディアにもあったように人生とは何かを問うことになる。

最後の一八場から三〇場にかけての「人間」をめぐる後悔と赦しの描出方法はコメディアとはまったく異なる次元で展開される。コメディアでは「夢」が反面教師となり、二度と同じ失敗をくり返さないことを学び、善行を積むことを得心したうえで、父と子の和解があり、おまけに二組の男女のカップルが誕生したが、聖体劇では世俗的な事象はすべてとり払われ、「人間」は心を入れ換え「分別」と「意志」を呼び戻すことに始まり、前者の忠告どおりに今度は「人間」が「意志」を従えて、罪の赦しを乞うことによって、暗闇の牢獄から解放されるというプロセスが提示される。この聖体劇においてカルデロンが主張したい点が、この最後の段階ですべて開示されるのである。

力　赦免を与える物に権能を授けるのは力の業である。人間が己の罪を懺悔すれば、やはり素材をもっている元素があり、別の秘蹟〔告解の秘蹟〕が魂に力を与えて災いから守ってくれる。かくして恩寵を増し、悔い改めて生き延びることができるのである。（二六場）

魔王　永遠の食物とは何のことだ？　ぶどうと小麦は肉体を養うだけではないのか？
智恵　さよう。だが魂をも養い育てる。（二七場）

力　おまえたち生きとし生けるものはすべて夢を見ているのである。つまるところ、人生は夢であるから、かかる幸せを二度となくさぬようにするがいい。というのも罪を背負ったまま最後の死の夢へと目覚めれば、もっと狭苦しい牢獄にはいることになるからである。
人間　お御足のもとに悔い改めます。（三〇場）

カルデロンはこうした筋展開に相槌を打つかのように、タイミングを見計らって詩的要素や楽の音を挟むことを忘れない。⑤の段階に至っても、「天に神の栄光を、地上の人間に平安を！」と、四元素による歌と音楽を背景に、最初の混乱が平穏に帰し、調和が生まれることを祝福する。このように考えると、やはりパーカーが指摘したように、聖体劇とコメディアでは根本的に創作意図が異なるためか、聖体劇を創作するにあたっては、コメディアの観客から要求されるおもしろさに代えて、誰もが聞いて、見て、納得のいくキリスト教信仰のありがたさを前面に押し出そうという配慮がなされている。抽象的な寓意人物が織りなす神、自然、人間の関係は、一見難解そうに見えはするものの、カルデロンが若き日に学んだスコラ哲学や教父たちの思想が表立って気を吐くことなく、聖書や教会での説教にもとづいた平易なイメージが人々の心にすんなり浸透する筋立てに仕上がっているのである。

注

1 Bruce W. Wardropper, *Introducción al teatro religioso del Siglo de Oro. Evolución del auto sacramental antes de Calderón*, Salamanca: Anaya, 1967, 27-30.

2 Pedraza Jiménez y Rodríguez Cáceres, *Manual de literature española. IV. Barroco: teatro*, 584-585.

3 Ignacio Arellano y J. Enrique Duarte, *El auto sacramental*, Madrid: Laberinto, 2003, 15-23.

4 Pedro Calderón de la Barca, *El gran teatro del mundo*, ed. Domingo Yndurain, Madrid: Istomo, 1974, "Introducción", 3-13.

5 後述する『人生は夢』でもそうだが、『商人の船』（一六七四）にも四台のクルマ（第一のクルマ＝美しく豪華な船、第二のクルマ＝船首に竜、船尾には樹冠に蛇が巻きついた木を備えた黒船、第三のクルマ＝四つに分割できる雲、第四のクルマ＝二つに割られた岩）を用意する旨の指示をカルデロンは出している。P. Expeditus Schmidt, *El auto sacramental y su importancia en arte escénico de la época*, Madrid: 1930, 12.

6 Wardropper, *Introducción al teatro religioso del Siglo de Oro*, 17-18.

7 もちろんそれ以前にも聖体劇を発表している可能性もあり得る。『バルタサール王の晩餐』（一六三四）もこの頃の作品である。José S. Arjona, *El teatro de Sevilla en los siglos XVI y XVIII*, Sevilla, 1898, 288.

8 Felipe B. Pedraza Jiménez, *Calderón. Vida y teatro*, 263.

9 Ruiz Ramón, *Historia del teatro español*, 279-280.

10 Ángel Valbuena Prat, *Los autos sacramentales de Calderón (Clasificación y análisis)*, *Revue Hispanique* LXI (1924), 47-54.

11 Alexander A. Parker, *The Allegorical Drama of Calderón*, Oxford: Dolphin Book, 1968, 62.

12 Valbuena Prat, *Los autos sacramentales de Calderón (Clasificación y análisis)*, 54-56; Pedraza Jiménez, *Calderón. Vida y teatro*, 264-265.

13 以下、『世界大劇場』（岩根圀和訳）（『バロック演劇名作集』所収）より引用。

14 Calderón de la Barca, *Autos sacramentales*, I, ed. Ángel Valbuena Prat, 6.ª ed., Madrid: Espasa-Calpe, 1972, "Prólogo", XLVI.

15 Ibid., LII.

16 Valbuena Prat, *Los autos sacramentales de Calderón (Clasificación y análisis)*, 91-92, 95.

17　Parker, *The Allegorical Drama of Calderón*, 203-204.
18　Valbuena Prat, *Los autos sacramentales de Calderón（Clasificación y análisis）*, 95-96. 手稿はこの研究書の巻末に掲載されている（258-293）。
19　『人生は夢』（聖体劇）「訳註1」、（『バロック演劇名作集』）、二三八頁。以下、引用は岩根訳を使用する。
20　音楽はカルデロンのどの作品にも用いられる重要な要素であるが、とりわけ聖体劇では並外れた効果を奏し、寓意とテクストに含まれる倫理道徳を際立たせる役割を果たしている。いわば、演劇性のための技巧だけではなく、劇を理解するために不可欠な寓意的な意味が含まれており、真の音楽は『驚異の魔術師』で悪魔がシプリアーノを誘惑するような官能的なものとは相容れず、天上の調和、宇宙の調和と共鳴するものである、Jack W. Sage, "Calderón y la música teatral", *Bulletin Hispanique* 58（1956）, 275-300.
21　『人生は夢』（コメディア）の引用は『カルデロン演劇集』による。

おわりに

本書では、カルデロンの劇作品をジャンル別に分け、それぞれの代表作について分析した結果、先駆者たちが築いた演劇様式に則っているとはいえ、同一ジャンルにおいてさえ各作品の劇芸術にかける思い入れには微妙な温度差が見られ、それがそれぞれの作品にふさわしい、詩的風味の濃い、艶《あで》やかな紋様の表出につながっていることを確認した。作者の創作にかける意図が異なるのは当然であるとしても、同一カテゴリーにおいてさえ微妙な温度差があることが明らかとなった。

若き頃のカルデロンが得意とした、〈マントと剣〉の喜劇では、劇の成功・不成功の鍵を握る観客を満足させるようなテーマ、モティーフを武器に、人間感情の有りさま、とりわけ愛や名誉に異常にこだわる男女やその問題に右往左往させられる親兄弟の仕草をおもしろおかしく茶化し、まさにこれこそが人生劇場であると言わんばかりに、あらゆる階級の観客に向けて娯楽性を発信する一方で、これが名誉劇ともなれば、愛や名誉にまつわる感情表現はほぼ同じであっても、喜劇のように丸く収まることはなく、陰湿なかたちで人間のエゴを極限まで描き出し、その結果悲劇に至らしめるという方法をとる。それもセルバンテスのように人道的ではなく、冷酷非道に、現代では考えられないほどの名誉意識、自己保存の意識に縛られた人物を窮地に追い込むかたちで究極の残酷さを見せつける。カルデロンには悲劇に向けての妥協は一切なく、人非人とも言えるような冷淡な色遣いが劇空間を支配する。そしてその背後には、これが観る（聞く）側の意味的判断を惑わせるわけだが、作品に込められた含蓄ある意味が仄めかされることになる。そうかと思えばそのかたわらで、カルデロンの芸術感覚が随時顔を覗かせ、女性美を讃える詩的表現やバロック風の大仰な言い回しによって、場に紋様の変化が生じ雰囲気も和らぐようになる。

歴史劇では、愛にまつわる男女関係という世俗的要素を娯楽として導入したり、宗教劇とさほど変わらないような信仰のモティーフを組み込んだりして、口さがない観客に喜ばれそうな話の展開を模索するが、その背景に写し出される歴史的要素はテーマやプロットを活かすための装飾的役割を果たし、無味乾燥な歴史的事実に人間味を持たせ、なおかつ芸術的息吹を感じさせてくれる。そのためカルデロンは史実や伝説を物語の構想に合わせて大胆に加工することすら厭わない。たとえそれが時代錯誤であろうと、カルデロン劇のキャンヴァスにはいつものように多彩な言葉の絵具が自由に駆けめぐるのである。

一方、宗教劇においては、創作の熱意が信仰と深くかかわり、カトリック教会のプロパガンダ的役割をも果たそうとするため、他のジャンルとは一線を画する部分も浮上する。世俗劇であればカトリック教会や信仰を念頭に入れながら信仰の強化を狙い、聖と俗の諸相をうまく交錯させつつ人間の犯した罪がいかに神の慈悲によって赦され、魂の救済につながるかに腐心する。むろん、ここでも随所にプロットの重圧感を和らげる意味で、複雑な人間感情に絡めた道化の滑稽な言動や、背景に自然美を巧みに採り入れた詩的要素を加えながら、整合性のある因果関係を構築し、万人受けのする物語を創造する。しかしこれが聖体劇ともなれば、世俗劇とは根本的に狙いや様式が異なるため、まったく別の角度から、聖体の秘蹟を中心に来世と今世の真偽、人生の意味、信仰の重要性、この世の儚さ、魂の救済などを訴えようと試みる。それもスコラ哲学や教父たちの思想を前面に押し出すような方法ではなく、聖書や教会での説教にもとづくわかりやすい表現で、誰もが得心できるように筆をふるうのである。

この点に関しては、『人生は夢』（コメディア）のセヒスムンドの生き様が、魂の救済に向けた理想的な模範を示している。彼は逆境を乗り越えるにあたり、周囲の人々の忠告や助けにも恵まれ、自由意志を働かせることによって善行を積むことや人を赦すことの重要性に気づくからである。このセヒスムンドと正反対の立場にあるのが『風の娘』の主人公セミラミスである。彼女の強い権力志向と傲慢さが仇《あだ》となり、理性を鈍らせ、予言を自分の運命と決めつけ、ひたすら悲劇へと突き進む。多かれ少なかれどの作品にも分水嶺となるシーンはいくつか設けられており、そこでは自由意志、神の慈悲、運命が大きく物を言うことになっているが、ロペ・デ・ベーガの劇作法の流れを汲むカルデロンが他の劇作家たちの筆さばきと大きく異なるのは、バロック特有の様式である光と影や、夢と現実との混沌たる世界、自由意志と情念、自由意志と運命などのモティーフを、イメージやシンボルやメタファーが交錯する詩的世界で包み込み、色彩豊かな劇空間を作り上げている点にある。

カルデロン劇に見られる登場人物の性格描写は、単独でとらえるとお世辞にも強烈だとは言えないが、プロットの流れにうまく乗ることによって至妙の芸に達する。そのプロットの構造には、各人物の言動が作り出すそれ相応の因果律が刻印され、特に宗教的、哲学的、歴史的要素を含む世俗劇や、端《はな》から信仰の高揚を狙った聖体劇には、それがわかりやすく表れるようになっている。それも使用される独特な語彙の組み合わせ、日本語では表現不可能な音楽性をともなうさまざまな詩型、背景を彩る絵画的要素が至るところにちりばめられ、単なる内容のおもしろさにとどまらず、セルバンテスやティルソ・デ・モリーナが主張したように、「楽しませる」と同時に「教え諭す」という意味合いも込められている。神学や哲学の概念を匂わせるような語彙やフレーズが散見しても、これは知識人（学者や聖職者の一部）を意識したものであって、木戸銭を払い娯楽を求めてやって来る大半の観客に対しては、喜劇では喜劇のおもしろさを、シリアスなドラマでは滑稽な要素を随所に織り交ぜつつ、信仰への配慮または道徳的配慮も忘れないという周到さである。

全体をとおして強く印象づけられるのは、人間感情の模様をそのまま素直に表現したロペ・デ・ベーガとは異なり、バロック風のひねりを利かせた詩的描写が非常に豊かであること、その詩的要素が筋立てと密接にかかわりながら緻密で豪快なバロック・スタイルの劇作品誕生につながっていることこそが、紛れもなくカルデロンの劇芸術が極致に達したといえる証なのである。

最後に、執筆にあたり岐阜大学の矢橋透教授から内容に関する貴重なご意見をいくつか頂戴したことにお礼を申し上げると同時に、本書の出版が「南山大学学術叢書」出版助成により実現したことや、今回の出版を快く引き受けて下さった国書刊行会編集部編集長・清水範之氏のご理解に対し心から感謝の意を表します。

二〇一九年一月

佐竹謙一

作者名・作品名索引

（スペイン語圏以外の文学・芸術に携わる作家の日本語表記については名字だけとした）

作者名索引

ア

アウグスティヌス　Augustinus, Aurelius　183, 187, 221
アクィナス　Aquinas, Thomas　183, 187
アコスタ，ホセ・デ　Acosta, José de　269
アリオスト　Ariosto, Ludovico　141
アルセンブスク，フアン・エウヘニオ　Hartzenbusch, Juan Eugenio　12, 17
アルテアーガ，エステーバン・デ　Arteaga, Esteban de　15
アルバレス　Alvares, Fernando João　207
アルフォンソ十世　Alfonso X　184
アルヘンソーラ，ルペルシオ・レオナルド・デ　Argensola, Lupercio Leonardo de　26

ウ

ウアルテ・デ・サン・フアン，フアン　Huarte de San Juan, Juan　73
ウォラギネ　Voragine, Jacobus de　184
ヴォルテール　Voltaire（François Marie Arouet）8, 14
ウルタード・デ・メンドーサ，アントニオ　Hurtado de Mendoza, Antonio　38
ウルタード・デ・メンドーサ，ディエゴ　Hurtado de Mendoza, Diego　226

エ

エクシメーノ，アントニオ　Eximeno, Antonio　15
エスピネール，ビセンテ　Espinel, Vicente　XXXVII
エルシーリャ，アロンソ・デ　Ercilla, Alonso de　246, 247
エンシーナ，フアン・デル　Encina, Juan del　24, 25, 28, 273

エンリーケス・デ・グスマン，アロンソ　Enríquez de Guzmán, Alonso　72

オ

オートロシュ　Hauteroche, Noël Le Breton　21
オルテガ・イ・ガセー，ホセ　Ortega y Gasset, José　51, 67
オロスコ，セバスティアン・デ　Horozco, Sebastián de　273

カ

カサス，バルトロメ・デ・ラス　Casas, Bartolomé de las　264, 270
カスタニェーガ，マルティン・デ　Castañega, Martín de　193
カスティリェーホ，クリストバル・デ　Castillejo, Cristóbal de　246
カストロ，アメリコ　Castro, Américo　76, 79, 102, 103
カノ，アロンソ　Cano, Alonso　50, 51, 53, 88, 102
カブレーラ，アロンソ・デ　Cabrera, Alonso de　282
カモンイス　Camões, Luís de　208
ガルシラーソ・デ・ラ・ベーガ，インカ　Garcilaso de la Vega, Inca　249, 251, 263, 268
カレーニョ・デ・ミランダ，フアン　Carreño de Miranda, Juan　50

キ

キノー　Quinault, Philippe　13

ク

クエバ，フアン・デ・ラ　Cueva, Juan de la　25, 26
グラシアン，バルタサール　Gracián, Baltasar　XXXV, XLI-XLIII
クラビーホ・イ・ファハルド，ホセ　Clavijo y Fajardo, José　8, 275
グリルパルツァ　Grillparzer, Franz　11, 21
グレコ，エル（ドメニコ・テオトコプロス）　Greco, El（Domenico Theotocopulos）　50, 56, XXXVII

ケ

ゲーテ　Goethe, Johann Wolfgang von　11, 164
ケベード，フランシスコ・デ　Quevedo, Francisco de　48, 50, 53, 134, 247, 282, XXXIX,

XL, XLII

コ

コエーリョ，クラウディオ　Coello, Claudio　50, 58
ゴッツィ　Gozzi, Carlo　16
コバルービアス，セバスティアン・デ　Covarrubias, Sebastián de　XXXVI
コルネイユ（トマ）　Corneille, Thomas　13, 15, 21
ゴンゴラ，ルイス・デ　Góngora, Luis de　14, 50, 51, 53, 65, 213, 246, XXXVI, XXXIX

サ

サラス・バルバディーリョ，アロンソ・ヘロニモ・デ　Salas Barbadillo, Alonso Jerónimo de　72
サラテ，アグスティン・デ　Zárate, Agustín de　249
サンチェス・デ・バダホス，ディエゴ　Sánchez de Badajoz, Diego　273
サントス，フランシスコ　Santos, Francisco　XLV

シ

シェイクスピア　Shakespeare, William　7, 11, 14, 16, 18, 19, 47, 70, 112, 127, 229, 267, XXXVII
シエサ・デ・レオン，ペドロ　Cieza de León, Pedro　249, 269
シェリー　Shelley, Percy Bysshe　11, 12
シェリング　Schelling, Friedrich Wilhelm Joseph von　10
シクルス，ディオドルス　Siculus, Diodorus　164
十字架の聖ヨハネ→フアン・デ・ラ・クルス，サン
シュレーゲル（アウグスト・ウィルヘルム）　Schlegel, August Wilhelm von　10-12, 164
シュレーゲル（フリードリッヒ）　Schlegel, Friedrich von　10-12, 164
シルバ，フェリシアーノ・デ　Silva, Feliciano de　37

ス

スアレス・デ・フィゲローア，クリストバル　Suárez de Figueroa, Cristóbal　247
スカロン　Scarron, Paul　13, 21, 22
スルバラン，フランシスコ・デ　Zurbarán, Francisco de　51, 53, 56, 182, XLV

セ

セネカ　Seneca, Lucius Annaeus　29, 183, 217
セルバンテス・サアベドラ，ミゲル・デ　Cervantes Saavedra, Miguel de　7, 10, 11, 16, 25, 26, 42, 49, 50, 53, 66, 74, 76–79, 83, 92, 97, 101–104, 141, 226, 246, 269, 297, 299, XXXVI, XXXVII

ソ

ソリース・リバデネイラ，アントニオ・デ　Solís Ribadeneyra, Antonio de　44

タ

ダンテ　Dante Alighieri　16

チ

チコニーニ　Cicognini, Giacinto Andrea　15
チンティオ　Cinthio（Giovan Battista Giraldi）　80

ツ

ツルゲーネフ　Turgenev, Ivan　16

テ

ティーク　Tieck, Ludwig　10
ティツィアーノ　Tiziano, Vecellio　36, 53
ティモネーダ，フアン・デ　Timoneda, Juan de　274
ティルソ・デ・モリーナ（ガブリエル・テリェス）　Tirso de Molina（Gabriel Téllez）　7, 26, 28, 50, 80, 107, 110, 120, 147, 180, 182, 183, 195, 205, 225, 246–248, 269, 274, 299, XXXVIII, XXXIX, XLIII
デュマ（父）　Dumas, Alexandre　14

ト

ドゥーヴィル　Ouville, Antoine le Méter d'　13, 21
トゥリア，リカルド・デ　Turia, Ricardo de　29
ドルノワ　Aulnoy, Marie-Catherine Le Jumel de Barneville, comtesse de　14

トーレス，ディエゴ・デ　Torres, Diego de　208
トーレス・ナアーロ，バルトロメ・デ　Torres Naharro, Bartolomé de　24

ナ

ナポリ・シニョレッリ　Napoli Signorelli, Pietro　15

ヌ

ヌニェス・デルガディーリョ，アグスティン　Núñez Delgadillo, Agustín　282

ノ

ノヴァーリス　Novalis（Friedrich von Hardenberg）　10

ハ

ハウレギ，フアン・デ　Jáuregui, Juan de　53
パチェーコ，フランシスコ　Pacheco, Francisco　50, 53, 58, XLIII
バリオヌエーボ，ヘロニモ・デ　Barrionuevo, Jerónimo de　203
バルディビエルソ，ホセ・デ　Valdivielso, José de　273, 274
バルデス・レアール，フアン・デ　Valdés Leal, Juan de　191, XLV
バレッティ　Baretti, Giuseppe　16
パンド・イ・ミエール，ペドロ・デ　Pando y Mier, Pedro de　277

ヒ

ビアンコ　Bianco, Luigi Baccio del　41, XLIII, XLIV
ビセンテ，ジル　Vicente, Gil　24
ビーベス，フアン・ルイス　Vives, Juan Luis　134
ビュフォン　Buffon, Georges-Louis Leclerc, comte de　8
ビリェーガス，アロンソ・デ　Villegas, Alonso de　184
ビリャメディアーナ伯爵（フアン・デ・タシス・イ・ペラルタ）　Villamediana, Conde de（Juan de Tassis y Peralta）　37
ビリャロン，クリストバル・デ　Villalón, Cristóbal de　246
ビルエス，クリストバル・デ　Virués, Cristóbal de　164

フ

ファリア・エ・ソウサ　Faria e Sousa, Manuel de　208
フアン・デ・ラ・クルス，サン　Juan de la Cruz, San　194
フェルナンデス，ルカス　Fernández, Lucas　24, 273
フェルナンデス・デ・モラティン，ニコラス　Fernández de Moratín, Nicolás　9, 15, 275
フェルナンデス・デ・モラティン，レアンドロ　Fernández de Moratín, Leandro　8, 15
フォンターナ　Fontana, Julio Cesare　37, XXXVIII
プーシキン　Pushkin, Aleksandr　16
プリニウス　Plinius Secundus, Gaius　185
プレスコット　Prescott, William H.　264, 268, 269
フレッチャー　Fletcher, John　229

ヘ

ベーガ，ロペ・デ　Vega, Lope de　7, 9–11, 14–16, 18, 19, 23, 25, 26, 28–30, 36, 38, 42, 43, 46–50, 53, 59, 66, 68, 69, 71, 80, 98, 106, 107, 110, 120, 132, 144, 147, 148, 159, 164, 182, 183, 187, 196, 197, 200, 208, 211, 218–220, 225, 246–249, 271, 273, 274, 299, XXXVI–XLI
ベッティネッリ　Bettinelli, Saverio　15
ペーニャ，アントニオ・デ・ラ　Peña, Antonio de la　75
ベラスケス，ディエゴ　Velázquez, Diego　36, 39, 50–56, 58, 226, XXXVIII, XXXIX, XLIII, XLIV
ベラ・タシス・イ・ビリャロエール，フアン・デ　Vera Tassis y Villarroel, Juan de　131, 141, 206
ペリィセール・イ・トバール，ホセ　Pellicer y Tovar, José　30, 40, 203
ベルセーオ，ゴンサーロ・デ　Berceo, Gonzalo de　198
ペレス・デ・イータ，ヒネス　Pérez de Hita, Ginés　226
ベレス・デ・ゲバーラ，ルイス　Vélez de Guevara, Luis　36
ペレス・デ・モンタルバン，フアン　Pérez de Montalbán, Juan　XLI
ヘンリー八世　Henry VIII　228–235, 238, 240–245, 266

ホ

ボイアルド　Boiardo, Matteo Maria　141
ホベリャーノス，ガスパール・メルチョール・デ　Jovellanos, Gaspar Melchor de　275
ボーマルシェ　Beaumarchais, Pierre Augustin Caron de　14
ポーラス・デ・ラ・カマラ，フランシスコ　Porras de la Cámara, Francisco　102

ボワロベール　Boisrobert, François le Méter de　13, 21

マ

マリヴォー　Marivaux, Pierre Carlet de Chamblain de　14
マルモル・カルバハール，ルイス　Mármol Carvajal, Luis　208, 226
マンリーケ，ホルヘ　Manrique, Jorge　163

ミ

ミラ・デ・アメスクア，アントニオ　Mira de Amescua, Antonio　28, 184, 194, 197, 202, 205, 274

ム

ムリーリョ，バルトロメ・エステーバン　Murillo, Bartolomé Esteban　36, 50, 56, 182

メ

メタスタジオ　Metastasio, Pietro　16
メネンデス・イ・ペラーヨ，マルセリーノ　Menéndez y Pelayo, Marcelino　8, 12, 17, 111
メリメ　Mérimée, Prosper　14

モ

モラティン→フェルナンデス・デ・モラティン
モリエール　Molière (Jean-Baptiste Poquelin)　13, 15, 18, 21, 28, 44, 110
モレート，アグスティン　Moreto, Agustín　248
モレーノ・デ・バルガス，ベルナベー　Moreno de Valgas, Bernabé　74
モンテシーノ，アンブロシオ　Montesino, Ambrosio　246
モンテスキュー　Montesquieu, Charles-Louis de Secondat, baron de　14

ユ

ユゴー　Hugo, Victor　11
ユパンギ（またはユパンキ），ティトゥ・クシ　Yupangui (o Yupanqui), Titu Cusi　256

ラ

ラシーヌ　Racine, Jean　14

ラモス・ガビラン，アロンソ　Ramos Gavilán, Alonso　249
ランピーリャス，フランシスコ・ハビエル　Lampillas, Francisco Javier　15

リ

リッシ・デ・ゲバーラ，フランシスコ　Rizi de Guevara, Francisco　50
リバデネイラ，ペドロ・デ　Ribadeneyra, Pedro de　184, 228, 244

ル

ルイス・デ・アラルコン，フアン　Ruiz de Alarcón, Juan　28, 197, 248, XLI
ルイス・デ・レオン →レオン，ルイス・デ
ルエーダ，ロペ・デ　Rueda, Lope de　25, 141, 246
ルサン，イグナシオ・デ　Luzán, Ignacio de　8, 17, 275
ルター　Luther, Martin　229, 230, 234, 235, 238
ルーベンス　Rubens, Peter Paul　36, 53

レ

レオン，ルイス・デ　León, Luis de　133

ロ

ロッティ　Lotti, Cosimo　38, 39, 41, 50, 52, XXXIX, XL, XLII
ローハス，アグスティン・デ　Rojas, Agustín de　XXXV
ローハス・ソリーリャ，フランシスコ・デ　Rojas Zorrilla, Francisco de　40, XL-XLII
ロペス・デ・ウベダ，フランシスコ　López de Úbeda, Francisco　XXXVI
ロペス・デ・ゴマラ，フランシスコ　López de Gómara, Francisco　247
ロペス・デ・ヤングアス，エルナン　López de Yanguas, Hernán　273
ロペ・デ・ベーガ→ベーガ，ロペ・デ
ロマン，イエロニモ　Roman, Hieronymo　208
ロメーア・イ・タピア，フアン・クリストバル　Romea y Tapia, Juan Cristóbal　275

ワ

ワグナー　Wagner, Richard　47

作品名索引

ア

『愛と幸運の勝利』 *Triunfos de amor y fortuna*　44
『愛と憎悪の感情』 *Afectos de odio y amor*　15, 111
『愛なき森林』 *La selva sin amor*　38, XXXIX
『愛に愚弄は禁物』 *No hay burlas con el amor*　19, 111, 127, 132–134, 147
『愛に手懐けられた無骨者』 *Fieras afemina amor*　XLV
『愛の三つの効力』 *Los tres afectos de amor*　XLIV
『愛，名誉，権力』 *Amor, honor y poder*　46, 50, 68, 111, XXXVIII
『悪臭を放つ〈孤独〉という詩に対する解毒剤』 *Antídoto contra la pestilente poesía de las «Soledades»*　53
『悪女フスティーナ』 *La pícara Justina*　XXXVI
『悪魔の鎖』 *Las cadenas del demonio*　183, 194, 195
『悪魔の奴隷』 *El esclavo del demonio*　184, 197, 202, 205, 221
『与えることがすべて』 *Todo es dar en una cosa*　248
『アブサロムの頭髪』 *Los cabellos de Absalón*　15, 182
『アベンセラーヘと美しきハリファ姫物語』 *Historia de Abencerraje y de la hermosa Jarifa*　218, 224
『アポロンとクリメネ』 *Apolo y Climene*　41
『アポロンの栄冠』 *El laurel de Apolo*　41, XXXIX, XLIV–XLVI
『アマディス・デ・グレシア』 *Amadís de Grecia*　37
『アンドロメダとペルセウスの運命』 *Fortunas de Andrómeda y Perseo*　41, 278, XLIII

イ

『イザヤの仔羊』 *El cordero de Isaías*　276, XLVI
『偉大なガンディーア公爵』 *El gran duque de Gandía*　272
『偉大なセノビア』 *La gran Cenobia*　11, XXXIX
『偽りの真実』 *Les Fausse Vérités*　21
『偽りの見た目』 *Le Fausse Apparence*　22
『入り組んだ繁み』 *La selva confusa*　46, XXXVIII

『インカ皇統記』 *Comentarios reales de los Incas* 251, 268, 270
『インカの反乱』 *Relación de la conquista del Perú y hechos de Inca Manco II* 269
『イングランド国教会分裂』 *La cisma de Inglaterra* 60, 171, 225, 227, 233, 244, XXXIX
『イングランド国教会分裂にまつわる教会史』 *Historia eclesiástica del cisma del reino de Inglaterra* 228
『インディアス通史』 *Historia general de las Indias* 247
『インディアスの女戦士たち』 *Amazonas en las Indias* 248
『インディアスの破壊についての簡潔な報告』 *Brevísima relación de la destrucción de las Indias* 270

ウ

『ヴェローナの憎しみあう両家』 *La gran comedia de los bandos de Verona* 40, XLII
『ウス・ルジーアダス』 *Os Lusíadas* 208
『疑わしい真実』 *La verdad sospechosa* 248
『運命の怪物』 *El monstruo de la fortuna* XLI

エ

『英雄』 *El héroe* XLI
『エコーとナルキッソス』 *Eco y Narciso* 41, 109, XLV

オ

『黄金伝説』 *Legenda Aurea* 184
『王子の生涯』 *Vida do Infante* 207
『オセロ』 *Othello* 7, 70
『穏やかな水流』 *El agua mansa* 131
『穏やかな水流にご用心』 *Guárdate del agua mansa* 111, 127, 128, 131, 132, XLIII
『オリエントの巫女』 *La sibila de Oriente* 182
『オルメードの騎士』 *El caballero de Olmedo* 68, 69
『愚かなお嬢様』 *La dama boba* 132, 133, 135, 147
『愚かな物好きの話』 *El curioso impertinente* 77
『女ヨセフ』 *El José de las mujeres* 183

カ

『絵画芸術論』 *Arte de la pintura*　58, XLIII
『隠れ男と覆面女』 *El escondido y la tapada*　111, 112, 115, 123, 146, XL
『カスティーリャ語宝典』 *Tesoro de la lengua castellana*　XXXVI
『カスティーリャの演劇概念』 *Idea de la comedia de Castilla*　30, 100
『風の娘』 *La hija del aire*　12, 149, 150, 164, 168, 178, 299, XLIV, XLV
『カルデロンとその演劇』 *Calderón y su teatro*　17
『カルメル山登攀』 *Subida al Monte Carmelo*　221
『完璧な妻』 *La perfecta casada*　133

キ

『騎士シファールの書』 *Libro del cavallero Zifar*　68
『驚異の魔術師』 *El mágico prodigioso*　12, 15, 48, 57, 59, 62, 64, 151, 183, 184, 195, 202, 265, 295, XLI
『金羊皮』（グリルパルツァ） *Das goldene Vlies*　11
『金羊皮』（ロペ・デ・ベーガ） *El vellocino de oro*　38, XXXVIII

ク

『偶然の約束』（カルデロン） *Los empeños de un caso*　21
『偶然の約束』（コルネイユ） *Les Engagements du hasard*　21
『グラナダ王国におけるモリスコの反乱・懲罰史』 *Historia del rebelión y castigo de los moriscos del reino de Granada*　226
『グラナダの戦い』 *La guerra de Granada*　226
『グラナダの内乱 第二部』 *Segunda parte de las guerras civiles de Granada*　226

ケ

『敬虔なるマルタ』 *Marta la piadosa*　248
『ケパルスとポクリス』 *Céfalo y Pocris*　41
『賢者論』 *El discreto*　XLII

コ

『梗概ポルトガル史』 *Epítome de las historias portuguesas*　208

『極悪非道な聖人』 *La fianza satisfecha* 197
『告白』 *Confessiones* 187, 221
『孤独』 *Soledades* 53, 246
『異なる劇作家の戯曲集 第二八部』 *Parte veinte y ocho de comedias de varios autores* 196
『異なる劇作家の戯曲集 第四二部』 *Parte quarenta y dos de comedias de diferentes autores* 83, 136
『異なる劇作家の好評戯曲集 第三〇部』 *Parte treynta de comedias famosas de varios autores* 121, 150
『異なる劇作家の一二篇からなる戯曲集 第二九部』 *Parte veinte y nueve. Contiene doze comedias de varios autores* 121
『事はさらに悪化』 *Peor está que estaba* XXXIX
『事はさらに良好』 *Mejor está que estaba* XL, XLI
〈この世の栄光の終わり〉 *Finis Gloriae Mundi* XLV
『コパカバーナの聖母マリアの名高い聖地と数々の奇蹟およびカラブーコの十字架の逸話』 *Historia del célebre santuario de Nuestra Señora de Copacabana y sus milagros, e invención de la cruz de Carabuco* 249
『コパカバーナの黎明』 *La aurora en Copacabana* 61, 225, 227, 248, 265
『ゴメス・アリアスの娘』 *La hija de Gómez Arias* XLVI
『こよなき魔力，愛』 *El mayor encanto, amor* 39, 50, XL, XLI
『コロンブスが発見した新世界』 *El Nuevo Mundo descubirto por Colón* 247
『声高の秘密』 *El secreto a voces* 15, 16, 111

サ

『サラメアの司法官』 *El alcalde de Zalamea* 14, 18, 19, 100, XLII
『三件の裁きを一度に』 *Las tres justicias en una* 109
『サンタ・マリア讃歌集』 *Cantigas de Santa María* 184

シ

『四月と五月の朝』 *Mañanas de abril y mayo* 60, 62, 65, 111, 136, XLV
『死後の愛』 *Amar después de la muerte* 225, 226
『嫉妬という名の凄まじき怪物』 *El mayor monstruo, los celos* 15, 96
『嫉妬深い老人』 *El viejo celoso* 103

『自分自身の司法官』 *El alcalde de sí mismo* 22
『自分自身の番人』 *Le Gardien de soi-même* 22
『自分と瓜二つ』 *El semejante a sí mismo* 248
『十字架への献身』 *La devoción de la cruz* 12, 14, 17–19, 103, 151, 183, 185, 195–198, 202, XLI
『従士マルコス・デ・オブレゴンの生涯』 *Relaciones de la vida del escudero Marcos de Obregón* XXXVII
『淑女「ドゥエンデ」』 *La dama duende* 18, 19, 21, 60, 65, 104, 111–113, 115, 120, 122, 123, 127, 137, 138, 140, 146, XXXIX, XLI
『商人の船』 *La nave del mercader* 294
『白き手は侮辱にあらず』 *Las manos blancas no ofenden* 141, 148
『詩論』 *Poética* 8, 17
『神学大全』 *Summa Theologica* 187, 188
『新戯曲集 第九部』 *Parte novena de comedias nuevas* 83
『信仰篤きドン・フェルナンド王子の生涯』 *Historia y vida del religioso Infante don Fernando* 208
『信仰への異議』 *La protestación de la Fe* 277
『新作コメディア八篇と幕間劇八篇』 *Ocho comedias y ocho entremeses nuevos* 25, XXXVII
『真作 ペドロ・カルデロン戯曲集 第五部』（ベラ・タシス編） *Verdadera quinta parte de comedias de D. Pedro Calderon de la Barca* 206
『真作 ペドロ・カルデロン戯曲集 第八部』（ベラ・タシス編） *Octava parte de Comedias verdaderas del célebre poeta español D. Pedro Calderón* 131, 141, 227
『人生はすべて真実，すべて偽り』 *En esta vida todo es verdad y todo mentira* 41, XLV
『人生は夢』（世俗劇・聖体劇） *La vida es sueño* 7, 11–13, 15, 17–19, 29, 60, 61, 64, 65, 142, 148–151, 164, 165, 168, 172, 178, 272, 278, 283, 284, 286, 289, 294, 295, 299, XL, XLVI
『新法典』 *Nueva Recopilación* 75
『新レティーロ宮』 *El nuevo palacio del Retiro* 276, XL

ス

『姿の見えない貴婦人』 *La Dame invisible* 21
『スペイン演劇に対する失望』 *Desengaño al teatro español* 9, 275

『スペイン宮廷覚書』 *Mémoires de la cour d'Espagne*　14
『スペイン語の韻文に翻訳したエピクテートスとフォシリデス』 *Epicteto y Phocilides en español con consonantes*　282
『スペイン・コメディア擁護論』 *Apologético de las comedias españolas*　29
『スペイン人作家叢書』 *Biblioteca de Autores Españoles*　17
『スペインの著名な詩人〔カルデロン〕による寓意的・歴史的聖体劇』 *Autos sacramentales, alegóricos y historiales del insigne poeta español*　277
『スペインの最も優れた才人たちの手による戯曲選集 第八部』 *Octava parte de comedias nuevas escogidas de los mejores ingenios de España*　131, 141
『すべてを与えるも何も与えず』 *Darlo todo y no dar nada*　15, 49, 54, 55, 57, XLIII

セ

『聖人列伝』（ビリェガス） *Flos Sanctorum*　184
『聖人列伝』（リバデネイラ） *Flos Sanctorum*　184
『聖なるアフリカ人』 *El divino africano*　187
『聖なるオルフェウス』 *El divino Orfeo*　284
『聖なるフィロテーア』 *La divina Filotea*　276, XLVI
『聖パトリックの煉獄』 *El purgatorio de San Patricio*　17, 183, XXXIX, XLI
『聖母の奇蹟』 *Milagros de Nuestra Señora*　198
『セイレーンたちの海原』 *El golfo de las Sirenas*　XLIV
『世界大劇場』 *El gran teatro del mundo*　18, 19, 162, 179, 277–279, 294, XLIII
『世界大市場』 *El gran mercado del mundo*　277
『世界の三大驚異』 *Los tres mayores prodigios*　11, 39, 50, XL
『セビーリャの色事師』 *El burlador de Sevilla y convidado de piedra*　7, 144, 269, XXXIX
『セビーリャの砂原』 *El arenal de Sevilla*　247
『セミラミス』 *Semíramis*　164
『セルバンテスの思想』 *El pensamiento de Cervantes*　102
『羨望とは裏腹の忠義』 *La lealtad contra la envidia*　248

ソ

『祖国巡礼』 *El peregrino en su patria*　164

タ

『太陽神の息子ファエトン』 *El hijo del sol, Faetón* 41, XLIV, XLVI
『太陽の騎士』 *El caballero del sol* 36
『正しき人々の勝利』 *De la victoria de los justos* 283
『奪還されたブラジル』 *El Brasil restituido* 247
『伊達男の亡霊』 *El galán fantasma* 111, 112, XLI
『黙るに如くはなし』 *No hay cosa como callar* 50, 111

ツ

〈束の間の命〉 *In Ictu Oculi* XLV

テ

『手なずけられたアラウコ族』（オーニャ） *Arauco domado* 247
『手なずけられたアラウコ族』（ロペ・デ・ベーガ） *Arauco domado* 247
『テルエルの恋人たち』 *Los amantes de Teruel* 17
『天界の二人の恋人』 *Los dos amantes del cielo* 183, 193
『天国の女将』 *La mesonera del cielo* 197

ト

『塔』（ホフマンスタール） *Der Turm* 12
『当世コメディア新作法』 *Arte nuevo de hacer comedias en este tiempo* 26, 29, 42, 43, 70, 71, 101, 144, 159, 179, 211, 214, 272, XXXVI
『時には禍も幸いの端となる』 *No siempre lo peor es cierto* 22, 111, 112, 123, 126
『戸口の二つある家は不用心』 *Casa con dos puertas mala es de guardar* 19, 21, 111, 112, 115, 123, 138, 146, XXXIX, XLI
『毒と解毒剤』 *El veneno y la triaca* 277, 283
『トレドからマドリードへ』 *Desde Toledo a Madrid* 248
『トレドの別荘』 *Los cigarrales de Toledo* XXXVIII
『トロの法令』 *Leyes de Toro* 75
『ドン・ガルシーア・ウルタード・デ・メンドーサの偉業』 *Hechos de don García Hurtado de Mendoza* 247
『ドン・キホーテ』 *El ingenioso hidalgo (caballero) don Quijote de la Mancha* 7, 19, 25,

48, 49, 53, 77, 79, 103, 119, 226, XXXVI, XXXVII
『ドン・キホーテ・デ・ラ・マンチャ』（カルデロン） *Don Quijote de la Mancha* 52, XLI
『ドン・キホーテとハムレット』 *Hamlet and Don Quixote* 16
『ドン・ペドロ・カルデロン・デ・ラ・バルカの陳述書』 *Deposición de D. Pedro Calderón de la Barca* 52, 53

ナ

『七つの秘蹟擁護論』 *Assertio Septem Sacramentorum* 229, 234

ニ

『ニケアの栄光』 *La gloria de Niquea* 37, XXXVIII
『偽占い師』（カルデロン） *El astrólogo fingido* 21, XL, XLI
『偽占い師』（コルネイユ） *Le feint Astrologue* 21
『二度目の妻と死の勝利』 *La segunda esposa y triunfar muriendo* 272, 277

ヌ

『ヌマンシア包囲』 *El cerco de Numancia* 10

ハ

『墓の上の十字架』 *La cruz en la sepultura* 196, 197
『博物誌』（ビュフォン） *Histoire naturelle, générale et particulière* 8
『博物誌』（プリニウス） *Naturalis historia* 185
『ハムレット』 *Hamlet* 7
『バリェーカスの田舎娘』 *La villana de Vallecas* 248
『バルタサール王の晩餐』 *La cena del rey Baltasar* 16, 18, 273, 277, 294
『パルナソ山への旅』 *Viaje del Parnaso* 25, XXXVII
『判事必携の書』 *Tractado muy probechoso, útil y necessario de los jueces y orden de los juicios y penas criminales* 75
『万人の時』 *La hora de todos* 247

ヒ

『密かな恥辱には密かな復讐を』 *A secreto agravio, secreta venganza* 63, 70, 80, 84, 88,

XL, XLI
『ひたすら愛するために愛せよ』 *Querer por solo querer* 38
『美の武器』 *Las armas de la hermosura* XLVI
『美の褒美』 *El premio de la hermosura* 36

フ

『ファレリーナの庭園』 *El jardín de Falerina* 278, XL
『フェズの偉大なる王子』 *El gran príncipe de Fez* 270, XLVI
『フェニーサの鉤針』 *El anzuelo de Fenisa* 247
『フエンテ・オベフーナ』 *Fuente Ovejuna*（o *Fuenteovejuna*） 29, XXXVII
『復讐なき罰』 *El castigo sin venganza* 69
『不屈の王子』 *El príncipe constante* 11, 17, 48, 59, 61, 151, 182, 183, 205, 206, 208, 218, 220, 223, 225, 227, XXXIX
『不幸のときの対策』 *El remedio en la desdicha* 218
『プシュケとクピド』 *Psiquis y Cupido* 273, 278, XLVI
『侮辱者』 *El infamador* 25
『不信心ゆえ地獄堕ち』 *El condenado por desconfiado* 195, 205, 221
『不名誉の画家』（世俗劇・聖体劇） *El pintor de su deshonra* 49, 54, 57, 58, 65, 70, 83, 98, 101, 103, 272
『古き聖史劇の写本』 *Códice de Autos Viejos* 274
〈ブレダ開城〉（別名〈槍〉） *La rendición de Breda*（o *Las lanzas*） 55, 226
『ブレダの包囲戦』 *El sitio de Breda* 55, 225, XXXIX
『プロメテウスの像』 *La estatua de Prometeo* 41

ヘ

『ペドロ・カルデロン・デ・ラ・バルカ戯曲集 第一部』 *Primera parte de Comedias de don Pedro Calderón de la Barca* 121, 150, 197, 205, 206, XL
『ペドロ・カルデロン・デ・ラ・バルカ戯曲集 第二部』 *Segunda parte de Comedias de don Pedro Calderón de la Barca* 80, XLI
『ペドロ・カルデロン・デ・ラ・バルカ戯曲集 第三部』 *Tercera parte de Comedias de don Pedro Calderón de la Barca* 137, 164, XLV
『ペドロ・カルデロン・デ・ラ・バルカ戯曲集 第四部』 *Cuarta parte de Comedias de don*

Pedro Calderón de la Barca　248, XLV
『ペドロ・カルデロン・デ・ラ・バルカ戯曲集 第五部』 *Quinta parte de Comedias de don Pedro Calderón de la Barca*　206, XLVI
『紅色のバラ』 *La púrpura de la rosa*　XLIV, XLVI
『ペリバーニェスとオカーニャの騎士修道会領主』 *Peribáñez y el comendador de Ocaña*　68
『ペルシーレスとシヒスムンダの苦難』 *Los trabajos de Persiles y Sigismunda*　49, 66, 77, XXXVII
『ペルー征服』 *The Conquest of Peru*　268-270
『ヘンリー八世』 *Henry VIII*　229, 267

ホ

『ポルトガル王子ドン・フェルナンドの逆運』 *La fortuna adversa del Infante don Fernando de Portugal*　208

マ

『マクベス』 *Macbeth*　7
『正夢あり』 *Sueños hay que verdad son*　278
『マドリードの聖なる日』 *El Año Santo de Madrid*　277
『マドリードの昼と夜』 *Día y noche de Madrid*　XLV
『魔法なき魔法』 *Encanto sin encanto*　XLV
『マンティブレの橋』 *La puente de Mantible*　XXXIX

ミ

『見栄っ張りなドン・ディエゴ』 *El lindo don Diego*　248
『未刊の戯曲集 第二〇部』 *Parte veinte de comedias varias nunca impressas*　184
『見知らぬ女』 *L'Innconue*　21
『緑色のズボンをはいたドン・ヒル』 *Don Gil de las calzas verdes*　107, 144

メ

『名誉による勝利』 *La victoria de la honra*　69
『名誉の医師』 *El médico de su honra*　14, 18, 19, 61, 65, 68, 70, 71, 84, 88, 96-98, 100, 104,

XLI

モ

『最も用心深い復讐』 *La más prudente venganza* 80

『模範小説集』 *Novelas ejemplares* 49, 77, 103, XXXVI

『森の女と稲妻と石像』 *La fiera, el rayo y la piedra* 19, 41, XLIII

ヤ

『やきもちやきのエストレマドゥーラ人』 *El celoso extremeño* 77

ユ

『愉快な旅』 *El viaje entretenido* XXXV

『愉快も不愉快も想像の表れ』 *Gustos y disgustos no son más que imaginación* 227, XLI

『ユダス・マッカバイオス』 *Judas Macabeo* 182, XXXVIII

『夢は人生』 *Der Traum ein Leben* 11

『揺り籠と墓場』 *La cuna y la sepultura* XL

『赦された姦通者』 *La adúltera perdonada* 273

ヨ

『用心深く嫉妬深い男』 *El celoso prudente* 80

ラ

『ラ・アラウカーナ』 *La araucana* 245, 247, 267

『ラ・アンドロメダ』 *La Andrómeda* XXXVIII

『ラ・ドロテーア』 *La Dorotea* XXXIX

『ラ・フィロメーナ』 *La Filomena* XXXVIII

リ

『リア王』 *King Lear* 7

レ

『レオニードとマルフィーサの宿命と表象』 *Hado y divisa de Leonido y Marfisa* 41, 68,

XLVI
『歴史物語叢書』 *Bibliotheca historica* 164

ロ
『ロペ・デ・ベーガ戯曲集 第二三部』 *El fénix de España Lope de Vega Carpio. Veinte y tres partes de sus comedias* 196
『ローマの聖なる日』 *El Año Santo de Roma* 277

ワ
『われらの主キリストに捧げられたペドロ・カルデロン・デ・ラ・バルカの寓意的・歴史的聖体劇』 *Autos sacramentales, alegóricos y historiales dedicados a Cristo señor nuestro compuestos por don Pedro Calderón de la Barca* 284

参考文献

Alborg, Juan Luis. *Historia de la literatura española, II. Época barroca*, 2.ª ed., Madrid: Gredos, 1974.

Alcázar, P. José. *Ortografía castellana*; *Preceptiva dramática española*, eds. Federico Sánchez Escribano y Alberto Porqueras Mayo, 2.ª ed. muy ampliada, Madrid: Gredos, 1972, 328-340.

Alonso, Dámaso. "La correlación en la estructura del teatro calderoniano", *Calderón y la crítica: Historia y antología*, II, eds. Manuel Durán y Roberto González Echevarría, Madrid: Gredos, 1976.

Alonso Cortés, Narciso. "Algunos datos relativos a don Pedro Calderón de la Barca", *Revista de Filología Española* 2 (1915), 41-51.

——. "Genealogía de don Pedro Calderón", *Boletín de la Real Academia Española* 31 (1951), 299-309.

Amadei-Pulice, María Alicia. "El *stile rappresentativo en la comedia de teatro* de Calderón", *Approaches to the Theater of Calderón*, ed. Michael D. McGaha, Washington, D. C.: Univ. Press of America, 1982.

——. Calderón y el Barroco, Amsterdam/ Philadelphia: John Benjamins, 1990.

Anónimo. *Discurso apologético en aprobación de la comedia* (1649); *Preceptiva dramática española*, 279-282.

Arco y Garay, Ricardo del. *La sociedad española en las obras de Cervantes*, Madrid: Patronato del IV Centenario del Nacimiento de Cervantes, 1951.

Arellano, Ignacio. *Calderón y su escuela dramática*, Madrid: Laberinto, 2001.

Arellano, Ignacio y J. Enrique Duarte. *El auto sacramental*, Madrid: Laberinto, 2003.

Arróniz, Othón. *Teatros y escenarios del Siglo de Oro*, Madrid: Gredos, 1977.

Aubrun, Charles V. *La comedia española (1600-1680)*, tr. J. Lago Alonso, Madrid: Taurus, 1968.

Bances Candamo, Francisco Antonio de. *Teatro de los teatros; Preceptiva dramática española*, 341-351.

Blue, William R. *The Development of Imagery in Calderón's 'comedias'*, York: Spanish Literature Publications, 1987.

Bonet, Alberto. *La filosofía de la libertad en las controversias teológicas del siglo XVI y primera mitad del XVII*, Barcelona: Imprenta Subirana, 1932.

Bravo-Villasante, Carmen. *La mujer vestida de hombre en el teatro español (Siglos XVI-XVII)*, Madrid: SGEL, 1976.

Brown, Jonathan and J. H. Elliott, *A Palace for a King: The Buen Retiro and the Court of Philip IV*, 2nd Printing, New Haven & London: Yale Univ. Press, 1986.

Calderón de la Barca, Pedro. *Obras completas, I, Dramas*, ed. Ángel Valbuena Briones, 5.ª ed.-1.ª reimpr., Madrid: Aguilar, 1966.

——. *Obras completas, II, Comedias*, ed. Ángel Valbuena Briones, 2.ª ed.-1.ª reimpr., Madrid: Aguilar, 1973.

——. *La aurora en Copacabana*, ed. Antonio Pagés Larraya, Buenos Aires: Hachette, 1956.

——. *El pintor de su deshonra*, ed. Manuel Ruiz Lagos, Madrid: Alcalá, 1969.

——. *Comedias religiosas. La devoción de la cruz/ El mágico prodigioso*, ed. Ángel Valbuena Prat, 5.ª ed., Madrid: Espasa-Calpe, 1970.

——. *Autos sacramentales*, I, ed. Ángel Valbuena Prat, 6.ª ed., Madrid: Espasa-Calpe, 1972.

——. *El gran teatro del mundo*, ed. Domingo Yndurain, Madrid: Istmo, 1974.

——. *El príncipe constante*, ed. Alberto Porqueras Mayo, Madrid: Espasa-Caple, 1975.

——. *A secreto agravio, secreta venganza*, ed. Á. Valbuena Briones, 3.ª ed., Madrid: Espasa-Calpe, 1976.

——. *La cisma de Inglaterra*, ed. Francisco Ruiz Ramón, Madrid: Castalia, 1981.

——. *El alcalde de Zalamea*, ed. J. M.ª Díez Borque, Madrid: Castalia, 1987.

——. *El agua mansa/ Guárdate del agua mansa*, eds. Ignacio Arellano y Víctor García Ruiz, Kassel: Reichenberger, 1989.

——. *El gran teatro del mundo*, ed. Domingo Yndurain, reimpr., Madrid: Alhambra, 1989.

——. *La aurora en Copacabana*, ed. Ezra S. Engling, London: Tamesis, 1994.

——. *Las manos blancas no ofenden*, ed. Ángel Martínez Blanco, Kassel: Reichenberger, 1995.

——. *La vida es sueño*, ed. José Ruano de la Haza, Madrid: Castalia, 1994.

——. *La devoción de la cruz*, ed. Manuel Delgado, Madrid: Cátedra, 2000.

——. *La hija del aire*, ed. Francisco Ruiz Ramón, 3.ª ed., Madrid: Cátedra, 2002.

Calvo, José. *Así vivían en el Siglo de Oro*, Madrid: Anaya, 1989.

Caso González, José Miguel. "Calderón y los moriscos en las Alpujarras", *Calderón. Actas del «Congreso Internacional sobre Calderón y el teatro español del Siglo de Oro» (Madrid, 8-13 de junio de 1981)*, I, Madrid: CSIC, 1983, 393-402.

Castañeda, James A. "El impacto del culteranismo en el teatro de la Edad de Oro", *Hispanic Studies in Honor of Nicholson B. Adams*, eds. J. E. Keller and K.-L. Selig, Chapel Hill: The Univ. of North Carolina Press, 1966, 25-36.

Castañega, Martín de. *Tratado de las supersticiones y hechicerías* (1529), ed. Agustín G. de Amezúa, Madrid: La Sociedad de Bibliófilos Españoles, 1946.

Castro, Américo. "Algunas observaciones acerca del concepto del honor en los siglos XVI y XVII", *Semblanzas y estudios españoles. Homenaje ofrecido a Américo Castro por sus ex-alumnos de Princeton University*, Princeton, 1956, 319-382.

Castro y Rossi, Adolfo de. *Discurso acerca de las costumbres públicas y privadas de los españoles en el siglo XVII fundado en el estudio de las comtumbres de Calderón*, Madrid: Tip. Guttenberg, 1881.

Cervantes, Miguel de. *Novelas ejemplares II: Novela del zeloso estremeño*, ed. Juan Bautista Avalle-Arce, Madrid: Castalia, 1987.

Cilveti, Angel L. "La función de la metáfora en *La vida es sueño*", *Nueva Revista de Filología Hispánica* 22 (1973), 17-38.

Cioranescu, Alejandro. "Calderón y el teatro clásico francés", *La comedia española y el teatro europeo del siglo XVII*, eds. Henry W. Sullivan, Raúl A. Galoppe y Mahlon L. Stoutz, London: Tamesis, 1999, 37-81.

Cobarruvias Orozco, Sebastián de. *Tesoro de la lengua castellana o española* (1611), Madrid: Turner, 1979.

Cortés Vázquez, Luis. "Influencia del teatro clásico español sobre el francés: Calderón de la Barca y Thomas Corneille", *Estudios sobre Calderón*, ed. Alberto Navarro González, Salamanca: Univ. de Salamanca, 1988, 17-31.

Cossío, José M. de. "La 'secreta venganza' en Lope, Tirso y Calderón", *Fénix* 1 (1935), 501-515.

Cotarelo y Mori, Emilio. *Ensayo sobre la vida y obras de D. Pedro Calderón de la Barca*, Madrid: Tip. de la "Rev. de Arch., Bibl. y Museos", 1924.

Defourneaux, Marcellin. *La vida cotidiana en la España del Siglo de Oro*, tr. R. Cano Gavina y A. Bel Gaya, Barcelona: Argos Bergara, 1983.

Deleito y Piñuela, José. *La vida religiosa española bajo el Cuarto Felipe*, 2.ª ed., Madrid: Espasa-Calpe, 1963.

——. *La mala vida en la España de Felipe IV*, 4.ª ed., Madrid: Espasa-Calpe, 1967.

Díaz Padrón, Matías. "La pintura en la época de Calderón", *El arte en la época de Calderón*, Madrid: Ministerio de Cultura, 1981, 28-34.

Durán, Manuel y Roberto González Echevarría. "La crítica calderoniana hasta 1881", *Calderón y la crítica: Historia y antología*, I, eds. M. Durán y R. González Echevarría, Madrid: Gredos, 1976, 13-123.

Eguía Ruiz, Constancio. "Don Pedro Calderón de la Barca. Nuevas minuciosas biográficas", *Razón y Fe* 57 (1920), 466-478.

——. *Cervantes, Calderón, Lope y Gracián*, Madrid: CSIC, 1951.

Faliu-Lacourt, Christiane. "La madre en la comedia", *La mujer en el teatro y la novela del siglo XVII*, Univ. de Toulouse-Le Mirail, 1978, 39-59.

Ferrer Valls, Teresa. *La práctica escénica cortesana: De la época del Emperador a la de Felipe III*, London: Tamesis, 1991.

Forcione, Alban K. *Cervantes and the Humanist Vision: A Study of Four «Exemplary Novels»*, New Jersey: Princeton Univ. Press, 1982.

Franco, Ángel. *El tema de América en los autores españoles del Siglo de Oro*, Madrid: Nueva Imprenta Radio, 1954.

Frutos Cortés, Eugenio. *Calderón de la Barca*, Madrid: Labor, 1949.

——. *La filosofía de Calderón en sus autos sacramentales*, Zaragoza: CSIC, 1981.

García Lorenzo, Luciano y Manuel Muñoz Carabantes. "El teatro de Calderón en la escena española (1939-1999)", *Estado actual de los estudios calderonianos*, ed. Luciano García Lorenzo, Kassel: Reichenberger, 2000, 351-382.

García Ruiz, Víctor. "Los autos sacramentales en el siglo XVIII: Un panorama documental y otras cuestiones", *Revista Canadiense de Estudios Hispánicos* 19 (1994), 61-82.

Gates, Eunice Joiner. "Góngora and Calderón", *Hispanic Review* 5 (1937), 241-258.

——. "Calderón's Interest in Art", *Philological Quarterly* 60 (1961), 53-67.

Gómez, María Asunción. "Mirando de cerca 'mujer, comedia y pintura' en las obras dramáticas de Lope de Vega y Calderón de la Barca", *Bulletin of the Comediantes* 49

(1997), 273-293.

González Echevarría, Roberto. “En torno al tema de *El mágico prodigioso*”, *Revista de Estudios Hispánicos* 3 (1969), 207-220.

González Martín, Vicente. “Presencia de Calderón de la Barca en el siglo XVIII italiano”, *Estudios sobre Calderón*, 41-50.

Hamilton, John W. “América en las obras de Calderón de la Barca”, *Anuario de Letras* (México), 6 (1966-1967), 213-215.

Hatzfeld, Helmut. *Estudios sobre el Barroco*, 3.ª ed., Madrid: Gredos, 1973.

Heiple, Daniel L. “La suspensión en la estética de la comedia”, *Estudios sobre el Siglo de Oro en Homenaje a Raymondo R. MacCurdy*, eds. A. González, T. Holzapfel y A. Rodríguez, Albuquerque: The Univ. of New Mexico/ Madrid: Cátedra, 1983, 25-35.

Hera, Alberto de la. “El sentido cristiano de las conquistas ultramarinas en *El príncipe constante de Calderón*”, *Revista de la Universidad Complutense* 4 (1981), 318-327.

Hernández, Mario. “La polémica de los autos sacramentales en el siglo XVIII: La Ilustración frente al Barroco”, *Revista de Literatura* 42 (1980), 185-220.

Hesse, Everett W. “Calderón y Velázquez”, *Clavileño* 2, No. 10 (1951), 1-10.

——. “El motivo del sueño en *La vida es sueño*”, *Segismundo* 3, Nos. 5-6 (1956), 55-62.

——. “The Alienation Problem in Calderón's *La devoción de la cruz*”, *Revista de Estudios Hispánicos* 7 (1973), 361-381.

——. “Theme and Symbol in Calderón's *La hija del aire*”, *Bulletin of the Comediantes*, Vol. 44, No. 1 (1992), 31-43.

Hesse, José. *Vida teatral en el Siglo de Oro*. Madrid: Taurus, 1965.

Hicks, Margaret R. “Stage Darkness in the Early Plays of Lope de Vega”, *Bulletin of the Comediantes* 44 (1992), 217-230.

Hilborn, H. W. *A Chronology of the Plays of D. Pedro Calderón de la Barca*, Toronto: Univ. of Toronto Press, 1938.

Juan de la Cruz, San. *Obras completas*, ed. Lucinio Ruano de la Iglesia, 11.ª ed., Madrid: La Editorial Cátolica, 1982.

Lázaro Carreter, Fernando. *Lope de Vega*, Madrid: Anaya, 1966.

Levisi, Margarita. “La pintura en la literatura de Cervantes”, *Boletín de la Biblioteca de Menéndez y Pelayo* 48 (1972), 293-325.

Ley, Charles David. *El gracioso en el teatro de la Península (Siglos XVI y XVII)*, Madrid:

Revista de Occidente, 1954.

Lipman, Stephen H. "The Duality and Delusion of Calderón's Semiramis", *Bulletin of Hispanic Studies* 59 (1982), 42-57.

Lope de Vega. *Obras de Lope de Vega*, IX, ed. M. Menéndez Pelayo, Biblioteca de Autores Españoles, 177, Madrid: Atlas, 1964.

Maeztu, Ramiro de. *Obra*, Madrid: Nacional, 1974.

March, Kathleen N. "La visión de América en *La aurora en Copacabana*", *Calderón. Actas del «Congreso Internacional sobre Calderón y el teatro español del Siglo de Oro»* I, 511-518.

María Martín, Ana. "Ensayo bibliográfico sobre las ediciones, traducciones y estudios de Calderón de la Barca en Francia", *Revista de Literatura* 17 (1960), 53-100.

Mariscal, George. "Iconografía y técnica emblemática en Calderón: *La devoción de la cruz*", *Revista Canadiense de Estudios Hispánicos* 5 (1981), 339-354.

May, T. E. "The Symbolism of *El mágico prodigioso*", *Romanic Review* 54 (1963), 95-112.

Mckendrick, Melveena. *Theatre in Spain 1490-1700*, Cambridge: Univ. Press, 1989.

Menéndez y Pelayo, Marcelino. *Calderón y su teatro*, Buenos Aires: Emecé, 1948.

Neuschäfer, Hans-Jörg. "El triste drama del honor: Formas de crítica ideological en el teatro de honor de Calderón", *Hacia Calderón: Segundo Coloquio Anglogermano. Hamburgo 1970*, ed. Hans Flasche, Berlin: Walter de Gruyter, 1973, 89-108.

Nieremberg, Juan Eugenio. *Epistolario*, ed. Narciso Alonso Cortés, 4.ª ed., Madrid: Espasa-Calpe, 1957.

Northup, G. T. "Cervantes's Attitude Toward Honor", *Modern Philology* 21 (1924), 397-421.

Olson, Elder. *Teoría de la comedia*/ Wardropper, Bruce W. *La comedia española del Siglo de Oro*, tr. S. Oliva y M. Espín, Barcelona: Ariel, 1978.

Orozco Díaz, Emilio. *El teatro y la teatralidad del Barroco*, Barcelona: Planeta, 1969.

——. "Sentido de continuidad espacial y desbordamiento expresivo en el teatro de Calderón. El Soliloquio y el aparte", *Calderón. Actas del «Congreso Internacional sobre Calderón y el teatro español del Siglo de Oro»*, I, 125-164.

Pacheco-Berthelot, Ascensión. "La tercera jornada de *La dama duende* de Pedro Calderón de la Barca", *Criticón* 21 (1983), 49-91.

Pagés Larraya, Antonio. "El nuevo mundo en una obra de Calderón", *Atenea* 125 (1956),

108-129; 146 (1962), 70-92.

Palacios, Leopoldo Eulogio. "La vida es sueño", *Finisterre* 2 (1948), 5-52.

Parker, Alexander A. "Santos y bandoleros en el teatro español del Siglo de Oro", *Arbol* 13 (1949), 395-416.

——. *The Theology of the Devil in the Drama of Calderón*, London: Blackfriars, 1958.

——. *The Allegorical Drama of Calderón*, Oxford: Dolphin Book, 1968.

——. *The Approach to the Spanish Drama of the Golden Age*, London: The Hispanic & Luso-Brazilian Councils, repr., 1971.

——. "Henry VIII in Shakespeare and Calderón: An appreciation of *La cisma de Inglaterra*", *The Comedias of Calderón, Vol. XIX, Critical Studies of Calderón's Comedias,* ed. J. E. Varey, London: Tamesis, 1973, 47-83.

——. "Hacia una definición de la tragedia calderoniana", en *Calderón y la crítica: Historia y antología*, II, 359-387.

Pedraza Jiménez, Felipe B. *Calderón. Vida y teatro*, Madrid: Alianza, 2000.

Pedraza Jiménez, Felipe B. y Milagros Rodríguez Cáceres. *Manual de literatura española. IV. Barroco: teatro*, Madrid: Cénlit, 1980.

Pellicer de Tovar, José. *Idea de la comedia de Castilla*; *Preceptiva dramática española*, 263-272.

Pérez Pastor, Cristóbal. *Documentos para la biografía de D. Pedro Calderón de la Barca*, Madrid: Fortanet, 1905.

Pfandl, Ludwig. *Cultura y costumbres del pueblo español en los siglos XVI y XVII: Introducción al estudio del Siglo de Oro*, tr. P. Félix García, 2.ª ed., Barcelona: Araluce, 1942.

Piluso, Robert V. *Amor, matrimonio y honra en Cervantes*, New York: Las Americas, 1967.

Portús, Javier. *Pintura y pensamiento en la España de Lope de Vega*, Hondarribia (Guipúzcoa): Nerea, 1999.

Profeti, Maria Grazia. "El teatro", *Historia de la literatura española*, I, Madrid: Cátedra, 1990, 741-746.

Quevedo, Francisco de. *Obras satíricas y festivas*, ed. José María Salaverría, Madrid: Espasa-Calpe, 1937.

Recoules, Henri. "Cartas y papeles en el teatro del Siglo de Oro", *Boletín de la Real Academia Española* 54 (1974), 479-496.

Reichenberger, Arnold G. "Calderón's *El príncipe constante*, A Tragedy?", *Modern Lan-*

guage Notes 75 (1960), 668-670.

Reichenberger, Kurt. "Contornos de un cambio estilístico. Tránsito del manierismo literario al barroco, en los dramas de Calderón", *Hacia Calderón: Segundo Coloquio Anglogermano*, 51-60.

Rennert, Hugo Albert. *The Spanish Stage in the Time of Lope de Vega*, New York: The Hispanic Society of America, 1909.

Ricart, Domingo. "El concepto de la honra en el teatro del Siglo de Oro y las ideas de Juan de Valdés", *Segismundo* 1, No. 1 (1965), 52-53.

Rodríguez Cuadros, Evangelina. *Calderón*, Madrid: Síntesis, 2002.

Roggers, Daniel (de W.) "La imaginación de Semíramis", *Hacia Calderón: Segundo Coloquio Anglogermano*, 171-179.

Ruano de la Haza, José María. "The Staging of Calderón's *La vida es sueño* and *La dama duende*", *Bulletin of Hispanic Studies* 64 (1987), 51-63.

Ruiz Ragos, Manuel. "Una técnica dramática de Calderón: La pintura y el centro escénico", *Segismundo* 2 (1966), 91-104.

Ruiz Ramón, Francisco. *Historia del teatro español (Desde sus orígenes hasta 1900)*, 7.ª ed., Madrid: Cátedra, 1988.

Rull, Enrique. "Calderón y la pintura", *El arte en la época de Calderón*, Madrid: Ministerio de Cultura, 1981, 20-25.

Salazar Rincón, Javier. *El mundo social del «Quijote»*, Madrid: Gredos, 1986.

Salinas, Pedro. *La realidad y el poeta*, tr. Soledad Salinas de Marichal, Barcelona: Ariel, 1976.

Sánchez, Galo. "Datos jurídicos acerca de la venganza del honor", *Revista de Filología Española* 4 (1917), 292-295.

Sánchez Moguel, Antonio. *Memoria acerca de «El mágico prodigioso» de Calderón y en especial sobre las relaciones de este drama con el «Fausto», de Goehte*, Madrid: Tip. de la Correspondencia Ilustrada, 1881.

Satake, Kenichi. "Efectos de la oscuridad en algunas comedias de capa y espada de Calderón", *Calderón 2000. Homenaje a Kurt Reichenberger en su 80 cumpleaños*, ed. Ignacio Arellano, Kassel: Reichenberger, 2002, 1141-1154.

Schack, Adolfo F. conde de, *Historia de la literatura y del arte dramático en España*, tr. Eduardo de Mier, 5 vols., Madrid: Imp. y Fundación de M. Tello, 1885-1887.

Schevill, Rodolph (ed.) *The Dramatic Art of Lope de Vega Together with «La dama boba»*, Berkeley: Univ. of California Press, 1918.

Schmidt, P. Expeditus. *El auto sacramental y su importancia en arte escénico de la época*. Madrid: Blass, 1930.

Sciacca, M. F. "Verdad y sueño de *La vida es sueño* de Calderón de la Barca", *Clavileño* 1, No. 2 (1950), 1-9.

Shergold, N. D. *A History of the Spanish Stage from Medieval Times until the End of the Seventeenth Century*, Oxford: The Clarendon Press, 1967.

Shergold, N. D. y J. E. Varey, "Some Early Calderón Dates", *Bulletin of Hispanic Studies* 38 (1961), 277.

——. *Representaciones palaciegas: 1603-1699. Estudios y documentos*, London: Tamesis, 1982.

Sloman, Albert E. *The Sources of Calderón's El príncipe constante: With a Critical Edition of Its Immediate Source, La Fortuna Adversa del Infante don Fernando de Portugal (a Play attributed to Lope de Vega)*, Oxford: Basil Blackwell, 1950.

——. "The Structure of Calderón's *La vida es sueño*", *Modern Language Review* 48 (1953), 293-300.

Soon, C. A. "El problema de los juicios estéticos en Calderón. *El pintor de su deshonra*", *Romanische Forschungen* 76 (1964), 155-162.

Strosetzki, Chirstoph. "La concepción de Calderón en la Francia de los siglos XVII y XVIII", *Pedro Calderón de la Barca. El teatro como representación y fusión de las artes*, (*Anthropos*, Extra 1), 1997, 147-152.

Suárez de Figueroa, Cristóbal. *El pasajero*, ed. Justo García Morales, Madrid: Aguilar, 1945.

Sullivan, Henry W. *Tirso de Molina & the Drama of the Counter Reformation*, Amsterdam: Rodopi, 1976.

——. *Calderón in the German Lands and the Low Countries: His Reception and Influence 1654-1980*, Cambridge: Cambridge Univ. Press, 1983.

Templin, Ernest H. "The Mother in the Comedia of Lope", *Hispanic Review* 3 (1935), 219-244.

——. "Night Scenes in Tirso de Molina", *Romanic Review* 41 (1950), 261-273.

Tirso de Molina (Téllez, Gabriel.) *Cigarrales de Toledo*, ed. V. Said Armesto, Madrid:

Biblioteca «Renacimiento», 1913.

——. *El vergonzaso en palacio*; *Preceptiva dramática española*, 215-216.

Trías, Eugenio. *Calderón de la Barca*, Barcelona: Omega, 2001.

Turia, Ricardo de. *Apologético*; *Preceptiva dramática española*, 176-181.

Urbano González de la Calle, Pedro. "Documentos inéditos acerca del uso de la lengua vulgar en los libros espirituales", *Boletín de la Real Academia Española* 12 (1925), 268-269.

Valbuena Briones, Ángel. "El simbolismo en el teatro de Calderón", *Calderón y la crítica: Historia y antología*, II, 694-713.

——. *Calderón y la comedia nueva*, Madrid: Espasa-Calpe, 1977.

Valbuena Prat, Ángel. *Los autos sacramentales de Calderón (Clasificación y análisis)*, *Revue Hispanique* 61 (1924), 1-302.

——. *Calderón. Su personalidad, su arte dramático, su estilo y sus obras*, Barcelona: Juventud, 1941.

——. *El teatro español en su Siglo de Oro*, Barcelona: Planeta, 1969.

Varey, John E. "Calderón, Cosme Lotti, Velázquez, and the Madrid Festivities of 1636-1637", *Renaissance Drama* 1 (1968), 253-282.

——. "Imágens, símbolos y escenografía en *La devoción de la cruz*", *Hacia Calderón. Segundo Coloquio Anglogermano*, 155-170.

——. "*La dama duende*, de Calderón: Símbolos y escenografía", *Calderón. Actas del «Congreso Internacional sobre Calderón y el teatro español del Siglo de Oro»*, I, 165-183.

Vázquez de Prada, V. *Historia económica y social de España, Vol. III: Siglo de XVI y XVII*, Madrid: Confederación Española de Cajas de Ahorros, 1978.

Vélez de Guevara, Juan. *Los celos hacen estrellas*, eds. J. E. Varey y N. D. Shergold, London: Tamesis, 1970.

Vigil, Mariló. *La vida de las mujeres en los siglos XVI y XVII*, Madrid: Siglo XXI, 1986.

Vitse, Marc. "Segundo hálito del teatro", *Historia de la literature española, III: El siglo XVII*, ed. Jean Canavaggio, Barcelona: Ariel, 1995, 198-224.

Vives, Juan Luis. *Instrucción de la mujer cristiana*, 2.ª ed., Madrid: Espasa-Calpe Argentina, 1943.

Vosters, Simón A. "Intercambios entre teatro y pintura en el Siglo de Oro", *Historia16*, 8

(89), 1983, 106-121.

Wardropper, Bruce W. "The Interplay of Wisdom and Saintliness in *El mágico prodigioso*", *Hispanic Review* 11 (1943), 123-124.

——. "El problema de la responsabilidad en la comedia de capa y espada de Calderón", *Actas del Segundo Congreso Internacional de Hispanistas, celebrado en Nijmegen del 20 al 25 de agosto de 1965*, eds. J. Sánchez y N. Poulussen, Holanda: Instituto Español de la Universidad de Nimega, 1967, 689-694.

——. *Introducción al teatro religioso del Siglo de Oro: Evolución del Auto sacramental antes de Calderón*, Salamanca: Anaya, 1967.

——. "Poesía y drama en *El medico de su honra*", *Calderón y la crítica: Historia y antología*, II, 582-597.

——. "Las comedias religiosas de Calderón", *Calderón. Actas del «Congreso Internacional sobre Calderón y el teatro español del Siglo de Oro»*, I, 185-198.

Whitby, William M. "Rosaura's Rule in the Structure of *La vida es sueño*", *Hispanic Review* 28 (1960), 16-27.

Wilson, E. M. "An Early Rehash of Calderón's *El príncipe constante*", *Modern Language Notes* 76 (1961), 785-794.

——. "On *La vida es sueño*", *Critical Essays on the Theatre of Calderón*, ed. Bruce W. Wardropper, New York: New York Univ. Press, 1965, 63-89.

——. "The Discretion of Don Lope de Almeida", *The Comedias of Calderón, Vol. XIX, Critical Studies of Calderón's Comedias*, 17-36.

——. "Los cuatro elementos en la imaginería de Calderón", *Calderón y la crítica: Historia y antología*, I, 277-299.

——. *Spanish and English Literature of the 16th and 17th Centuries*, Cambridge: Cambridge Univ. Press, 1980.

Wilson, E. M. y D. Moir. *Historia de la literatura española 3: Siglo de Oro: Teatro*, tr. Carlos Pujol, 2.ª ed. Barcelona: Ariel, 1974.

Wilson, Edward M. y William J. Entwistle. "Calderón's 'Príncipe constante': Two Appreciations", *Modern Language Review* 34 (1939), 207-222.

アリストテレース『詩学』／ホラーティウス『詩論』，松本仁助・岡道男訳，岩波文庫，1997 年.

アルヴィン，R.／ゼルツレ，K.『大世界劇場』，円子修平訳，法政大学出版局，1985 年.

エルシーリャ『ラ・アラウカーナ』（全 2 巻），吉田秀太郎訳，大阪外国語大学学術研究双書，1992-1994 年.

『オルテガ著作集』第 3 巻，神吉敬三訳，白水社，1970 年.

カサス『インディアスの破壊についての簡潔な報告』，染田秀藤訳，岩波文庫，1976 年.

カストロ，アメリコ『セルバンテスの思想』，本田誠二訳，法政大学出版局，2004 年.

ガルシラーソ・デ・ラ・ベーガ，インカ『インカ皇統記』（全 4 巻），牛島信明訳，岩波文庫，2006 年.

金七紀男『ポルトガル史』，彩流社，1996 年.

『グリルパルツァ自伝　付──一八四八年・革命の思い出』，佐藤自郎訳，名古屋大学出版会，1991 年.

クルチウス，E. R.『ヨーロッパ文学批評』，松浦憲作ほか訳，紀伊國屋書店，1969 年.

──〔クルティウス〕.『ヨーロッパ文学とラテン世界』，南大路振一・中村善也訳，みすず書房，1985 年（第 6 刷）.

ケイメン，ヘンリー『スペインの黄金時代』，立石博高訳，岩波書店，2009 年.

コメレル，マックス『カルデロンの芸術』，法政大学出版局，1989 年.

近藤千雄訳編『シルバーバーチの霊訓』（12〔総集編〕），潮文社，1988 年.

佐竹謙一「カルデロンの *La aurora en Copacabana* における“アメリカ”」，『アカデミア』文学・語学編，52（1992），313-335 頁.

──.「カルデロンの『淑女「ドゥエンデ」』における劇展開の独自性」，『日本演劇学会』，31（1993），25-49 頁.

──.「ロペ・デ・ベーガの『愚かなお嬢さま』*La dama boba* とカルデロンの『愛に愚弄は禁物』*No hay burlas con el amor* にみる構造と技巧」，『アカデミア』文学・語学編，58（1995），207-243 頁.

──.「スペイン黄金世紀の文学にみる『アメリカ』（新大陸）のイメージ」，『アカデミア』文学・語学編，62（1997），301-310 頁.

──.「カルデロンの〈マントと剣〉の喜劇に見る夜の効果」，『イスパニア図書』（行路社），3 号（2000），17-30 頁.

──.『スペイン黄金世紀の大衆演劇　ロペ・デ・ベーガ、ティルソ・デ・モリーナ、カルデロン』，三省堂、2001 年.

――.『浮気な国王フェリペ四世の宮廷生活』, 岩波書店, 2003 年.
――.「セルバンテスとカルデロンの作品にみられる名誉感情と文学的技法」,『ドン・キホーテ事典』, 樋口正義ほか編, 行路社, 2005 年, 317-346 頁.
――.「十七世紀スペインの絵画と文学」,『図書』(岩波書店), 2007 年 10 月号.
――.『概説スペイン文学史』, 研究社, 2009 年.
シェイクスピア『ヘンリー八世』, 小田島雄志訳, 白水Uブックス, 1988 年 (第 2 刷).
芝紘子『地中海世界の《名誉》観念　スペイン文化の一断章』, 岩波書店, 2010 年.
十字架の聖ヨハネ『カルメル山登攀』, 奥村一郎訳, ドン・ボスコ社, 1980 年 (第 4 版).
聖アウグスティヌス『告白』(上・下), 服部英次郎訳, 岩波文庫, 1978 年 (第 2 刷).
ドゥヴォー, パトリック『コメディ＝フランセーズ』, 白水社 (文庫クセジュ), 1995 年.
冨田高嗣「ポール・スカロン――スペイン・コメディアにこだわり続けた劇作家」,『フランス十七世紀の劇作家たち』, 中央大学人文科学研究所編, 中央大学出版部, 2010 年, 319-353 頁.
――.「トマ・コルネイユ作『偶然の約束』」,『長崎外大論叢』, 16 (2012), 101-112 頁.
橋本一郎『ロマンセーロ　スペインの伝承歌謡』, 新泉社, 1975 年.
フレイザー, アントーニア『ヘンリー八世の六人の妃』, 森野聡子・森野和弥訳, 創元社, 1999 年.
プレスコット, W. H.『ペルー征服』(全 2 巻), 石田外茂一・真木晶夫訳, 講談社学術文庫, 1980 年.
『モリエール全集』(2), ロジェ・ギュメール・廣田昌義・秋山伸子編, 臨川書店, 2000 年.
ユパンギ, ティトゥ・クシ『インカの反乱』, 染田秀藤訳, 岩波文庫, 1986 年 (第 2 刷).

カルデロン『人の世は夢／サラメアの村長』, 高橋正武訳, 岩波文庫, 1978 年.
セルバンテス『ペルシーレス』(全 2 巻), 荻内勝之訳, ちくま文庫, 1994 年.
――『ドン・キホーテ』(全 6 巻), 牛島信明訳, 岩波文庫, 2009 年 (第 7 刷).
ティルソ『セビーリャの色事師 ほか一篇』(『緑色のズボンをはいたドン・ヒル』収録), 佐竹謙一訳, 岩波文庫, 2014 年.
マンリーケ『父の死に寄せる詩《うた》』(『死の舞踏』収録), 佐竹謙一訳, 岩波文庫, 2011 年.
モラティン『娘たちの空返事 ほか一篇』(『新作喜劇』収録), 佐竹謙一訳, 岩波文庫, 2018 年.
『バロック演劇名作集』, 岩根圀和・佐竹謙一訳, 国書刊行会, 1994 年.
　ロペ・デ・ベーガ『フエンテ・オベフーナ』(佐竹謙一訳)／ティルソ・デ・モリーナ『セ

ビーリャの色事師と石の招客』（岩根圀和訳）／カルデロン・デ・ラ・バルカ『人生は夢』（コメディア，岩根圀和訳），『人生は夢』（聖体神秘劇，岩根圀和訳），『世界大劇場』（岩根圀和訳）／ロペ・デ・ベーガ『当世コメディア新作法』（佐竹謙一訳）

『スペイン黄金世紀演劇集』，牛島信明編，名古屋大学出版会，2003 年.

ミゲル・デ・セルバンテス『ヌマンシアの包囲』（牛島信明訳）／ロペ・デ・ベーガ『オルメードの騎士』（牛島信明訳），『農場の犬』（稲本健二訳）／アントニオ・デ・ミラ・デ・アメスクア『悪魔の奴隷』（佐竹謙一訳）／ティルソ・デ・モリーナ『不信心ゆえ地獄堕ち』（中井博康訳）／ペドロ・カルデロン・デ・ラ・バルカ『愛に愚弄は禁物』（佐竹謙一訳），『名誉の医師』（古屋雄一郎訳）／ソル・フアナ・イネス・デ・ラ・クルス『神聖なるナルシソ』（中井博康訳）

『カルデロン演劇集』，佐竹謙一訳，名古屋大学出版会，2008 年.

『十字架への献身』／『イングランド国教会分裂』／『淑女「ドゥエンデ」』／『四月と五月の朝』／『密かな恥辱には密かな復讐を』／『人生は夢』／『驚異の魔術師』／『不名誉の画家』

年譜

カルデロンの人生については、クリストーバル・ペレス・パストール、ナルシーソ・アロンソ・コルテス、コンスタンシオ・エギーア・ルイス、エミリオ・コタレーロ・イ・モリ（「参考文献」参照）などの貴重な資料があったり、その後も別の研究者たちによる新たな調査も加わったりして、劇作家の周辺が少しずつ明らかにされてはいるが、創作にまつわるそのときそのときの心境はほとんど分かっていない。そのため、カルデロンの場合、彼の人生における出来事よりも劇作品のほうが重要であると考える研究者もいるほどである（E. Trías, *Calderón de la Barca*, Barcelona: Omega, 2001, 10）。そこで本項では、周辺的な事情を盛り込むことで本書の主旨が霞まないよう「年譜」というかたちをとることにした。

年代	ペドロ・カルデロン・デ・ラ・バルカ	関連事項（スペイン史・文芸）
1600	ペドロ・カルデロン・デ・ラ・バルカは、財務会議秘書官を勤めていた父ディエゴ・カルデロン・デ・ラ・バルカと下級貴族《イダルゴ》出身の母アナ・マリア・デ・エナオとのあいだに、1月17日にマドリードで誕生。兄ディエゴ、姉ドロテア、ペドロ本人、弟ホセ、妹アントニアとアントニア・マリア、ほかにも出産のときに亡くなった妹がいた。2月14日にサン・マルティン教会にて洗礼を受ける。	フェリペ2世の娘カタリーナ王女の逝去により1597年に禁止されていた芝居の上演が許可される。
1601		マドリードからバリャドリードへ遷都（1601－1606）。バルタサール・グラシアン誕生。
1602	カルデロン一家、バリャドリードへ移り住む。	
1603		アグスティン・デ・ローハスの『愉快な旅』刊行。

年代	ペドロ・カルデロン・デ・ラ・バルカ	関連事項（スペイン史・文芸）
1604		オステンデの戦いでスペイン軍がオランダ軍に勝利する。マテオ・アレマンの『グスマン・デ・アルファラーチェの生涯』後編（贋作）刊行（前編 1599年）。
1605		フェリペ４世誕生。ミゲル・デ・セルバンテス『ドン・キホーテ』（前編）、フランシスコ・ロペス・デ・ウベダ『悪女フスティーナ』刊行。
1606	マドリードへの遷都にともないカルデロン一家はマドリードへ移り住む。	
1608	イエズス会の帝室学院に入学し、ギリシア語、ラテン語、哲学などを学ぶ（－1613年）。特にイエズス会の精神はのちのカルデロンの思想に大きな影響を与え、劇作品にも反映されることになる。	
1609		オランダと12年間の休戦協定を締結。宗教の一本化を強化するためモリスコの国外追放を実施。ロペ・デ・ベーガの演劇論『当世コメディア新作法』刊行。
1610	母親が他界。父ディエゴはフアナ・フレイレ・カルデーラと再婚するが、ペドロはこの義母とはそりが合わなかった。	
1611		コバルービアスの『カスティーリャ語宝典』刊行。
1613		セルバンテス『模範小説集』刊行。ルイス・デ・ゴンゴラ『ポリフェーモとガラテーアの寓話』『孤独』の手稿が一部の人たちに出まわる。

年代	ペドロ・カルデロン・デ・ラ・バルカ	関連事項（スペイン史・文芸）
1614	アルカラ・デ・エナーレス大学に入り、倫理学、修辞学などを学ぶ。	慶長遣欧使節、メキシコを経てスペインに至り、国王フェリペ3世に謁見。アロンソ・フェルナンデス・デ・アベリャネーダなる者の贋作『ドン・キホーテ』（後編）刊行。セルバンテス『パルナソ山への旅』刊行。マテオ・アレマン、エル・グレコ没。
1615	父親が病死したため、学業を断念せざるをえなくなる。母方の叔父の一人が、父ディエゴの持っていた財務会議秘書官の職位を継ぎ、子供たちの後見人を務める。1615年から（1617年以前の正式な記録はないが）1619年までペドロはサラマンカ大学で教会法を学び、翌年に学士号を取得。	セルバンテス『新作コメディア8篇と幕間劇8篇』、『ドン・キホーテ』（後編）が出版される。
1616		セルバンテス、シェイクスピア没。セルバンテスの遺作『ペルシーレスとシヒスムンダの苦難』刊行。
1618		息子であるウセダ公爵の陰謀により、10月4日レルマ公爵失脚。ビセンテ・エスピネールの『従士マルコス・デ・オブレゴンの生涯』刊行。
1619		ロペ・デ・ベーガの『フエンテ・オベフーナ』刊行。
1620	マドリードに居を構え、カスティーリャ総帥の従者を務める。マドリードの守護聖人である農夫サン・イシドロの列福式《ベアティフィカシオン》の折に開催された詩作コンクールに参加し、入賞は果たせなかったが、審査委員長ロペ・デ・ベーガから讃辞を送られる。	スペインは30年戦争（1618－48）に巻き込まれる。

年代	ペドロ・カルデロン・デ・ラ・バルカ	関連事項（スペイン史・文芸）
1621	この年の夏、フリーアス公爵の下男ニコラス・デ・ベラスコという男と一悶着を起こしたらしく、彼の殺害をめぐって兄ディエゴ、弟ホセとともに告訴されるが、被害者の父に賠償金を支払うことで和解が成立した。	フェリペ３世が逝去し、演劇好きのフェリペ４世が即位。オリバーレスが寵臣として実権を掌握。12年間の休戦協定が切れ、オランダとの戦争を再開。ロペ・デ・ベーガの『ラ・フィロメーナ』と『ラ・アンドロメダ』刊行。ティルソ・デ・モリーナの『トレドの別荘』刊行。
1622	６月19日から27日まで、マドリードにて農夫サン・イシドロ、サンタ・テレサ・デ・ヘスス（イエズスの聖テレジア）、サン・フェリペ・ネリ、サン・イグナシオ・デ・ロヨーラ（聖イグナティウス・デ・ロヨラ）、サン・フランシスコ・ハビエル（聖フランシスコ・ザビエル）の列聖式《カノニサシオン》にあたり詩作コンクールが開かれた。このコンクールにカルデロンも参加し、３位入賞を果たした。１位はロペ・デ・ベーガ、２位はフランシスコ・ロペス・デ・サラテであった。時を同じくして、イエズス会の帝室学院が主催する詩作コンクールも開かれ、ロマンセ（詩型の一種）で１位、キンティーリャ（詩型の一種）で２位を獲得した。	ビリャメディアーナ伯爵フアン・デ・タシスの『ニケアの栄光』がイタリア人技師ジュリオ・チェザーレ・フォンターナの舞台技術をもってアランフエス宮にて上演。同じく大がかりな舞台装置を用いたロペ・デ・ベーガの『金羊皮』上演。この年、さんざん浮き名を流したビリャメディアーナ伯爵が暗殺される。
1623	６月に処女作『愛、名誉、権力』、７月に『入り組んだ繁み』が、ともにフアン・アカシオ・ベルナール一座によってマドリードの王宮《アルカサル・ビエホ》で上演される。また９月にはフェリペ・サンチェス・デ・エチェバリーア一座により『ユダス・マッカバイオス』上演。その後、1625年までのカルデロンの足取りはつ	ディエゴ・ベラスケス、首席宮廷画家となる。ベラスケス、寵臣オリバーレスの肖像画を描く。

年代	ペドロ・カルデロン・デ・ラ・バルカ	関連事項（スペイン史・文芸）
	かめていない。	
1625	オランダの要塞ブレダをスペイン軍が攻め落とし、勝利をおさめたことを祝して、11月に王宮で『ブレダの包囲戦』が上演される。『偉大なセノビア』上演。	ディエゴ・ベラスケスはカルデロンの『ブレダの包囲戦』に感化されたと思われる『ブレダの開城』を描く。
1626		オリバーレス伯公爵による軍隊統合計画の実施。フランシスコ・デ・ケベード『ぺてん師ドン・パブロスの生涯』刊行。フィレンツェ出身の舞台技師コジモ・ロッティがスペインを訪れる。
1627	最初の歴史劇『イングランド国教会分裂』（カルデロン作？）がアンドレス・デ・ラ・ベーガ一座により王宮（またはパルド宮？）にて上演。	バロック詩の巨匠ルイス・デ・ゴンゴラ没。
1628	３月、『聖パトリックの煉獄』がヘロニモ・デ・アルメーリャ一座により上演。『善悪を知る』がパルド宮にてロケ・デ・フィゲローア一座により上演。	マントヴァ公領継承戦争（－31年）。
1629	カルデロンの兄弟のどちらかが、喜劇役者ペドロ・デ・ビリェーガスにより重傷を負わせられるという事件が起きる。『不屈の王子』上演。この年、『淑女「ドゥエンデ」』、『戸口の二つある家は不用心』を書き上げる。	バルタサール・カルロス王子誕生。ロペ・デ・ベーガの『愛なき森林』上演。
1630	５月、『事はさらに悪化』がホセ・デ・サラサール一座により上演。30年代、カルデロンは宮廷にとって必要不可欠な劇作家であった。７月に『マンティブレの橋』がロケ・デ・フィゲローア一座により上演。	ティルソ・デ・モリーナの『セビーリャの色事師』刊行。ロペ・デ・ベーガの『アポロンの栄冠』刊行。
1632		ロペ・デ・ベーガ『ラ・ドロテー

年代	ペドロ・カルデロン・デ・ラ・バルカ	関連事項（スペイン史・文芸）
		ア』刊行。
1633	３月、アントニオ・デ・プラド一座により『事はさらに良好』上演。	
1634	ブエン・レティーロ宮内の大劇場《コリセオ》落成を祝うため、オリバーレス伯公爵の依頼により聖体劇『新レティーロ宮』が上演される。	フェリペ４世の弟にあたる枢機卿フェルナンド王子、ネルトリンゲンにてスウェーデン軍を中心とするプロテスタント連合に勝利。フェルナンドはブリュッセルに赴き、フランドル総督を務める（41年没）。ブエン・レティーロ宮落成。ケベード『揺り籠と墓場』刊行。
1635	ブエン・レティーロ宮にてコジモ・ロッティの舞台技術を用いた神話劇『こよなき魔力、愛』がロケ・デ・フィゲローア一座により上演。『偽占い師』刊行。	フランス、スペインに宣戦布告。８月、長年「新しい演劇《コメディア・ヌエバ》」という手法で大衆演劇に貢献し、これを支えてきたロペ・デ・ベーガ死去。
1636	１月、フランシスコ・デ・ローハス・ソリーリャ、アントニオ・コエーリョ、カルデロン合作の『ファレリーナの庭園』――1648年に書かれた２幕物とは異なる――がトマス・フェルナンデスにより上演。その後、『世界の三大驚異』がブエン・レティーロ宮にて上演される。また『密かな恥辱には密かな復讐を』がペドロ・デ・ラ・ロサ一座によって王宮にて上演。またアントニオ・プラード一座によって４月に『隠れ男と覆面女』上演。当時は著作権という概念はなかったが、それまで不正に出版された兄ペドロの作品に見られる誤植や作り替えられた部分を修正するため、弟ホセの手により『ペドロ・カルデロン・デ・ラ・バルカ戯曲集 第１部』（『人生	

年代	ペドロ・カルデロン・デ・ラ・バルカ	関連事項（スペイン史・文芸）
	は夢』、『戸口の二つある家は不用心』、『聖パトリックの煉獄』、『十字架への献身』、『淑女「ドゥエンデ」』、『事はさらに良好』など12篇収録）が刊行される。	
1637	同じく弟ホセの監修というかたちで『ペドロ・カルデロン・デ・ラ・バルカ戯曲集 第２部』（『こよなき魔力、愛』、『伊達男の亡霊』、『名誉の医師』、『密かな恥辱には密かな復讐を』、『偽占い師』など12篇収録）が刊行される。２月、ブエン・レティーロ宮にてペドロ・デ・ラ・ロサ一座により『ドン・キホーテ・デ・ラ・マンチャ』（紛失）上演。また、この一座によってカルデロン、ペレス・デ・モンタルバン、ローハス・ソリーリャ共作の『運命の怪物』も上演される。４月28日には、ようやく教皇ウルバヌス８世から勅許が下り、ロペもかなわなかったという念願のサンティアーゴ騎士修道会の一員となる。７月、宗教劇『驚異の魔術師』がトレド県イエペス村で上演される。	エヴォラでスペインの増税政策に対して民衆の暴動が起こるが、全国的な規模には発展しなかった。グラシアンの『英雄』刊行。
1638	10月、『愉快も不愉快も想像の表れ』がバレンシアにて上演。	
1639		ダウンズの海戦でスペイン海軍はオランダ海軍に敗北を喫する。マドリードにてフアン・ルイス・デ・アラルコン死去。
1640	カタルーニャの反乱を鎮圧するため、寵臣オリバーレスの忠臣として兵役に就く。	カタルーニャの反乱（－52年）。ポルトガルでの反乱。ブラガンサ公爵がジョアン４世として即位宣言。２月４日、ブエン・レティーロ宮中

年代	ペドロ・カルデロン・デ・ラ・バルカ	関連事項（スペイン史・文芸）
		の大劇場《コリセオ》が完成し、このときカルデロンの友人フランシスコ・デ・ローハス・ソリーリャの『ヴェローナの憎しみあう両家』が上演される。
1642	病気を理由に退役を願い出、承認される。このときの戦争体験が農夫の名誉を扱った『サラメアの司法官』（1640－44?）に活かされているという見方もあるが、確かな証拠はない。	バルタサール・グラシアンの『精神の鋭さと機知の技』刊行。
1643	マドリードでキリストの聖体を祝う祭りに向けた聖体劇の創作にあたる。	寵臣オリバーレス失脚（45年没）。ロクロワのスペイン歩兵部隊、フランス軍に敗れる。長年スペイン宮廷に仕えた舞台技師コジモ・ロッティ死去。
1644	トレドに住居を移し、市から依頼された２篇の聖体劇を仕上げる。常設劇場の閉鎖にともない、カルデロンの創作活動が多少弛んだ時期でもある。	10月６日、イサベル王妃没。王家の一連の不幸を悼み、一時期を除いて常設劇場が49年まで閉鎖（宗教劇のみ上演が許された）。また風紀を乱すような劇作品に対する聖職者たちの激しい非難もあった。聖体劇の上演中止は46年から47年にかけての短い期間にすぎなかった。
1645	弟ホセの戦死。アルバ・デ・トルメスに移り住み、第６代アルバ公爵に仕える（－50年頃）。	フランシスコ・デ・ケベード死去。
1646		バルタサール・カルロス王子没。喪に服し、常設劇場の閉鎖。バルタサール・グラシアンの『賢者論』刊行。
1647	息子ペドロ・ホセ誕生。長兄ディエゴ死去。ディエゴが残した文書の一部に、男三兄弟は	オリバーレスの甥ルイス・メンデス・デ・アーロが寵臣となる。この

年代	ペドロ・カルデロン・デ・ラ・バルカ	関連事項（スペイン史・文芸）
	常に愛と友情に包まれ、互いに協力し合ってきたという記述がある。	頃から54年にかけて地中海でペストが流行。
1648		ミュンスター講和条約により、スペインはオランダの独立を承認。10月、ウェストファリア条約により、30年戦争終結。ティルソ・デ・モリーナ死去。
1649	『世界大劇場』、『穏やかな水流にご用心』上演。	10月7日、フェリペ4世は、まだ15歳になっていない姪のマリアーナ・デ・アウストリアと再婚。常設劇場の営業再開。ベラスケスの師匠であり義父であった画家フランシスコ・パチェーコの『絵画芸術論』が刊行される。
1650	10月、司祭になる決意をしたカルデロンは、聖フランシスコ第三修道会に入る。	
1651	司祭に叙階されると、俗世間から退くことを決意し、それ以降は聖体劇と王家の祝祭のときに演じられる、舞台技術を駆使した神話劇のみを手がける。12月、マリアーナ王妃の誕生日を祝って『すべてを与えるも何も与えず』を王宮にて上演。	バルタサール・グラシアンの『エル・クリティコン』刊行（第2部、1653年／第3部、1657年）。
1652	王妃マリアーナの誕生日を祝い、イタリア人の舞台技師バッチオ・デル・ビアンコの協力を得て、神話劇『森の女と稲妻と石像』をブエン・レティーロ宮の大劇場の舞台にかける。	カタルーニャの反乱終結。
1653	バッチオ・デル・ビアンコの舞台技術を用いてブエン・レティーロ宮にて『アンドロメダとペルセウスの運命』上演。6月、念願だっ	

年代	ペドロ・カルデロン・デ・ラ・バルカ	関連事項（スペイン史・文芸）
	たトレド大聖堂の王室礼拝堂つき司祭に任じられると、それまで住んでいたマドリードのプラテリーアス通り（現在のマヨール広場）からトレドへ移り住む。以後トレドに10年ほど居《きょ》を構え、王家の祝祭やコルプス祭に聖体劇が上演されるときには協力を惜しまなかった。11月、アドリアン・ロペス一座により、王宮にて２部構成の歴史劇『風の娘』が１部と２部それぞれ上演される。	
1657	パルド宮（またはサルスエラ宮？）にてペドロ・デ・ラ・ロサ一座、ディエゴ・オソリオ一座により『セイレーンたちの海原』上演。	
1658	３月、ブエン・レティーロ宮にて２幕物のサルスエラ『アポロンの栄冠』上演。	ダンケルクの戦いでスペイン軍がフランス・イギリス軍に敗北を喫する。
1659	11月、『愛の三つの効力』が王宮にて上演。	ピレネー条約によりフランスと講和を結び、カタルーニャの一部であったルシヨンとセルダーニャをフランスに割譲。ヨーロッパにおけるスペインの優位性が失われる。ベラスケス、サンティアーゴ騎士修道会に入る。
1660	王女マリア・テレサとフランス王ルイ14世の結婚を祝して、１幕物の神話劇『紅色のバラ』がビアンコの舞台技術を用いて上演される。	ディエゴ・ベラスケス没。
1661	５月、ブエン・レティーロ宮にてフアナ・デ・シスネーロス一座、ディエゴ・オソリオ・デ・ベラスコ一座により『太陽神の息子ファエトン』上演。７月、王女マルガリー	

年代	ペドロ・カルデロン・デ・ラ・バルカ	関連事項（スペイン史・文芸）
	タの10回目の誕生日を祝い、ブエン・レティーロ宮にてアントニオ・デ・エスカミーリャ一座によって『エコーとナルキッソス』上演。	
1663	２月、カルデロンは王室つき名誉司祭を拝命。これによりトレドを引き払いマドリードに定住。	フランシスコ・サントスの『マドリードの昼と夜』刊行。
1664	『ペドロ・カルデロン・デ・ラ・バルカ戯曲集 第３部』（『人生はすべて真実、すべて偽り』、『踊りの師匠』、『四月と五月の朝』、『風の娘』、『アポロンの栄冠』など12篇収録）が刊行される。	画家フランシスコ・デ・スルバラン没。
1665		９月17日フェリペ４世没。喪に服するため、カスティーリャ会議が演劇活動を70年まで中止する。カルロス２世、４歳で即位。摂政に母后マリアーナが就き、ニタルトが寵臣となる。
1668		リスボン条約でポルトガルの独立を承認。フランスとアーヘン条約を締結し、フランドルの諸都市をフランスに割譲。
1670	１月、摂政を務めるマリアーナ・デ・アウストリアの誕生日を祝い、ギリシア神話の英雄ヘラクレスの功業を主題にした『愛に手懐けられた無骨者』が華麗で大がかりな舞台装置を用いてブエン・レティーロ宮の大劇場にて上演される。	
1672	『ペドロ・カルデロン・デ・ラ・バルカ戯曲集 第４部』（『エコーとナルキッソス』、『魔	画家ファン・デ・バルデス・レアールの〈束の間の命〉、〈この世の栄光

年代	ペドロ・カルデロン・デ・ラ・バルカ	関連事項（スペイン史・文芸）
	法なき魔法』、『ゴメス・アリアスの娘』、『フェズの偉大なる王子』、『太陽神の息子ファエトン』など12篇収録）がカルデロン本人の「序文」つきで刊行される。	の終わり〉完成。
1673	聖体劇『人生は夢』の第２版（決定版）刊行。	フェルナンド・デ・バレンスエーラ、マリアーナの寵臣として実権を握る。
1677	カルデロンは聖体劇12篇を１冊にまとめた作品集を刊行。『ペドロ・カルデロン・デ・ラ・バルカ戯曲集 第５部』が、本人の許可なく刊行される。	フアン・ホセ王子、首席大臣に就任。バレンスエーラ失脚。
1678	王宮にてアントニオ・エスカミーリャ一座とマティーアス・デ・カストロ一座により『アポロンの栄冠』、『美の武器』上演。	ナイメーヘンの講和条約で、フランシュ・コンテをフランスに割譲。この頃から84年にかけてふたたび地中海でペストが流行する。
1679	ブエン・レティーロ宮にてマヌエル・バリェーホ一座、ホセ・デ・プラド一座により『プシュケとクピド』上演。	フアン・ホセ王子死去。
1680	３月、ブエン・レティーロ宮の大劇場にて『レオニードとマルフィーサの宿命と表象』上演。王宮にて、マヌエル・バリェーホ一座による『紅色のバラ』の上演。	メディナセーリ公爵が首席大臣に就任。
1681	カルデロンはそれまでに創作した劇110篇のリストを作成しベラグア公爵に送付。５月25日、カルデロン、心臓発作により永眠。聖職者として最初につとめたサン・サルバドール教会のサン・ホセ礼拝堂に埋葬される。依頼されていた聖体劇『イザヤの仔羊』は脱稿済みだったが、『聖なるフィロテーア』は未完のままであった。	

佐竹謙一（さたけ　けんいち）
アメリカ・イリノイ大学大学院博士課程修了（Ph.D.）。南山大学名誉教授。
主な著訳書に、『スペイン黄金世紀の大衆演劇』（三省堂、二〇〇一年）、『浮気な国王フェリペ四世の宮廷生活』（岩波書店、二〇〇三年）、『概説スペイン文学史』（研究社、二〇〇九年）、『スペイン文学案内』（岩波文庫、二〇一三年）、『バロック演劇名作集』（国書刊行会、一九九四年、共訳）、『スペイン黄金世紀演劇集』（名古屋大学出版会、二〇〇三年、共訳）、『ラテンアメリカ現代演劇集』（水声社、二〇〇五年）、『カルデロン演劇集』（名古屋大学出版会、二〇〇八年）、マンリーケ『父の死に寄せる詩』（『死の舞踏』収録）（岩波文庫、二〇一一年）、エスプロンセーダ『サラマンカの学生　ほか六篇』（岩波文庫、二〇一二年）、ティルソ『セビーリャの色事師　ほか一篇』（岩波文庫、二〇一四年）、『ドン・キホーテ　人生の名言集』（国書刊行会、二〇一六年、共編訳）、モラティン『娘たちの空返事　ほか一篇』（岩波文庫、二〇一八年）などがある。

南山大学学術叢書

カルデロンの劇《げき》芸術《げいじゅつ》
聖と俗の諸相

二〇一九年二月二〇日初版第一刷印刷
二〇一九年二月二八日初版第一刷発行

著者　佐竹謙一

発行者　佐藤今朝夫
発行所　株式会社国書刊行会
東京都板橋区志村一－一三－一五　〒一七四－〇〇五六
電話〇三－五九七〇－七四二一
ファクシミリ〇三－五九七〇－七四二七
URL : http://www.kokusho.co.jp
E-mail : info@kokusho.co.jp

装訂者　長井究衡
印刷所　株式会社エーヴィスシステムズ
製本所　株式会社ブックアート

ISBN978-4-336-06340-3 C0098